영웅의 도시 **5**

영웅의 도시 5

1판 1쇄 인쇄 | 2011. 6. 29
1판 1쇄 발행 | 2011. 7. 5

지은이 | 이원호
펴낸이 | 박연
펴낸곳 | 스토리뱅크

등록일자 | 2009년 11월 17일
등록번호 | 제313-2009-250호
주 소 | 서울시 마포구 모래내로 83 (성산동, 한올빌딩 6층)
전 화 | 02)704-3331 팩 스 | 02)704-3360

ISBN 978-89-966418-4-1 04810
ISBN 978-89-964778-9-1 (세트)

* 잘못 만들어진 책은 구입처에서 교환해 드립니다.

이원호대표장편소설

英雄의 都市

제 5 권
한민족의 3국

스토리뱅크

목 차

서울로의 잠행 | 7

평양 협상 | 50

불신의 싹 | 89

배신자 | 124

비밀협상 | 160

야습 | 193

재정비 | 228

고도의 모략 | 263

한민족의 3국 | 295

음모에 빠지다 | 328

운명 | 356

태풍상륙 | 389

대탈출 | 422

서울로의 잠행

"드미트리 김입니까?"
세관원이 여권과 김상철을 번갈아 바라보며 물었다.
"그렇습니다."
김상철의 한국어를 들은 그가 얼굴을 펴고 웃었다.
"러시아 교포시군요."
그는 힘 있게 스탬프를 찍더니 여권을 내어 밀었다.
"즐거운 여행이 되십시오."
2년만의 귀향이다. 그러나 이젠 러시아 여권을 든 드미트리 김이 되어서 한국 땅을 밟은 것이다. 그의 옆에 붙어선 조태광이 잔뜩 긴장하고 있는 것이 느껴졌다. 그는 한국이 처음인데다 중국에서의 범죄 사실이 있다. 러시아 여권으로 세관을 통과했지만 마음이 놓이지 않는 모양이었다. 그들은 곧장 대합실을 가로질러 공항 건물의 밖으로 나왔다. 6월 초의 맑은 날씨였다. 한낮의 햇볕이 반사되는 대지에 눈이 부신 듯 김상철은 선글라스를 꺼내 쓰고는 택시 정류장으로 다가갔다. 갑자기 뒤에서 부르는 소리에 그들은 몸을 돌렸다.

"오랜만입니다, 김 사장님."

다가온 사내는 국정원의 심재택 과장이다. 그는 얼굴에 가득 웃음을 띠우고 있었다.

"귀찮게 생각하실 줄 알았지만 할 수 없었지요."

"천만에요, 반갑습니다. 심 과장님."

그의 손을 잡은 김상철이 따라 웃었다. 고려측에도 비밀로 하고 서울행 비행기를 탔던 것이다.

"심 과장님을 만나 뵐 줄 알았지요."

"아버님 뵈려고 오셨군요?"

"네, 오래 못 뵈어서."

심재택이 손을 흔들자 검정색 대형 승용차가 다가왔다.

"제가 시내까지 모셔다 드리지요."

김상철이 조태광을 소개했다.

"저와 함께 일하는 직원입니다."

"잘 오셨소."

조태광의 인사를 받은 심재택이 빙긋 웃었다.

"마음 놓고 한국 구경을 해두시오."

공항을 나온 승용차는 고속도로에 들어섰다. 한동안 말없이 앉아 있던 심재택이 입을 열었다.

"원장께서 만났으면 하십니다."

"……"

"고려리아 사건으로 한국에서도 몇 가지 변화가 있었지요. 안보수석 박정규의 독단과 전횡은 결국 대통령의 신임을 바탕으로 이루어진 것이니까."

"……."

"각하께서도 타격이 크셨습니다."

"별로 말씀 드릴 일이 없을 것 같은데요. 잘 아시다시피 제 입장이 묘해서요."

김상철이 부드럽게 말했다.

"저한테 어떤 정보를 얻으실 수는 없을 겁니다. 그리고 이젠 강요하실 상황도 아니고."

"알고 있어요. 김 사장님의 입장, 한국 정부에 대한 불신감도."

담배를 꺼내 문 심재택이 창문을 조금 내렸다.

"우리나라 같은 경우에는 정치권력을 제어할 수단이나 방법이 약합니다. 박정규의 경우가 그 좋은 예지요."

"……."

"각하의 임기가 1년밖에 남지 않았어요. 내년 말이면 대통령 선거란 말입니다."

심재택이 입을 다물었으므로 김상철이 창 쪽으로 다시 머리를 돌렸다. 갑자기 대통령 선거 이야기를 꺼낸 것이 마음에 걸렸으나 김상철은 곧 잊었다. 상관할 일이 아닌 것이다. 아직도 이중국적이 되어있겠지만 대통령 선거에 투표를 할 생각은 없다.

"넌 파란이 많은 놈이야."

아버지가 김상철을 물끄러미 바라보았다. 검게 탄 얼굴에는 주름살이 깊게 패였고 머리는 백발로 덮였지만 건강한 모습이었다. 그들은 산비탈에 세워진 2층 양옥의 마루에 앉아 있었다. 저녁 무렵이어서 아래쪽의 축사는 소떼의 울음소리로 소란했다. 김영환 씨는 젖소와 사슴을 각각 300여 두씩을 사육하는 목장주인 것이다.

"한때 일 년이 넘도록 신문과 TV를 보지 않고 살았었어. 그러다가 연초에 다시 보았는데."

소주잔을 든 김영환이 이를 드러내며 웃었다.

"모두 너 때문이야, 이놈아."

"걱정만 끼쳐드렸습니다, 아버지."

"잡히면 당장에라도 최고형을 받을 것 같던 네가 대명천지를 활보하다니 신통한 노릇이다."

잔을 비운 김영환이 빈 잔을 내어 들었다. 상황을 대충 설명했어도 그는 아직 미진한 구석이 많은 모양이었다.

"그건 그렇고, 이제 너도 나이가 삼십이야. 자식을 봐야 할 나이인데."

잔에 술을 채워준 그가 김상철을 바라보았다. 그는 강미현은 물론 박미정과의 파탄을 알고 있는 것이다.

"나는 그저 네가 가정을 갖고 처자식 거느린 것을 보고 싶다."

"……."

"가족은 네 인생의 뿌리야, 가정을 갖는다는 것은 뿌리를 내린다는 것이지. 비록 네 몸이 떠다닌다고 하더라도 뿌리가 있으면 든든한 법인데."

소주를 한 모금에 삼킨 김상철이 웃었다.

"제 뿌리는 아버진데요, 뭘. 저는……."

"야 이놈아, 그래서 네 대에 뿌리가 끊긴단 말이냐?"

"기회가 오겠지요, 아버지."

"돌아간 네 어미가 있었다면 아마 몇 번 쓰러졌을 거야. 일찍 가기 다행이었지."

김영환의 목소리가 가라앉았다. 그는 술기운이 번져 붉어진 눈으로 김상철을 바라보았다.

"부자간이 대를 이어서 매스컴을 떠들썩하게 만들었으니 말이여."

양쪽으로 산에 둘러싸인 골짜기여서 어둠은 빠르게 덮여져 왔다. 아래쪽 축사 주위로 전등이 켜지면서 소떼들의 울음소리가 그쳐졌다. 부엌에서 저녁 준비를 하는 아주머니들이 무엇이 우스운지 떠들썩하게 웃었고 집에서 기르는 개 한 마리가 부엌 안을 바라보며 꼬리를 치고 있었다.

"내 걱정은 할 것 없어."

김영환이 주위를 둘러보는 시늉을 했다.

"봐라, 공기도 맑고 사람들도 순박한데다 소들도 병 없이 잘 자란다. 나는 이만하면 되었다."

"……."

"너한테 부담을 주기 싫단 말이야, 이제는, 알았어?"

"압니다, 아버지."

그의 잔에 술을 채운 김상철이 얼굴에 웃음을 띠었다.

"저도 걱정시켜 드리지 않을께요, 아버지."

축사 위쪽의 풀밭에 앉아 있던 조태광이 담배를 땅바닥에 비벼 끄면서 일어섰다. 승용차 한 대가 빠른 속도로 축사의 정문으로 다가왔던 것이다. 이곳은 산골이어서 국도와도 5킬로미터 정도나 떨어져 있다. 목장의 고용원은 10명 가깝게 되었지만 모두 축사 아래쪽 마을에 살고 있는 것이다. 아침 식사를 마친 지가 얼마 되지 않은 오전 8시경이었다. 차에서 내린 신사복 차림의 사내 두 명이 고용원에게 무언가를 묻는 눈치더니 곧장 그를 향해 다가왔다.

"선생님, 김상철 사장님 집에 계시지요?"

그의 앞에 멈춰선 사내 한 명이 물었다.

"댁은 누구시요?"

"우린 대영그룹 비서실 직원입니다."

"용건은 뭐요?"

"뵙고 직접 말씀 드리고 싶은데요."

"나, 원, 참."

조태광이 사내들을 위아래로 훑어보았다.

"여기가 한국이라고 당신들 마음대로 하려는 거요?"

그러자 이제까지 잠자코 있던 나이든 사내가 나섰다.

"미안합니다, 그럼 대영의 비서실 직원이 뵙고 싶다고만 전해주시겠습니까?"

"여기서 기다리시오."

조태광이 손가락으로 땅바닥을 가리켰다.

"당신들 회장이 와도 마찬가지요. 건방지게 어디서 함부로."

북한 사투리가 섞인 격렬한 말투로 말하고 난 그는 몸을 돌렸다. 상해시장의 경호원 출신인 조태광이다. 시장을 만나려는 수많은 불청객을 겪은 경험이 있는데다가 보스의 위신을 세우는 것도 경호원 임무라고 배웠다. 더구나 새로운 보스인 김상철의 위력은 상해시장 곡대청 이상인 것이다. 어깨를 흔들며 집안으로 들어갔던 조태광이 곧 나왔다.

"들어가 보시오."

사내들이 그의 옆을 지나려는 순간 조태광이 손을 들어 그들을 막았다.

"잠깐만 실례하겠소."

그는 익숙한 손놀림으로 사내들의 전신을 검사했다. 몸수색이다. 쓴 약을 삼킨 표정으로 집안에 들어선 그들은 마당에서 기다리고 있는 김상철을 보았다.

"안녕하십니까? 저는 대영 비서실의 안재기 이사올시다."

나이든 사내가 정중하게 말했다.

"이렇게 갑자기 찾아뵈어서 죄송합니다."

"이쪽으로 오시지요."

마당의 끝에는 아래쪽 골짜기가 내려다보이는 곳에 평상이 놓여 있다. 평상에 걸쳐앉은 김상철이 그들을 바라보았다. 대영은 국가기관에 버금가는 정보력이 있다. 자신의 한국 방문을 알고 있다는 것이 놀라운 일이 아니었다.

"무슨 일입니까?"

"저희 실장님께서 뵙자고 하셔서, 지금 서울에서 기다리고 계십니다."

"난 실장님 만나려고 한국에 온 것이 아닙니다."

그러자 안재기가 커다랗게 머리를 끄덕였다.

"알고 있습니다, 실장님께서도 그렇게 말씀하시면서 청하라고 하셨습니다만 제가 주변머리가 부족해서."

"내가 비밀리에 귀국했다는 걸 알 텐데 이러는 건 너무 심하지 않습니까?"

골짜기에서 서늘한 바람이 몰려오고 있었는데도 안재기는 손수건을 꺼내 땀을 닦았다.

"어제 도쿄 지사장인 고선규 사장이 행방불명이 되었습니다. 그 일 때문에."

"……."

"일본 언론은 물론 경찰이나 회사 직원들한테는 철저히 비밀로 하고 있습니다만 아무래도 북한측의 소행인 것 같아서."

"……."

"고사장은 대영의 일본지역 총책임자로 지난번 북한과의 투자 회담 때 대영측 대표였던 분입니다. 그래서……."

"내가 무슨 도움이 된단 말입니까? 설령 북한측이 납치를 했다고 하더라도 말이오."

가라앉은 목소리로 김상철이 말하자 안재기가 바짝 다가앉았다.

"지금 대영은 북한과의 대화 채널이 모두 끊겨진 상황입니다. 북경의 북한 무역부는 갑자기 우리측과의 아연 수출 협상을 중지하고 철수했는데다 나진·선봉지역의 북한측 고위 감독관도 평양으로 떠난 상황입니다."

"……."

"고려리아의 투자 합의를 취소시킨 복수인 것 같습니다."

세퍼드 잡종인 개가 김상철의 옆으로 다가와서는 꼬리를 열심히 젓다가 반응이 없자 물러갔다. 머리를 돌린 김상철은 아버지가 아래쪽의 축사로 내려가는 것을 보았다.

서울로 올라온 김상철이 투숙한 곳은 영동의 홀리데이인 호텔이다. 방에 짐을 내려놓은 그는 조태광과 함께 호텔을 나왔다. 오후 5시가 지나있었지만 아직도 햇살의 폭이 넓었고 반팔 셔츠 차림의 남녀가 많았다. 한국은 이제 여름이다. 1년이 거의 석 달 간격의 사계절로 나뉘어져서 봄이 되면 꽃과 잎사귀가 피어나며 석 달의 겨울을 맞기 위한 석 달간의 수확과 준비기간이 있다. 눈과 얼음에 덮인 고려리아의 기후에 비교하면 천혜의 땅인 것이다. 그가 여의도의 이튼 호텔에 도착한 것은 6시가 거의 되어갈 무렵이다. 로비에 들어선 그는 곧장 안쪽의 공중전화 박스로 다가가 전화기를 들었다. 조태광이 벽에 붙어서더니 그를 바라보았다. 다이얼을 누르자 신호음이 두 번 울린 다음 수화기가 들렸다.

"여보세요."

낯선 목소리의 여자였다.

"거기 박미정 씨 계십니까?"

"누구시라고 전할까요?"

"김상철입니다."

힘주어 말한 그가 힐끗 주위를 둘러보았다. 저녁 시간이어서 로비는 손님들로 붐비고 있었다.

"여보세요."

조금은 낮고 그러나 서두는 것처럼 박미정이 말하자 김상철이 조그맣게 숨을 내려쉬었다.

"나, 김상철이오. 지금 여의도 이튼 호텔에 와 있는데."

"……."

"만납시다."

30분쯤 후에 박미정은 호텔 맨 위층의 라운지에 들어섰다. 출입구를 향해 앉아 있는 김상철은 금방 눈에 띄었다. 그는 박미정이 다가오자 예의 바르게 자리에서 일어섰는데 예전에 하지 않던 행동이다. 그는 얼굴에 웃음을 띠우고 있었다.

"오랜만이야."

"그렇군요."

박미정이 따라 웃었다.

"고려리아 소식을 듣고 기뻤어요."

"하바롭스크까지 와주었다는 이야기를 들었어. 생각해 줘서 고마워."

박미정이 조금 머리를 숙인 자세로 그를 바라보았다. 아직도 얼굴에는 엷게 웃음기가 배어져 있다.

"여긴 웬일이세요? 한국에."

"아버지를 뵈러, 그리고 미정 씨도 만날 겸해서. 다른 목적은 없어."

"……."

"잘 지내?"

"일이 재미있어요."

박미정이 짧게 커트한 머리를 쓸어 올리는 시늉을 했다. 귀걸이가 조금 흔들리면서 반짝였다.

"선배가 그만둔다고 해서 저 혼자 운영해 보려고 해요. 직원도 한두 명 더 쓰고."

종업원이 다가왔으므로 그들은 오렌지 주스를 시켰다. 모두 저녁 생각이 없었던 것이다. 잠시 정적이 흘렀고 테이블 위의 물잔을 바라보는 박미정의 얼굴에는 이미 웃음기가 가셔져 있었다. 숨도 멈춘 듯이 꼿꼿이 앉아 움직이지 않는다. 그녀의 물잔을 함께 바라보던 김상철이 시선을 들었다.

"강미현과 결혼할 계획이었지. 어려울 때 날 생각해 주었고, 그 여자의 개성에 끌렸어. 고려리아를 강미현과 함께 경영하겠다는 욕심도 있었거든."

"……"

"여러 번 죽을 고비를 넘겨봐서 그런지 만나고 헤어지는 것에 익숙해진 모양이야. 인생이 결국은 산자의 무대이고 승패가 갈린다는 것에 말이지."

"……"

"잊었거나 가슴속에 있었다거나 그런 것이 문제가 아니더라니까. 그저 살아서, 또는 이겨내고 갖는 것이 고마울 뿐이야."

김상철이 쓴웃음을 지었다.

"이렇게 찾아온 것도 아마 그런 의식 때문이겠지."

"파리에 있을 적에, 저는 납치당한 것이 아니었어요. 그 사람이, 당신이 기다린다고 하기에 따라나섰던 거죠."

낮았으나 또렷한 목소리로 박미정이 말했다.

"그저 기뻤어요, 당신을 만난다는 생각에."

"……"

"홍콩에서, 그 사람한테 강간을 당했지요."

그녀의 얼굴이 갑자기 새빨갛게 달아올랐다. 그러나 두 눈은 똑바로 그에게 향해져 있다.

"언젠가, 기회가 온다면 꼭 이야기하려고 마음먹고 있었기 때문에."

"……"

"그런데 저는 그 남자를 받아들였어요. 저주하고 저항했지만 그것은 잠깐이었고 곧 쾌락에 모든 것을 잊게 되더군요."

김상철이 주스잔을 들어 한 모금을 마시고 내려놓았다. 그리고는 표정 없는 얼굴로 다시 그녀를 바라보았다.

"마찬가지로 안인석 씨와의 생활에서도 당신을 잊었어요. 그 일이 일어나기 전까지는."

박미정이 조그맣게 머리를 옆으로 두어 번 저었다.

"자신이 없어요, 저는."

"살아있는 나를 잊을 자신은 있어?"

"……"

"몸의 기능이 그렇게 되도록 만들어졌을 뿐인데 웬 난데없는 이야기야? 안인석과의 이야기도 당연한 일이고."

"……"

"지난 일이야, 이제까지 미정 씨는 피해만 입고 있었어. 이제 매일 내 얼굴을 보게 되면 그 멍청이 같은 이야기를 꺼낼 수도 없을 거야. 그래, 다시 잊게 될 테니까."

정종잔을 내려놓은 권준규가 육회 안주를 집어 맛있게 씹었다. 장충동 골목의 조그만 한식집 안이었는데 손님은 이쪽 한 방뿐이어서 집안은 조용했다. 권준규가 안가(安家)로 쓰는 집 이었다.

"북한의 조직력을 얕보아서는 안 됩니다. 50년 동안 만들어온 조직이오. 체제가 다르다고 쉽게 흔들리지 않아요."

잔에 술을 채운 권준규가 말을 이었다.

"더구나 어느 민족입니까? 적응력이 뛰어난 한민족이오. 곧 고려리아의 체제를 흡수해서는 개량된 사회주의 조직으로 발전시킬 가능성이 있습니다."

그의 옆자리에 앉은 심재택이 힐끗 김상철을 바라보았다. 정종 한 주전자가 거의 비워질 때까지 권준규는 아직 본론을 꺼내지 않고 있었다. 그러나 화제는 주로 북한이다.

"북한 주민을 유입한다는 강 회장의 발상은 너무 위험하단 말입니다. 김 사장, 미국과 일본, 거기에다 한국 정부까지 밀려난 상황에 고려리아의 행정부가 상대하기에는 역부족이오."

국정원은 이미 알고 있었던 것이다. 김상철이 입을 열었다.

"중국의 조선족은 중부와 동남부의 7, 80만을 남기고 거의 고려리아로 이주해왔고 러시아에 남은 고려인은 1, 20만밖에 없습니다. 고려리아의 인구가 400만이 가깝게 되는데 한인은 110만이 조금 넘을 뿐입니다."

"인구 비율로 따질 건 없어요. 경제와 행정, 치안을 장악하고 있으면 지배세력이 됩니다."

권준규가 김상철에게 잔을 건네주었다.

"서둘 필요가 없다는 겁니다. 김 사장, 이번에 5000명의 북한 주민 이주를 진행하고 계시다길래 말씀드리는 거요."

그가 심재택에게로 머리를 돌렸다.

"심 과장이 말해보게."

허리를 편 심재택이 김상철을 바라보았다.
"북한은 함흥과 청진 두 곳의 기술 양성소에서 집중적으로 이주민 교육을 시키고 있어요. 이주민 교육기관이 되어 버린 셈이지요."
"……."
"그곳에서는 고려리아에 이주한 후에 어떻게 생활할 것인가를 교육시킵니다. 조직 체계와 상하관계는 이미 그곳에서 정해졌고 개개인에게 행정청의 각 기관이나 사업장에 취업할 목표까지 세워져 있습니다. 대량으로 그들을 받아들인다면 고려리아의 내부는 위험해집니다."
"……."
"러시아도 그때에는 손을 쓰지 못하지요. 북한과의 관계도 있는데다 다수의 주민에 의해 고려리아가 장악되어 있을테니."
권준규가 말을 이었다.
"북한은 경제와 사회불안 현상의 해결책으로 고려리아를 선택했는지도 모른단 말이요, 김 사장."
"강 회장께 말씀드리셨습니까?"
쓴웃음을 지은 권준규가 머리를 저었다.
"다시 정부의 압력으로 보일 수도 있는데다가 솔직히 열쇠를 쥐고 있는 분은 김 사장이시기 때문에."
"……."
"그럴 만도 하시지만 강 회장은 한국 정부에 대한 반감이 큽니다."
"저는 이미 저쪽에 이야기를 해놓은 상태입니다만."
이미 노출된 일인데다가 그리고 강 회장도 아무리 다급하더라도 그런 이주민은 받아들일 리가 없을 것이었다.
"가족 단위로 요구했습니다. 아이까지 포함해서 계약하겠다고."
심재택이 머리를 끄덕였다.

"아마 가족 단위로 교육시킬 겁니다. 그쯤은 아무 일도 아니오."

"……."

"첩보에 의하면 고려리아에 부장급 간부가 부임한다고 해요. 한국의 장관급인데, 그만큼 고려리아를 중요시한다는 증거도 되겠지요."

술잔을 들어 식은 술을 삼킨 김상철이 숨을 길게 뱉었다.

"어렵군요. 한민족이 모인다는 것이. 언제까지 이래야 되는지 모르겠습니다."

"이쪽도 문제요, 김 사장. 더 언짢아지시겠지만 말이 나온 김에……."

권준규가 김상철의 빈 잔에 술을 채워주었다.

"일 년 후에 대통령 선거가 있게 돼요. 그땐 여, 야가 다투어서 고려리아를 선거 쟁점으로 내세울 가능성이 있습니다."

"……."

"그렇지만 유감스럽게도 그들 대부분이 강 회장만한 웅지(熊志)도 없고 김 형 같은 패기도 없소. 다만 능란한 권모술수와 재치뿐인데, 곧 어느 쪽에서든 강 회장께 손을 뻗치게 될 겁니다. 고려리아만한 선거용 재료가 없는 상황이니까."

잠자코 바라보는 김상철을 향해 권준규가 크게 웃었다.

"김 사장, 최소한 나는 중립이오. 그것은 국정원 책임자로서 고려리아 개척의 순수한 의지를 인정한다는 뜻입니다. 오늘 만나자고 한 것은 이 말도 전해드리고 싶어서요."

방 안을 둘러본 조태광은 다시 한 번 어깨를 들썩여 보았다. 그러자 양복 가슴 안 호주머니에 넣은 지폐 두 뭉치의 무게가 어깨로 전해졌다. 1만 원권으로 200만 원이었다. 서울의 술값이 제아무리 비싸다고 해도 이 돈이면 쓰고 남을 것이다. 상해에서 잘 나가던 시절의 20개월 월급인 것이다. 이윽고 방문이 열리더니 지배인이 술과 안주접시를 받쳐 든 종업원들을 데리고 들어섰다. 방 안의 장식과 어울리게 고급 집기였다. 이곳은 모범택시 운전사가 안내해준 영동의 일급 룸살롱이었다. 박미정과 헤어져 호텔로 돌아온 김상철이 나가 놀다오라면서 내몰듯이 하는 바람에 호텔 현관에서 어물거리다가 결국은 룸살롱을 택했던 것이다. 그는 수표는 사용하기 힘들 것이라면서 지폐를 주었는데 난생 처음 만져 보는 거금이다. 술상을 차려놓은 종업원들이 방을 나갔고 곧 세 명의 아가씨가 들어섰는데 두 눈이 번쩍 뜨일 만한 미인들이다.

둘은 서시와 양귀비 같고 가운데 선 여자는 오천련과 비슷하다.

"한국에 처음 오셨다고요?"

오천련과 비슷한 마담이 물었다. 서시와 양귀비는 이미 조태광의 양쪽에 자리 잡고 있었다.

"처음 오신 길에 룸살롱을 찾으셨다니, 사장님은 멋쟁이셔."

앞쪽에 앉은 마담은 말 상대가 되어 주려는 모양이었다.

"고향이 어디세요?"

"고려리아."

마담이 웃었다.

"그런 말이 어딨어요? 고려리아에서 태어난 사람은 없어요."

"상하이."

"그럼 중국 교포시네?"

"그런 셈이오."

양주를 대여섯 잔 거푸 마시고나자 조태광의 긴장이 슬슬 풀렸다. 좋은 술과 안주, 거기에다 그림 같은 미인들이 정성을 다해 시중을 들어 주고 있는 것이다.

"고려리아에서 무슨 사업을 하세요?"

마담이 궁금한 듯 물었으므로 그는 정신이 들었다.

"사업은 무슨, 그냥 놀고먹는 게지."

"그곳이 놀기에도 좋아요?"

"그럼, 없는 게 없어, 그곳에도."

"하긴, 요즘 고려리아로 나가는 애들도 있더라고요."

그녀가 서시를 바라보았다.

"민지 그년도 그곳에 있다며?"

"고려의 무슨 클럽엔가 있다고 했어요."

서시가 가는 목소리로 대답했다.

"잘 나가나 봐요."

고려리아에서 한국 출신의 아가씨들은 1등급 대우를 받는다. 그들은 주로 일본의 카지노 관광객을 상대로 하는데 주로 일본에서 흘러들어간 아가씨들이었다. 한국에서 직접 옮겨가는 경우는 드물었으므로 조태광이 서시의 어깨를 안았다.

"이봐, 너도 가고 싶어?"

"제가 왜요? 전 싫어요."

서시가 얼굴을 찡그렸다.

"그 애는 도망친 건데, 뭘, 일수 때문에."

"일수 아줌마가 여행사에 가서 떠들다가 며칠 살고 나왔어요."

다소곳이 앉아 있던 양귀비가 아는 척을 했다.

"속이 시원해, 그 예편네."

"계약금은 얼마나 받았다던?"

마담이 서시한테 물었다. 이제 그들은 저희들끼리 이야기에 열중하고 있었다.

"2000만 원을 받았다나 봐요."

"계약금을 누가 주는데?"

조태광이 묻자 서시가 그것도 모르냐는 듯한 얼굴을 했다.

"계약만 하면 여행사에서 계약금에 비행기표까지 금방 만들어 줘요. 도망치기 딱 좋아요."

서시가 이제 고르지 못한 이를 드러내며 웃었다.

"그랜드 여행사라고?"

커피 잔을 든 김상철이 조태광을 쏘아보더니 이윽고 천천히 입술을 비틀면서 웃었다.

"물론 고려리아에서는 박기동이 포주 노릇을 하겠군, 그렇지?"

"예, 사장님, 틀림없습니다."

한 모금 커피를 삼킨 김상철이 잔을 내려놓았다. 햇살이 환한 아침 시간이다. 창밖으로 영동의 고층 빌딩군이 펼쳐져 있었고 멀리 남산 타워가 흐리게 보이는 것은 매연 때문일 것이다.

"그자다운 짓이야. 돈이 되는 일에는 무엇이건 달려든다."

"위험한 자라고 들었습니다."

"누구한데서 말이냐?"

"이한 형님한테서 들었습니다."

김상철이 시계를 내려다보았다.

"차는 기다리고 있나?"

"지하 주차장에서 기다리고 있습니다."

엘리베이터를 타고 곧장 지하 3층의 지하 주차장으로 내려간 그들은 대기하고 있던 검정색 국산 승용차에 올랐다. 차에 앉아 기다리고 있던 사내는 대영의 안재기 이사였다. 호텔을 빠져나온 승용차가 속력을 내자 안재기가 조심스럽게 말했다.

"회장님께서도 기다리고 계십니다."

김호경 회장은 공식행사는 물론 전경련 회의에도 거의 모습을 드러내지 않는 사람이었다.

"실장님께서 김 사장님께 미리 양해를 구하라고 하셨습니다."

"일본 지사장은 아직 소식이 없습니까?"

"저는 자세한 내용은 모릅니다."

승용차는 한남대교를 건너더니 곧 오른쪽으로 방향을 돌렸다. 30분쯤 후에 승용차는 옥수동의 주택가로 들어섰고 곧 성곽처럼 높게 담장을 세운 저택 안에서 멈춰섰다. 현관 앞에서는 조영규가 나와 서 있었다.

"반갑습니다, 김 사장. 자, 어서 안으로."

조영규가 그의 손을 잡아끌었다.

김호경 회장은 정장차림으로 그를 맞이했다. 인사를 나누고 응접실에 앉는 동안 그는 줄곧 부드러운 시선으로 김상철을 바라보았고 입가의 미소도 지워지지 않았다. 마실 것이 날라져 왔고 날씨 이야기가 조금 이어진 다음 김 회장이 물었다.

"이번에 북한에서 이주민을 받을 계획이라고 들었는데 북한측 반응은 어떻습니까?"

김상철이 긴장을 했다.

"그건 아직 모릅니다, 회장님."

"비공식적으로 진행한다고 들었는데 이렇게 물어서 미안합니다."

"고려리아에는 이미 소문으로 퍼져 있어서요. 큰 비밀도 아닙니다. 그리고 어차피 알려질 일이고."

그러나 국정원에 이어 대영으로부터도 이런 질문을 받는 그의 심사가 편할 리가 없다.

"우리는 나진·선봉에 이제까지 5억 달러를 투자했지요. 그 돈을 동남아나 남미에 투자했다면 이미 사업은 궤도에 올라섰을 겁니다."

낮은 목소리로 김 회장이 말을 이었다.

"여러 가지 원인이 있겠지만 북한의 경직된 체제가 개선되지 않는 한 가능성이 없다는 결론을 내렸습니다. 같은 사회주의 국가인 중국과는 상황이 다릅니다."

"……"

"북한은 체제가 붕괴되면 곧 망한다는 의식이 있고 그건 사실이오. 아래쪽에 한국이 있으니까. 하지만 중국은 다르지요. 체제를 시험할 여유는 있었습니다. 국가가 없어지는 것이 아니니까 말이오."

그는 정색을 한 얼굴로 김상철을 바라보았다.

"이제 우리가 고려의 전철을 밟게 되었소. 지난번에는 고려라는 일개 기업이 미국과 일본을 상대로 싸웠는데 지금은 대영이 북한을 상대로 하게 되었습니다. 참, 딱한 일이오."

지난번에도 그랬지만 이번에도 정부가 나선다고 해결될 수가 없는 것이다.

지금까지 한국 정부와의 공식접촉을 거부해온 북한은 민간경제 부분의 협력관계에 있어서도 조선무역이라는 어용 민간단체를 만들어 조종해왔다. 그러니 문제가 생기면 한국기업은 북한 정부를 상대해야만 한다. 김 회장이 조영규에게로 머리를 돌렸다.

"조 실장, 당신이 설명해 드리지."

머리를 숙여 보인 조영규가 김상철에게로 돌아섰다.

"어제 나진·선봉의 대영 사업장 14개 모두에서 노동자들이 작업 거부를 하고 있어요. 그들은 관리자가 횡포를 부리고 노력에 비해 대가가 적다는 당치도 않는 이유를 대고 있습니다. 모두 당국에서 사주를 한 겁니다."

"……."

"그리고 선적하려고 쌓아둔 컨테이너 160여 개를 당국이 압류했습니다. 컨테이너 안에 금괴를 넣었다는 정보가 있다는 거요."

"모두 고려리아의 투자합의를 지키지 않았기 때문에 그러는 겁니까?"

김상철이 묻자 그가 머리를 끄덕였다.

"이유는 그것밖에 없습니다. 그리고 조총련에서 흘러나온 정보에 의하면 고 사장은 곧 살해될 것이라고 해요. 이건 북한 당국이 일부러 흘렸을 가능성도 있어요."

응접실에서 잔디에 덮인 넓은 정원이 바라보였다. 그러나 앞쪽이 붉고 높은 벽돌담에 가로막혀 답답해 보였다. 김 회장이 가볍게 헛기침을 하고는 김상철을 바라보았다.

"자유무역 지대나 이주민 문제를 총괄하는 사람은 부총리 겸 외교부장 김영남이오. 그는 서열이 13위지만 경제나 외교, 특히 남북한 관계에 있어서는 최고책임자라고 합니다."

"……."

"지금 그를 가장 자연스럽게 만날 수 있는 사람은 김 사장이십니다. 아마 환영을 받을지도 모르지요."

"……."

"그를 만나 우리의 제의를 전해주셨으면 해서. 지금 사태는 군부와 일부 경쟁세력이 주도해서 일으킨 것 같습니다. 따라서 김영남이 대영측 사람을 만날 분위기가 아닙니다."

김상철이 쓴웃음을 지었다.

"저는 대영의 직원도 아닐 뿐더러 이젠 러시아 국적의 드미트리 김인데요."

"압니다. 그래서 우리도 김 사장께 먼저 제의를 드리려고, 북한의 김영남을 만나기 전에 말이지요."

부드럽게 말한 김 회장이 조영규를 바라보았다. 조영규가 다시 헛기침을 했다.

"대영이 고려리아에 투자하기로 북한과 합의한 금액은 2억 6000만 달러였습니다."

"……"

"대영은 고려리아에 그 금액을 투자합니다. 하지만 동업자는 김 사장님이 되시는 겁니다. 다른 조건은 북한과 합의한 내용대로 김 사장님은 관리를 맡으시는 조건으로 이익금의 35%를 배당받을 수 있습니다."

말을 마친 조영규가 김상철을 바라보았다.

"명분을 내세울 일이 아니지요. 기업 활동에 관한 일이니 우리 제의를 부담 없이 들으셨을 줄 믿습니다."

김상철은 로비 옆쪽의 창틀에 걸터앉아 있었는데 창틀이 낮았기 때문에 땅바닥에 앉아 있는 것처럼 보였다. 점심시간이어서 빌딩의 로비에는 오가는 사람이 꽤 있었지만 눈에 띄는 모습이었다. 지나치던 남녀들이 힐끗거렸고 마음 가벼운 여자들은 웃기도 했지만 그는 무심한 표정이었다. 더구나 한쪽 다리를 꼬아 앉아서 들린 무릎이 바로 턱 밑에까지 올라온 형상이다. 그런 그의 모습을 보았을 때 박미정은 우선 철렁 가슴이 내려앉았다가 몰아 뱉어지는 숨결 때문에 턱 숨이 막혔다. 그리고는 우뚝 멈춰서서 그를 바라보았다. 김상철은 진즉부터 그녀를 보고 있었던 모양으로 시선을 받자 천천히 다리를 내리고 오그렸다가 허리를 펴면서 일어섰다. 그리고 전혀 주위 사람을 개의치 않고 다가왔으므로 질러가던 남자와 어깨를 부딪쳤지만 쳐다보지도 않았다.

"가자, 같이."

발끝이 닿을 만큼 가깝게 멈춰 서서 그가 말했는데 점심 먹으러 가자는 소리 같았다.

"난 내일 떠나."

"……."

"같이 가."

가깝게 서 있어서 박미정의 시선은 그의 입술과 직선이다. 입술이 떨리더니 그가 다시 말했다.

"더 이상 쓸데없는 소리를 했다가는 집어던져 버릴테니까."

"어떻게 내일 당장 떠나요?"

박미정이 반걸음쯤 물러서서 얼굴의 윤곽을 한눈에 잡자 그가 이를 드러내며 웃었다.

"얼마나 걸리겠어?"

"그렇다면 부친과 그 여자를 만나러 온 셈이로군."

나무 그늘로 다가간 강 회장은 벤치에 앉았다. 울창한 나무로 둘러싸인 분지여서 공기는 맑았지만 바람 한 점 없는 날씨였다. 손수건으로 이마의 땀을 닦은 이남호가 벤치 옆에 섰다.

"하지만 대여섯 시간씩 호텔을 비운 적이 두 번이나 있었습니다. 아마 누군가를 만난 모양인데 감시를 철저히 따돌려서 알아내지 못했습니다."

머리를 든 강 회장이 앞쪽의 숲을 바라보았다. 이곳은 용인의 별장으로 그가 가끔 맑은 공기를 마시러 내려오는 곳이다.

"그 여자, 박 모라는 여자 말인데, 김상철이가 마음에 두고 있는 모양이지?"

"그런 것 같습니다."

"이혼해서 혼자 산다며?"

"예, 회장님."

"경우도 비슷하구먼 그래."

"……"

"비서실에서 자네가 데리고 있었다고?"

"예, 회장님."

"그럼 똑똑하겠군."

"아마 회장님도 기억하실지 모르겠습니다. 첫 유정 발굴현장에 가실 때 수행했었습니다."

"아, 그래."

강 회장이 가볍게 숨을 내려쉬었다.

"김상철이, 그놈과 나의 운세의 싸움인 모양이다, 고려리아가."

"……"

"그놈은 최악의 상대가 될 것이야. 만일 적이 된다면 말이지."

다시 이마와 목덜미의 땀을 닦은 이남호가 조심스럽게 벤치의 끝 쪽에 앉았다.

"한번 부르시는 것이 어떻겠습니까? 비밀귀국이지만 우리가 모르리라고 생각할 리는 없습니다."

"인연은 인력으로 안 되는 것이여."

"……"

"내가 10년만 젊었어도 이렇게 초조하지는 않았을 텐데, 분하다."

이남호가 헛기침을 했다. 자신이나 강 회장도 김상철이 배신을 할 사내라고는 생각지 않는다. 그는 강 회장의 대의에 목숨을 걸고 일해 왔으며 앞으로도 그럴 것이었기 때문이다. 지금 강 회장은 고려리아의 지배를 생각하고 있었다. 강미현을 내세워서 한때 김상철을 염두에 두었다가 한민수로 바꾸었으며 지금은 공석이 되어 버린 차기의 지배자를 염려하는 것이었다. 강용식 회장은 고려리아를 제외한 고려그룹을 맡고 있었는데 그의 대는 강재원이 이어야만 했다. 한민수의 배신 이후로 강 회장은 손자인 강재원을 심각하게 고려했지만 본인이 극력 사양했을 뿐만 아니라 천성이 약했다. 자질만으로 고려리아의 지배자가 될 수는 없다. 이윽고 강 회장이 늘어진 눈꺼풀을 들어올렸다.

"번번이 그런 느낌이 드는데, 오랑캐한테 공주를 인질로 보내는 기분이야."

시청 앞 광장이 내려다보이는 한국 빌딩의 라운지 안이다. 분수대에서 뿜어 나오는 흰 물줄기를 바라보던 강미현이 머리를 돌렸다. 크림색의 투피스 차림이었는데 화장이 짙은 편이었다. 흰 얼굴에 진홍빛 루주를 바르고 손톱에도 같은 색의 매니큐어를 했다.

"왜 연락도 없었고 왜 기다리지 못했느냐고 아무도 묻지 않았어. 우리는 그저 서로 부담 없었고 후련하고, 누구의 책임도 아니고 후회 없다고만 하면서 헤어졌단다. 어떠니? 멋있지?"

표현과는 달리 별로 재미없는 얼굴로 강미현이 묻자 같은 표정인 최희은이 머리를 끄덕였다.

"그래, 멋있고 산뜻하고 상쾌하다."

"……"

"둘이 똑같구먼, 내가 보기에는."

"하긴 그럴지도 모르지."

강미현이 담배를 꺼내 입에 물었다.

"나는 처음부터 맹목이 아니었어. 가능성이 보였기 때문에 그 사람한테 집중했던 것 같아."

"그 사람도 너한테 정책적으로 접근했겠다, 그렇지?"

"처음은 아닐 거야. 하지만 나중에는 당연히 의식하게 되었겠지."

그러자 최희은이 노골적으로 지겹다는 표정을 지었다.

"그만 끝내. 네 말대로 후련하게. 자꾸만 나한테 말 시키지 말고."

그녀는 강미현에게 입바른 소리를 할 수 있는 유일한 친구였다. 그러나 오늘의 강도는 여느 때보다 강하다.

"너답지 않게 왜 그래? 도대체 왜 자꾸 미련을 갖느냔 말이야."

"……."

"말들은 산뜻하게 주고받았는지는 몰라도 너희들 사이에는 불신과 반감이 남아 있어. 사람인 이상 그건 당연해."

창 쪽으로 담배연기를 내어뿜은 강미현이 눈을 가늘게 떴다.

"알면서 그렇게 꼬집지 마, 이것아."

그녀는 재떨이에 담배를 비벼 껐다.

"강한 사람한테 끌리는 건 당연한 일이고 우린 다시 조건이 갖춰졌다고 생각할 뿐이니까."

머리를 든 강미현이 최희은을 똑바로 바라보았다.

"나도 상처를 입었어. 그 여자를 홍콩에서 구해낸 이후로 그는 나한테 전화 한 통 주지 않았어."

최희은이 문득 머리를 들었다.

"그러고 보면 두 여자가 비슷한 입장이네, 한 남자를 두고."

"전혀 다르지. 결혼한 상황에서부터 이혼한 이유까지. 그리고 환경이나 성격도."

"……."

"난 다시 집중할 거야."

쓴웃음을 지은 최희은이 찻잔을 들었다.

"한때는 내가 네 일기장 대신이라고 생각했는데 요즘은 그것도 아냐.

넌 일기장도 거짓으로 쓰는 것 같아."

"……."

"차라리 내가 왜 그랬는지 모르겠다면서 눈물 좀 찔끔대고 내가 다시 결합할 수 있을까? 그 남자가 뻔뻔하다고 생각하지 않을까? 그렇게 묻는 다면 나도 힘껏 머리를 굴려줄 텐데."

"……."

"너무 삭막해, 세상이. 그래서 내 그림도 요즘 더 거칠어지는 것 같아."

놀이터의 나무 벤치에 앉은 김상철이 더운 듯이 셔츠의 윗단추를 풀었다. 늦은 밤이어서 아파트 단지 안은 인적이 드물었고 놀이터에는 그들 두 사람뿐이다. 빗발이라도 금방 뿌려질 것 같이 후덥지근한 날씨였다. 양주 한 병을 거의 다 마신 참이라 김상철의 몸은 술기운으로도 뜨거웠다. 지난날, 그것이 몇 년 전인지도 생각나지 않았지만 밤에 이곳에 같이 있었던 적이 있다. 김상철이 양복저고리와 셔츠를 한참이나 뒤적이더니 담배를 꺼내고는 다시 부스럭대고 나서 라이터를 찾아내었다. 흐트러진 모습이다. 불을 붙이는 짧은 순간에 그의 헝클어진 머리칼과 좁혀진 눈썹, 초점이 모아진 눈이 보였다가 다시 어둠 속에 잠겨졌다.

"배에 총을 맞았었어."

문득 김상철이 생각난 것처럼 말했는데 목소리가 컸다.

"총알이 창자를 한바탕 휘젓고 등으로 빠져나가는 바람에 창자를 1미터나 잘라냈다고."

그는 손을 뻗어 박미정의 손을 잡더니 다른 손으로는 셔츠를 걷어 올렸다.

"만져 봐, 흉터가 만져질 테니."

박미정이 손을 잡아 빼었으나 그의 힘을 당할 수는 없다. 손바닥이 그의 배에 닿았고 두둘두둘한 자국이 만져지자 얼른 손을 비틀며 빼었다.

"구사일생이라는군, 8시간 동안이나 수술을 했어."

그는 알코올 기운이 가득 섞인 숨을 뱉어내었다.

"그땐 아무것도 없었어. 다 잃었다고 생각했었지."

"……."

"그리고 지금은 찾아가는 중이야. 어, 이것, 더럽게 덥군. 한국 날씨는 왜 이래?"

바람 한 줄기가 놀이터를 스치고 지나갔으나 더운 바람이었다. 김상철이 담배를 한 모금 빨더니 모래밭에 던졌다. 그리고는 박미정의 어깨를 안더니 와락 당겨 안았다. 자신의 한쪽 귀가 그의 입술에 닿았으므로 박미정은 몸을 굳혔다.

"애를 여섯만 낳자, 고려리아에 한민족의 비율이 낮아서 야단이야."

더운 입김을 거침없이 귀에 받은 박미정이 몸을 비틀었으나 김상철은 더욱 강하게 끌어안았다.

"공평하게 딸 셋에 아들 셋."

그리고는 그가 귀를 물었으므로 낮게 신음소리를 뱉은 박미정이 팔을 들어 그의 등을 안았다. 그리고는 턱을 들고 그의 입술을 기다렸는데 이제는 거침없는 모습이었다.

다음날 아침, 전화벨 소리에 김상철은 잠에서 깨어났다. 전화기를 들면서 올려다본 벽시계는 8시 10분을 가리키고 있었다.

"여보세요."

"안녕하십니까? 저는 고려 비서실의 박 과장입니다."

사내가 빠르게 말했다.

"김 사장님 계십니까?"

"제가 김상철인데요."

"안녕하세요? 저희 실장님께서 통화를 원하셔서. 실례가 되지 않겠습니까?"

김상철이 쓴웃음을 지었다.

"괜찮습니다."

비밀방문이었지만 이제 만날 사람은 다 만나는 것이다. 곧 이남호로 통화자가 바뀌었다.

"김 사장, 미안한데, 번거롭게 해서."

그가 부드럽게 말했다.

"오늘 점심이나 같이 하시자는데, 회장님께 말이오."

"좋습니다. 뵙지요."

출발시간은 오후 5시였으니 점심을 먹고 공항으로 나갈 수도 있을 것이다. 비공식 방문자를 찾아내어 만나자고 하는 저쪽이 결례를 하는 것이지 연락을 안 한 이쪽은 아니다.

오전 12시 20분에 김상철은 남산 중턱에 자리 잡은 한정식집 앞에서 차를 내렸다. 기다리고 서있던 사내의 안내로 그는 안채로 들어섰다. 겉보기보다 꽤 큰 요릿집이었고 바깥채는 보통 한정식 집이었는데 화초가 만발한 넓은 정원 건너편의 안채는 일반 한옥의 분위기였다. 앞뒤가 탁 트인 마룻방에서 이쪽을 바라보며 강 회장이 앉아 있었다.

와이셔츠 차림에 책상다리를 하고 앉은 그의 모습은 분위기 때문인지 한가한 시골 할아버지처럼 보였다. 다가선 김상철의 인사를 받은 그가 낮게 말했다.

"불러서 미안하구만, 귀찮게 했다."

"아닙니다, 회장님."

"이렇게 단둘이 있고 싶었다. 그래서 오늘은 이 실장도 뺐어."

인기척이 조금도 없던 집의 옆쪽에서 조심스런 기척이 들리더니 여자 두 명이 교자상을 나눠들고 다가왔다.

"이 집이 음식 맛이 일등이야. 한국 전통 음식이지."

강 회장이 상에 놓인 갖가지 음식을 눈으로 가리켰다.

"난 입맛이 없을 때는 꼭 이 집에 온다."

바깥채의 소음도 차단된 한옥 안은 다시 정적에 싸였다. 마루 양쪽이 방인 모양이었지만 비어있는 모양이었다. 반주로 매실주가 나왔으므로 김상철이 잔을 따라 올렸다. 회장은 맛있게 반찬을 먹고 입맛을 다시며 된장찌개를 떠 넣는다. 그의 콧등에서는 땀방울이 배어나오고 있었다.

"고려그룹은 이제 강용식의 체제가 되었다."

문득 머리를 든 강 회장이 김상철을 바라보았다.

"강용식과 강재원의 부자로 이어지게 되어 있지. 난 지분도 없고 이제 소유 부동산도 없다. 지난주의 그룹장 회의에서도 손을 떼었다고 선포했다."

그는 입가심을 하듯 열무김치의 국물을 서너 번쯤 떠 마셨다.

"난 다음 달에 고려리아에 들어가 영주할 생각이야. 그래서 고려리아의 행정체제를 조금 변경시켰는데 행정청은 그대로 두고 조직만 변경을 시키도록 했지. 그, 빌어먹을 위원장 자리는 없애고 청장과 부청장 체제로 했다. 유장석이와 이대각이가 그 자리에 앉는 게야."

"……."

"지금까지는 변형된 기업형태로 고려리아를 운영했지만 앞으로는 국가 형태의 조직과 관리가 필요하다. 그래서 일단 내가 총독으로 기틀을 잡기로 했어."

김상철이 잠자코 머리를 끄덕였다. 총독이라고 해도 이상할 것은 없다. 홍콩의 총독과 같은 경우가 될 것이다. 수저를 내려놓은 강 회장이 허리를 폈다.

"내가 1대 총독이 되는 게다. 이건 모스크바에서도 이의가 없다고 하더군. 하긴 이의가 있을 리가 없지."

"당연하지요, 회장님."

"홍콩은 영국령이어서 총독이 영국에서 보내졌지만 고려리아는 다르다."

"……."

"총독은 종신제로 강 씨 가문에서 임명될 것이다. 물론 그에 따른 합법적인 절차가 있어야겠고 고려리아의 법체계도 세워야 할 테지만."

물수건을 집어 얼굴의 땀을 닦은 강 회장이 길게 숨을 내려쉬었다.

"날 보좌해줄 사람이 필요하다. 뜻을 함께 하는 사람으로, 그래서 내 뒤를 이을 사람 말이야. 그런데 그것이 뜻대로 안 되는구나."

"……."

"내가 초조했다. 그래서 경솔했고, 상처들을 입혔다는 것도 알고 있다."

머리를 든 그가 김상철을 쏘아보았다.

"내 말은 너에게 큰 길이 열려 있다는 뜻이다. 난 너를 받아들이려고 이렇게 사정을 한다. 내 뒤를 잇게 하려고 말이다."

"저는 결혼할 여자가 있습니다, 회장님."

김상철이 말하자 그가 머리를 끄덕였다.

"알고 있어. 서울에 살고 있다는 것."

"그리고 저는 총독이 될 생각도 없습니다."

"제가 되겠다고 되는 것이 아니야. 자격과 조건이 구비된 자가 선출되는 것이다."

"저는 회장님과 뜻을 같이하고 고려리아를 위해 헌신하는 것으로 만족합니다."

그러자 강 회장이 쓰게 웃었다.

"너는 네 개인의 행복을 위해 큰 것을 버리는 것이다."

"……."

"미현이가 곧 고려리아라는 생각은 안 해 보았느냐?"

"……."

"나도 사람이다. 내 모든 것을 바쳐 고려리아를 이루어놓았다면 내 후계자가 내 핏줄이 되기를 바라고 또 그럴 만한 자격도 있어."

"후계자가 누가 되든 돕겠습니다."

강 회장이 천천히 머리를 저었다.

"내 아들과 손자는 고려그룹을 이끌고 가야 한다. 그리고 고려리아는 그놈들에게 맞지가 않아."

"……."

"고려리아에 미현이와 함께 들어갈 예정이야. 그 애는 부담 없이 너를 받아들일 것이다."

"미현 씨를 돕지요, 회장님. 미현 씨가 결혼한다면 그 남편도 돕겠습니다."

한동안 김상철을 바라보던 강 회장이 상 위의 숭늉그릇을 들었다. 두어 모금 숭늉을 마시고난 그가 긴 숨과 함께 그릇을 내려놓았다.

"서두르지 말고 생각해 보도록 해라. 넌 아직 젊으니 서둘 필요가 없어."

머리를 돌린 강 회장이 정원을 바라보았다. 늘어진 볼의 근육과 검버섯이 돋아난 옆얼굴이 지쳐 보였으므로 김상철이 시선을 떼었다.

박기동이 창광 클럽에 들어섰을 때 마침 최태호는 로비에서 부하들에게 무언가를 지시하고 있었다. 창광 클럽은 고려시에 있는 북한의 몇 개

안 되는 사업장 중 하나였지만 호화로운 시내의 사업장에 비교하면 하급이다. 이야기를 마친 최태호가 다가왔다.

"아직 연락이 없소?"

인사도 생략하고 대뜸 묻는다.

"오늘밤에 도착하신답니다."

그들은 2층의 사무실에 들어가 마주앉았다.

저녁 8시는 바쁜 시간이다. 그들이 이야기를 시작하기도 전에 두 차례나 전화가 왔고 부하가 한 번 들어와서 지시를 받고 나갔다. 이윽고 조금 한가해지자 최태호가 혀를 찼다.

"돈만 있으면 얼마든지 뻗어나갈 수가 있는데 말이야."

"최 사장님도 돈이 중요한 것을 아시는 모양이오."

"누구 바본지 아시요?"

박기동의 농담에 최태호는 버럭 화를 내었다.

"도대체 출발을 연기한 이유가 뭐요? 우린 겨우 평양을 설득해서 만나게 해 놓았는데 말이오."

"글쎄, 그걸 내가 압니까? 갑자기 김 사장님 지시를 받았을 뿐인데, 그것도 내가 직접 받은 것이 아니어서."

이금철과 함께 평양으로 출발할 계획이 연기된 것에 대한 불평이다. 그러나 시바다에게 쫓겨 목숨을 구걸했던 예전의 박기동이 아니다. 소파에 등을 기댄 그는 담배를 빼어 입에 물었다.

"날 보자고 한 건 그 일 때문입니까?"

"우선 한잔 합시다."

자리에서 일어선 최태호가 벽 쪽으로 다가가더니 백두산 술을 들고 왔다. 북한산의 최고급 술로 알코올 농도가 70도짜리였다.

서너 잔씩을 마시고 조금 술기운이 배어졌을 때였다. 최태호가 생각났다는 듯이 물었다.

"어떻소? 이한과 그레고리와의 관계가 말이오? 괜찮소?"

"괜찮고 자시고 할 것이 없지요. 모두 김 사장님의 지시를 받는 입장이고 나하고는 수직관계가 아니오."

박기동이 술기운에 붉어진 얼굴로 웃었다.

"소문을 들은 모양이신데, 각자 맡은 일이 있으니까 상관하지 않습니다."

"어쨌든 박 사장은 대단한 일꾼이야. 박 사장 수단은 아마 고려리아에서 따를 사내가 없을 거요."

잔에 술을 따르며 최태호가 따라 웃었다.

"돈도 꽤 모으셨다던데, 알부자라고 소문이 났습니다."

박기동이 정색을 했다.

"변죽만 올리지 마시고 용건이 뭔지 말씀해 주세요. 최 사장님답지 않게 왜 이러십니까?"

"여자들 사업 때문이오."

술잔을 내려놓은 최태호는 정색을 했다.

"여자들을 쓰시지 않겠소? 인원은 얼마든지 있습니다."

"……."

"이 일은 이주민 관계와는 별도요. 우리와 박 사장과의 별도 계약으로."

"날더러 북한 여자들을 쓰라는 겁니까?"

박기동이 눈을 크게 뜨고는 입술을 벌렸다. 어이없다는 표정이다.

"더구나 별도 계약으로 말이오?"

"한국에서 비싼 돈 주고서 한물 간 여자들을 데려오지 않소? 형편없습디다. 더구나 옛부터 남남북녀라고 했소. 우리 공화국 여자들은 모두 날씬하고 미인이오. 거기에다 값도 싸고."

"그렇다면 이주민에 포함시키면 되겠습니다. 일할 자리는 내가 맡아서 만들어 줄 테니까."

"그 일등 미인들을 두당 500달러의 계약금을 주고 데려 오겠다고?"

이제는 최태호가 같은 표정을 했다.

"당신은 두당 2만 달러가 넘는 돈을 치르고 데려오지 않소?"

"그 여자들과는 경우가……."

"다를 것이 뭐가 있어? 하긴 우리 여자들이 더 깨끗하고 수준이 높지. 그것들보다는."

술잔을 들어 백두산 술을 한 모금에 삼킨 최태호가 바짝 다가앉았다.

"이미 삼합회와 마피아, 그리고 이나카와회까지 우리와 계약을 했소. 당신한테만 이러는 게 아니란 말이오."

"……."

"당신이 안하겠다면 할 수 없지. 수요는 얼마든지 있으니까. 고려아는 여자 물량이 모자라서 난리인 곳이니까 말이오."

돌아오는 차 안에서 박기동이 옆에 앉은 이판석에게 물었다.

"이봐, 삼합회나 마피아 쪽에서 북한 여자들을 쓰고 있나 알아봐."

"북한말입니까?"

이판석이 머리를 한쪽으로 기울였다.

"조선족이나 고려인 여자들이 아니고요?"

"그래, 공화국에서 온 여자들 말이야."

"전에 들어왔던 여자들은 얼마 안 되는데다가 대부분이 북한 쪽으로 돌아간 것으로 알고 있습니다만."

김상철이 전에 데려왔던 북한의 근로자들은 대부분이 군에서 차출된 사람들이었고 지금 그들은 각 사업장에 흩어져 있다. 그중 여자들도 끼여 있었는데 유흥업소로 빠진 숫자는 몇 명 안된다.

"북한이 유흥업소에 여자를 공급시키려고 한단 말이다. 전문적으로 말이야."

찌푸린 얼굴로 박기동이 말했다. 최태호의 말이 사실이라면 그가 서울에서 데려온 여자들의 희소가치는 폭락이다. 중국이나 러시아에서 넘어온 조선족이나 고려인 출신 교포 여자들은 대부분 가족 단위로 이주해 와서 유흥업소로 빠지는 경우는 극히 드물었다. 고려리아는 여자의 품귀현상이 계속되고 있었는데 유흥업소에 종사하는 여자들의 대부분은 동남아나 러시아인이 대부분이었다.

"그 빌어먹을 자식들이 누구 장사를 망치려고."

사태를 짐작한 이판석이 입을 다물었으므로 차 안에는 정적이 덮였다.

타운의 동쪽 변두리에는 밀입국자들의 집단 거주지가 형성되어 있었는데 대부분이 중국과 러시아계였다. 그러나 밀입국자의 거주지라고 해서 당국으로부터 외면 받는 것이 아니다. 거주지에는 무료 합숙소와 급식소, 무료병원이 세워져 있는데다 아침마다 고려리아의 각 사업장에서 보낸 버스가 잡역부를 모집해서 싣고 나간다. 따라서 동쪽 타운이라고 불리는 밀입국자 거주지는 시간이 지날수록 급격히 팽창되어서 이제는 영주권을 얻고 나서도 그곳에 거주하는 주민들도 꽤 되었다. 영주권을 얻으려면 고려리아의 사업장에서 6개월 이상 일했다는 증명서와 사업장 책임자의 확인서, 거기에다 고려리아 주민 두 명의 보증이 필요했다. 따라서 일자리는 얼마든지 있었으니 게으름만 피우지 않으면 6개월 후에는 동쪽 타운을 벗어날 수가 있는 것이다. 고려리아의 영주권을 얻어 주민이 되면 즉시 직장 가까운 곳의 아파트를 제공 받는다. 10평형에서 100평이 넘는 다양한 규모의 아파트 중에서 본인의 수입에 맞는 형을 선택하면 되는 것이다. 아파트 값은 매달 봉급의 10%를 제하는 것으로 치러졌고 월수입이 나아지거나 직장을 옮겼을 때 큰 평수나 다른 형의 아파트로 얼마든지 옮겨 갈 수가 있다. 물론 개인 사업을 하는 사람도 마찬가지였고 단독주택을 제공받는 경우도 있다. 주택구역으로 지정된 곳의 땅을 무료로 제공받아서 자기 돈을 들여 집을 지어 사는 사람도 있었는데 그들은 초창기의 이민들이거나 돈을 모은 자들이었다. 그러나 동쪽 타운이 팽창되면서 그곳을 근거지로 사는 주민도 늘어나게 되었다. 영주권을 얻고나서도 그대로 주저앉은 그들의 대부분은 물론 중국계와 러시아계 주민이다.

깊은 밤, 동쪽 타운의 무료급식소 옆 골목이다. 급식소는 이미 문을 닫았고 현관의 불도 꺼져 있어서 골목은 그저 동굴처럼 검은 구멍으로만 보였는데 안에서 인기척이 들려왔다. 급식소의 벽에 두 사내가 붙어서 있는 것이다.

"이거 늦지 않아? 벌써 12시 10분이야."

사내 한 명이 투덜거리듯 말했는데 한국어였다. 6월이었지만 아직 영하의 날씨이다. 안쪽에 서 있던 사내가 커다랗게 가래침을 뱉었을 때 골목의 입구로 사내 한 명이 들어섰다. 건너편 길에 세워진 가로등 빛을 등에 받고 있어서 형체만 보이는 사내였다.

거침없이 안쪽으로 걸어 들어온 그는 곧 사내들의 앞에 섰다.

"이제 오십니까?"

사내들의 인사를 받은 그는 잠자코 손에 들고 있던 비닐백을 내밀었다.

"500그램이야. 1그램 봉지로 500개가 들어 있다."

비닐백을 받은 사내 한 명이 땅바닥에 내려놓았던 가방을 건네주었는데 꽤 묵직해 보였다.

"저, 이번에는 식권까지 받았습니다. 그래서……"

가방을 받아쥔 사내가 입맛을 다셨다.

"다 팔았나?"

"아직 150개 정도가 남아 있습니다."

"가방에 든 건 얼마야?"

"달러하고 루불, 엔화와 원화는 지금 가져왔는데 달러로 환산하면 3만 4000달러 정도 됩니다. 중국 위안화는 몇 백 원 밖에 안 되어서 재고로 남겨두었습니다."

"중국 놈들하고는 거래하면 안 돼."

"알고 있습니다."

두 사내를 상대로 번갈아 이야기하던 사내가 천천히 머리를 끄덕였다.

"일주일에 3만 달러면 계획보다 실적이 떨어진다. 더 적극적으로 수요자를 늘려야겠어."

"수요는 늘고 있습니다."

다시 머리를 끄덕인 사내가 몸을 돌리고는 이제 등만 보인 채 골목을 빠져나갔다.

경비대원 오탁규와 김동환이 급식소 옆 골목에서 두 사내가 나오는 것을 본 것은 우연이었다. 그들은 순찰차를 타고 마악 건너편 사거리를 건너가는 중이었는데 원래 인적이 드문 곳인데다가 급식소 옆 골목은 지금 공사 중인 병원 건물과 통해져 있을 뿐 사람이 오갈 곳이 아니었다.

핸들을 잡은 오탁규가 사거리에서 순찰차를 왼쪽으로 회전시켰고 급식소 앞을 지나는 그들에게로 속력을 내어 다가갔다. 사내들이 엔진 소리를 듣고 순찰차를 바라보았을 때는 이미 50미터쯤의 거리밖에 남지 않았다.

"저 놈들, 틀림없이 영주권 미취득자다."

오탁규가 자신있게 말했다. 그는 부산 출신으로 육군에서 제대한 직후 고려리아로 가기 위해서 고려에 지원했다. 그리고는 희망대로 경비대 근무를 하게 되었는데 이제 경력 5개월로 물정을 제법 알고 있는 것이다. 순찰차는 요란한 브레이크 소리를 내며 사내들 옆에서 멈춰졌고 오탁규와 김동환은 제각기 양쪽 문으로 뛰어내렸다. 사내들은 미처 달아날 생각도 하지 못한 듯 주춤거리며 멈춰섰다. 오탁규는 가슴이 뛰었다. 얼굴의 골격으로 보아 사내들은 한민족이다. 그는 중국계나 러시아계보다. 한민족을 검문할 때 흥분감을 느꼈는데 내색은 하지 않았다. 동료인 김동환은 고려리아 근무 2개월의 신입으로 그의 조수였다.

"당신들, 영주증 좀 봅시다."

사내들을 가로막고 선 오탁규가 그렇게 말하고는 왼손을 내어 밀었다. 물론 오른손은 그가 틈만 나면 닦는 베레타 위에 얹혀 있다. 김동환이 비스름한 위치에서 사내들을 바라보고 섰는데 교육받은 대로였다. 사내들이 주머니를 뒤져 제각기 영주증을 내었으므로 오탁규는 조금 실망을 했다. 그러나 플래시로 잠깐 영주증을 비춰본 그는 와락 긴장을 했다.

"당신들, 북한에서 왔어?"

"그렇수다."

사내 하나가 투박한 목소리로 대답했다.

"우리나 당신이나 모두 고려리아 주민이오."

"그래? 그건 그렇다 치고 여기서 뭘 하는 거야?"

"이야기하러 나온 거요."

"이야기하러?"

오탁규의 시선이 사내가 쥔 비닐 가방을 옮겨졌다.

"가방에 든 건 뭐야?"

"술이오."

"열어봐."

사내가 비닐 가방의 지퍼를 잡아 내리고는 술병을 집어내려는 듯이 가방 속으로 손을 집어넣었다. 자연스러운 동작이어서 오탁규가 미처 말릴 수도 없었지만 긴장은 했다. 그가 권총의 손잡이를 움켜쥐었을 때 이미 사내는 가방 속의 권총을 꺼내들고 있었다. 그리고는 오탁규의 가슴을 향해 방아쇠를 당겼다.

"타앙!"

요란한 총성과 함께 2미터쯤의 거리에서 가슴을 관통당한 오탁규가 벌떡 뒤로 넘어졌고 당황한 김동환이 겨우 권총을 빼들었으나 다시 한 발의 총성이 울리면서 그도 쓰러졌다.

"병신 같은 남조선 새끼들."

권총을 손에 쥔 사내가 씹어뱉듯 말하면서 주위를 둘러보았다. 요란하게 총성이 울렸지만 인적은 없다. 사내 한 명이 이미 숨이 끊어진 오탁규의 손에서 영주증을 빼들더니 그들은 곧 어둠 속을 달려 사라졌다. 5분도 안 되는 시간에 일어난 사건이다.

장인규가 떠난 후로 한때 빈집으로 버려졌던 타운 외곽의 저택에 김상철이 다시 이주한 것은 두 달쯤 전이다. 서울에서 돌아 온 사흘째 되던 날 아침, 김상철은 응접실에서 이한과 변순태와 마주앉아 있었다.

"강 회장도 북한 이주민을 받으면 행정청과 경비대의 교육이나 감시 체제를 강화한다는 계획을 세워 두고 있어. 각 사업장의 관리도 강화시키고."

김상철이 말을 이었다.

"지금까지 북한계 조선족이나 고려인들이 고려리아에 동화되어 가는 것에 자신을 얻은 것이지. 하지만 이번의 북한 이주민은 지난번과도 다른 것 같다."

이한과 변순태는 잠자코 그를 바라보았다. 러시아계 고려인 출신이었던 그들은 남북한간의 대립의식이 피부에 와 닿지 않는 것이 사실이다. 그들은 피부색이 노란 러시아인으로 살아왔고 뿌리를 그리워했던 이민 1, 2세대도 아니다.

"고려리아를 흡수하려고 오랫동안 집단 교육을 받고 있다는 거야. 그 자들의 목표는 고려리아뿐만이 아니라 우리도 된다. 북한의 현재 체제로서는 우리도 공존할 수가 없어."

"그렇다면 취소하면 될 것 아닙니까?"

불쑥 이한이 말하자 변순태도 머리를 끄덕였다.

"강 회장께 말씀 드려서 보류시키는 것이 낫지 않겠습니까?"

"현재 상황이 그렇다는 거야. 강 회장한테 아직 이야기할 필요는 없을 것 같다. 불필요한 오해를 살 수도 있어."

"……."

"그래서 내가 북한에 들어가려고 해. 가서 해야 할 일도 있고, 다녀와서 강 회장을 만날 작정이야."

이한과 변순태가 서로 얼굴을 마주보았다.

"그러시다면 박기동을 데리고."

그렇게 물은 것은 이한이다. 김상철이 머리를 저었다.

"아니, 나 혼자. 이번에는 조태광이도 데려가지 않는다. 1명이나 100명이나 그곳에서는 마찬가지 상황이 될 테니까."

점심시간에 저택으로 불려온 박기동은 김상철의 말에 놀란 듯 눈을 크게 떴다.

"사장님께서 직접 가실 필요가 있습니까? 그건 제가 이미……."

"앞으로의 이주민 문제도 상의해야 될 것이고, 그러려면 북한 당국의 책임자도 만나야 할 것 같아서 그래."

"알겠습니다, 사장님."

이윽고 박기동이 머리를 끄덕였다.

"북한측에서도 기다리고 있었습니다. 그럼 제가 이금철한테 전하지요."

"이금철한테 북한 당국의 책임자와 만나도록 해달라고 전해."

"당연히 그래야지요."

"될 수 있는 한 빨리 출발하는 것이 났겠어."

"예, 사장님."

자리에서 일어선 박기동이 그를 내려다보았다.

"저도 오늘 아침에 들었습니다만 강 회장님이 다음 달에 고려리아에 정착하신다던데요, 사실입니까?"

"사실이야."

"이제 본격적으로 고려리아가 발전하게 되겠군요, 사장님."

박기동이 방을 나가자 김상철은 의자에 등을 기대었다. 박기동은 필요한 인간이었다. 특히 고려리아처럼 여러 민족과 조직이 섞여 치열한 세력 경쟁을 하는 상황에서는 더욱 그렇다. 전달자를 통해 서로 의사를 주고받을 뿐만 아니라 모략을 한다. 곧 전달자인 박기동 자신이 전장인 것이다.

"좋아, 어려운 일이 아니야."

김상철의 전갈을 들은 이금철이 가볍게 머리를 끄덕였다.

"김 사장이 온다면 평양에서도 환영할 거야. 잘 되었어."

박기동이 입맛을 다셨다.

"직접 가시려고 내가 가려는 걸 보류시켰던 모양이오. 이것, 나만 괜히

가운데 끼여서 시달렸잖아?"

창광 클럽의 사무실 안이었다. 소파에 등을 깊숙이 묻은 박기동이 혼잣말을 했다.

"그렇게 되었으니 내가 이곳에서 받을 수밖에 없겠는데, 실물을 보고 데려와야 정상인데 말이야."

"홍기천과 페로프도 그렇게 했어."

이금철이 말하자 박기동이 이맛살을 찌푸렸다.

"솔직히 삼합회나 마피아가 데려온 여자들 수준이면 곤란합니다. 나이가 많거나 몸매가 처지는 여자들도 꽤 있습디다."

"이번에는 우리가 주의를 하지. 박 사장이 실망하지 않을 거요."

박기동은 이금철과 여자 한 명당 1만 2000달러로 20명을 계약했던 것이다. 이주민 문제로 북한에 들어가는 길에 그는 여자들을 제 눈으로 확인해서 데려올 계획이었다. 아직 초저녁이었지만 이금철은 백두산 술병을 내놓았다. 그는 얼굴에 웃음을 띠우고 있었다.

"어차피 밀입국시켜야 하니까 박 사장이 데려올 수는 없어요. 우리를 믿고 기다려요."

"이번이 괜찮으면 추가 주문이 있을 겁니다. 수요는 많으니까."

"염려 마시오."

삼합회와 마피아에 공급한 여자들은 모두 합쳐서 20명 정도였다. 그들은 주로 동족인 중국계와 러시아계의 여자를 선호하는 경향이 있는데다. 북한측 말대로 두당 2만 달러를 주었다면 너무 비싸다. 그들은 아마 더 이상 주문하지 않을 것이었다.

"이번에 김 사장은 평양에서 환영을 받을 거요. 물론 박 사장도 나중에 기회가 있으면 들어가 보시오, 아마 훈장을 받을지도 모릅니다."

"훈장은 무슨……."

술잔을 든 박기동이 머리를 저었다.

"김 사장이야 러시아 국적이 되었으니 괜찮을지 모르지만 나는 아직도 한국 국적이오. 큰일 납니다."

"왜? 한국으로 돌아갈 생각이시오?"

"모두 빠져나오는 마당인데 내가 왜 들어갑니까? 강 회장도 다음 달부터 이곳에 영주한다는데."

"결국은 들어오는군."

"체제 개편이 있을 거라고 합니다. 대대적으로."

"아마 그러겠지."

이금철이 박기동의 빈 잔에 술을 채웠다.

"자, 술이나 한 잔 더 합시다."

평양 협상

경비대는 아직도 1만 5000명의 규모를 유지하고 있었지만 연초의 사건 이후 러시아군이 주둔했던 3개월 동안 대대적인 숙정(肅正)이 이루어졌다. 경비 본부장 이하 대부분의 간부진, 또한 그들이 영입했던 대원들을 귀국시켰는데 그 숫자가 2000명 가깝게 되었던 것이다. 경비 본부장이 된 이대각은 부족한 인원을 한국에서 데려오지 않고 조선족과 고려인으로 채웠다. 고려리아는 고려리아인을 교육시켜 맡긴다는 강 회장의 의지인 것이다. 따라서 지난달부터는 고려시 외곽에 경비대원 양성소가 1기 훈련생을 입소 시켰다. 석 달 훈련을 받고 경비대원이 되는 양성소에는 현재 500명의 예비대원이 훈련을 받고 있었는데 대부분이 고려인과 조선족으로 5대 1의 경쟁을 뚫고 입소한 청년들이다. 적극적이고 저돌적인 성격만으로 따지자면 이대각도 강 회장 못지않다. 그는 경비대원 양성소에 대단한 열성을 쏟아 붓고 있는 중이었다.

오늘도 양성소에 들렀다가 행정청에 돌아온 그는 보안국장 장동택을 불러들였다. 장동택은 고려리아의 보안 과장을 지내다가 국정원으로 돌아갔던 사람이다. 지난번의 사태로 경비대의 간부가 대부분 추방당하게 되자 그는 국정원에 사표를 내고 유장석에게 고려리아 근무를 자원했다. 강 회장이 그를 선뜻 받아들인 것은 물론이다. 이대각의 앞에 선 장동택이 부리부리한 눈을 굴리며 말했다.

"동쪽 타운 사건은 아직 단서가 없습니다, 본부장님. 목격자도 증거물도 전혀 찾지 못했기 때문에……."

힐끗 이대각의 눈치를 살핀 그가 말을 이었다.

"전담반 세 명을 밀입국자 사이로 잠입시켜 놓았습니다."

"경비대원을 사살한 것은 가장 죄질이 나쁜 경우다. 틀림없이 범죄현장을 목격 당하자 살해한 거야."

이대각이 턱으로 앞쪽 의자를 가리키자 장동택이 자리에 앉았다.

"김 사장이 서울 다녀오더니 마음을 바꾼 모양이야. 박기동 대신으로 직접 북한에 들어간다고 하는데."

"……."

"회장님을 만났다는군. 그래서 재촉을 받은 것 같은데."

"제가 보고 드린 대로 북한 정권은 이주를 대비해서 주민들을 철저히 교육시켜 왔습니다."

장동택이 이대각을 정면으로 바라보았다.

"고려인과 조선족과는 전혀 유형이 다릅니다. 고려리아를 흡수시키려는 조직 집단이 몰려들어오는 겁니다."

"동화운동에 적응이 된다고 믿고 있어, 회장님은."

이대각이 입맛을 다셨다. 북한 이주민을 대상으로 한 동화운동의 책임자도 이대각인 것이다. 그들에게 고려리아의 체제와 이념을 주입시키고 감시 감독하는 체계는 이미 세워두었기는 했다.

"영감님이 내일 모레가 80이어서 그런지 정신없이 서두른단 말이야."

"김 사장도 사정을 알고 있을 텐데 직접 북한에 들어가는 이유를 모르겠습니다."

이대각은 물론 강 회장도 장동택의 철저한 반공의식을 믿는다. 더욱이 그는 고려리아의 이념에 심취해 있는 사람이기도 했다. 장동택이 말소리를 낮추었다.

"서울에서 국정원장이 김 사장에게 북한 이주민 문제에 대해서 충고를 해주었다고 합니다. 이건 국정원의 심재택 씨한테서 들었으니 정확한 정보지요."

"……."

"국정원장과 심재택 씨는 사심 없는 사람들입니다. 하지만 회장님께 직접 이야기하면 오해를 받을까 봐 김 사장을 만났는데 효과가 없군요. 아마 회장님의 의지가 더 강했던 것 같습니다."

"빌어먹을."

이대각이 이제는 혀를 찼다. 전보다는 조금 나아졌지만 그는 지금도 가끔씩 쌍소리를 한다.

"결과가 어떻게 되건 동화계획이나 단단히 준비해 두는 수밖에 없어, 지금은."

그레고리 파트킨은 고려리아의 대영 사업장을 통괄하고 있다. 그는 시베리아 강도단 두목이었지만 구 소련군의 소령 출신으로 행정력도 있는 사람이다. 김상철과의 기이한 인연으로 한때는 마피아에도 몸 담았다가 다시 고려리아로 돌아와 있었으니 참으로 곡절이 많은 인생이었다. 그가 콘티넨탈 호텔의 지하 4층 창고에 들어서자 부하들이 좌우로 비켜섰다. 지하 4층은 전체가 호텔 필수품의 창고로 쓰였는데 그가 들어선 방에는 쌀자루가 산처럼 쌓여 있었다. 쌀자루 앞에 놓인 의자에 앉은 러시아인이 머리를 들고 그를 바라보았다. 두 눈의 초점을 잡는데 조금 시간이 걸렸고 그동안 방 안에는 정적이 흘렀다.

"그레고리."

초점을 잡고 그레고리를 알아본 사내가 절규하듯 소리 쳤다.

"날 살려 주시오, 그레고리."

그레고리가 옆에 선 주코프를 돌아보았다.

"자백했나?"

"모두 일곱 차례에 걸쳐 미화로 2만 5000달러입니다."

사내가 다시 소리쳤다.

"그레고리, 5000달러는 집에 있습니다. 나머지는 내 봉급에서."

머리를 돌린 그레고리가 주위에 둘러선 부하들을 하나씩 바라보았다. 모두 7, 8명쯤 되는 그들은 시베리아 강도단 시절부터 생사고락을 같이 해온 사내들이었고 의자에 앉아 있는 사하로프도 마찬가지였다. 그는 사하로프에게로 두어 걸음 다가가 섰다.

"사하로프, 우리가 강도단 시절에는 빼앗은 것은 모두 나눠가졌다, 그렇지?"

그의 목소리는 가라앉아 있었다. 사하로프가 눈을 끔벅이며 그를 바라보았다. 얻어맞아 입술이 터졌고 한쪽 눈이 부어 있는데다 머리칼이 형클어진 험한 모습이었다. 그레고리가 말을 이었다.

"기억이 난다. 우리가 알단의 가게들을 털었을 때 네가 쓸모도 없는 은주전자를 갖고 나와 웃음거리가 되었지."

"그레고리, 나도 모르게, 어쩔 수가 없었소."

사하로프가 이제는 흐느껴 울었다.

"마약을 맞게 된 것이 잘못이오, 그레고리."

"넌 이곳에서 제대로 살 수가 있었어. 한 달에 2000달러나 받게 되었으니 곧 여자도 얻을 수가 있었을 것이다."

"그레고리, 살려 주시오."

그레고리가 허리춤에 꽂은 권총을 빼들었다.

"치타에 있는 네 부모한테는 여생을 편히 지낼 만큼 돈을 보내드리겠다. 그것은 약속한다."

리볼버의 총구가 이마에 겨누어지자 갑자기 사하로프는 입을 다물었다. 그리고는 똑바로 그레고리를 바라보았다.

"사하로프, 하지만 너하고는 끝이다."

"……."

"준비가 되었느냐?"

방 안의 사내들은 사하로프의 머리가 희미하게 위아래로 흔들리는 것을 보았다. 그 순간 총성이 울렸고 이마를 뚫린 사하로프가 의자와 함께 뒤로 넘어졌다. 허리춤에 권총을 꽂은 그레고리가 몸을 돌리자 주코프가 뒤를 따랐다.

"마약은 타운의 비버 클럽에서 샀다는데 하루분에 300달러 주었답니다. 그 개자식은 최고급 아편만을 먹었습니다."

복도를 걸으면서 그가 말을 이었다.

"사하로프 외에는 간부급에서 아편 먹는 놈은 없는 것 같습니다. 하지만 하급 부하들은 있을 겁니다. 페로프의 부하들도 꽤 있다고 들었으니까요."

그레고리가 조금 걸음을 늦추었다.

"누구한테서 구입했다고?"

"중국계 여자랍니다. 몸 파는 여자처럼 보이는데 가끔 비버 클럽에 나타난다는 겁니다."

"중국인들은 고려리아 초기부터 마약을 들여왔어. 지금도 중국인 거리 안에는 마약방이 있어."

그레고리의 보고를 들은 김상철이 말했다.

"이제는 마약이 밖으로 흘러나오는 모양이군."

"홍기천에게 경고를 해야 합니다. 저희들끼리 먹든 마시든 해야지 밖으로 내놓으면 요절을 내겠다고 말입니다."

"우선 증거를 잡은 후에."

비버 클럽은 러시아 마피아와 줄이 닿아 있는 곳이다. 마피아가 중국계 여자를 고용하여 마약을 팔수도 있을 것이다. 그레고리가 방을 나가자 김상철은 시계를 올려다보았다. 벽시계는 오후 5시 30분을 가리키고 있었다. 6시에 약속이 있는 것이다. 그가 오리엔트 호텔의 라운지로 들어섰을 때는 6시 5분이었다. 창가의 의자에 앉아 있던 안인석이 엉거주춤 자리에서 일어서며 그를 맞았다. 일본에서 만나고 나서의 첫 대면이다. 그에게로 다가간 김상철이 손을 내밀며 웃었다.

"오랜만이구나."

"응, 오랜만이야."

안인석이 따라 웃었지만 굳어진 표정이 잘 펴지지가 않는다. 그는 지금도 관광국의 과장으로 관광업무의 실무 책임자였다. 종업원이 다가와 주문을 받았는데 둘 다 저녁 생각이 없었으므로 술을 시켰다. 오리엔트 호텔은 이나카와회 소속의 사업장으로 지금은 새로운 책임자인 죠오베가 관리하는 곳이다. 주방 앞에 선 지배인이 잔뜩 긴장한 태도로 이쪽을 힐끗거리고 있었다.

"네 이야기는 박기동 씨한테서 가끔 들어."

김상철이 입을 열었다. 박기동은 언제나 지나가는 말처럼 안인석의 이야기를 했는데 결코 깊게 들어가지 않았다. 그저 동향만 전해주는 식인 것이다. 둘 사이의 관계를 알고 있는 박기동이다.

그러나 그는 언제나 안인석을 비난할 준비를 갖추고 있었지만 김상철은 반응을 보이지 않았다. 그가 다시 입을 열었다.

"이번에 서울을 다녀왔어. 그래서 너한테도 이야기를 해야겠다는 생각이 들어서."

"……."

"어차피 알게 되겠지만 나, 미정 씨를 데려오기로 했다."

안인석이 시선을 들었으나 입을 열지는 않았다.

"자, 술이나 한 잔 들자."

김상철이 술잔을 들었다. 따라 술잔을 든 안인석이 얼굴에 웃음을 띠었다.

"그 이야기하려고 날 부른 거냐?"

"그런 셈이지."

"아무 말 안 해도 될 텐데, 난 상관없는 사람인데 뭘."

"……."

"어쨌든 축하한다. 잘 됐어."

한 모금에 술을 삼킨 안인석이 잔을 권했다.

"항상 빚진 기분이었는데 이제는 나아질지도 모르겠다."

"고맙다."

잔을 받은 김상철이 얼굴에 웃음을 띠었다.

"내가 말하기를 잘했다는 생각이 든다."

"내가 잘못한 건 알아. 대학 때는 같다고 생각했는데 뛰어오르는 너를 보면 견딜 수가 없었어. 그러다보니 사리분별을 못했던 거야."

"……."

"말해줘서 고맙다."

다시 술을 채운 그들은 같이 잔을 들어올렸다. 주방 쪽에서 긴장하고 있던 지배인의 자세도 조금 풀어져 있었다.

박미정과 강미현은 전에 한번 만난 적이 있다. 그때는 박미정이 강미현을 찾아갔었지만 오늘은 그 반대였다. 강미현이 만나자고 했던 것이다. 초여름의 햇살이 눈부시게 반사되는 한낮이다. 논현로에 위치한 조그만 커피숍 안에는 손님이 그들 둘뿐이었고 커피 잔을 내려놓고 난 종업원도 어디론가 사라져서 보이지 않았다. 마치 두 사람만을 위해 만들어진 장소처럼 보였으므로 박미정은 다시 한 번 커피숍 안을 둘러보았다. 자신의 뒤쪽 구석자리에 앉아 잡지를 읽고 있는 종업원을 발견한 그녀는 가만히 숨을 내려쉬었다. 강미현은 쥐색의 반팔 티셔츠에 상아색 바지 차림이었다. 화장기가 없는 얼굴에 단순한 형태의 귀걸이만 걸었다. 강미현이 부드럽게 말했다.

"사무실로 연락했더니 정리하셨다고 해서. 곧 결혼하신다고."

머리를 끄덕이는 박미정을 향해 그녀가 말을 이었다.

"상대는 김상철 씨, 맞죠?"

"그래요."

박미정이 얼굴에 웃음을 띠었다.

"정말 어색해요. 이런 분위기, 이런 내용의 이야기."

"미안해요. 하지만 한번 꼭 만나고 싶었어요."

강미현이 담배를 꺼내 물었다가 떼었다.

"담배 괜찮겠어요?"

"괜찮아요."

"담배가 늘었어요, 요즘."

"……"

"그 사람, 할아버지 말씀대로라면 운이 강한 남자, 난세에 필요한 남자일 뿐인데."

담배 연기를 길게 내어뿜은 강미현이 그녀를 바라보았다.

"마피아, 삼합회, 북한계의 조직을 상대하려면 한국도 조직으로 맞서야 했는데, 이젠 그가 암적 요소가 되었어요."

시선을 든 박미정의 얼굴이 굳어졌다.

"누가요? 누가 암적 요소예요?"

"김상철 씨."

"이용할 땐 언제고, 그리고 고려리아가 겨우 정상을 찾은 건 누구 덕분인데요?"

얼굴이 하얗게 된 박미정이 강미현을 쏘아보았다.

"왜 이러시죠? 도대체."

"난 솔직히 말씀 드린 건데."

재떨이에 담배를 비벼 끈 강미현이 길게 숨을 내려쉬었다.

"할아버지의 표현을 그대로 옮겼을 뿐이에요."

"……."

"추잡한 주도권 싸움이죠. 하긴 역사를 봐도 이긴 자가 제왕이 되었고 경쟁자는 제거되더군요."

"……."

"할아버지와 김상철 씨는 공존할 수 없어요. 가족이 되기 전에는."

"자꾸 할아버지 얘기만 꺼내시는데."

박미정이 그녀를 똑바로 바라보았다.

"강미현 씨 답지 않아요."

그러자 강미현이 쓴웃음을 지었다.

"할아버지나 고려라는 짐이 없었다면 내가 이러고 있을 이유가 없어서 그래요."

"그렇다면 강미현 씨는 뭐죠?"

"인질이나 미끼, 그런 것."

"김상철 씨에 대한 감정은 아무것도 없고요?"

"……."

"자존심 상해서 그러세요?"

박미정의 말에 퍼뜩 시선을 들었던 강미현이 다시 담배를 꺼내 입에 물었다. 그녀가 다시 길게 연기를 뱉어내고 박미정은 이미 식어버린 커피를 한 모금 마시고 내려놓았다. 남녀 한 쌍의 손님이 커피숍 안으로 들어섰다가 분위기에 질색을 하고는 돌아나갔다. 이윽고 강미현이 입을 열었다. 무표정한 얼굴이었다.

"없어요, 나는. 고려리아와 가족이 우선이니까 그런 감정 생각하고 싶지도 않아요."

"난 물러나지 않아요."

박미정이 천천히 머리를 저었다.

"내세울 것이 없어서라고 해도 상관없어요. 난 다시 놓치지 않겠어요."

"……."

"도대체 고려리아가 뭔데? 그곳 왕이 되면 100만 년쯤 사나요? 사람 사는 곳은 얼마든지 있어요, 난 그 사람하고 아프리카 사막에 가서라도 살겠어요."

박미정이 자리에서 일어섰다.

"선택은 이미 그 사람이 했어요. 난 따른다고 약속을 했고."

그녀의 얼굴은 붉게 달아올라 있었다.

"난 이번에는 속지 않아요, 절대로."

하바롭스크를 떠난 아에로플로트기가 평양 순안공항에 도착한 것은 오후 3시였다. 고공에 떠 있을 때는 푸른 하늘과 흰 구름만 보였었는데 공항의 하늘은 비가 올 것처럼 잔뜩 흐렸다. 비행기의 트랩을 내려선 김상철과 이금철은 곧 대기하고 있던 벤츠에 올랐다. 여권심사와 세관검사를 무시한 절차였다.

공항을 빠져나온 벤츠는 곧 순안 평양간의 고속도로를 맹렬한 속도로 달려 나갔다. 차량의 통행이 드문 때문인지 속도제한을 무시한 것 같은 거친 운전이었다. 앞자리에 앉은 운전사와 검정색 양복의 사내는 긴장한 듯 몸이 굳어져 있다.

"평양까지 몇 킬로미터나 됩니까?"

답답한 정적을 깨려는 듯 김상철이 묻자 앞쪽의 사내가 몸을 돌렸다. 30대 후반쯤의 단정한 용모의 사내였다.

"20킬로미터입니다, 김 선생님. 10분이면 도착합니다."

그는 눈을 깜박이더니 얼굴에 웃음을 띠었다. 긴장을 풀려는 모양이다.

"김 선생님은 창광거리의 평양 고려호텔에 묵게 되십니다."

창광거리는 평양의 번화가이다. 장국진은 가끔 평양 이야기를 해 주었으므로 김상철은 그쯤은 알고 있었다.

"내가 만날 사람은 누굽니까?"

그것은 이금철도 아직 모르고 있다. 박인수라고 자신을 소개했던 사내가 다시 웃었다.

"도착하면 말씀 드리려고 했는데, 오늘 저녁에 김영남 부총리겸 외교부장 동지를 만나게 되십니다."

"……"

"그동안은 방에서 쉬시지요. 저는 로비에서 대기하고 있겠습니다, 김 선생님."

창광거리에 세워진 평양고려 호텔의 객실에서 대동강이 내려다보였다. 강 건너편에 솟아 있는 것은 주체사상탑이었다. 김상철은 창가에서 몸을 돌렸다. 밖에 나가 있다가 조금 전에 들어온 이금철의 가라앉은 분위기가 마음에 걸렸기 때문이다. 박인수가 잠깐 자리를 비운 때이다.

"위원장님, 걱정거리라도 있습니까?"

그가 묻자 이금철이 놀란 듯 머리를 들었다.

"걱정거리는 무슨, 조금 피곤할 뿐이오."

문이 열리더니 박인수가 들어섰다.

"가시지요. 지금 식당에서 기다리고 계십니다."

2층 식당의 밀실에 들어서자 두 사내가 그들을 맞이했다. 박인수는 밀실 안으로 들어오지 않았으므로 이금철이 소개를 했다.

"김 사장님, 부총리이신 김영남 동지십니다."

김영남은 70대 초반쯤으로 얼굴의 혈색이 좋았고 굵은 테 안경을 끼었다.

"이 분은 대외정보 조사부장인 서일 동집니다."

서일은 60대쯤의 나이로 마른 체격이었다. 대외정보 조사부는 당 소속의 해외공작과 첩보 수집을 담당하는 부서였다. 인사를 마치고 자리에 앉자 곧 방문이 열리면서 음식이 날라져 왔다. 김영남은 시종 웃음 띤 얼굴로 분위기를 이끌었는데 서일과 이금철은 거의 입을 열지 않았다.

"강 회장, 그분, 큰 인물이야. 고려리아를 조선 사람의 땅으로 만든다는 발상은 위대합니다. 영웅이오."

김영남이 말했다.

"이미 인구가 350만이 되는데다가 소득이 1만 달러가 넘었다니, 훌륭해요."

그는 외교의 베테랑인데다가 노동당 정치국 위원이기도 하다. 서열이 한참이나 아래인 서일과 이금철이 몸을 사리는 것은 당연했다. 음식은 맛이 있었으므로 긴장된 분위기였는데도 김상철은 제대로 식사를 했다. 강 회장의 칭찬과 고려리아의 발전상에 대한 찬사가 쉴 새 없이 쏟아지는 가운데 식사가 마쳐지자 테이블은 곧 술상으로 바꿔졌다. 인삼주가 두 잔쯤 돌려졌을 때였다. 김영남이 입을 열었다.

"김 사장, 이번에 협상할 이주민이 몇 명입니까?"

"5000입니다. 그런데 고려리아는 가족 단위의 이주민을 필요로 합니다, 부총리님."

"추가 계획은 어떻습니까?"

"회장님은 순차적으로 진행시키겠다고 하셨습니다."

김영남이 머리를 끄덕였다.

"내 경험에 의하면 협상은 서로 주는 분위기가 되어야 순조롭게 진행됩니다. 주기만 하거나 받기만 하는 건 협상이 아니지. 이렇게 앉아 이야기 할 필요도 없는 겁니다."

"……"

"우리가 줄 수 있는 것은 성실한 노동력이오. 둘째로는 자손을 퍼뜨려 고려리아의 한민족 기반을 굳히는 것이 되겠지."

"……"

"그렇다면 그쪽은 우리에게 무엇을 줍니까? 난 이주할 우리 인민을 대표해서 묻는 겁니다."

김상철이 소리 없이 입맛을 다시고는 혀로 마른 입술을 축였다. 김영남에게 말재간을 부려 봐야 원숭이 앞에서 나무타기다.

"집과 일자리, 그리고 계약금을 줍니다."

"……"

"다른 것은 모릅니다. 그것은 각자가 알아서 느끼게 되겠지요."

"공화국 인민 중에 집이 없는 사람은 없소. 남조선처럼 사글세 사는 사람이 없단 말이오. 따라서 이주해 가면 당연히 집이 제공되어야 하고 일자리도 마찬가지요. 그리고 계약금 문제인데……."

김영남이 술잔을 들어 한 모금을 삼켰다.

"일인당 500달러라고 들었는데 그건 말도 안 되는 소리요. 고려리아를 개척해갈 순수한 영웅들을 모욕하는 것입니다."

"……."

"검토해 주시오. 최소한 2000달러는 되어야 그들이 공화국에 남긴 친척이나 가족들에게 선물이라도 사줄 수 있을 겁니다."

머리를 든 김상철이 그를 바라보았다. 두꺼운 안경테 속의 두 눈이 그의 시선을 정면으로 받을 뿐 표정은 전혀 없는 얼굴이었다.

다음날 아침 식사를 마치고 방에 들어온 지 얼마 안 되었을 때 문에서 노크소리가 났다. 문을 연 김상철의 앞에 서 있는 것은 어제 저녁에 만났던 대외정보 조사부장 서일과 다른 한 사람의 사내였다. 아침 8시 10분 전이었으니 그들은 약속 시간보다 10분 빨리 온 셈이었다. 방은 응접실까지 딸린 특실이다. 그들은 응접실의 소파에 마주앉았다. 서일이 데려온 사내는 한철호라는 부부장이었다.

"연락은 받으셨습니까?"

서일이 물었다. 계약금 문제에 대한 회신을 받았느냐는 말이었다.

"아직, 받지 못했습니다. 너무 차이가 커서 쉽게 결정할 수 없을 것 같은데요."

연락도 쉽지 않아서 평양에서 고려리아의 유장석에게 통화를 하면 그가 서울로 암호전화를 해야만 하는 형편이다.

머리를 끄덕인 서일이 자리를 고쳐 앉았다.

"아버님이 강원도에서 목장을 하신다고 들었는데, 잘됩니까?"

"네, 제법 잘됩니다."

김상철이 바짝 긴장을 했다. 어제 저녁에는 몇 마디밖에 하지 않던 서일이다. 그가 오늘은 그의 전공을 풀어 보일 모양이었다.

"감옥에 오래 갇혀 계셨다고 들었습니다만, 건강은 어떻습니까?"

"건강하세요."

그러자 서일이 이를 드러내며 웃었다.

"대외정보 조사부장인 내가 김 사장과의 면담기록이 없다면 큰일입니다. 이해해 주십시오."

김상철이 따라 웃었다.

"각오는 하고 있었습니다."

"러시아 국적을 취득하셨으니 한국과는 조금 벌어진 것 같지 않습니까?"

"글쎄요."

"한국 정부와도 관계가 매끄럽지 못하셨고."

"그랬지요."

"살인혐의는 아직 벗겨지지 않았지요?"

"아시다시피 얼마 전에 한국에 들어갔다가 무사히 나왔습니다."

"하지만 아직 한국 국적도 갖고 계시니 그쪽에서 마음먹기에 따라서 상황이 달라질 겁니다."

"……."

"고려리아가 어떤 유형의 국가가 될 것 같습니까? 이를테면 홍콩이나 혹은."

김상철이 길게 숨을 내려쉬었다.

"세계에서 제일 강한 나라가 될 겁니다."

"……."

"50년 후에는 아마 러시아도 돌려 달라고 할 수 없을 겁니다. 그때까지 러시아가 남아 있을지도 모르고. 하지만 고려리아의 한민족은 뿌리를 박고 있겠지요."

그는 서일을 똑바로 바라보았다.

"내가 직접 평양에 온 건 이주민 협상 문제 외에 다른 일도 있었기 때문입니다. 어제는 말씀을 못 드렸는데."

"뭡니까?"

와락 긴장을 한 서일이 묻자 김상철이 힐끗 옆에 앉은 부부장을 바라보았다. 이들은 꼭 둘씩 다니는데 어제 서일이 김영남 앞에서 했던 것처럼 이 사내도 입을 다물고 있는 것이다.

"부총리와 같이 계실 때 말씀 드리지요."

서일은 이미 더 이상 질문을 할 의욕을 잃었는지 머리를 끄덕이고 있었다.

"김상철이 어제 평양에 들어갔습니다."

심재택이 말하자 권준규가 머리를 끄덕였다.

"강 회장한테 설득을 당한 모양이야. 아무래도 우리들한테는 불신감을 갖고 있겠지."

창밖으로 굵은 빗줄기가 쏟아져 내리고 있었다. 먼지가 씻겨 내린 나뭇잎이 생기 있게 흔들렸고 청사 앞마당의 넓은 잔디밭은 이미 물기에 흠뻑 젖어 있었다. 오랜 가뭄 끝에 내리는 단비였다.

권준규가 앞에 앉은 심재택에게로 다시 시선을 돌렸다.

"이대각과 장동택이 강성(強性)이 있는데다 손발이 맞아. 최악의 경우에는 그들에게 기대하는 수밖에 없어."

"줄곧 강 회장에게 끌려다니는 상황입니다. 이제까지는 그 양반의 무리수가 그런대로 먹혔지만 앞으로가 문제입니다."

심재택이 펼쳐 놓았던 서류를 접었다.

"이미 계획적으로 모든 재산을 빼돌린 상황이어서 그 양반은 이제 정부의 어떤 간섭도 거부할 것입니다."

"다음 달에 고려리아로 옮길 계획이지?"

"그곳에 영주한다고 합니다. 고려리아로 옮겨진 계열사 직원들의 가족도 올해 안에 모두 이주할 계획입니다."

이미 고려의 사원가족 15만 명이 이주를 마쳤고 남아있는 10만여 명도 매일 전세기 편으로 고려리아를 향해 떠난다. 언젠가는 매스컴에서 한국판 엑소더스(exodus)라면서 새 땅을 찾아 떠나는 그들을 특집 취재한 적도 있다.

"차라리 한국에서 이주민 억제정책을 완화시킨다면 나을지 모르겠습니다."

심재택이 말하자 권준규가 쓴웃음을 지었다. 정부는 석 달 전에야 겨우 고려 직원 가족의 이주를 허용했던 것이다. 박정규는 밀려났지만 아직도 대통령이나 안보회의 구성원의 다수는 고려리아의 장래에 자신을 갖지 못하고 있다. 고려리아를 지원했다가 적화라도 되었을 때는 책임을 뒤집어쓰게 될 것이고 그렇다고 이제는 반대만을 할 수도 없는 입장이다. 그래서 고려 가족의 이주만은 허용했지만 이주민 모집은 요원한 일이었다.

심재택이 머리를 들었다.

"원장님, 문제는 고려리아 내부에서도 생길 것 같다고 생각합니다만."

잠자코 바라보는 권준규를 향해 그가 말을 이었다.

"강 회장과 김상철과의 관계 말씀입니다. 지금은 별문제가 없습니다만 시일이 지나면 아무래도……."

 그는 옆에 두었던 검정색 가방을 뒤져 소형 녹음기 하나를 탁자 위에 올려놓았다.

 "들어보시겠습니까? 이건 며칠 전에 강미현과 박미정의 대화를 녹음한 것입니다."

 "……."

 "적나라합니다. 강 회장과 김상철과의 관계도 극명하게 나타나 있고."

 "순전히 도둑놈들이구먼."

 강 회장이 어이없다는 표정으로 이남호를 바라보았다.

 "이건 마치 제 국민을 무슨 개나 돼지처럼 팔아먹을 작정인 모양이다. 뭐? 계약금으로 가족 선물을 사준다고? 모두 가로채 갈 놈들이."

 그는 손바닥으로 의자의 팔걸이를 두드렸다.

 "이놈들이 새파란 김상철이를 붙잡고 노는 모양이여. 이렇게 될 줄 알았다면 자네나 협상에 능한 그룹사장을 골라 보내는 건데."

 물론 그럴 만한 형편이 아니다. 비공식으로 받아들이는 상황이므로 이남호나 그룹사장이 간다면 한국 정부가 잠자코 있을 리가 없다. 전처럼 강한 제재는 못하더라도 여러 가지 방법을 쓸 수 있는 것이다. 이남호가 입을 열었다.

 "김상철이 기다리고 있습니다. 회장님, 결정을 해주셔야."

 "도적놈들, 아쉬운 주제에 이쪽에서 서두니까 배짱을 내밀고 있어."

 "……."

 "이제까지 계약금에 대해서는 이의가 없는 것처럼 아무 소리 않다가 말이야."

 강 회장이 이남호를 쏘아보았다.

"김상철이한테 돌아오라고 전해. 회담은 결렬이다."

"예, 회장님."

"이런 식으로 끌려가면서 거래를 할 수는 없다. 그놈들, 한국 정부와 회담하는 줄 아는 모양이지? 미친놈들, 사람 잘못 보았어."

"만일 그자들이 처음에 제시했던 일인당 500달러를 받아들인다면 어떻게 할까요? 물론 우리가 먼저 말을 꺼내지는 않겠습니다만."

"그것도 못해."

"예, 그럼 무조건 결렬이 되겠습니다."

"그렇다. 김영남이 그놈한테 본때를 보여주는 것이야. 그놈이 협상의 일인자라지만 아마 벼락 맞은 꼴이 될 것이다."

"예, 그럼."

이남호가 자리에서 일어서자 강 회장이 다짐하듯 말했다.

"이제 다시 연락할 필요도 없다고 김상철한테 전해, 그냥 돌아오라고."

"예, 회장님."

"도청해 들을 테니 긴 이야기도 할 것 없다."

이남호가 방을 나가자 강 회장은 의자에 등을 기대었다. 약간 흥분만 해도 몸이 지치는 것이다.

김영남이 호텔에 찾아온 것은 다음날 아침이었다. 서일이 금방이라도 김영남을 데려올 것처럼 나갔기 때문에 김상철은 꼬박 하루를 기다렸던 것이다. 이번에도 김영남은 서일과 함께였고 어제 아침부터 이금철은 나타나지 않았다.

응접실에 앉은 김영남의 얼굴에는 부드러운 웃음이 떠올라 있었다.

"서울에서 연락은 받으셨습니까?"

그가 묻자 김상철이 머리를 끄덕였다. 어제 오후에 유장석으로부터 전화를 받았던 것이다. 호텔방의 전화가 도청되는 것은 기본이다.

"계약을 보류하고 돌아오라는 지시를 받았습니다."

"가격 때문입니까?"

"아마 그런 것 같습니다."

김영남이 의자에 등을 기대고는 담배를 꺼내 물었는데 낯익은 미제 상표였다.

"그리고 어제 나한테 할 이야기가 있다고 하셨다는데, 무슨 이야기지요?"

"대영그룹 문제인데요."

"……."

"그 사람들은 다시 협상하기를 바라고 있었습니다. 서로 오해를 풀어야 한다고 하더군요."

"그렇습니까?"

길게 연기를 뱉어낸 김영남이 입술 끝만을 들어 올리며 웃었다.

"합의한 내용만 지키면 오해가 풀릴 것이라고 전해주세요. 우린 다시 협상할 이유가 없습니다."

"위약금을 낼 용의가 있다고 했습니다. 그 대신 먼저 나진·선봉지역의 규제를 풀어 정상화시켜 주고 동경 지사장을 돌려보내 달라고 하더군요."

그러자 얼굴을 굳힌 김영남이 김상철을 쏘아보았다. 이윽고 시선을 뗀 그가 가라앉은 목소리로 말했다.

"그 사람들은 우리를 테러리스트 집단으로 생각하는 모양인데."

"……."

"동경 지사장은 돌려보내라니, 도대체 무슨 소린지 모르겠군. 그렇지 않소?"

그가 묻자 서일이 커다랗게 머리를 끄덕였다.

"그렇습니다, 부총리 동지. 영문을 모르겠습니다."

"저한테 연락을 해주시면 됩니다. 고려리아에서 북한 사람들 만나는 건 자연스러운 일입니다."

김상철이 내쳐 말했다.

"제가 고려리아의 대영 사업장을 관리하는 인연으로 어쩔 수 없이 중계역할을 맡게 되었습니다."

그는 고려와 대영 양대 그룹의 대리인인 셈이었다. 잠시 김상철을 바라보던 김영남이 담배를 재떨이에 비벼 껐다. 찌푸려진 얼굴이다.

"김 사장 생각은 어떠시오? 강우진 회장의 성격이 뻑뻑하다는 건 알고 있었지만 이런 식으로 회담을 결렬시키는 건 무례한 것 아닙니까?"

"그분은 자존심이 상하거나 기분이 틀어졌을 때 몇 억 달러 손해 같은 것은 안중에도 없습니다."

"……"

"타협이나 협상 같은 것을 싫어하는 분이지요. 기분파지요. 아마 계약금 문제로 화가 나신 것 같습니다."

"그런 사람이 그런 기업을 운영하다니."

"……"

"도대체 우리 공화국을 뭐로 보고."

말을 멈출 그가 김상철을 바라보았다.

"서울에 다시 연락할 수 없겠습니까? 가격 문제를 다시 절충하자고 말이오."

"안 됩니다."

머리부터 젓고 난 김상철도 이맛살을 찌푸렸다.

"연락할 필요도 없다고 하는 판이니 제가 할일이 이제 없습니다."

김영남과 함께 방을 나갔던 서일이 잠시 후에 혼자 들어섰다.

"야단이오. 협상이 이렇게 틀어져 버릴 줄은 예상하지 못했습니다."

자리에 앉으며 서일이 혼잣소리처럼 말했다. 그는 이번 협상의 주역도 아니고 전문가도 아니다. 담배를 피워 문 그는 답답하다는 듯 여러 번 입맛을 다셨다.

"부총리 동지의 입장이 난처해졌습니다. 실은 오늘 저녁에 김 사장께서는 주석궁에서 저녁 식사를 같이 하기로 예정이 잡혀 있었는데 그것도 취소될 것 같습니다."

바랐던 일도 아니었으므로 김상철이 잠자코 그에게로 시선을 주었다. 김영남이 실수를 한 것이다.

"나는 김 사장의 의견을 듣고 싶은데, 그래서 이렇게 다시 왔습니다."

"한국 정부에서는 고려리아의 북한 이주민에 대해서 아직도 거부감을 갖고 있단 말입니다. 그래서 비공식으로 제가 온 것인데."

"……."

"가격이 어떠니 하는 소리를 듣고 강 회장이 폭발한 것 같아요. 애를 써서 추진시키려는데 손발을 맞출 생각은 않고 돈이나 더 내라니 화가 날 만도 하지요. 아마 두 번 다시 이주민 문제를 거론하지 않을지도 모릅니다."

"그 동지께서 너무 쉽게 생각하셔서."

서일이 혼잣소리처럼 말했는데 그 동지란 김영남인 것 같았다.

"외교 협상만을 전문으로 하시던 분이라."

"……."

"김 사장께서 돌아가 절충해 주시겠습니까?"

"글쎄요. 제가 그럴 만한 입장이 아니어서."

"손주 사위가 되실 분 아닙니까? 너무 겸손하실 것 없습니다."

"……."

"대영 문제도 곧 연락을 드리지요. 동경 지사장을 돌려보내라는 이야기가 무슨 내용인지는 모르겠지만 말입니다."

자리에서 일어선 서일이 그에게로 손을 내밀어 악수를 청했다.

"앞으로 자주 뵙시다, 김 사장님. 나도 고려리아에 갈 기회가 있을 겁니다."

"언제든지 환영하겠습니다."

서일이 문 앞에서 몸을 돌렸다.

"그러고 보면 고려리아는 멋진 곳이오. 우리도 별 부담 없이 들어갈 수가 있고. 강 회장은 참으로 큰일을 해냈습니다."

그를 배웅하고 난 김상철은 창가의 의자로 돌아와 앉았다. 우중충했던 날씨가 개여 맑은 햇살이 평양시를 덮고 있었다. 그러나 사흘이 되도록 호텔 밖으로 나간 적이 없다. 북한 쪽도 계획하지 않은 것 같았고 그도 나갈 생각이 없었기 때문이다.

그날 저녁, 주석궁 안의 소회의실에는 다섯 명의 사내가 둘러 앉아 있었다. 소회의실이라지만 50평도 넘는 규모의 방 안에는 타원형의 테이블과 20여 개의 의자가 놓여 있어서 정치위원회가 열리기도 하는 곳이다. 물론 상석에 앉은 사내는 국가주석이며 당 총서기장인 김정일이었고 그의 좌우에 무력부장 최광과 연초에 총리로 승진한 하준일, 그리고 앞쪽에 김영남과 서일이 앉아 있었다. 저녁 식사를 할 시간이다. 그러나 김정일이 연회장과 식당이 있는 안채를 마다하고 바깥의 소회의실로 장소를 잡은 것은 함께 식사할 의사가 없다는 뜻이다. 회의실의 분위기는 가라앉아 있었는데 그것은 물론 김영남의 경솔함 때문이다. 그는 미국과의 핵 협상에서 단련된 배짱으로 고려의 강 회장과 상대했다가 노인의 크로

스 펀치 한 방에 다운된 꼴이었다. 이윽고 김정일이 입을 열었다.

"그 노인, 성격이 까다롭다고 하더니 그 말이 사실이구먼."

몸을 굳히고 있는 사내들을 향해 그가 말을 이었다.

"할 수 없는 일 아니갔소? 다음 기회를 기다려야지."

하준일이 헛기침을 했다.

"그 사람, 맨주먹으로 시작해서 남조선 제일의 부자가 된 사람이오. 코마노프를 아무 때고 만날 수 있는데다 중국 주석하고도 친합니다. 수단도 보통내기가 아닌데다 자존심이 강하리라는 건 뻔한 이치요. 부총리 동무가 경솔했습니다."

얼굴이 하얗게 굳어진 김영남이 머리를 숙였다.

"제 과오였습니다. 비판하고 있습니다."

다시 회의실에 정적이 흘렀다. 김영남이 이런 식으로 비판 받는 것은 처음 있는 일이다. 김일성을 수행하여 동유럽을 방문한 직후부터 능력을 인정받은 그는 미국과의 핵 협상을 막후에서 지휘하여 혁혁한 전과를 세웠다. 40년 경력의 외교와 협상의 전문가인 것이다.

김정일이 정적을 깨었다.

"고려리아를 유지, 성장시키려면 러시아나 중국에 흩어진 고려인과 조선족만으로는 부족해. 그렇다고 타민족을 유입시킬 수도 없을 것이고, 어차피 우리 공화국 인민을 필요로 할 거요."

이것은 이미 논의되었던 고려리아 상황이다. 그가 말을 이었다.

"서둘 것 없소. 기다립시다. 우리가 서두는 것처럼 보이면 놈들은 뒤로 뺄 거요, 지금처럼."

최광이 천천히 머리를 끄덕였다.

"주석 동지 말씀이 옳습니다. 강우진의 나이가 나하고 같은 77세요. 오래 못 삽니다. 그러면 다음대가 올 것이고 그때는 얼마든지……."

"그만해 두시오, 무력부장 동지."

쓴웃음을 지은 김정일이 그의 말을 막았다.

"나이 타령은 왜 자꾸 하시오? 부장 동지는 강우진보다 오래 삽니다."

분위기가 풀렸다고 생각한 서일이 조금 어깨를 내렸을 때 김정일의 시선이 그에게로 향해졌다. 어느새 차가워진 시선이다.

"서 동무가 고려리아에 가줘야겠소. 가서 대영 문제와 이주민 문제를 해결하시오."

"예, 주석 동지."

"32호실 동무 몇 명을 데려가시오."

"예, 주석 동지."

김정일이 하준일을 향해 몸을 돌렸다.

"남조선 정부의 압력보다 강우진이 아직 받아들일 준비가 덜 되었다고 생각해서 그랬는지 모르겠소. 그자도 우릴 경계하는 것은 마찬가지일 테니까."

"그럴 가능성도 있습니다."

김영남은 잠자코 그들의 이야기를 들으며 입을 열지 않았다. 지금까지 김정일은 한 번도 직접 말을 걸어오지 않았다. 그는 그것이 무엇을 의미하는지를 알았고 나머지 세 사람도 알고 있을 것이었다. 그는 겨우 손을 올려 이마의 땀방울을 훔쳐 내었다.

밤이 되자 비버 클럽은 이미 러시아인 술꾼으로 가득 차 있어서 혼잡하기 이를 데 없었다. 클럽이라고 해도 싸구려 보드카와 긴 생선뼈가 든 딱딱한 빵인 피로밖에 팔지 않는다. 손님들의 대부분은 러시아 주민으로 노동자들이거나 이민 온지 얼마 안 되어서 아직 영주권을 받지 못한 사람들이었다. 담배 연기가 자욱했고 거친 목소리의 술꾼들이 내지르는 소리로 클럽 안은 떠들썩했다. 사내들 사이에 끼여 앉은 서너 명의 러시아 여자들은 클럽에서 고용한 창녀들이었는데 문 옆에 앉아 있는 지배인에게 돈만 치르면 2층에 가서 일을 치를 수 있다. 비쇼프가 잔에 남은 보드카를 입 안에 털어 넣고 마약 술병을 집어 들었을 때 뒤쪽에서 누군가가 어깨를 건드렸다. 머리를 돌리자 클럽 여자인 마그리트였다. 그녀가 입에서 독한 술 냄새를 뱉으며 얼굴을 가까이 대었다.

"이봐, 안드레이, 그 여자가 왔어."

비쇼프가 주위를 둘러보았지만 눈에 띄는 얼굴은 없다. 마그리트가 커다란 손바닥을 그의 코앞에 펼쳤다.

"내 놔, 말해줄 테니."

주머니에서 100달러짜리 지폐를 꺼낸 그가 그녀의 손 위에 올려놓자 손이 순식간에 치워졌다.

"밖에, 자동차 수리점 옆 골목이야."

밖으로 나온 비쇼프는 잠시 주위를 두리번거렸다. 이제 고려리아도 여름이었지만 밤의 기온은 아직도 영하였다. 그러나 거리를 걷는 사람 중에 슈바나 방한복 차림은 볼 수가 없다. 이윽고 그는 클럽에서 30미터쯤 옆쪽의 자동차 수리점으로 다가갔다. 이미 문이 닫힌 수리점 옆 골목으로 들어서자 안쪽의 어둠 속에서 인기척이 났다. 걸음을 멈춘 비쇼프의 앞에 다가선 것은 동양여자였다. 미인이다. 밖에서 흘러든 빛을 받아 얼굴의 윤곽이 드러났는데 또렷한 눈과 날이 선 콧날이 균형 잡혀 있었다.

"당신이 사하로프가 보낸 사람인가요?"

여자가 유창한 러시아어로 묻자 비쇼프는 한 걸음 다가섰다.

"그렇소, 사하로프의 심부름을 왔습니다."

"그는 지금 어디 있지요?"

"일 때문에 아트카에 가 있어요. 나도 내일 그곳으로 갑니다."

75

아트카는 고려리아 북방의 마을로 천연가스 유정이 근처에 있다. 여자가 머리를 끄덕였다.

"10일분 가져 왔어요. 돈은 준비했지요?"

"물론이오."

비쇼프는 여자가 잠바 주머니에 손을 넣는 순간 팔을 뻗어 그녀의 어깨를 움켜쥐었다. 여자가 놀란 듯 뒤로 몸을 젖혔을 때 그는 주먹을 날렸다. 관자놀이를 얻어맞은 여자가 옆으로 쓰러지면서 벽에 몸을 기대자 그는 다시 사정없이 발길질을 했다. 허리를 채인 여자가 신음소리를 뱉으며 땅바닥에 엎어졌다. 그는 다시 발길로 여자의 배를 찼다.

"이 쌍년."

여자를 패보는 것은 처음이었으므로 비쇼프는 흥분하고 있었다. 골목 입구에서 어지러운 발자국 소리가 들리더니 사내 두 명이 서둘러 다가왔다. 그들은 곧장 여자를 양쪽에서 부축해 일으켰다.

"자, 가자."

이미 골목 입구에는 승용차 한 대가 멎어 그들을 기다리고 있었다.

이한이 그레고리의 사무실에 들어섰을 때는 새벽 2시가 넘어 있었다. 창백한 얼굴에 버릇처럼 조금 찡그린 표정으로 이한이 자리에 앉자 그레고리가 보드카 병을 들었다.

"어젯밤에 사하로프한테 마약을 판 계집년을 잡았어."

그는 이한의 잔에 술을 따라주었다.

"그년이 처음에는 중국년 행세를 했는데 애들이 몇 대 주어 패니까 실토를 했어. 고려인이라고. 아니 정확히 말하면 북한에서 온 여자야."

"……"

"그런데 재미있는 것은 그년이 누군지 알아? 최태호의 정부야. 그년은 최태호가 가지고 있던 마약을 몰래 빼내서 장사를 했다는데 최태호와 짜고 했을 가능성도 있어."

술잔을 든 이한이 한 모금에 술을 삼켰다. 북한 조직이 마약 거래를 하고 있다는 증거인 것이다. 거기에다 최태호는 북한 조직의 2인자이다.

"이봐, 한, 어떻게 하지? 보스가 올 때까지 기다려야겠지?"

이한이 머리를 끄덕였다.

"그년은 어디 있어?"

"지하실 창고에, 어차피 돌려보낼 수가 없어, 그년은."

그레고리가 술잔이 귀찮은지 병을 들어 몇 모금을 삼켰다.

"한 달에 세 등급의 마약을 2킬로그램쯤 가져온다는 거야. 그것을 1회용 분말로 다시 나누는데 대략 5000개쯤이 만들어진다는군. 소매가로 계산해 보니까 한 달에 25만에서 30만 달러야."

"……."

"그년은 단골 몇 명한테만 팔았다는데 얼굴과 이름을 기억하는 놈들은 없어. 다행이야. 내 부하가 있었다면 또 죽였을 테니까."

술병을 내려놓은 그레고리가 손등으로 입가에 묻은 술방울을 털어 내었다.

"이놈들을 내버려 두면 안 돼. 장사를 하려면 삼합회처럼 제 구역 안에서 저희들끼리 해먹을 것이지 이놈들은 고려리아 전역에 퍼뜨리고 있어. 병균 같은 놈들이야."

점심 무렵이 되어서야 최태호는 배옥화의 실종을 확신하게 되었다. 새벽에 집으로 돌아온 그는 배옥화가 집을 비우고 나갔어도 별로 신경을 쓰지 않았다. 가끔 있는 일이었기 때문이다. 그녀는 이금철의 정부인 유정선과 같이 있을 때가 많았던 것이다. 그리고 이금철은 김상철과 평양에 갔으므로 두 여자가 수다를 떨기에는 안성맞춤일 것이었다. 그러나 아침이 되어서도 연락이 없자 짜증이 난 그는 이금철의 집에 전화를 했던 것이다. 유정선으로부터 배옥화를 보지 못했다는 이야기를 듣고 나서야 그는 긴장이 되었다. 아침도 거른 채 그는 부하들을 시켜 찾게 했지만 배옥화는 종적을 감추고 나타나지 않았다.

"개 같은 년, 할 수 없다. 내버려 둬라."

응접실에 모인 심복 부하들을 향해 그가 말했다.

"차라리 잘 되었다. 정리하려고 하던 참이었어."

부하들은 그의 눈치를 살피면서 대답하지 않았다. 배옥화는 최태호의 부인 행세를 했던 것이다. 부하들이 밖으로 나가자 최태호는 집안을 둘러보았다. 갑자기 썰렁한 느낌이 들었으므로 그는 배옥화의 옷장을 열어보았다. 아침에도 열어본 터였으므로 잠시 옷걸이에 걸린 그녀의 옷을 바라보던 그는 다시 문을 닫았다. 유정선과 같이 있지 않았었다는 말을 듣고 제일 먼저 확인한 것은 자신의 금고였다. 금고 안에는 아직 분배해 주기 전의 마약 뭉치와 현금이 그대로 있었으므로 다음에는 배옥화의 옷장을 확인했던 것이다. 몸을 돌리려던 그는 다시 옷장 문을 열고 서랍까지 열어 보았다. 그는 지금까지 그녀의 옷장 문을 열어본 적도 없었던 터였다. 서랍 안에는 그녀의 내복이 쌓여져 있었다. 건성으로 내복을 들치던 그는 문득 옷을 들어 제꼈다. 그리고는 내복에 싸인 두툼한 뭉치를 집어내었다. 서둘러 내복을 풀어 제친 그는 숨을 멈추고는 눈을 부릅떴다. 내복 안에는 달러와 엔, 루불의 뭉치가 들어 있었던 것이다. 몇 만 달러쯤은 되는 거액이다. 그리고 한쪽에 그의 금고에 들어 있어야 할 10여 개의 마약 봉투가 끼워져 있었다. 아랫입술을 깨문 그는 서둘러 내복을 뭉쳐 쥐었다. 그리고는 잠시 주위를 두리번거렸다.

김상철이 이한과 함께 사무실에 들어섰을 때는 오후 5시가 되어 있었다. 행정청에 들려 유장석과 이대각을 만나고 온 것이다. 사무실에는 그레고리와 변순태가 기다리고 있었는데 테이블 위에 놓인 술병과 안주가 보였다.

"다녀오신 축하주를 마시려고."

그레고리가 말했다. 그들은 술병을 중심으로 테이블 주위에 둘려 앉았다. 잔에 술이 채워지고 한 잔씩을 마시고나자 김상철이 그레고리를 바라보았다.

"그 여자는?"

"거치적거려서 없앴습니다. 구릉지대에 묻었지요."

그레고리가 힐끗 이한에게로 시선을 주었다. 공항에서부터 오는 길에 그것도 이야기해 주지 않았냐는 몸짓 같았다.

"오면서 한으로부터 이야기 들었다."

그레고리는 이제 한국어에 익숙해서 한국인이나 다름없이 말하고 듣는다. 김상철이 말을 이었다.

"당분간 그 일은 덮어둔다. 곧 그놈들하고 협상이 있을 것이고 다른 일도 있어."

김상철은 그들에게 서울에서 있었던 대영과의 접촉을 털어 놓았다.

"이주민 문제도 그렇지만 대영 문제로 그자들과 내가 만나야 될 것 같아."

그가 말을 마치자 그레고리가 머리를 끄덕였다.

"대영과의 관계는 고려가 아직 모릅니까?"

"모른다."

"알게 된다면 문제가 되지 않을까요?"

김상철이 머리를 끄덕였다.

"되겠지. 하지만 이미 대영그룹의 사업장 관리를 맡고 있는 입장이야. 겉으로는 드러나지 않아."

그러자 변순태가 헛기침을 하더니 입을 열었다.

"사장님, 대영은 믿을만한 회사입니까?"

"고려 그룹만한 회사야."

"그럼 그들도 우리를 이용하는 것입니까?"

김상철이 눈을 껌벅이며 변순태를 바라보았다. 지금까지 그는 고려와 김상철과의 관계를 지켜봐온 사람 중의 하나였다. 결론적으로 고려는 필요하면 이용했고 상황이 불리하면 버렸던 것이다.

"그렇다고 볼 수 있지. 하지만 이제는 우리도 아니다."

서로 이용하는 관계가 오래 지속된다는 표현을 쓸 필요는 없다. 이미 그들은 수많은 곡절을 겪어오면서 피부로 느꼈을 것이기 때문이다.

그 시간에 이금철도 창광 클럽의 사무실 안에서 최태호와 마주앉아 있었다.

"곧 고려리아에서 재협상이 열리기로 했어."

피로한 듯 의자에 등을 기댄 이금철이 말했다.

"그리고 이번 협상 대표는 다른 동지가 될 거야. 김영남 동지는 비판당했어."

"고려리아측 대표는 김상철입니까?"

"그렇겠지."

이금철이 최태호를 바라보았다.

"다음 달부터 아편의 물량을 늘리기로 했다. 32호실 동무들이 직접 고려리아에 와서 관리할 거야."

"……."

"평양에 도착하자마자 32호실에 불려가 비판을 받았어. 과업을 소극적으로 수행했다는 거야."

"그리고 고려리아에 부장급 책임자가 온다. 그러니 알아서 주변을 정리하도록 해."

그러자 숨을 들이마신 최태호가 머리를 들었다.

"위원장 동지, 배옥화가 실종되었습니다."

"……."

"사흘 전에 집을 나가 돌아오지 않았습니다."

이금철이 그를 쏘아보았다.

"설마 무슨 일이 있는 건 아니겠지?"

"아무 일도 없습니다, 위원장 동지."

"실종된 이유는 뭐야?"

"밤에 나갔다가 사고를 당했거나 아니면 도망쳤을 수도 있지만 그것은 가능성이 희박합니다."

"아편이나 현금관리는 잘해 두었나?"

"그건 염려하실 건 없습니다. 이상 없습니다."

한동안 최태호를 바라보던 이금철이 다시 입을 열었다.

"다음 주에 박기동의 여자가 온다. 내가 먼저 검사를 했는데 대단해. 그일 가지고도 싸게 단가를 정했다고 32호실에서 비판을 받았어."

길게 숨을 내리쉰 그는 탁자 위의 보드카 병을 쥐었다.

"앞으로 단단히 조심해야 될 거야, 최 동무."

다음날 오전, 김상철은 콘티넨탈 호텔의 지하 사무실에서 심재택을 맞이했다. 이틀 전에 입국한 심재택은 콘티넨탈 호텔에 묵으면서 김상철을 기다렸던 것이다. 그는 국정원의 현역 고참 과장으로 고려리아의 보안국장 장동택이 국정원 시절에 상관으로 모셨던 사람이다. 그리고 고려리아 개척 당시부터 김상철과의 인연이 있다. 둘이서 사무실에 마주앉았을 때 심재택이 대뜸 본론을 꺼내었다.

"우린 김 사장이 곧장 평양으로 들어가실 줄은 뜻밖이었습니다. 하지만 이해는 했습니다."

김상철이 가볍게 웃었다.

"난 솔직히 북한인 5000명이 들어와서 큰일이 난다고는 생각하지 않았습니다. 교육을 철저히 받았다지만 이쪽은 전혀 다른 세상이고, 그리고 일단 겪어봐야 한다고 생각했지요."

"강 회장과 비슷한 생각이시군."

심재택이 입맛을 다셨다.

"장동택 국장한테서 협상이 결렬되었다고 들었습니다. 그렇다면 재협상이 있습니까?"

"곧 이곳에서 열릴 겁니다."

"대영그룹 문제는 어떻게 되었습니까?"

"대영그룹 문제라니요?"

"나진·선봉지역 문제, 그리고 일본 지사장 실종 문제 말입니다."

"……"

"김 사장은 고려리아의 대영 사업장 관리잡니다. 그런 김 사장이 평양에 들어가는데 내버려둘 대영이 아니지요."

"그래서 추측한 겁니까?"

"사실 아닙니까? 고려측에는 비밀로 해드릴 테니 말씀해 주세요."

의자에 등을 기댄 김상철이 그를 바라보았다.

"나에 대한 약점을 잡을 생각입니까? 다시 전처럼 살인혐의를 씌울 수는 없으니 대영 문제로 약점을 잡을 생각이오?"

심재택이 당황한 듯 시선을 이리저리 굴리더니 담배를 꺼내 물었다.

"김 사장, 그런 의도로 말씀 드린 건 아니오. 그럴 생각이 있었다면 묻지도 않았습니다."

"수많은 목숨 값을 치르고 내가 깨우친 것이 뭔지 아십니까? 상황에 따라 적도 되고 동지도 된다는 거요."

"……."

"말이 나왔으니 말씀드리지. 고려에 대영과의 이야기를 비밀로 할 필요도 없습니다. 난 고려는 물론 대영그룹이 투자한 기업의 관리인이오. 또한 대리인 역할도 합니다."

담배 연기를 길게 내어뿜은 심재택이 쓴웃음을 지었다.

"신경이 예민해지셨어요. 김 사장, 난 대영의 조 실장으로부터 사건을 들었습니다. 그들은 우리에게도 협조를 요청해 왔습니다."

"……."

"고려리아에 북한과 함께 투자하기로 한 약속을 지키지 않았다는 보복이라고도 하더군요. 그들이 우리에게 상황을 설명해준 것은 당연한 일이오."

김상철이 길게 숨을 내려쉬었다.

"대영 문제도 이곳에서 협상을 합니다. 곧 북한측 대표가 올 겁니다."

"북한은 고려리아를 공략하기 위해서 전력을 다할 겁니다. 그들에게 고려리아는 체제나 경제위기를 벗어나기 위한 마지막 수단입니다."

"……."

"우리의 예측은 틀리지 않아요. 고려리아를 장악하게 되면 그들은 단숨에 모든 것을 해결하게 됩니다. 거기에다 러시아와 중국의 거부반응이 적어요. 조건이 맞아 떨어진단 말입니다."

한동안 그를 바라보던 김상철이 머리를 끄덕였다. 적어도 이 순간의 심재택은 적이 아니었다. 그리고 그가 자신의 이익을 위해 그 말을 하는 것도 아니다. 그가 염려하고 있는 것은 오직 고려리아의 북한화이다. 김상철이 입을 열었다.

"고려리아는 어떤 체제나 이념을 지키기 위한 땅이 아니오. 어떤 개인을 위한 영토도 아니고."

그는 힐끗 심재택을 바라보았다.

"한민족을 위한 땅입니다, 고려리아는."

대외정보 조사부장 서일이 고려리아 책임자로 부임 한 것은 이금철이 평양에서 돌아온 지 닷새째 되는 날이다. 그는 40대의 두 사내를 보좌관으로 대동하고 도착했는데 그들은 32호실 소속이었다. 32호실은 북한의 재정경리부 산하로 되어 있으나 김정일의 직속부서로 해외 영업활동은 물론 각 기관이 운영하고 있는 모든 무역상사를 장악하는 부서였다. 따라서 김정일에게 직보 체제를 갖춘 32호실 요원의 위세는 그야말로 무소불위여서 두려움의 대상이었다. 60대 초반의 서일은 현역 인민군 중장으로 해외공작 업무만 30년 가깝게 해온 인물이다. 장관급인 대외정보 조사부장에서 고려리아의 자치위원장으로 전보되면서 그는 서열 22위의 정치국 후보위원이 되는 영예를 안았다. 35위에서 무려 13계단의 승진이다. 그러나 그 뛰어오른 숫자만큼이나 어려운 과업에 싸여 있다는 것을 그는 알고 있었다. 그래서 이금철로부터 브리핑을 받는 자리에서도 내내 굳은 표정을 풀지 않는다. 이금철이 고려리아의 현황과 사업장, 매출과 이익 등 경제부분의 브리핑을 끝내갈 때였다. 서일이 손을 들어 그의 말을 멈추게 했다.

"이 동무, 현재 고려리아의 우리 조선족 동포는 모두 몇 명이오?"

이금철이 서류를 들췄다.

"남조선 이주민이 28만 명, 중국과 러시아에서 들어온 동포가 79만 명 정도로 합계 107만 명 가깝게 됩니다."

"남조선 이주민은 그렇다 치고, 나머지 79만 동포 중에서 우리 공화국 계는 얼마나 되오?"

"약 32만입니다, 부장 동지."

"그 32만 명은 어떤 방법으로 분류한 거요?"

"예, 고려리아에 들어올 때 충성 서약서를 쓴 동무와 가족, 공화국 사업장에서 근무하는 동무와 가족, 그리고 학습과 모임에 참석하는 동무들의 숫자를 합한 것입니다."

서일이 손으로 턱을 쓸면서 잠자코 이금철을 바라보았으므로 회의장에는 무거운 정적이 싸여졌다. 정면의 브리핑대에 선 이금철의 시선이 우연히 옆쪽에 앉은 최태호에게 옮겨지자 그들은 동시에 시선을 돌렸다. 회의실에 모인 사람들은 고려리아의 북한측 고위 간부들로서 서일과 32호실 소속의 장호성, 박대일, 그리고 이금철과 최태호, 조덕산의 여섯 명이다. 이윽고 서일의 낮은 목소리가 방 안을 울렸다.

"충성 서약서를 쓴 동무들은 이미 그 종이가 휴지가 되었다는 걸 알 거요. 초창기에 고려측 사업장에 몇 번 시위를 일으켰다가 지금은 고려노조에 철저히 장악당하고 있소. 아니 장악 당했다기보다 자본주의에 흡수되었겠지."

"……"

"또한 우리 사업장에 근무한다거나 모임과 학습에 참가한다고 해서 우리와 뜻을 같이 한다고 장담할 수 없소. 우리는 다시 시작해야 됩니다."

숨소리조차 죽이고 있는 그들을 향해서 서일의 말소리가 이어졌다.

"자본주의와 사회주의의 대결로 나아가면 곤란해요. 고려리아는 아시아 최대의 자본주의 지역으로 성장하고 있소. 우리도 이 분위기에 동화

되어야 합니다."

"……."

"이것은 주석님의 교시요. 고려리아에 맞는 체제로 과업을 추진해야 합니다. 시대 상황에 맞지 않는 사상학습과 교양은 인민들의 반감만 살 뿐이오."

그는 주위의 사내들을 둘러보았다. 차가운 시선이어서 32호실의 두 동무도 시선을 마주치려 하지 않는다.

"자본주의에도 허점이 있습니다. 이제 곧 청진과 함흥에서 교육받은 동무들이 오면 양상이 달라질 거요. 그들은 철저히 자본주의 교육을 받고 있소. 고려리아에 동화되려고 말입니다."

구름 한 점 없는 푸른 하늘 위에 그냥 떠 있는 것만 같았던 비행기가 조금씩 흔들리기 시작했다. 고도를 조금씩 낮추는 것이다. 의자를 뒤로 젖히고 누워 있던 강 회장이 상체를 들었으므로 강미현은 의자의 레버를 움직여 그의 허리에 맞추었다.

"미국과 일본세가 물러가면 당연히 남북한의 대결이다."

강 회장이 가라앉은 목소리로 말했다.

"한민족의 업보여, 지난 일로 누구 탓할 것도 없는."

서울을 떠나 하바롭스크를 통과하여 날아오는 동안에 강 회장은 주로 혼자서 이야기를 했다. 그러다가 지치면 누웠고 생각난 듯 다시 일어난다.

"다 알고 있었어. 공산당 놈들이 어떻게 나올 줄도, 우리 박사들이 스물 몇 가지나 되는 가능성과 결과를 만들었다. 책 한 권이 되었다."

"……."

"난 안 읽었다. 저기 이 실장이 읽었지."

그는 턱으로 통로 건너편에 앉아 있는 이남호를 가리켰다.

"지금 상황이 다섯 번째와 여섯 번째 가능성을 섞은 것 같단다."

강 회장이 배를 한 번 들썩이며 웃었다.

"고려리아를 흡수하려고 안달이겠지. 이주민도 철저히 교육시키고 나중에는 별별 수단을 다 할 것이다."

"……."

"다시 미국과 러시아가 끼어들지도 모른다. 그건 열 몇 번째 가능성이라고 하더구먼."

스피커에서 안내방송이 흘러나왔다. 곧 고려공항에 착륙한다는 것이다. 강미현이 강 회장의 몸에 좌석벨트를 채우자 그가 낮게 말했다.

"그, 마지막 가능성과 결과를 볼 때까지 내가 살아 있을 것 같으냐?"

시선을 든 강미현이 커다랗게 머리를 끄덕였다.

"그럼요, 할아버지."

"시작도 안 하면 가능성도 없다."

"……."

"이미 시작을 했으니 최악의 경우도 반타작이여. 무슨 말인지 알겠느냐?"

강미현이 머리를 젓자 그가 짧게 숨을 내려쉬었다.

"어느 놈이 지배하건 한민족의 대륙은 되는 셈이여."

비행기의 동체에서 덜컹이는 소리가 나더니 바람을 가르는 소리가 더욱 크게 들렸다. 창밖으로 푸른 평원과 지평선의 한쪽을 메우고 있는 고려시가 보였다. 이제 고려리아에 도착한 것이다.

공항에는 고려리아의 통치자를 맞이할 준비가 갖춰져 있었다. 비행기의 문이 열리고 강 회장의 모습이 나타나자 경비대의 밴드가 행진곡을 연주하기 시작했다. 트랩 밑에서부터 일직선으로 깔린 붉은색 양탄자 주위에는 행정청장 유장석과 부청장 이대각을 위시한 행정청의 간부들과 고려리아에 연락사무소를 둔 20여 개국의 외교관, 그리고 고려리아의 각계 유지들이 운집해 있다. 여유 있는 자세로 트랩을 내려간 강 회장은 유장석의 인사를 받은 다음 곧 환영 나온 인사들의 소개를 받았다.

"대단합니다."

아직 차례가 돌아오지 않았으므로 기다리고 서있던 서일이 옆에 선 김상철에게 말했다. 그의 얼굴은 웃음을 띠우고 있었는데 진심으로 감탄하는 것처럼 보였다. 그의 대외직함은 조선민주주의 인민공화국의 연락사무소장이다. 이윽고 강 회장이 다가왔다. 유장석이 소개를 하자 가볍게 머리를 끄덕여 보인 강 회장이 서일의 손을 잡았다.

"나와 줘서 고맙소."

"뵙게 되어서 영광입니다."

손을 뗀 강 회장이 한 걸음 앞으로 다가와 김상철의 앞에 섰다. 유장석이 아무 말도 하지 않았으므로 김상철은 머리를 숙였다. 그러자 머리를 끄덕인 강 회장이 잠자코 손을 내밀었고 악수를 마친 그는 곧 다음 사람에게로 옮겨갔다. 그 다음 순서는 강미현이다.

김상철의 앞에 선 그녀가 손을 내밀며 웃었다. 흰 이를 드러내는 밝은 웃음이었다.

"뵙고 싶었어요."

목소리가 컸으므로 서일이 그들을 번갈아 바라보았고 유장석도 이쪽으로 머리를 돌렸다. 김상철은 그녀의 부드러운 손에 힘이 가해지는 것을 느꼈다. 그리고 눈동자도 똑바로 그를 향해져 있다.

불신의 싹

　고려리아의 행정체계는 총독인 강 회장의 친정체제로 바뀌어 졌다. 러시아로부터 고려리아를 임차한 지 4년 만의 정착이다. 그동안 미국과 일본은 물론 한국 정부로부터 갖은 압력과 방해에 시달렸던 그로서는 실로 감개가 깊었을 것이다. 극동지방 개발에 대한 러시아의 지지가 없었다면 불가능한 일이었고 한반도를 둘러싼 미·일·러·중 4개국의 이해관계에서 중국이 다소 방관자적 입장을 취한 것도 도움이 되었다. 강 회장은 이남호를 비롯한 수백 명의 고급두뇌를 고려리아로 불러들였으므로 행정청의 조직은 더욱 강력해졌다. 이남호의 직책은 이제 총독 비서실장이었는데 그것은 본인의 뜻에 의한 것이다. 그는 자신이 책임자보다 보좌역에 알맞은 성격이라는 것을 잘 알고 있는 사람이었다.
　강 회장이 총독으로 부임한 지 한 달이 되어가고 있었다. 고려리아 행정청은 이미 21개 국가에 대표부를 설치해 둔 상황이었고 고려리아에도 그와 비슷한 숫자의 각국 대표부나 연락사무소가 주재하고 있었다. 또한 세계 각국의 150개가 넘는 은행이 지점을 설치한데다가 고려리아와 직항 항공로를 개설한 국가만 해도 20여 개가 되었다. 아직 인구 400만도 안 되는 고려리아였지만 최고급의 레저 시설을 갖춘 겨울나라인 것이다. 일부 국가로부터 지나치게 향락사업으로만 치중한다는 비난을 받았으나 그것은 시기심 때문이었다. 고려리아의 생산사업도 눈부시게 성장하고 있었다.

김상철이 북한 대표부에 도착했을 때는 오후 2시였다. 고려시의 외곽에 자리 잡은 북한 대표부는 3층의 대리석 건물로 대표는 서일이다. 그는 연락사무소장으로 부임한지 일주일 만에 대표부로 승격한 공관의 대표가 되었으니 고려리아는 그에게 행운의 땅이라고 봐도 될 것이다. 서일은 아래층 현관에서 그를 맞이했다. 여전히 무표정한 얼굴이었다.

"어서 오십시오, 김 사장님."

서일의 옆에는 이금철이 서 있었고 김상철과 함께 온 사내는 총독 비서실의 오치호 보좌관이다. 그들은 서일의 2층 집무실에 들어가 테이블에 둘러앉았다. 이주민 협상이 다시 시작되는 것이다. 그동안 북한측으로부터 서너 차례 재협상에 대한 독촉이 있었으나 강 회장은 묵살해 왔다. 급할 것이 없다는 태도였다. 한국인이 아니더라도 러시아나 중국계 인력을 얼마든지 들여올 수 있었던 것이다. 서일이 오치호를 바라보았다.

"비서실에 계시다고 했던가요?"

"예, 그렇습니다. 하지만 저는 회담의 참고인 자격입니다."

오치호가 부드러운 표정으로 말했다. 그는 30대 중반으로 이남호가 아끼는 부하였다. 고려그룹의 비서실에서 팀장을 맡고 있다가 이번에 이남호를 따라 이주해 와서는 국장급인 보좌관이 된 사내였다.

"고려리아 행정부가 아직 공식적으로 북한 이주민을 받을 상황이 아니니까요."

오치호가 말하자 서일이 머리를 끄덕였다. 그러나 회담의 실권은 오치호에게 있는 것이다. 그는 김상철을 바라보았다.

"고려 입장은 결정이 되었습니까?"

"계약금을 없애기로 했습니다."

"……"

"그 대신 이주민이 도착한 후에 직장을 얻을 때까지 고려리아 정부에서 의식주를 책임진다는 조건이오."

"……"

"총독께서는 강경한 입장이십니다."

서일이 입을 열었다.

"알겠소. 평양에 연락하겠습니다. 곧 결정이 내려질 거요."

"러시아 정부는 고려리아가 한국계나 또는 북한계로 치우친 지역이 되는걸 원치 않습니다."

그렇게 말한 것은 오치호였다. 그의 얼굴은 여전히 부드러웠다.

"그걸 염두에 두셨으면 한다고 평양에 전해 주십시오."

"알고 있습니다."

서일이 힐끗 김상철을 바라보았다.

"그건 여기 있는 김 사장한테서도 들었습니다."

그날 저녁, 창광 클럽의 2층 바에서 김상철과 서일이 다시 마주앉았다. 이제는 둘만의 독대였다.

"내일 대영의 작업장 노동자들이 농성을 풀 겁니다. 자유무역 지대 안이어서 우리 공화국 당국이 손을 쓸 수 없는 형편이었지만 겨우 달래 놓았습니다."

술잔을 든 서일의 얼굴에 희미한 웃음기가 떠올랐다. 겸연쩍은 웃음이다.

"그리고 아마 다른 문제도 해결되겠지요."

"내일 말입니까?"

머리를 끄덕인 서일이 백두산 술을 한 모금에 삼켰다. 대영의 일본지사장 납치 사건을 말하는 것이다. 그동안 대영 문제로 김상철은 서일과 여러 번 접촉을 했고 결국은 5000만 달러의 위약금을 내는 것으로 합의가 되었던 것이다. 상황이 달라지자 약속을 일방적으로 파기한 대영측의 책임이 컸으므로 북한측의 행동을 나쁘다고만 할 수는 없다. 밀실 안은 방음장치가 잘 되어 있어서 조용했다.

"대영이 김 사장을 대단히 의지하고 있는 모양이오."

김상철의 잔에 술을 채워 주면서 서일이 얼굴에 웃음을 띠었다.

"하긴 기반을 굳히려면 그러는 수밖에 없지. 총독이 마음만 먹으면 사업을 망하게도 할 수 있을 테니까."

"총독을 과격하게만 보시는 모양인데 합리적인 분입니다. 그런 일은 없습니다."

"글쎄, 대영에서도 그렇게 생각할까요?"

"……."

"말이 나왔으니 말인데 김 사장도 그렇게 생각합니까?"

독한 술을 반 병 넘게 마셨는데도 서일의 얼굴에는 취기가 보이지 않았다. 그의 시선을 받은 김상철이 머리를 끄덕였다.

"대의를 위해서는 희생을 감수하시는 분입니다."

"김 사장이 대영과 손을 잡은 것은 총독으로부터 버림받았을 때의 대비책이 아닙니까?"

"……."

"곧 서울에서 여자 분이 오신다고 들었는데 그렇게 되면 총독과는 인연이 멀어집니다. 이제 고려리아 공무원도 아닌 데다 가족도 아닌 러시아 시민 드미트리 김일 뿐이오."

김상철이 쓴웃음을 지었다.

"나는 총독과 대의를 같이합니다."

"그 미명하에 총독으로부터 여러 번 배신을 당한 것으로 알고 있는데, 김 사장이 재기하는데 그는 어떤 도움도 주지 못했지 않습니까?"

"……."

"고려리아에서 총독이 친위세력을 키우는 이유는 무엇이라고 생각합니까? 그것은 김 사장의 견제용, 또는 대체용이라고 생각하지 않습니까?"

"이제 그만 합시다."

김상철이 손을 들어 그의 말을 막았다.

"고려 직영의 사업장에 꼭 필요한 인원일 뿐이오. 그런 식으로 말하면 경비대를 증원시키는 것도 나를 견제할 목적이라고 하겠습니다."

한 모금에 술을 삼킨 김상철이 서일을 바라보았다.

"필요에 따라서 적도 동지도 되는 상황이지만 난 한민족의 고려리아를 위한다면 모든 것을 버릴 용의가 있어요. 그리고 또 누구와도 타협하지 않을 자신도 있습니다. 그렇게 마음먹고 나니까 두려울 것이 없습니다."

"……."

"운 좋게 살아남아 얻은 교훈이오. 수십 명의 내 동지들을 죽이고 나서 말이오."

고구려 호텔의 카지노에 들어선 오치호는 혼잡한 룰렛 테이블 사이를 지나 곧장 안쪽의 밀실로 다가갔다. 호텔 지하 2층에 있는 카지노는 1000평이 넘는 규모여서 안쪽에는 호화로운 밀실이 여러 개 만들어져 있었는데 판돈이 큰 카드 손님이나 VIP의 휴식처로 사용되고 있었다. 그가 안으로 들어서자 소파에 기대앉아 있던 전남수가 자리에서 일어섰다. 그는 서울에서 영입해 온 카지노의 지배인이다. 테이블 위에는 술과 안주가 놓였고 전남수는 이미 자작해서 몇 잔을 마신 모양이었다. 두 볼이 붉게 달아올라 있었다.

"어젯밤 미국인 하나가 250만 달러를 잃었습니다. 카드와 주사위만 했는데 4시간 동안에 잃은 겁니다."

그는 이를 드러내며 웃었다.

"오늘밤 다시 내려온다고 해서 딜러들이 대기하고 있지요. 팁이 후하니까요."

그는 사기도박과 딜러들의 도둑질을 감시하는 부하들을 데려왔는데 그가 카지노를 맡은 이후로 매상이 20%나 신장을 했다. 칩을 훔치거나 현금궤에서 현금을 도둑질했던 딜러들을 이제까지는 모르고 있었던 것이다. 술잔을 든 오치호가 입을 열었다.

"김상철을 자극하는 일이 없도록 해. 겉으로 드러나는 행동을 피하란 말이야."

"그런 일 없습니다, 보좌관님. 내가 바본 줄 아시오?"

전남수의 표정이 굳어졌다.

"지금 그 자를 자극했다간 곧장 골로 갈 텐데 내가 왜 그런 짓을 하겠습니까?"

"그럼 어제 콘티넨탈 호텔에서 두 놈이 사고를 친 건 어떻게 된 거야?"

"그놈들은 오늘 오후에 귀국시켰어요. 술버릇이 나쁜 놈들이었을 뿐입니다."

어젯밤 전남수의 부하 두 명이 술에 취해 콘티넨탈 호텔의 클럽에서 소란을 피웠던 것이다. 그들은 곧 이한의 부하들에게 몰매를 맞고 경비대로 넘겨졌다.

"세계 어느 곳에도 이곳처럼 조직이 양성화된 나라가 없지만 당신이 나설 분위기는 아직 아니야."

오치호가 술잔을 든 채 말했다. 그는 아직 한 모금도 술을 삼키지 않았다.

"김상철을 주의해야 돼. 그 자가 당신 세력을 눈치채지 못했을 리가 없어. 그리고 배후에 우리 비서실이 있다는 것도."

"우리는 고려 직영의 사업장 관리를 맡고 있을 뿐이오. 제놈이 뭘 어쩐단 말입니까?"

"본래 고려 직영의 사업장 관리도 김상철이 맡게 되어 있었어. 우리가 약속을 어긴 거야."

술잔을 내려놓은 오치호가 소파에 등을 기댔다. 고려 직영의 사업장을 고려에서 관리하기로 한 것은 한 달쯤 전이었으니 총독이 부임한 직후였다. 그러나 전부터 김상철이 관리해 오던 고려의 사업장 몇 개는 아직도 김상철의 관리를 받고 있었는데 그것은 그에게 자극을 주지 않으려는 고려측의 배려였다.

"김상철은 제 개인 사업장과 대영그룹, 거기에다 대동으로부터 몰수한 것까지 합하면 150개가 넘는 사업장을 갖고 있습니다. 더구나 그놈은 이제 운송회사까지 차렸어요. 더 욕심을 낸다면 도둑놈이오."

전남수의 말에도 일리는 있다. 이제 김상철은 자신의 100% 투자로 운송회사를 설립했는데 고려 직영의 운송회사와 경쟁 관계가 될 것이었다. 그것도 김상철을 자극하지 않으려는 행정청의 배려였다. 그리고 직영 운송회사만으로는 화물량을 소화하지 못하는 형편이기도 했다.

"미묘한 상황이야. 우리가 김상철의 견제세력으로 당신을 지원하고 있다는 소문이 돌고 있어. 특히 북한측이 김상철을 선동할 가능성이 많단 말이야."

오치호가 술잔을 들었다가 다시 내려놓았다.

"그리고 대영측도. 그놈들은 김상철에게 매달려 있어. 김상철과 우리 사이가 나빠질수록 좋아할 놈들이지."

"도대체 김상철이가 뭔데."

한 모금에 보드카를 삼킨 전남수가 이를 드러내며 웃었다.

"너무 그자를 과대평가하는 것 아닙니까? 내가 조금 알아보았지만 운이 좋았다는 것 외에는 별것이 아닌 놈이오. 한국의 신흥 도시에서 운 좋게 세력을 쥔 놈들과 비슷한 경우지."

전남수는 한국에서 검찰 수사관으로 근무하다가 사표를 내고 고려리아로 들어온 인물이다. 수사관 생활에 장래성이 없다고 판단한 그가 고려그룹의 비서실에 지원서와 자기소개서를 보냈던 것은 3개월 전이었다. 고려리아에서 새로운 일을 하고 싶었던 것이다. 서류를 보낸 지 열흘쯤 되었을 때 그에게 연락을 해 온 것은 오치호였다. 그들은 고려리아에 들어오기 전부터 이미 사업장의 관리계획을 세워두고 있었던 것이다.

"솔직히 말해서 김상철도 우리를 어떻게 하지 못합니다. 우리는 우재환과 같은 입장이 아니오. 그놈도 그것을 잘 알고 있을 겁니다."

전남수의 말에 오치호가 혀를 찼다.

"그렇다고 김상철과 적대관계가 되면 안 돼. 공존관계를 유지해야 된단 말이야. 당신은 고려의 직원이고 당신 조직이 결코 견제세력이 아니라는 인상을 심어줘야 돼. 어젯밤과 같은 일이 두 번 다시 일어나면 안 된단 말이야."

"알았습니다. 주의하지요."

나이는 오치호가 서너 살 아래였지만 전남수가 천천히 머리를 끄덕였다.

"나도 10년이 넘도록 수사관 생활을 해 온 놈이오. 그런 일 때문에 판을 깨지는 않습니다."

대합실로 나온 박미정은 곧 이쪽으로 다가오는 김상철을 보았다. 마중 나와 있을 줄은 알고 있었지만 가슴이 뛰었고 몸이 굳어졌으므로 박미정은 주춤대며 그에게로 다가갔다.

"잘 왔어."

김상철의 표정은 밝다. 다가선 그가 박미정의 손을 쥐었다. 그녀가 들고 있던 손가방을 김상철의 일행인 사내 한 명이 재빠르게 받아들었다.

"그런데 이 여자 분은 왜 이렇게 굳어 있지?"

김상철이 크게 눈을 떴으므로 박미정이 그제야 얼굴을 펴고 웃었다.

"긴장이 되었나 봐요."

"그건 나도 마찬가지야. 가슴이 뛰어."

대합실을 나온 그들은 대기시켜 놓은 승용차에 올랐다. 앞뒤에 경호차가 붙어 있고 얼핏 보아도 7, 8명의 경호원이 분주하게 움직이고 있다. 차가 움직이자 김상철이 박미정의 어깨를 안았다.

"아마 수십 명의 정보원이 우리를 보고 있었을 거야. 그리고 오늘 중으로 고려리아에 소문이 퍼지겠지. 김상철의 여자가 도착했다고."

그의 표정은 들떠 보였다.

"요즘 며칠간처럼 시간이 느리게 간 적이 없었어. 자다가도 몇 번이나 깨어났다니까."

"이제 그만해요."

마침내 박미정도 그의 분위기에 끌려들었다.

"자다가 왜 깨어나요?"

"밤이 빨리 지나기를 기다렸기 때문이야."

승용차는 고속도로를 기운차게 달려가고 있었다. 한낮의 태양이 빛나는 고려리아는 여름이어서 도로가의 초원에는 푸른 풀이 돋아났고 바깥 온도도 영상이다.

"오늘 저녁에 식구끼리 파티를 열 계획이야. 이미 준비는 다 해놓았으니 미정 씨는 참석만 하면 돼."

김상철이 어깨를 안은 팔에 힘을 주었다.

"정식으로 상견례를 하는 게지. 간부급들만 불렀는데 아마 100명쯤은 될 거야."

승용차는 고려시 외곽으로 들어서고 있다. 푸른 하늘을 배경으로 수십 동의 빌딩군과 아파트 단지들이 정연하게 세워져 있었는데 2년 전에는 보지 못했던 모습이었다.

그 시간에 강미현은 행정청의 사무실에서 이남호와 마주앉아 차를 마시는 중이었다. 그녀는 총독 비서실의 문화 담당관이란 직책으로 총독 집무실 옆방을 쓰고 있었는데 고려리아의 퍼스트레이디 신분이다. 더구나 총독이 강미현을 불러 지시하는 일이 많았으므로 문화 담당관 직책은 허울일 뿐 실세로서의 위치를 굳혀가는 중이었다. 따라서 비서실장 이남호나 행정청장 유장석이 그녀의 방에 자주 들르게 되었고 행정청 직원들 중 강미현의 방을 부총독실로 부르는 사람도 있는 형편이었다. 찻잔을 내려놓은 강미현이 얼굴에 웃음을 띠었다.

"그 여자의 전남편이 지금 관광국의 과장으로 있지요?"

"그런 모양이오. 김상철의 친구였다고 합니다. 지금은 어쩐지 모르지만."

이남호는 이제 강미현에게 존댓말을 쓴다. 그가 말을 이었다.

"지난번에 진주군에 부탁해서 추방자 명단에서 제외시킨 걸 보면 다시 사이가 좋아진 것 같기도 하고."

"그 사람, 대영과 일본측에 정보를 팔았다는 이야기를 들었어요."

"사실입니다. 그놈을 그 자리에 앉힌 것은 전창남과 시바다였습니다. 추방시켰어야 할 놈이지요."

강미현의 얼굴에 웃음기가 떠올랐다.

"평범한 보통 사람일 뿐이에요. 그런 사람은 앞으로도 생겨날 가능성이 얼마든지 있어요."

"그렇습니다."

머리를 끄덕인 이남호가 따라 웃었다.

"잘 아시는군요, 아가씨는. 그런 놈들에게는 고려리아가 출세나 치부의 수단에 불과할 뿐이지요."

"대영이 김상철 씨한테 적극적으로 접근하는 것 같더군요."

강미현이 자연스럽게 말머리를 돌렸다.

"김상철 씨도 우리보다 대영과 더 가까워진 것 같기도 하고."

"그럴 리는 없습니다."

이남호가 정색을 했다.

"그건 비교하실 일이 아닙니다. 대영이 김상철이에게 의지하는 건 사실이지만 그렇다고 김상철이 고려리아와 멀어지는 건 아니지요."

"……."

"오히려 산업을 활성화시키고 있다는 생각이 듭니다."

대영은 3억 달러 가까운 투자계획을 고려리아 행정청에 제출했는데 이번에는 관광사업뿐만 아니라 공단에 경공업 제품 공장을 10여 곳 짓겠다는 것이었다. 행정청은 물론 총독도 즉각 대영의 투자계획을 승인했는데 대영의 고려리아 현지법인의 동업자는 김상철로 되어 있었던 것이다. 속이 뻔히 들여다보이는 짓이었다. 강미현이 찻잔을 들고는 식은 커피를 한 모금 삼켰다.

"오늘 저녁에 김상철 씨는 파티를 한다고 들었는데, 실장님은 초대 받으셨어요?"

"아니, 저는, 그리고 오늘 저녁에는 집안 식구끼리만 모이는 것 같습니다. 내가 알기로는 행정청의 아무한테도 연락하지 않은 모양이오."

이남호가 조심스럽게 그녀에게로 시선을 주었다.

"나만큼 총독님 집안을 아는 사람도 없을게요. 그래서 말씀드리는데, 아가씨만큼 총독님을 닮은 가족이 없어요. 그것을 총독님도 잘 알고 계시지요."

"……."

"아가씨는 고려리아의 후계자요. 할아버지의 뒤를 이어서 총독이 되실 분이란 말입니다. 그러려면……."

"개인생활의 희생은 어느 정도 감수해야 할 것이고 남보다 다른 면모가 있어야 하겠지요."

강미현이 말을 자르자 이남호는 입을 다물었다. 시선을 내린 그녀가 말을 이었다.

"알고 있어요. 그리고 다른 사람 앞에서는 이런 이야기를 꺼내지도 않으니까 걱정하실 건 없어요."

이남호가 나가기를 기다린 것처럼 방에 들어선 것은 오치호였다. 그는 조심스런 자세로 소파에 앉더니 입을 열었다.

"전남수는 조직세계 관리에 대해서는 전문가나 다름없습니다. 걱정하시지 않아도 될 것 같습니다."

강미현이 쓴웃음을 지었다.

"그거야 당연한 일 아녜요? 그래서 일을 맡긴 것이고."

"……."

"한국에서 조직 폭력배 담당 수사관 생활을 오래했다고 해서 거들먹 거린다는 것도 우스워요. 이곳은 한국과 다릅니다."

차가운 분위기에 눌린 듯 오치호가 머리만 끄덕였다.

"국가 간의 대리전쟁 양상이 되어있는데다 김상철은 러시아는 물론 북한과 중국과도 밀접한 관계예요. 그 사람이 마음만 먹으면 하룻밤 사이에 소탕된다는 것을 전남수가 알고는 있나요?"

"알고 있습니다, 담당관님."

"또다시 콘티넨탈 호텔의 사고 같은 것이 일어난다면 지배인 이하 그가 데려온 사람들을 모두 귀국 조치시키세요. 사람이야 얼마든지 있으니까."

"알겠습니다, 담당관님."

"김상철 씨가 전남수의 배경을 모르고 있을 리가 없어요. 하지만 이쪽도 명분이 있으니 내버려 둘 수밖에 없겠지요. 고려 직영사업장을 관리하는 고려 직원이니까."

자리에서 일어선 강미현이 창가로 다가가 섰다. 투피스 정장 차림이어서 등과 다리의 선이 매끈하게 드러나 있다.

"그에게 의식시켜 주는 것만으로도 효과가 있다고 생각해요."

"당연합니다, 담당관님."

"다음 달에 당신을 경비본부 총무국장으로 발령을 내겠어요."

오치호가 퍼뜩 머리를 들었다. 총무국장은 경비대의 인사와 행정을 담당하는 직책이다. 창틀에 몸을 기댄 강미현이 팔짱을 끼고는 그를 바라보았다.

"이대각 씨는 감정적인 사람이라고 들었어요. 김상철 씨와 인간관계가 깊고. 내가 보좌관을 그곳으로 보내는 이유를 알고 있지요?"

"알고 있습니다, 담당관님."

"총독께서도 승낙하신 일이에요."

"……."

"경비대 안에 확실한 인맥을 만들어 둘 필요가 있어요. 이것은 통치권자가 당연히 해야 할 일입니다."

"물론입니다, 담당관님."

커다랗게 머리를 끄덕인 오치호가 정색을 했다.

"고려리아의 체제를 총독을 중심으로 일사불란하게 만들어 놓아야 할 것입니다. 제가 미력하나마 최선을 다하겠습니다."

경비본부의 총무국장이면 경비대의 서열로 5번째였으나 인사권을 쥔 직책이다. 비서실의 보좌관에서 일약 실세로 발탁된 오치호는 자신이 마치 실전에 뛰어든 전사와 같은 느낌이 들었다.

다음 날 아침, 김상철의 저택에서 수십 차례의 건배에 돌아오는 술잔을 사양하지 않았던 변순태는 두통을 참으며 사무실에 앉아 있었다. 김상철의 부인이 된 박미정에 대한 상견례 겸 가족들의 단합모임의 성격을 띤 자리여서 대부분의 참석자들은 폭음을 했던 것이다. 벌써 몇 잔째인가 냉수를 마시고 났을 때 노크 소리가 들렸으므로 그는 머리를 들었다. 그의 심복인 최남도가 들어왔는데 다급한 표정이다.

"형님, 현채옥 씨가 있는 곳을 알았습니다."

그러자 변순태의 두통이 순식간에 사라졌다.

"어디에 있어?"

"북쪽의 몰토프타운이오."

몰토프는 고려리아 북방의 신흥도시로 고려타운에서 500킬로미터쯤 북쪽이다. 이미 자리에서 일어섰던 변순태가 주춤 움직임을 멈추더니 테이블 위의 전화기를 쥐었다. 이한에게 전화를 하려는 것이다. 그로부터 3시간 후에 몰토프타운 중심부에 있는 광장에 헬기 한 대가 착륙했다. 헬기에서 내린 이한과 변순태를 맞이한 것은 몰토프에서 식당을 경영하고 있는 박동복이란 사내였다. 몰토프는 아직도 눈에 덮인 산간 마을이다. 체르스키 산맥 줄기가 앞으로 펼쳐진 타운의 주민은 1000명도 안 되었고 대부분이 동쪽 50킬로미터 지점에 있는 철광산의 노동자들이었다.

"그 여자는 아직 모르고 있습니다."

박동복이 들뜬 목소리로 말했는데 그는 중국계 조선족이다. 몰토프 근처에서 철광산이 발견되자 재빠르게 이주해 와서는 이제 식당과 술집을 경영하는 유지가 되었다. 그들은 타운의 중심부로 들어섰다. 십자형 도로를 중심으로 벽돌과 통나무로 만든 상점들이 세워져 있어서 마치 초창기의 고려타운을 보는 것 같았다. 마을에 갑자기 헬기가 내리는 사건이 일어났으므로 경비소 책임자가 그들의 대열에 끼였고 주민 대여섯이 뒤를 따른데다가 아이들 대여섯도 합류했다. 아이들의 뒤로는 개까지 두 마리가 따르고 있다.

"여깁니다."

박동복이 멈춰 선 곳은 통나무로 지은 선술집 앞이었다.

"이집 주인이 그 여자가 틀림없습니다."

이한과 변순태는 곧장 나무문을 밀치고 안으로 들어섰다. 점심시간이 가까워진 시간이어서 안에는 대여섯 명의 손님이 모여 있었다. 한낮이었지만 실내는 어두웠다. 그러나 이한은 안쪽에 서있는 현채옥을 알아보았다. 그녀는 그들에게 시선을 준 채 움직이지 않았다.

"우리가 얼마나 찾은지 아시오?"

다가선 이한이 버럭 소리를 쳤다.

"누구 골탕 먹이려고 이러는 거요?"

그러자 변순태가 옆으로 한 걸음 다가섰다.

"형수님, 타운으로 가십시다. 여기서 고생하실 것 없습니다."

변순태는 송길수의 심복이었다. 그로서는 현채옥이 윗사람의 부인이나 마찬가지인 것이다. 사내들의 시선을 받은 채 잠자코 서 있던 현채옥이 한 걸음 다가섰을 때 이한은 그녀의 헐렁한 원피스 자락 밑이 불룩하게 솟아 있는 것을 보았다.

"우선 자리에 앉으세요."

그녀의 맑은 목소리가 술집 안을 울렸다.

"여기 있는 걸 용케 찾으셨네."

그때는 변순태의 시선도 그녀의 배에 꽂혀져 있었다. 송길수의 씨가 자라고 있는 것이다. 이한이 나무 걸상에 쓰러지듯 앉으면서 얼굴을 일그러뜨리며 웃었다.

"술을 주시오, 어서."

이미 어젯밤의 숙취고 뭐고 싸악 달아난 변순태도 같은 심정이었다. 이한이 주위에 선 사내들을 둘러보았다.

"당신들도 자리에 앉으시오. 내가 술을 살 테니까. 아니, 마을 사람들을 모두 불러요. 보드카 한 병씩을 나눠줄 테니."

그의 목소리가 떨리고 있었으므로 변순태는 어금니를 물었다.

서일이 평양의 최종결정을 들은 것은 그로부터 사흘 후였다. 북조선 사회주의 공화국 정부는 고려리아에 5000명의 이주민을 계약금 없이 보내기로 결정한 것이다. 그리고 일주일 후에 블라디보스토크를 출발한 고려리아의 수송열차는 이주민을 싣고 고려리아에 도착했다. 이주민이 고려시 외곽의 아파트에 입주를 마쳤을 때는 밤 11시가 넘어 있었다. 그들은 가족별, 또는 독신자별로 미리 준비된 아파트에 입주했는데 그곳에서 석 달간의 적응기간을 거치게 된다. 타운에 있는 코즈모프 클럽 밀실에는 이금철과 최태호가 술상을 사이에 두고 마주앉아 있었다. 술자리를 시작한지 꽤 된 모양으로 보드카 병 한 병은 이미 비워졌고 둘의 혈색은 모두 붉다. 최태호가 입을 열었다.

"물정도 모르는 놈들이 공사를 맡았으니 제대로 짓기도 전에 자금이 바닥날 것입니다, 위원장 동지."

그가 술기운에 충혈된 눈을 들었다.

"이건 우리를 믿지 못한다는 증거란 말입니다. 도대체 32호실 놈들이 뭘 안다고. 이제까지 고려리아의 수십 채 건물은 우리가 짓지 않았습니까?"

"끝난 일이야. 불평해도 소용없어."

이금철이 잘라 말했지만 그의 얼굴도 찌푸려져 있다.

"협조하도록 해. 비협조적으로 보였다가는 가차없이 송환당할 테니까."

"……."

"마약대금의 마무리나 깨끗이 하도록 해. 그자들이 소매상까지 찾아가 확인하는 모양이야."

그러자 최태호가 어금니를 물었다. 배옥화는 실종된지 두 달이 됐는데도 흔적도 보이지 않았다. 그녀가 마약을 빼돌려 장사를 했다는 것은 확인할 수 있었지만 그것을 말할 수는 없는 노릇이다. 아마 혼자서 마약거래를 하다가 당한 모양이라고 추측하고 있을 뿐이었다.

"해볼 테면 해보라지요. 그렇게 나오는 바에는 저도 나서지 않을 겁니다."

최태호가 뱉듯이 말했다. 32호실의 장호성과 박기환은 자금관계를 완전히 장악하고 있었으므로 이금철 등은 사업장과 조직의 관리만을 맡게되었다. 그들은 매일 모든 사업장의 매출을 체크했는데 마약 판매에 관해서는 직접 챙기는 상황이다. 이금철이 잠자코 술잔을 들었다. 그가 정부로 데리고 있던 유정선도 이미 클럽으로 돌려보낸지 오래여서 집에 돌아가면 허전하기 짝이 없었지만 32호실 놈들이 알았다면 그 일로도 당장에 소환감이다. 한 모금에 술을 삼킨 이금철이 입을 열었다.

"앞으로 내 앞에서 그런 불평은 말아."

그의 기세가 사나웠으므로 최태호가 몸을 굳혔다. 눈을 치켜뜬 이금철이 낮은 목소리로 말을 이었다.

"고분고분 지시를 따르란 말이야, 나서지 말고. 알아들었어?"

"알았습니다. 위원장 동지."

"지금은 이권다툼을 할 시기가 아니야. 대표를 중심으로 일사불란하게 조직 체계를 갖춰야 한단 말이다."

그의 말대로 지금은 중대한 시기였다. 평양 정부에서는 이미 고려리아 건설 5개년 계획이라는 목표를 세워 당력을 집중하고 있는 것이다. 5개년 계획의 최종목표는 물론 고려리아의 인민공화국화이다. 고려리아 정부가 북조선 인민공화국의 통제를 받게 되면 당면한 경제 문제는 물론 정치적인 문제까지 일거에 해결될 수가 있는 것이다. 이금철이 다시 방안의 정적을 깼다.

"명분 있는 싸움에 더구나 조국을 위해 목숨을 걸고 일한다는 것만큼 행복한 일도 없다. 고려리아가 공화국 연방이 된다면 그것으로 보상을 받은 것이야. 나는 물질적인 욕심은 없다."

그의 시선을 받은 최태호가 천천히 머리를 끄덕였다. 그의 얼굴도 이제는 굳어져 있었다.

"알겠습니다, 위원장 동지. 공감합니다."

시바다 겐지가 도망친 다음에 고려리아의 이나카와회 사업장은 2인자였던 마쓰노가 맡았지만 곧 새 책임자인 오다 센자부로로 교체되었다. 오다 센자부로는 이나카와회의 미국 사업장을 맡고 있었는데 국제 감각뿐만 아니라 사업능력도 뛰어나다고 소문이 난 사내였다. 그가 고려리아 생활을 시작하면서 역점을 둔 것은 대외관계로 그 첫 번째가 김상철과의 관계개선이다. 40대 초반으로 언제나 단정한 정장 차림의 그가 김상철의 사무실이 있는 10층 빌딩 앞에서 차를 내려 빌딩으로 들어서는 것이 이제는 예사로운 일이 되었다. 어떤 때는 일주일에 두 번씩이나 김상철을 방문했는데 특별한 용건이 있는 것도 아니다. 오늘도 흰색 벤츠에서 내린 그는 부하들의 호위를 받으며 빌딩의 로비로 들어섰다. 아침 10시경으로 흐린 날씨였다. 곧장 5층에 있는 김상철의 사무실로 들어선 오다는 언제나처럼 웃음 띤 얼굴이었다.

"지나다가 들렀습니다."

"잘 오셨습니다, 오다 사장."

소파에 마주앉자 직원이 커피 잔을 내려놓고 돌아갔다.

"북한 이주민 교육은 잘 되어갑니까?"

오다가 유창한 영어로 물었다.

"잘 돼가는 모양이오. 행정청에서 치밀하게 계획을 짜 놓아서."

"북한은 착각을 하고 있어요. 내 생각이지만 반년쯤 지나면 이주민들 의식이 바뀔 겁니다."

커피 잔을 든 오다가 생각난 듯 머리를 들었다.

"그런데 우리도 재투자를 할까 하는데 김 사장님 의견은 어떻습니까? 행정청에서 아직도 우리를 견제 할까요?"

"재투자라면 얼마나."

"일본의 자산을 이쪽으로 넘길 생각입니다. 솔직히 그쪽은 세금 때문에 운신의 폭이 좁아서."

김상철이 잠자코 커피 잔을 들었다. 이제 고려리아의 유흥업소나 도박장이 돈방석에 앉는 사업장이라는 것은 세상에 알려져 있다. 정부에서 걷는 세금은 5%밖에 되지 않는데다가 자금의 입출을 제한하지 않았으므로 수요가 급격히 늘어나고 있는 상황이다. 야쿠자는 물론이고 미국의 마피아, 또는 아랍의 고위 관리가 고려리아의 은행에서 돈세탁을 한다는 것도 공공연한 사실이었다. 미국과 유럽 각국의 수사기관이 고려리아의 정책을 강력히 비난했고 제재할 움직임을 보였지만 그것은 말뿐이었다. 무슨 수단을 쓰든지 고려리아에 현금을 보내기만 하면 정부에서 철저하게 보장해 주는 것이다. 따라서 오다는 이나카와회의 자금을 들여오겠다는 것이었다. 오다가 말을 이었다.

"하와이나 피지, 바하마에 조금씩 투자를 했지만 이곳만큼 장래성이 있는 곳이 없습니다."

그가 이를 드러내며 웃었다.

"내년에는 관광객을 150만 명으로 예상을 하더군요."

"행정청에서 결정해 주겠지요. 그 일은 청장과 상의해 보시는 것이."

"행정청에서 반대할 이유는 없지요."

"……"

"하지만 그 전에 우리가 확실하게 해둬야 할 일이 있습니다. 겉으로는 고려리아가 안정된 상태로 보이지만 다시 한 번 체제정비가 이뤄져야 될 것 같은데, 그렇지 않습니까?"

김상철이 정색을 했다.

"그게 무슨 말입니까?"

"고려리아 내에서도 남북한의 대결은 필연적이오. 아니 고려리아 정부와 북한의 대결이라고 해야 맞는 표현이 되겠군. 그리고 그 전이 될지 후가 될지 또는 동시에 일어날지 알 수 없지만 고려리아 정부와 김 사장과의 주도권 싸움이오. 그것도 필연적이라고 생각합니다."

"……."

"내가 보기에 고려리아 정부는 이미 김 사장을 가족으로 생각하지 않습니다. 그리고 러시아 정부도 김 사장의 믿음직한 후원자가 될 수는 없어요. 그들은 언제든지 고려리아 정부와 타협할 준비가 돼 있습니다. 정부란 원래 그런 것인지도 모르지요."

김상철이 쓴웃음을 지었다.

"내가 정부와 주도권 싸움을 하리라고 보시오?"

"김 사장이 바라지 않더라도 싸움을 걸어온다면 어쩔 수 없이 둘 중의 하나로 결론이 납니다. 이기거나 지거나의."

"……."

"모략하는 것이 아닙니다. 사실에 근거한 이해관계로 우리는 김 사장을 택한 것이오. 우리는 조선인 부하들을 데려 오겠지만 고려리아에 민족 기반이 없습니다. 따라서 세 갈래로 나뉠 가능성이 있는 고려리아의 한국 조직 중에서 김 사장을 동반자로 택한 것이지요."

"……."

"대영그룹과 우리, 그리고 김 사장의 연합이면 자금력도 고려 못지않고 힘과 조직력도 뒤지지 않습니다. 그렇지 않습니까?"

사토 이사무는 한국명이 오명석으로 재일동포 3세이다. 그는 오다 센자부로가 고려리아에 데려온 10여 명의 간부급 부하 중의 하나로 나이는 스물다섯밖에 되지 않았지만 이미 조직세계에서 상당한 명성을 얻고 있는 사내였다. 3년 전 야마구치조의 고베지역 간부를 암살한 것이 그였는데 그 사건으로 야쿠자간의 살육전이 벌어져 10여 명의 사상자가 발생되었다. 경찰의 개입으로 전쟁은 끝났지만 사토의 명성과 위상이 일시에 높아진 것은 말할 것도 없다. 그는 암살명령을 받고 단신으로 쳐들어가 경호원 둘과 간부를 사살했던 것이다. 사토가 타운의 히노 클럽 앞에 도착했을 때는 새벽 3시가 조금 넘었을 때였다. 그 시간은 세계 각국의 인종으로 들끓던 거리가 조금 한산해지면서 입에서 단내를 풍기는 취객들이 슬슬 집으로 돌아가는 때이다. 차에서 내린 사토는 곧장 히노 클럽의 안으로 들어섰다. 그는 타운의 수금 책임자로 매일 이 시간이면 타운에 있는 17개의 사업장을 돌아 그날의 매상을 수금해 가는 것이다.

"어서 오십시오, 형님."

바 안에 서 있던 클럽 지배인 오하라가 그를 향해 허리를 숙였다. 그는 잠자코 묵직한 종이봉투를 사토 앞에 밀어 놓고는 곧 잔에 위스키를 따라 봉투 옆에 놓았다.

"오늘은 매상이 조금 올랐습니다. 한국 관광객이 몰려왔기 때문에."

위스키 잔을 든 사토가 반쯤 몸을 돌려 홀 안을 둘러보았다. 이제 반쯤 좌석이 비워진 상태였지만 아직도 홀 안은 떠들썩했다.

손님의 대부분은 미국과 일본인이었는데 호스티스는 동남아계였다.

"한국인 여자들이 곧 도착할 거야. 모두 A급이라는데 너한테도 한두 명쯤 배당이 될 거다."

사토가 말하자 오하라가 이맛살을 찌푸렸다.

"오사카에 있을 적에 한국 여자를 들여왔다가 별로 재미를 보지 못했습니다. 콧대가 높은데다가 오래 견디지를 못해요."

"그건 한국 여자였어. 생활수준이 일본과 비슷해서 그래. 하지만 이번에 들여오는 여자는 북조선이야."

"아, 그렇다면."

오하라가 머리를 끄덕였다.

"그건 해 볼 만합니다, 형님."

"두당 2만 달러를 주었어."

"두 달이면 밑천을 뽑을 겁니다."

한 모금에 위스키를 삼킨 사토는 돈봉투를 들고 클럽을 나섰다. 히노 클럽은 타운의 변두리에 있어서 그가 마지막으로 들르는 곳이었다. 이제 수금된 돈 봉투를 싣고 타운의 중심부에 있는 사무실로 돌아가면 된다. 거리로 나온 사토는 이맛살을 찌푸렸다. 길가에 대기하고 있어야 할 차가 보이지 않았던 것이다. 한동안 주위를 둘러보던 사토는 서둘러 클럽 안으로 들어와 카운터의 전화기를 움켜쥐었다. 차에 타고 있을 기무라와 다케다에게 연락을 하려는 것이다. 오하라가 그에게로 다가왔다.

"형님, 무슨 일 있습니까?"

부하들이 탄 승용차가 발견된 것은 그로부터 30분쯤 후였다. 승용차는 네 블록쯤 떨어진 거리에 버려져 있었던 것이다. 기무라와 다케다는 각각 심장에 한 발씩의 총알을 맞고 자는 듯이 죽어 있었다. 총구를 바짝 대고 발사한 까닭에 총구가 닿은 옷 부분이 누렇게 그을렸지만 반항한 흔적은 없다. 경비대의 앰뷸런스에 시체가 실려 나가고 나서 현장에 남아 있던 사토에게로 가와베가 다가와 섰다.

"돈은 얼마쯤 되었어?"

"미화로 40만 달러쯤 됩니다, 형님."

사토가 핏발이 선 눈으로 그를 바라보았다.

"우리 내부사정을 잘 아는 놈들의 짓입니다."

목격자는 주민이었는데 그가 곧장 경비대에 신고를 하는 바람에 뒤늦게 현장에 도착했던 사토는 부하들의 시체만 겨우 확인할 수 있었을 뿐이다. 가와베가 머리를 끄덕였다. 수금차량을 마지막 수금점에서 습격 한 것은 우연이라고 할 수만은 없는 것이다.

"예감이 좋지 않아, 사토."

시계를 내려다본 가와베가 몸을 돌렸다. 새벽 4시가 되어 가고 있었다.

"이것, 예감이 좋지 않은데."

사건 소식을 들은 박기동이 뱉은 말이었다. 출근시간이어서 도로는 차량의 행렬이 꼬리를 잇고 있었지만 시속 60킬로미터의 속력은 낸다. 그가 운전석 옆자리에 앉은 이판석을 바라보았다.

"수금차를 털었다면 사정을 아는 놈이야. 계획하고 한 짓이다."

"저도 그렇게 들었습니다. 그래서 주변을 조사하고 있다는데요."

"한동안 잠잠한가 싶더니만 일이 터졌군. 이나카와회가 바짝 긴장하고 있겠는데."

박기동이 입맛을 다셨다.

"당장에 사업에는 지장이 없겠지만 오래 가면 아무래도 곤란해."

"여자들은 내일 도착할 예정이니까 사흘쯤 쉬게 한 다음에 공급시키도록 하지요."

"사흘까지는 필요 없다. 이틀만 쉬게 해."

북한산 여자 42명이 열차편으로 도착하는 것이다. 이금철로부터 여자들의 사진과 인적사항만을 받아 본 형편이었지만 상품가치는 충분해 보였다. 모두 20세에서 25세 미만의 나이였고 학력은 고등중학교 이상인 데다 신장도 160센티미터 이상이었고 사진으로 본 얼굴도 밉상들은 아니었던 것이다. 이금철과 두당 1만 2000달러에 계약하여 2만 달러에 넘기게 되어 있으니 제반 비용을 빼더라도 두당 5000달러가 남는 장사였다. 42명이면 20만 달러가 넘는 이익금이 한몫에 들어오는 것이다. 그가 생각난 듯 머리를 들었다.

"오늘 저녁에 관광과장 안인석이와 약속이 있다. 100달러짜리 지폐로 1만 달러를 준비해 놔."

"알았습니다, 사장님."

안인석은 여자들에게 1년 기간의 취업비자를 발급해 줄 것이다. 원래는 사업장의 취업 확인서가 있어야만 취업비자 발급이 된다. 이판석이 그에게로 몸을 돌렸다.

"북한 쪽 사람들이 곧 공사를 시작할 모양인데요. 고려시에 카지노 딸린 호텔 두 곳을 짓는다는 소문이 났습니다."

"소문이 아니라 사실이야. 이미 행정청에 부지 신청을 끝내 놓았어."

등받이에 몸을 기댄 박기동이 얼굴에 웃음을 띠었다.

"최태호가 물을 먹었어. 공사는 32호실 놈들이 직접 진행한다."

"그렇다면 조금 어려워지지 않겠습니까?"

"어려울 것 없어."

박기동이 머리를 저었다.

"뇌물 안 통하는 놈이 없다. 이건 내가 경험에 의해서 터득한 진리야. 내 사업 철학이야."

"……"

"너도 배워 둬라. 돈이면 안 되는 게 없다. 자본주의 사회에서 돈만 가지면 무엇이건 살 수 있어. 봐라."

그는 손을 들어 창밖의 거대한 빌딩군을 가리켰다.

"이 고려리아도 돈으로 산 것이다. 수십만 명의 고용인도 돈을 받고 충성을 바치는 거야. 수단과 방법을 가리지 않고 돈을 버는 자가 곧 승리자다."

박기동은 이제 타운과 고려리아에 5개의 사업장을 가진 유지가 되어 있었다. 거기에다 그는 김상철의 조직을 배경에 두고 있었으며 북한과 일본, 중국과 마피아 등 모든 조직에 자유롭게 거래를 할 수 있는 유일한 사업가였다.

"총독도 젊은 시절에는 남의 가게에서 점원 노릇을 했어. 그러다가 운이 트인 것이지."

박기동이 다시 창밖으로 시선을 주었다.

"그리고 그 양반도 이렇게 되기 위해서 수단과 방법을 가리지 않았을 것이다. 그건 뻔한 일이야."

총독실은 넓었지만 장식이나 집기가 소박해서 여전한 강우진의 성품을 나타내고 있었다. 한쪽 벽면을 대형 유리로 만들어 놓아서 채광이 좋았지만 오늘의 날씨는 흐렸다. 가죽 소파에 기대앉은 총독의 표정도 밝은 것이 아니다.

"김상철이 공공연하게 대영의 대리인 노릇을 한다는 것은 홀로 서겠다는 뜻으로밖에 볼 수가 없어. 예상했던 일이지만 속도가 조금 빠르군."

앞에 앉은 이남호가 그의 시선을 받으면서도 입을 다물고 있자 총독이 못마땅한 듯 혀를 찼다.

"설령 김상철이 그럴 뜻이 없다고 해도 대영이 어떤 놈들이냐? 김상철이를 부추겨서 충분히 일을 일으킬 놈들이다."

"어떤 일 말씀입니까?"

마침내 이남호가 머리를 들고 총독을 바라보았다.

"대영이 김상철이를 의지해서 투자해 오는 것도 바람직한 상황이라는 자문단의 의견입니다. 총독님, 대영은 자체 능력을 키울 수도 없고 그렇다고 북한측에 의지 할 수도 없는 입장입니다."

그리고 총독은 이미 대영의 재투자를 허락한 것이다. 총독이 다시 혀를 찼다.

"글쎄, 대영 입장은 이해하고 있단 말이야. 나는 지금 김상철이 이야기를 하고 있어."

"긍정적으로 생각하시면 되지 않겠습니까? 김상철이가 있어서 대영이 투자를 했다고 말씀입니다. 대영은 순수한 한국기업으로 한국계 이주민이 늘어날 것입니다."

"이 실장, 네 놈은 일부러 말을 돌려서 하는지 어쩌는지는 몰라도 날 지금 부끄럽게 만들고 있어."

총독이 늘어진 눈시울을 치켜들었다.

"나는 총독이기 전에 인간이다. 대의를 주창하지만 딴 놈들하고 똑같이 밥도 먹고 화장실에도 간다."

"……"

"내 말뜻을 못 알아듣는지 일부러 딴소리를 하는지 몰라도 나가라. 너하고 이야기하기 싫어."

"김상철이는 배신하지 않을 것이라는 전제하에서 말씀드렸던 것입니다, 총독님."

"상황은 주위에서 만들어 주는 경우가 많단 말이다. 제 스스로 만드는 경우는 적어."

"대영이 그놈을 업고 일을 만들 가능성은 없습니다."

그러자 총독이 손바닥으로 소파의 팔걸이를 내리쳤다.

"못난 놈, 네 눈에는 그렇게만 보일지 모른다. 하긴 선한 사람에게는 선하게만 보인다니, 난 진흙탕 싸움으로 지금까지 버텨온 사람이야. 내가 보는 눈도 틀린 적이 없다."

"……"

"김상철과 오다 센자부로가 요즘 가까워져 있는 것은 어떻게 설명할 것이냐? 그리고 북한의 서일은 어떻고. 거기에다 삼합회와 마피아는 이미 김상철이와 한통속이 되어 있다."

"……"

"잘못하면 고려리아 정부는 허수아비가 되고 내부를 장악하는 것은 저, 내가 키운 강아지가 될지도 모른다."

"……."

"내 나이 내일 모레면 팔십이여, 이런 상태로 미현이에게 넘기고 갈 수가 없단 말이다."

그의 발끝이 떨렸으므로 이남호가 몸을 굳혔다.

"고려리아 정부가 생각하시는 것처럼 호락호락하지 않습니다, 총독님. 그건 총독님께서……."

"정부가 넘어간다고는 안 했다. 고려리아는 이제 궤도에 올라있고 곧 한민족의 새 영토가 된다."

총독이 자르듯 말했다. 그는 감정을 삭이려는 듯 허리를 펴고 심호흡을 몇 번 했다.

"내가 말하고자 하는 것은 고려리아를 실질적으로 지배하는 사람이야. 그것이 내가 지명한 2대 총독이 될 것이냐 아니면 김상철이냐 하는 것이다."

고려리아의 주변 환경은 여전히 4강에 둘러싸인 남북한 관계로 유지되어 왔다. 소련의 붕괴 이후로 명실 공히 세계의 패자가 된 미국은 이제 동서냉전시대의 미국이 아니다. 아프리카나 동유럽 등에서 크고 작은 전쟁이 끊임없이 발생하게 된 것도 따지고 보면 냉전시대가 사라졌기 때문이다. 약소국들은 소련이나 미국의 주도권 다툼에 시달리기는 했지만 그것을 적절히 이용하여 주권을 세우는 경우가 많았던 것이다. 그러나 지금은 다르다. 종교나 인종 문제의 내전으로 수많은 희생자가 발생해도 러시아는 말할 것도 없고 미국도 거의 간섭하지 않았다. 이미 경쟁상대가 없어진 지금 미국의 패도에는 별 영향을 미치지 않기 때문일 것이다.

미국과 러시아는 자국에 직접적인 영향을 끼칠 문제 외에는 거의 상관하지 않았고 그것은 중국과 일본도 마찬가지였다. 중국과 일본, 그리고 러시아는 한반도와 국경을 맞대었거나 인접한 나라로서 한반도 문제가 자국의 이해와 안위에 직접적인 영향을 끼치는 나라들이다. 반세기가 넘는 남북한의 분단과 대립 현상에 대해서 세 나라는 모두 책임이 있다. 그러나 남북한이 통일 되면 1억 가까운 인구에 막강한 군사력과 경제력을 갖춘 강국이 될 것이다. 남북한 간의 관계는 별도로 하더라도 세 나라가 그것을 염두에 두고 행동하리라는 것은 당연한 일이다.

한국의 서울, 청와대에는 지금 대통령 주재로 안보회의가 열리고 있었다. 이미 여당의 차기대권후보로 지명된 정동민까지 참석한 회의실의 분위기는 무거웠다. 남북 간의 대치상태는 조금도 나아지지 않는데다 직접적인 대화창구도 없는 형편이다. 군사정전위원회의 존재 자체를 무시한 북한은 여전히 평양 주재 미국 연락사무소를 통해 남북한 문제를 다뤘는데 그때마다 주권국가를 자처하는 한국은 수모를 당하는 실정이다. 쌀도 주고 수만 채의 아파트와 양로원, 병원 등을 지을 수 있는 거금을 예산에서 떼어내 온갖 명목으로 북한에 쏟아 붓고 있지만 상황이 나아진 것은 없다. 이번 대선에서도 결국은 북한 문제가 제일 큰 변수가 되리라는 것은 회의실에 모인 모두가 알고 있었다. 그러나 이제 깜짝쇼나 언론 조작만으로 표가 이동하지는 않는다. 30년이 넘도록 선거 때마다 북한 문제가 튀어나왔고 대부분이 정권을 쥔 쪽의 의도대로 되었다. 그러나 지금은 다르다. 북한은 상황을 잘 파악하고 있었으므로 조종간을 쥔 쪽은 지금도 그들이었다. 대통령이 입을 열었다.

"매년 50만 톤의 쌀을 주면서 고맙다는 인사도 받지 못하고 마치 조공을 하듯이 바치는 상황이오. 야당에선 틀림없이 정부의 대북정책을 선거 쟁점으로 삼을 거요."

찌푸린 표정으로 그가 말을 이었다.

"국민들은 단순해요. 야당에 선동 당하면 정부의 어려운 입장을 이해할 분위기가 안 됩니다."

원탁에 둘러앉은 면면은 비서실장 이태준, 국방 장관 장석호, 국정원장 권준규, 안보수석 신형목에 국무총리 김재선, 그리고 정동민의 순이었다. 모두 맡은 분야나 경력에 일가견이 있는 인물들이었지만 대통령의 단순한 표현에 입을 열지 못하고 있다. 이제까지 대북관계가 정당한 논리나 절차에 의해 진행되지 못한 것도 그 이유 중의 하나가 될 것이다. 대통령이 주위를 찬찬히 돌아보았다.

"앞으로 여러 경로를 통해서 북한측에게 현 정부의 정통성을 이어받은 것은 정 대표라는 것을 명기시켜줘야 합니다."

정동민은 지난달 당대표 겸 여당의 대선후보로 추대가 되었다. 대선을 1년 남긴 시점이어서 남은 임기 동안의 권력누수를 각오한 대통령의 결단이었다. 그것은 이번 대선이야말로 예측을 불허한 혈전이 될 것이기 때문이다. 잘못하면 정권이 야당으로 넘어갈 확률이 있는 것이다. 정동민이 입을 열었다.

"아마 북한도 야당이 집권하기를 바라지 않을 겁니다. 야당이 현 정부의 대북정책을 비판하면 할수록 그 농도가 심해지겠지요."

그는 얼굴에 쓴웃음을 지었다.

"결국 그자들은 협상을 할 상대는 우리밖에 없다는 것을 알게 될 겁니다."

주위의 사내들은 모두 잠자코 있었는데 그것은 무언의 동의였다. 그러나 북한측이 협상은 물론이고 산통까지 모두 깰 수 있다는 것도 그들은 알고 있었다.

"내 차로 같이 가십시다. 가면서 말씀이나 듣게."

정동민이 다가와 말했으므로 권준규는 머리를 끄덕였다. 회의를 마치고 청와대의 현관에서 차를 기다리는 중이었다.

"곧 겨울이 오겠군. 세월이 참 빠르다니까."

정동민이 혼잣소리처럼 말했다. 11월 중순이어서 잎사귀를 반쯤이나 떨어뜨린 정원수들이 검은 가지를 내보이고 있었다. 그들은 정동민의 승용차에 올라 청와대를 빠져 나갔다.

"참, 권 원장께서는 고려리아 사정에 밝으시지요? 개척 당시부터 관계하신 것으로 알고 있는데."

정동민이 문득 생각났다는 표정을 짓고 묻는다.

"강 회장, 아니 지금은 총독이시지. 그분과도 잘 아시지 않습니까?"

"글쎄요, 잘 안다기보다도 업무상으로."

"지난번에 북한의 김영남이 혼쭐이 났다던데, 그 양반 대단해요."

"……"

"그런데 이제 한국에서도 고려리아 주민 규제를 풀 때도 되지 않았습니까?"

그러자 권준규가 머리를 들어 정동민을 바라보았다. 고려리아에는 고려 직원이나 각 사업장에 고용된 사람들의 가족으로 이주민이 한정되어 있었는데 그것도 최근에야 허용되었던 것이다. 정부는 고려리아의 고려인이나 조선인 대부분이 친북 성향을 띠고 있는 것으로 믿었고 그것이 사실이기는 했다. 지역적으로 북한과 가까웠을 뿐더러 북한에서 중국이나 러시아로 옮겨간 사람들이 많았기 때문이다. 거기에다 김상철의 북한인 대량 고용 사건이 터지는 것을 계기로 정부는 더욱 완강해졌었는데 지금은 크게 달라진 셈이다. 북한 이주민 5000명을 수용한 것도 전혀 상관하지 못하고 있는 상황인 것이다.

"글쎄요. 그것은 늦고 빠른 문제가 아닌 것 같습니다만. 대표께서도 잘 아시다시피 고려리아에 대해서는 우리 정부가 겉만 돌았습니다."

긴장한 표정의 정동민을 향해 그가 말을 이었다.

"고려를 견제했다가 나중엔 미·일의 압력에 따라 움직였고 지금은 거의 놓아버린 상황이지요. 물론 그 과정상의 시행착오와 실책, 손실에 대해서는 정부는 책임지지 않았습니다."

"……."

"지금 한국 정부는 고려리아를 견제할 근거도, 명분도 없습니다. 이미 고려리아는 러시아의 연방국가 형태가 되어서 총독체제가 되었고 세계 20개국에 대사관급 외교관계를 맺고 있지요."

"고려리아의 뿌리는 한국 아닙니까? 한시적인 정부나 정권의 실책이 있었다고 뿌리가 없어지는 것이 아니지요."

정동민이 이맛살을 모으고 그를 바라보았다.

"나는 고려리아를 긍정적인 시각으로 보려고 합니다. 이주를 자유화시키고 그곳을 제2의 한국으로 만드는."

"강 회장이 거절할 가능성이 큽니다."

자르듯 말한 권준규가 등받이에 등을 기대었다.

"이제 우리가 어떤 시각으로 보건 그 양반은 상관할 필요가 없어요. 남한 이주민을 받지 않더라도 값싼 북한의 노동력이 얼마든지 있으니까."

"……."

"대선 때 그 양반을 잘못 건드리면 위험합니다. 북한보다 더 폭발력이 강한 존재란 말씀입니다."

대선 이야기가 걸렸는지 정동민이 입맛을 다셨다. 그러나 성격이 끈질긴 데다 노회(老獪)한 정동민이다.

"그건 알고 있어요. 하지만 국민들에게 미래의 희망이나 꿈을 심어 주는 대상으로 고려리아만한 물건이 없어요. 우리는 그것을 연구해야 합니다."

이제는 권준규가 조그맣게 입맛을 다셨다. 당연한 말이었지만 그는 차기의 대통령 후보였다. 선거 이슈가 필요한 때에 꺼내는 미래의 희망과 꿈 이야기는 선거용으로만 들리는 것도 당연한 것이다. 그리고 그것은 예상했던 일이기도 했다.

리조트 시티의 스키장은 10월부터 관광객이 몰려들어서 11월이 되자 호텔과 방갈로는 손님으로 가득 찼다. 고려리아의 11월은 한겨울이다. 스키장뿐만 아니라 고려리아 북부 지방은 사흘 걸러 하루씩 눈보라가 쳤고 기온은 영하 30도로 내려가 있다.

경사진 구릉이 내려다보이는 스키장의 방갈로 안이다. 페치카의 장작이 기세 좋게 타오르고 있어서 방 안은 훈훈했다. 통나무로 만든 정사각형의 방은 넓었다. 지은 지 얼마 되지 않아서 마루판자에서는 아직도 나무 냄새가 난다.

"그래, 얼마나 필요하시오?"

창가의 의자에 앉아 그렇게 물은 것은 변순태였다. 그의 차가운 시선을 받은 최태호가 가늘게 한숨을 쉬었다.

"미화로 35만 달러쯤 되겠소."

"꽤 많은데."

"몇 년 동안 목숨을 걸고 일한 값으로는 어림도 없지."

구릉 아래쪽으로 서너 명의 스키어가 시야에 들어왔다가 곧 사라졌다. 고려시 서쪽에 자리 잡은 고려리조트는 스키장만 해도 200만 평이 넘는 것이다. 이윽고 변순태가 머리를 끄덕였다.

"좋소, 보고 드리겠소."

"내일 저녁까지 만들어 주었으면 좋겠는데, 내가 조금 급합니다."

최태호가 담배를 꺼내어 입에 물었다가 다시 내려놓았다.

"그놈들이 눈치채지 못하게 은행에 넣어 둬야 한단 말이오."

"그건 당신 사정이지."

차갑게 말한 변순태가 담배를 물고는 불을 붙였다. 눈발이 드문드문 떨어져 내리는 이른 오후였다. 창으로 길게 연기를 뱉어낸 변순태가 그에게로 머리를 돌렸다.

"난 시계공 출신이어서 그런지 톱니바퀴 날들이 딱 끼는 것처럼 이치가 맞아야 개운합니다. 그래서 말인데."

"……"

"당신은, 공금을 써버렸는데 그 32호실인지 뭔지 하는 놈들 때문에 돈을 채워야 한다고, 마치 형제한테 부탁하는 것처럼 내게 말했소. 내가 들어 줄 것을 알고 있었던 것처럼 말이오."

쓴웃음을 띠운 최태호를 향해 그가 말을 이었다.

"돈 빌릴 곳은 삼합회도 있고 마피아도 있어. 그런데 제일 꺼림칙한 관계인 우리한테 온 이유는 뭐요? 그리고 그 다음에, 당신이 내놓을 보상은 뭐요?"

"삼합회나 마피아는 내 가치를 당신들보다 더 처주지를 않아. 그것이 첫 번째 대답이고, 내가 내놓을 보상은 아마 당신의 보스인 김상철 씨가 알고 있을 거야. 아마 당신도 지금쯤 짐작하고 있을지도 모르지."

최태호가 이제는 소리 내어 한숨을 쉬었다.

"살려면 어쩔 수 없어. 그리고 이왕 이렇게 된 것, 이제는 후회도 미련도 없어."

35만 달러는 그가 그동안 유용했던 공금이었는데 예전만 같았다면 얼마든지 채울 수가 있었을 것이다. 그러나 32호실의 간부들이 오고 나서는 일절 자금에 손을 댈 수가 없었던 데다가 지난날의 회계감사까지 하는 바람에 들통이 날 위기에 몰리게 되었다. 그들이 3년 전의 매상장부 원본까지 뒤질 줄은 미처 생각지 못했던 것이다.
"개새끼들, 물하고 밥만 먹고 무슨 혁명을 한단 말이야? 도대체 돈 벌어서 어떤 놈 좋은 일시키는 거야?"
창밖으로 시선을 준 채 최태호가 혼잣소리처럼 말했다. 눈발이 차츰 굵어지고 있었다.

배신자

"재일동포들이 꽤 들어오고 있어."

이대각이 수저를 내려놓고는 숭늉그릇을 들었다.

"오다 센자부로가 세력을 급격히 늘리는 것 같단 말이야."

"사업을 확장하니까요. 그건 예상하고 있었던 일 아닙니까?"

대륙 호텔의 한식당 안이다. 김상철과 이대각이 마주앉아 점심을 먹는 중이었다. 크리스마스가 며칠 앞으로 다가온 연말이어서 식당의 중앙에는 요란한 장식을 한 트리가 세워져 있었다.

"오다가 자네와 손을 잡았다는 소문이 들리던데."

김상철이 웃었다.

"손을 잡고 쿠데타라도 일으킨다고 하던가요? 별 소문이 다 돈다고 들었습니다."

"네가 요주의 인물이 되었다."

숭늉그릇을 내려놓은 이대각이 길게 한숨을 쉬었다.

"덩달아서 나도 감시대상 2호다. 경비본부에서 내 행동을 감시하는 놈들이 득실거린다."

"총무국장 오치호가 두목이라고 하더군요. 강미현 씨가 뒤에서 조종하고."

"강미현이 아니야. 총독이 배후에 있어."

잠시 그들은 입을 닫고 제각기 딴전을 피웠다. 오늘은 이대각이 점심이나 같이 하자면서 김상철을 초대한 자리였는데 식사를 마치도록 본론을 꺼내지 않고 있었다. 이윽고 이대각이 머리를 돌려 그를 바라보았다.

"분위기가 점점 악화되고 있어. 강미현은 이제 너를 적대시하고 있다."

"……."

"총독은 말할 것도 없어. 너에게 고려리아를 빼앗길지도 모른다는 강박관념이 있는 것 같다."

"내가 없어져 주기를 바라겠군요."

김상철의 말에 이대각이 퍼뜩 머리를 들었지만 말을 받지는 않는다.

"그들에게 고려리아가 중요한 만큼 나한테도 중요합니다. 이젠 물러날 수가 없습니다."

"……."

"더구나 그들은 오해를 하고 있습니다. 그들의 불안감을 없애주기 위해서 사라져줄 수는 없습니다."

"강미현을 한번 만나 보는 것이 어떠냐?"

이대각이 큰 머리를 그에게로 숙였다.

"6개월 가깝도록 같은 고려리아에 살면서 한 번도 만나지 않았어. 만나서 이야기를 하면 조금 나아질지도 모른다."

"필요 없는 일입니다."

"안 만나는 것보다는 낫다."

"전 그 여자를 잘 압니다."

"……."

"겉은 어떻게 대할지 몰라도 저에게 맺힌 감정을 풀지 못할 겁니다."

시선을 든 이대각이 눈을 여러 차례 깜박이며 그를 바라보았다. 그러자 김상철이 쓴웃음을 지었다.

"갖고 싶었던 것은 꼭 가졌던 여자지요. 머리도 좋아서 남에게 져본 일도 거의 없었을 겁니다. 지난번에 만났을 때 후련하다느니 후회도 없다느니 했지만 저와 제 처에 대해서는 씻을 수 없는 감정을 갖고 있을 겁니다."

"글쎄, 그 감정 때문일까?"

"바닥에 그것이 깔려 있을 거란 말씀입니다."

이대각이 다시 길게 한숨을 쉬었다.

"너는 대영의 재력에다 일본 야쿠자의 세력을 등에 업고 있는 데다 마피아는 너와 동맹관계다. 그들이 불안하게 생각하는 것은 당연하단 말이다."

"모두 고려리아를 위하다가 그렇게 되었지요."

강미현과 결혼을 했다면 그것은 그야말로 일거사득, 오득의 일이 되었겠지만 지금은 그 반대의 상황인 것이다. 김상철이 생각난 것처럼 주위를 둘러보았다. 100평이 넘는 식당이어서 손님들이 많지만 이쪽은 창가의 외진 자리였다. 이쪽으로 신경을 쓰는 사람들은 보이지 않았다.

"걱정할 것 없어. 내가 경비 본부장이야. 이 호텔 전체를 도청 방지시스템으로 묶어 두었다."

이대각이 커피 잔을 잡아 조심스럽게 돌렸다.

"네가 원하지 않는 방향으로 상황이 전개될 수도 있는 거야. 인생이란 다 그렇다. 따라서 앞날은 아무도 장담할 수 없는 거야."

"알고 있습니다, 본부장님."

가라앉은 목소리로 대답한 김상철이 그를 바라보았다.

"처가 임신을 했습니다. 2개월이 되었지요."

"어이쿠, 이런."

이대각이 활짝 얼굴을 펴며 웃었다.

"고려리아 태생의 한국인이구나. 경사가 났다, 경사여."

"그래서 더욱 떠날 수가 없습니다. 이곳은 이제 제 자식의 고향이 될 테니까요."

웃는 얼굴 그대로 김상철을 바라보던 이대각이 천천히 머리를 끄덕였다.

"그렇지. 그건 그렇다."

"스키장에 다녀왔어요."

옷을 받아드는 박미정의 표정은 밝았다. 조금 상기된 피부는 윤기가 흘렀고 입술과 눈은 알맞게 습기에 젖어 있었다.

"괜찮겠어?"

밝은 분위기에 휩쓸린 김상철이 묻자 그녀는 머리를 끄덕였다.

"안토노프가 적당한 운동은 아기에게도 좋다고 했어요."

박미정은 꽤 숙달된 스키어인 것이다. 저녁시간이다. 저택의 2층 창에는 눈발이 부딪히며 얼어가고 있어서 바깥은 보이지 않았다.

"현채옥 씨하고 같이 갔는데, 그분도 제법 타던데요."

창가로 다가가 선 박미정이 말을 이었다.

"아름답고 강한 분이에요, 그분."

현채옥은 두 달 전에 사내아이를 낳았는데 이름을 송근호라고 지었다. 송길수의 유복자인 것이다. 그녀는 아들과 함께 김상철의 저택에서 같이 생활하고 있었다. 근호라고 이름을 지어준 것도 김상철이다.

"무슨 걱정이라도 있어요?"

박미정이 묻자 그가 창문에서 시선을 뗴었다. 그녀의 검은 눈동자가 똑바로 그를 향해져 있다.

"걱정할 게 뭐가 있다고. 없어."

"얼굴에 그렇게 쓰여 있는데."

"쓸데없는."

자리에서 일어선 김상철이 그녀에게로 다가가 어깨를 안았다.

"신경 쓰지 않아도 돼."

이제까지 바깥일은 거의 이야기한 적이 없는 김상철이었고 박미정도 묻지 않았다. 한동안 그의 어깨에 머리를 묻고 있던 박미정이 입을 열었다.

"조용한 섬에 가서, 우리 둘하고 아이들하고만 살고 싶어."

"……"

"내가 너무 욕심을 부렸나 하는 생각이 자꾸 들어요."

"그게 무슨 소리야?"

정색을 한 김상철이 그녀를 바라보았다.

"욕심을 부린 것은 난데. 바깥일만 하느라고 제대로 마누라도 즐겁게 해 주지 못하면서 덜렁 데려왔지."

"……"

"내년 초쯤 우리 더운 나라에 가서 쉬었다 오자. 그래, 동남아의 바닷가가 좋겠다. 뜨거운 태양하고 푸른 바다가 있는……."

박미정이 그의 가슴에 얼굴을 묻더니 두 팔로 허리를 안았다. 그녀의 머리칼에서 상큼한 비누 냄새가 맡아졌다.

"네가 언젠가 짜증을 내면 말해 줄 작정이었는데 도무지 기회가 와야 말이지."

"……."

"그렇지. 사업과 나, 둘 중에 하나를 택해요, 나든가. 고려리아와 나라고 해도 좋고."

그는 박미정의 귓불을 가볍게 물었다.

"그러면 이렇게 대답하려고 했지. 난 이미 너를 찍은 거야, 하고."

박미정이 몸을 굳힌 채 움직이지 않았으므로 그는 귓불을 조금 세게 물었다.

"네 앞에서만큼 내 마음이 깨끗하게 비워진 경우가 없어. 위선도 배신도 욕망도 어느새 깨끗이 지워진단 말이야."

"……."

"이것이 내가 느끼는 사랑이야. 그것은 나만이 알아. 확신해."

그러자 박미정은 더욱 몸을 굳히고는 그를 안은 팔에 힘을 주었다. 그러나 그의 가슴에 붙인 얼굴은 들지 않았다.

타운의 밤이 깊어가고 있다. 변함없이 휘황한 밤거리에는 술과 향락을 찾아 나온 사내들로 메워져 있었다. 중국인 거리의 중심부인 북경 클럽 앞에는 발 디딜 틈도 없이 인파로 북적거렸는데 중국에서 온 가무단이 공연을 하기 때문이다. 눈발이 조금 굵어지고 있었지만 영하 25도면 견딜 만한 추위였다. 아이들까지 데리고 나온 구경꾼들은 암표를 사려고 이리 몰리고 저리 쏠리는 소란 통에도 즐거운 것처럼 보였다. 사토 이사무는 피우던 담배를 길바닥에 던지고는 다시 주위를 둘러보았다. 그가 서 있는 곳은 북경 클럽 길 건너편의 조그만 음식점 옆이다. 이쪽은 건너편 보다는 덜했지만 행인의 통행이 많아 그는 벽에 등을 붙이고 서 있었다. 슈바 차림의 동양인이 아래쪽에서 다가오더니 그의 옆에 서 멈춰섰다. 방한모를 깊게 눌러쓰고 있어서 얼굴의 위쪽만 겨우 보일 뿐이다.

"조금 늦었습니다."

"확실한 거야?"

대뜸 사토가 다그치듯 묻자 사내가 머리를 끄덕였다.

"확실합니다, 형님. 두 놈 중에서 한 놈은 나고야에서 빠찡고 기도를 보던 놈으로 제가 얼굴을 압니다."

"두 놈뿐이야?"

"예, 모텔에 든 일본인은 두 명뿐입니다. 관광객으로 들어온 모양입니다."

사내는 그의 부하인 이케다 산조였다. 그는 거리에서 낯익은 일본인을 보았고 그의 거처까지 확인하고 돌아온 것이다. 이케다가 초조한 표정으로 그를 바라보았다.

"형님, 어떻게 할까요?"

"애들 둘만 불러라. 소란 떨 것은 없다."

사토는 마음을 정했다. 고려리아는 이나카와회를 대표로 하여 일본세를 굳히기로 이미 초창기부터 정보국과도 합의가 되었던 것이다. 야마구치조나 기타 조직이 참여하려면 자금만 투입하여 이익금을 배분받는 형식으로 되어야 한다. 곧 두 명의 부하가 사람들을 헤치고 다가오자 사토는 앞장을 섰다. 이케다가 확인한 나고야의 건달은 야쿠자의 일원임에 틀림없는 것이다. 그렇지 않아도 정보원들은 요즘 들어 타운과 고려시에 야쿠자의 무리로 보이는 사내들이 자주 출몰한다는 보고를 해 왔다. 그는 오늘밤에 그 실체를 확인하기로 마음을 정한 것이다.

모텔은 3층 건물로 앞에서 보면 정사각형의 투박한 구조였다. 추위와 바람을 막으려고 창문을 좁게 만들어 놓아서 그렇게 보이는지도 몰랐다. 창문의 수를 계산하면 객실의 수는 어림잡아 10여 개밖에 되지 않는다.

사토는 부하들과 함께 모텔의 안으로 들어섰다. 부하 한 명은 밖에 남겨두었는데 만일의 경우에 대비하기 위해서였다.

"어디 가시오?"

프런트에 앉아 있던 중년의 사내가 중국어로 묻자 부하 한 명이 그에게 다가갔다.

"202호실의 친구 만나러 가는 거야."

그가 중국어로 그렇게 물었으리라고 짐작하고는 일본어로 대답했는데 주인은 알아들었는지 잠자코 있다. 그를 프런트에 남겨두고 사토와 이케다는 2층의 계단을 올랐다. 이케다는 긴장으로 몸을 굳히고 있었다. 그가 슈바 호주머니에 찔러 넣은 손은 권총을 쥐고 있을 것이다. 202호실은 계단 끝의 바로 오른쪽 방이었다. 사토의 눈짓을 받은 이케다가 노크를 하자 안에서 인기척이 났다.

"누구요?"

거침없는 일본어였다.

"경비대요. 문을 여시오."

사토가 일본어로 말했다.

"잠깐 조사할 것이 있소."

안에서 잠시 망설이는 것 같더니 곧 문이 열렸다. 20대 후반쯤의 다부진 체격의 사내가 모습을 드러내었다. 그가 마악 입을 열려고 할 때였다. 사토가 주머니 속에서 리볼버를 쑤욱 빼어 들고는 사내의 배를 밀며 방 안으로 들어섰다.

"인사가 귀찮아서 이러는 거다. 입 다물고 움직이지 마."

구석 쪽의 의자에 앉아 있던 사내가 엉거주춤 일어서면서 입을 딱 벌렸다. 사토는 두 사내를 구석에 몰아세웠다.

"고려리아에 온 이유가 뭐냐? 관광하러 왔다는 등 허튼소리를 했다가는 아예 이 자리에서 죽여 없앨 테니까 바른대로 말해."

총구로 사내들의 가슴을 번갈아 겨누면서 말하자 앉아 있던 사내가 입을 열었다.

"난 스미요시 카이의 오자키요. 같은 야쿠자끼리 예의는 지킵시다."

짧은 머리에 목이 굵은 데다 어깨가 둥근 그는 첫눈에 보아도 한가락 하는 건달이다.

"스미요시 카이가 여긴 웬일이야?"

사토는 총구를 치우지 않았다. 스미요시회는 야마구치조, 이나카와회와 더불어 야쿠자 3대 조직의 하나이다. 역사가 깊고 조직원도 8000명 가깝게 되는 스미요시회는 일본의 동북지방을 장악하고 있다.

"시장조사를 하러 왔소."

사내가 총구를 똑바로 쏘아보았다.

"물론 회장님의 지시를 받고."

"고려리아는 이나카와회가 대표하기로 되어 있다. 따라서 이곳에 왔다면 우리한테 먼저 신고하는 것이 순서야."

사토가 총구를 내렸다.

"나하고 같이 나가자. 내가 도와줄 테니까."

문에 기대 서 있던 이케다는 오자키의 얼굴에 웃음이 떠오르는 것을 보았다. 의미를 알 수 없는 웃음이었다.

"좋소. 그런데 형씨 이름이 뭐요?"

오자키가 묻자 사토가 그에게로 한 걸음 다가섰다.

"난 사토 이사무야."

"아, 형씨가."

오자키가 놀란 듯 눈을 크게 떴다.

"형씨의 명성은 들었소."

그가 손을 내밀었으므로 사토는 권총을 벨트에 찔러 넣었다. 바로 그 순간이다. 몸을 날린 오자키가 사토의 어깨를 손으로 움켜쥐는가 싶더니 허리를 비틀면서 집어던졌다. 뒤집혀진 사토의 몸이 요란한 소리를 내며 탁자를 부수고 내팽개쳐졌다. 그리고 그 다음 순간에 이케다는 배에 총격을 받고 허리를 굽혔다. 오자키 옆의 사내가 권총을 빼내어 쏜 것이다. 이케다는 방바닥에 한쪽 무릎을 꿇으면서 권총을 겨누었다. 그러자 다시 왼쪽 가슴에 충격이 왔다. 놈의 총에는 소음기가 끼워져 있어서 둔한 울림소리만 난다. 그는 오자키가 사토를 향해 두 팔을 벌리고 한 걸음 다가서는 것을 보았다. 그 순간 그의 총구에서 요란한 총성이 났다.

"탕, 탕, 탕."

먼저 첫발에 이마 한복판을 맞은 총든 사내가 뒤로 벌떡 넘어졌고 그 다음 순간 오자키가 어깨를 비틀면서 휘청거렸다. 그러자 사토가 머리를 흔들면서 상반신을 일으켜 세웠다. 그는 이미 앉은 채로 권총을 빼내 들고 있었다.

"탕."

1미터밖에 안 되는 거리였다. 배가 뚫린 오자키가 허리를 숙이자 이케다와 사토의 총구가 다시 불을 뿜었다.

"이케다, 맞은 거냐?"

사토가 일어서며 소리치는 것이 흐릿하게 보이고 들렸으나 목안에 뜨거운 것이 가득 찬 이케다는 입을 열수가 없었다.

"이케다."

사토의 목소리를 다시 들으면서 이케다는 방바닥 위로 엎어졌다. 그러자 입에서 가득 피가 뿜어져 나왔고 그는 핏물과 함께 남아 있던 숨을 뱉어내고는 숨을 멈췄다.

전화기를 내려놓은 가와베가 오다를 바라보았다.

"오자키는 1년 전에 스미요시회에서 제명당했다고 합니다. 그 후로는 떠돌아다녔다는데요."

"다른 한 놈은?"

"신베라는 놈으로 오사카의 건달입니다. 야쿠자와는 관계가 없습니다."

오다가 한동안 창밖을 바라보았다. 지금 가와베는 스미요시회에 직접 확인을 한 것이다. 따라서 야쿠자 조직과 그들이 관계가 없다는 것이 증명이 되었다. 이제까지 잠자코 있던 사토가 머뭇거리며 입을 열었다.

"저어, 그놈들뿐만 아니라 아직도 남아 있는 놈들이 많습니다. 타운의 호텔이나 여관을 뒤지면 수십 명이 나올 것입니다."

오다가 가와베에게로 머리를 돌렸다.

"가와베, 넌 어떻게 생각하느냐?"

"조금 불길한 생각이 듭니다."

"……."

"야쿠자 세력이 모이는 것 같습니다."

"스미요시 카이는 아니라고 했지 않아? 야마구치조는 더욱 아니고. 그렇다면 아이즈 고데츠나 고우다 이카란 말인가?"

"시바다 겐지 일수도 있습니다, 보스."

순간 오다가 퍼뜩 시선을 들더니 쓴웃음을 지었다.

"과연, 그것은 일리가 있다."

"제명당한 야쿠자나 건달을 모아 고려리아를 장악하려는지도 모릅니다."

"시바다라면 그럴 만도 하지."

사토는 오다의 반응이 자연스러운 것에 오히려 신경을 더 곤두세우고 있었다. 가와베가 말을 이었다.

"시바다에게 고려리아만한 곳은 세계 어느 곳에도 없습니다. 각 조직의 알력을 이용할 수 있는 데다 대부분의 사업장은 그가 건설한 곳이고 아직도 부하들이 많이 남아 있으니까요."

"그럴 것이다."

"지난번의 히노 클럽 사건도 시바다의 부하들이 저질렀을 가능성이 있습니다."

사토가 다시 긴장을 했다. 히노 클럽 사건으로 그의 부하 기무라와 다케다가 살해당했던 것이다.

"가와베, 부하들에게 일본인 건달로 보이는 놈들은 가차없이 잡아오라고 전해라, 중국인 거리는 말할 것도 없고 러시아인 거리도 샅샅이 수색하도록."

그는 팔을 뻗어 탁자 위의 전화기를 쥐었다.

"난 김상철 씨한테 연락을 하겠다. 만약 시바다가 들어왔다면 그놈이 제일 겁낼 상대는 김상철이야. 시바다는 제 목숨을 내놓아도 빚을 갚지 못할 것이다."

"경비대한테도 알려주는 것이 낫겠지요, 보스. 설령 시바다가 한 짓이 아니더라도 상관없는 일 아닙니까?"

"그렇다, 가와베. 네가 연락을 하도록."

오다가 사토에게로 머리를 돌렸다.

"하지만 내부에 알릴 필요는 없다. 다만 부하들 감시는 철저히 하도록 한다. 반드시 조를 이루어서 움직이도록 하고 정보원은 모두 가동시켜라."

"알았습니다, 보스."

사토가 머리를 숙였다. 그리고 이제 오다가 가와베의 말에 조금도 놀라지 않은 이유도 알게 되었다. 가와베는 시바다의 간부급 부하 중에 유일하게 남은 인물이었다. 오다는 그의 입으로부터 시바다의 이야기가 나오기를 기다렸던 것이다. 시바다 못지않게 야쿠자 경력을 쌓은 오다 센자부로였다. 그는 가와베를 경계하고 있었던 것이다.

32호실 소속의 장호성은 본부장급으로 한국의 직책으로 비교하면 차관급이다. 그는 이번에 32호실 소속이 된 호위총국 소장 출신의 박기환과 함께 고려리아에 파견되었는데 그들의 수행원만 해도 100명이 넘었다. 고려리아의 북한 대표부는 서일의 부임과 함께 조직체계를 새롭게 갖추면서 인원도 대폭 증강시켰다. 중국과 러시아의 대표부보다 두 배 이상 큰 규모인 것이다. 그러나 한국 정부는 고려리아에 대표부는커녕 연락사무소도 설치하지 않은 상태였다. 외교공관의 일종인 연락사무소를 설치한다는 것은 고려리아를 하나의 국가로 인정한다는 의미가 된다. 한국 정부의 입장으로 보면 한국의 기업이 시베리아 땅을 임차해서 세운 고려리아라는 자치 국가를 인정하기도, 그렇다고 부인하기도 어려운 상황이었던 것이다. 개척 초창기에는 한국기업인 고려가 자금을 투자하는 고려리아를 고려와 연결시켜 통치의 대상으로 보려고 했다. 그들은 투자를 통제하거나 한국 내의 고려그룹에 압력을 행사하면 고려리아를 조종할 수 있다고 믿었고 그것이 얼마쯤은 성공을 했다. 그러나 시간이 흘러 고려리아가 급성장을 하면서 미·일의 세력이 기반을 굳히는 과정이 일어났고 급기야는 러시아군 진주로 고려리아가 재정비되었다. 어느 사이에 고려리아는 총독이 관리하는 엄연한 자치국이 되어 있었던 것이다. 그러나 아직도 한국 정부는 고려리아에 대한 확실한 입장정리를 하지 못하고 있었다. 고려리아를 자치국으로 인정해서 고려리아 정부가 한국과 대등한 관계가 된다는 것은 상상하기도 싫은 것이 그 첫 번째 이유였다.

더구나 고려리아 총독과 고위층은 한국 정부로부터 온갖 시련을 겪어 온 사람들이다. 적대감을 품고 있을 그들을 대등한 위치에 올려놓는다는 것도 견딜 수 없었을 것이다. 그러는 사이에 북한 대표부는 체제 정비를 마치고 세력을 다져 나가고 있었다. 장호성이 맡은 일은 사업 부분이었으니 사업장을 총괄하는 역할이다. 그의 보좌관격인 박기환은 규찰업무를 맡아 별도의 행동대원을 거느리고 있었는데 북한의 보위부 역할이었다. 서류에서 시선을 든 장호성이 입을 열었다.

"행정청에서 마약단속을 강화하는 모양이오. 어제도 중국인 거리에서 불심검문을 해서 마약소지자 세 명을 붙잡았어."

그는 앞에 앉은 박기환과 이금철을 번갈아 바라보았다.

"경비대뿐만 아니라 김상철이도 조심해야 되오. 그자가 우리들의 마약거래 현장을 그냥 넘기지는 않을 테니까."

"주의하고 있습니다, 부부장 동지."

대답한 것은 이금철이다. 그는 똑바로 장호성을 바라보았다.

"하지만 판매 물량이 너무 늘어나 있다는 생각이 듭니다만. 마약은 삼합회나 마피아도 대량으로 들여오고 있어서요."

"……."

"조선인들이 값이 싼 그쪽 소매인들한테서 구입하는 경우도 많아지고 있습니다."

"그런 현장을 잡았을 때는 가차없이 경비대에 고발하시오. 우리가 손을 쓸 것도 없소."

장호성이 길게 째진 눈을 더욱 가늘게 만들며 웃었다.

"물론 삼합회나 마피아의 소매인들까지 끼워서 말이오. 일석이조가 되겠지."

고려리아의 북한측 사업장은 모두 32호실 소속이 되어 있었으므로 그는 이금철의 직속상관이다. 그가 이금철과 박기환을 번갈아 바라보았다.

"경비대 총무국장 오치호는 이미 경비대에 강미현의 친위조직을 심어놓았소. 거기에다 직영 사업장을 중심으로 전남수의 세력이 확장되고 있으니 이것은 곧 총독이 김상철을 견제한다는 증거요."

"그렇습니다, 부부장 동지. 그것은 예상했던 일입니다."

박기환은 검은 얼굴에 깡마른 체격이었다. 작고 납작한 콧날에 입술이 두꺼워 볼품없는 용모였지만 기백이 있고 충성심이 뛰어나 김정일의 호위대 지휘관까지 지낸 사내였다. 그가 말을 이었다.

"시간이 지날수록 양쪽의 대결양상이 심해질 것입니다. 그리고 결국에는 둘 중의 하나가 살아남겠지요. 피투성이가 되어서 말입니다."

그러자 장호성이 다시 눈을 가늘게 뜨며 웃었다. 그때에는 이쪽이 나설 것이다. 그리고 고려리아를 인민공화국의 지배지로 만들게 될 것이었다.

박기환이 방으로 들어서자 박기동이 자리에서 일어섰다. 그는 만면에 웃음을 띠우고 있었다.

"어서 오십시오, 박 장군님. 그동안 바쁘셨지요?"

박기환과는 서너 번 만난 적이 있었는데 고려리아로 여자를 들여오는 문제 때문이었다. 그러나 그때는 이금철과 셋이서 만났으므로 이렇게 단둘이서는 처음이다. 밀실의 테이블에는 이미 술과 안주가 가득 차려져 있었으므로 박기동은 그에게 술을 권했다. 고려시에 있는 러시아인 소유의 보리스 레스토랑 안이었다.

"시바다 겐지가 고려리아에 잠입했다는 소문이 있습니다."

술잔을 든 박기동이 웃음 띤 얼굴로 말했다.

"지금 일본측은 물론이고 김상철 씨와 경비대에서 온통 그의 일당들을 찾으려고 야단입니다."

처음 듣는 말이었으므로 박기환이 저도 모르게 움직임을 멈추었다.

"사바다 겐지가 말이오?"

"그렇습니다. 어젯밤에 타운에서 세 사람이 총격을 받고 사망했는데 그중 두 명이 일본에서 온 야쿠자랍니다. 한 명은 오다 씨의 부하이고. 오다 씨는 그 두 명이 시바타와 관계있는 놈으로 보고 있는 모양입니다."

"……"

"야쿠자로 보이는 일본계 사내들이 요즘 부쩍 늘어났다고 합니다."

박기환이 친천히 머리를 끄덕였다.

"그럴 가능성도 있겠지요."

술잔을 든 그가 한 모금에 보드카를 삼켰다.

"그런데 날 보자고 한 용건이 뭡니까?"

"아, 내가 잊고 있었군요."

의자 밑에 내려놓은 가방을 집어든 박기동이 두툼한 종이봉투 한 개를 꺼내더니 박기환의 앞에 내려놓았다.

"연말도 되고 해서 조금 준비해 왔습니다."

"……."

"한국에서 하던 습관이라 이상하게 보실까 봐 걱정을 많이 했습니다. 하지만 뭘 부탁하는 것도 아니고 성의로 드리는 것이라."

잠자코 봉투를 바라보고만 있는 박기환을 향해 그가 얼굴에 웃음을 띠었다.

"그렇다고 제가 다른 사람들한테도 이런 식으로 대하는 건 아닙니다. 장군님한테 처음입니다."

"이 돈이 얼마나 됩니까?"

박기환이 묻자 박기동이 얼른 대답했다.

"3만 달러입니다, 장군님."

"조건 없이 이렇게 큰돈을 준단 말이오?"

"연말 인사라고 하지 않았습니까? 부담 느끼실 것 없습니다."

"내년 초부터 우리가 공사를 시작한다는 것을 알고 계시지요?"

"아아, 예."

"지난번 대영의 공사에서도 가구하고 집기 납품을 하셨다는데."

"일부분을 맡았지요. 제가 대리점 역할을 맡고 있어서. 하지만 그 일 때문에 이런 인사를 드린다고는 생각하지 마십시오."

박기동이 손을 저어 보였다.

"각 조직의 실권자에게 의례적인 인사를 하는 겁니다. 한국에서 사업할 때 연말이나 추석에 인사하는 것에 비하면 이곳은 양반이지요."

"받겠습니다."

박기환이 손을 뻗어 봉투를 집더니 의자 밑으로 내려놓았다.

"잘 쓰겠습니다."

"이제야 술맛이 나겠군요."

술잔을 든 박기동이 얼굴을 펴고 웃었다.

"역시 장군님이라 시원시원하십니다."

"약을 먹었다."

빈 가방을 의자 위로 집어던진 박기동이 소파에 털썩 주저앉았다.

"앞으로는 그놈이 약 달라고 할 것이다."

이판석이 다가와 그의 앞에 섰다.

"사장님, 고려시의 이 사장님이 곧 오시라고 했습니다만."

"이 사장이라니? 이한이 말이냐?"

"예, 오시기 조금 전에 연락이 왔습니다."

시계를 내려다본 박기동이 이맛살을 찌푸렸다.

"빌어먹을 자식 같으니."

밤 9시가 되어 있는 것이다. 술기운이 싹 달아난 듯 멀쩡한 얼굴이 된 그가 이판석을 바라보았다.

"무슨 일로 오라는 거야?"

"그건 모르겠습니다."

박기동이 제일 다루기 힘든 사람이 이한이다. 따라서 이한은 그에게 제일 두려운 존재였다. 이한에게는 타협도 뇌물도 통하지 않았고 압력을 행사할 수도 없는 것이다. 그가 다시 시계를 내려다보며 꾸물대고 있을 때문이 벌컥 열렸다. 방 안의 두 사내가 놀라 머리를 들었고 박기동은 소스라쳐 자리에서 일어섰다.

"아이고, 이 사장님. 그렇지 않아도 지금 마악 가려고."

이한이 들어선 것이다. 모피 슈바 차림의 그는 두 명의 경호원과 함께 들어섰는데 소문으로는 두 명 모두 러시아계 고려인으로 고아라는 것이다. 이한이 잠자코 소파의 앞자리에 앉았다. 시체 같이 창백한 얼굴에 입술만 붉고 두 눈의 시선은 차가웠다.

"연말이라 인사 다니느라고 바쁜 모양이야."

이한의 목소리는 낮았으나 숨소리도 죽인 방 안을 울렸다.

"당신은 고려리아에서 성공한 사업가라고 소문이 났어. 클럽이 세 개에 여행사가 하나, 자재 대리점이 하나에다, 타운에서는 사채업을 하고 있지?"

"……"

"거기에다 고려시의 사무실에서는 여자 장사를 하고."

"사장님, 저는."

"닥치고 내 말을 들어, 이 개자식아!"

그러자 박기동의 몸이 뻣뻣하게 굳어졌다. 나이도 열 살 가량 어린데다가 학력이나 경력 어느 것으로도 비교가 되지 않는 이한이다. 그러나 이 자식은 지금이라도 불쑥 커다란 권총을 빼어 들고는 자신의 머리를 반쯤 날려버린 다음 김상철에게 가서 죽였습니다하고 시치미를 뗄 위인이었다. 이한이 그를 쏘아보았다.

"어제 조태광이한테 1만 달러를 준 이유를 대라."

그러자 박기동의 얼굴이 순식간에 하얗게 되었다.

"사장님, 그것은."

"이야기가 신통치 않으면 이 자리에서 네 머리통을 날려 버리겠다."

슈바 자락을 헤친 이한이 가슴에 찬 권총집에서 15연발 베레타를 꺼내더니 탁자 위에 내려놓았다. 악몽이 현실로 다가온 느낌이어서 박기동은 몸서리를 쳤다.

"한국에서는 연말에 인사를 합니다. 아는 모든 사람에게 말입니다."

박기동이 바짝 상체를 굽히고는 다가앉았다.

"그래서 인사를 했을 뿐입니다. 다른 이유가 있을 리가 있습니까?"

그는 손등으로 이마의 땀을 훔쳤다.

"굳이 말하자면 김 사장님을 존경한다는 뜻이지요. 김 사장님의 경호를 맡고 있는 사람이니만치 앞으로 더 분발해 주기를 바란다는 뜻도 되겠습니다."

"……."

"김 사장님 덕분에 이렇게 되었다고 항상 감사한 마음을 갖고 있었습니다. 하지만 김 사장님한테 인사하기는 부끄럽고, 그렇습니다. 한국에서는 이런 방법으로 간접적으로."

"형님도 너한테서 그 이유를 알아 오라고 하셨다."

"……."

"어제 조태광이는 너한테 돈을 받고 나서 바로 형님께 보고를 했단 말이다."

이한이 손을 뻗어 탁자 위의 베레타를 쥐자 박기동은 숨을 멈췄다.

"전에도 내가 그랬지. 넌 병균 같은 놈이라고. 우리 누님도 그랬었다."

"사장님."

베레타의 총구가 똑바로 이마를 향해 겨눠지자 박기동의 눈에 초점이 흐려졌다.

"아이고, 사장님."

"네가 뇌물을 먹인 놈들의 이름을 하나도 빼놓지 않고 대라."

시선을 돌린 이한이 소파 뒤에 석상처럼 서 있는 이판석을 바라보았다.

"장부를 가져와라."

"장부는 없습니다."

이판석이 똑바로 그의 시선을 받았다.

"정말입니다, 사장님."

한동안 그를 쏘아보던 이한의 시선이 다시 박기동에게로 옮겨졌다.

"자, 말해라. 네가 살길은 그 길뿐이다."

연말을 하루 앞둔 오후, 북경의 대한무역공사 현관에 승용차 한 대가 급정거를 하더니 두 명의 사내가 내렸다. 그들은 서둘러 건물 안으로 들어갔는데 수위가 절도 있게 경례를 올려붙였지만 아는 척도 하지 않았다. 그들은 무역공사 책임자인 안성수 관장과 차석인 정태원 부장이였다. 그로부터 한 시간 후, 청와대 비서실장 이태준이 자신의 방에서 안보수석 신형목과 머리를 맞대고 앉아 있었다. 두 사람의 분위기는 무거웠다. 이태준이 손에 들고 있던 팩스 용지에 다시 시선을 주었다.

"정부 고위급 대표를 고려리아로 보내라니, 그것도 비밀리에. 이건 아무래도 또 덫을 놓을 것 같은데."

찌푸린 얼굴로 그가 입맛을 다셨다.

"고려리아를 택한 것은 한국과 미국 정부가 배타적인 관계이기 때문인 모양이야."

"그것보다도 회담 내용이 문제입니다, 실장님. 갑자기 고위급회담을 하자는 건 아무래도."

"또 한국의 대선을 노린 수작일까?"

"그럴 가능성이 많습니다. 지금까지 모두 그들의 뜻대로 되었으니까요."

"우선 대통령께 알리고 안보회의를 소집해야겠어."

이태준이 커다랗게 한숨을 쉬었다.

"그자들이 이제는 미국을 창구로 이용하지도 않는군 그래. 미국도 그자들 수단에 놀아나는 건 마찬가지야."

북경의 한국무역공사 직원을 불러 고위급 회담을 제의한 북한은 이번에는 미국을 배제시켰다. 그리고 미국의 영향력과 정보력이 거의 미치지 않는 고려리아를 회담장소로 삼자는 것이다. 자리에서 일어선 이태준이 넥타이를 고쳐 매었다.

"정 대표도 참석시켜야 되겠지?"

"아무래도 그래야 되겠지요."

여당 대통령 후보인 정동민을 말하는 것이다.

야당 연합의 대통령 후보는 이대현으로 지난달에 극적인 야당 간의 합의에 의해 선출된 인물이었다. 수평적인 정권교체를 열망하는 국민의 여론에 힘입어 야당 연합과 대선 후보가 결정은 되었지만 정부의 배경을 업고 있는 여당 후보에 자금과 인력, 정보 면에서 열세를 면치 못하고 있는 실정이었다.

그날 저녁, 영동의 강남 대로변에 있는 중국 요릿집 밀실에서 이대현은 그의 측근으로 비서실장인 전상국과 마주앉아 있었다.

"고위급 회담이라면 장관급인가?"

이대현이 물었다. 60대 후반이었으나 아직도 검은 머리에 혈색이 좋은 얼굴이었다.

"예, 아마 그렇게 될 것 같습니다, 대표님."

"그렇다면 외교통상부 장관이나 통일원 장관이 가게 되겠군."

"저쪽의 수준과 맞추겠지요, 아마 그것은 고려리아의 예비회담에서 결정이 될 것 같습니다."

북경의 대한무역공사 차석인 정태원 부장이 그들에게 정보를 보낸 것은 청와대보다 두 시간쯤 늦었지만 귀중한 정보였다. 전상국이 말을 이었다.

"미국을 제쳐두고 우리를 만나자는 걸 보면 심상치 않습니다. 그리고 더구나 비밀회담입니다. 틀림없이 무슨 꿍꿍이가 있습니다."

"당연하지. 아마 올해의 대선과 관계가 있을지도 몰라."

혼잣소리처럼 이대현이 말했다.

"고려리아를 장소로 잡았다는 것도 미국을 철저하게 배제시키려는 것 같군. 그곳만큼 미국 입김이 적은 곳이 없으니까."

"미국과 북한이 한국 정부를 소외시키고 있는 것에 한국민의 여론이 악화되어 있는 상황입니다. 그것을 의식한 행동인지도 모릅니다."

야당이 선거 쟁점으로 삼으려는 것 중의 하나도 그것이었다. 국방을 빌미로 미국은 대북관계를 주도했고 미군 주둔을 이유로 북한은 한국 정부를 철저히 소외시켰다. 핵에서부터 전술 미사일까지 한국의 기술력이면 이미 개발, 보유할 수 있었음에도 국군 통제권을 장악하고 있는 미국의 저지로 북한의 핵과 미사일 위협에 당하기만 했던 한국이다. 미군이 없었으면 한국의 안보는 이미 뒤집혀졌을지도 모르지만 또한 그 반대로 경제 성장이 조금 뒤졌더라도 핵과 전술 미사일로 무장한 막강한 화력의 국군이 되었을 수도 있다.

이대현은 자주국방론자였다. 그는 더 이상 이러한 대미, 대북 관계가 지속되어서는 안 된다고 믿고 있었다. 흡수 통일이건 무력 통일이건 간에 국방의 자주가 우선이다. 희생 없는 성과는 없는 법이다. 현 상황에서 정권을 안정시키고 자주 통일이 되기 위해서는 국방력의 강화가 우선이다. 그리고 군의 사기를 한껏 고양시켜야 하는 것이다. 젓가락을 내려놓은 이대현이 쓴웃음을 지었다.

"정부의 대북관계는 첫 단추부터 잘못 끼워져 있어. 역대 정권이 정권 유지에만 급급해서 미국은 물론 북한과도 끊임없는 타협만을 해 온 때문이야."

"……."

"미국과 북한으로부터 무시당하게 되어 있어. 이대로 나아갔다가는 국민들도 모르는 사이에 나라가 넘어 간다."

이대현이 전상국에게로 상반신을 굽혔다.

"고려리아에서의 협상내용을 알아내야 해. 더 이상 정권만을 위한 더러운 타협으로 국민에게 무력감을 주고 국가를 위기에 빠뜨리게 할 수는 없어."

보안국장 장동택이 타운 남쪽의 번민가에 도착한 것은 저녁 7시가 지났을 때였다. 빈민가라고 해도 이제는 번듯한 시멘트 5층 건물이 질서 있게 세워져 있었는데 밀입국자라고 하더라도 가족이 있다는 것만 확인되면 고려리아 정부는 아파트를 6개월간 무상임대해 주는 것이다. 거리 한쪽에 순찰차 대여섯 대와 앰뷸런스가 몰려 세워져 있는 곳에서 차를 내리자 곧 타운의 경비서장이 다가왔다. 40대로 한국의 경찰간부 출신이다.

"한 명은 오다 씨의 부하인 것이 확인되었습니다만 다른 한 명은 신분증명서가 없습니다."

장동택은 그와 함께 앰뷸런스로 다가갔다. 그들이 다가가자 구급요원이 두 구의 시체 위에 덮어 놓았던 흰 천을 치웠다. 두 명 모두 동양인으로 몸에는 여러 발의 총탄을 맞아 피투성이가 되어 있었다.

"권총은 한 정만 발견되었습니다. 한 놈은 다른 놈의 총격을 받은 것 같습니다."

천을 덮으라고 손짓을 한 서장이 입맛을 다셨다.

"시바다가 오다에게 도전하는 것일까요?"

"아직 확실하지는 않아, 시바다가 이곳에 와 있다는 증거도 없어."

팔짱을 낀 장동택이 주위를 둘러보았다. 이제 구경꾼들도 모두 떠났고 사건 현장인 조그만 클럽 앞에만 7, 8명의 경비대원이 모여서 있을 뿐이다. 목격자의 증언에 의하면 갑자기 클럽 앞에서 총격전이 벌어졌는데 쌍방의 사내들은 각각 서너 명씩이 되었다는 것이다.

"나머지는 도망쳤지만 부상자가 서너 명은 되었을 겁니다."

서장이 그의 시선을 들으며 말했다.

"검문을 강화시킬까요?"

머리를 끄덕인 장동택이 턱으로 앞쪽의 이주민 아파트를 가리켰다.

"우선 저곳부터. 저런 곳에 모여 있을 가능성도 있어."

현장을 떠난 장동택은 눈발이 드문드문 날리는 고속도로를 달려 고려시로 들어섰다. 이제는 가족과 함께 고려시의 아파트에서 생활하고 있었지만 정시에 퇴근해서 저녁을 집에서 먹는 경우는 거의 없다. 그의 차가 멈춰 선 곳은 고려시 중심부의 콘티넨탈 호텔 앞이었다. 그는 서둘러 호텔 2층의 한식당으로 들어섰다. 저녁 시간이어서 테이블을 메운 손님들을 헤치고 안쪽의 밀실로 들어서자 문 쪽을 향해 앉아 있던 이대각이 머리를 끄덕여 보였다. 그의 옆에 앉은 사내는 김상철이다. 그들과 간단한 인사를 마친 장동택이 갈증이 난 듯 물잔을 들어 몇 모금을 마셨다.

"야쿠자들의 내분이 심해지고 있습니다. 이러다간 전쟁이 나겠는데요."

"또 두 명이 죽었다면 이제까지 사상자만 해도 열 명이 넘는군."

이미 보고를 받았던 터라 이대각이 입맛을 다셨다.

"시바다 겐지는 날리던 놈이야. 이미 이나카와회에서도 제명을 당한 판이라 사생결단을 하고 이곳을 장악하려고 할 것이다."

"시바다가 확실하다면 그놈의 상대는 오다 센자부로 뿐만 아니지요."

장동택의 시선이 김상철에게로 옮겨졌다.

"그놈은 여기 계신 김 사장님과도 한판 승부를 벌여야 할 테니까요. 그런 각오 없이 달려들었을 리가 없습니다."

김상철이 머리를 끄덕였다.

"준비를 단단히 하고 있겠지요. 오다와 저를 상대로 하려면 꽤 힘이 들 테니까요."

식사가 날라져 왔으므로 그들은 말을 멈추었다. 장동택은 이대각이 신임하는 부하일 뿐만이 아니라 김상철과도 서로 뜻이 맞는 사이였다. 보안국장은 경비대의 다섯 명 국장 중에서 서열 1번으로 실권자이다. 국을 떠 삼킨 장동택이 입을 열었다.

"이제까지 숙박업소와 유흥업소만을 검문했지만 앞으로는 이주민 숙소를 수색할 겁니다. 편법을 써서 숙소에 들어앉아 있을지도 모르니까요."

경비본부를 방문한 것은 처음이었으므로 안인석은 조금 마음이 무거웠다. 보안국장 장동택이 정중한 말투로 방문을 부탁했지만 용건을 말하지는 않았던 것이다. 약속시간이 오후 3시였으나 그가 보안국장실 앞에 선 것은 3시 10분 전이었다. 그가 방에 들어서자 장동택이 웃음 띤 얼굴로 그를 맞았다.

"이거 오시라고 해서 미안합니다, 안 과장님."

그러나 큰 몸짓에 부리부리한 눈을 굴리는 그가 웃는다고 해서 마음이 가벼워지지는 않았다.

"내가 찾아가기도 그렇고, 시내에서 만난다는 것도 어색해서 말입니다."

소파에 앉자 장동택이 부드럽게 말했다. 그는 탁자 위에 놓인 커피포트를 집어 들었다.

"커피 드실랍니까?"

"예, 주십시오."

잔에 뜨거운 커피를 따라 주고 난 그가 머리를 들었다.

"다름 아니라 요즘 일어나는 일련의 사건들 때문인데요. 안 과장께서도 알고 계시겠는데."

"……."

"야쿠자가 상당히 많이 밀입국해 있어서요. 말하자면 현재 고려리아에서 사업을 벌이고 있는 이나카와회가 아닌 놈들이 말입니다."

"……."

"소문으로는 시바다 겐지가 야쿠자들을 끌고 왔다는 겁니다. 오다 센자부로와 패권 다툼을 한다는 것인데."

커피를 한 모금 삼킨 안인석이 잠자코 그를 바라보았다. 그것이 자신과 무슨 관계가 있느냐는 분위기를 역력하게 풍기고 있다. 장동택이 말을 이었다.

"그런데 그놈들이 신분을 속이고 중국계 조선족이나 러시아계 고려인으로 행세하고 다닐 가능성이 있어요. 고려리아 관광국에서 발급해 준 체류 허가증만 있으면 사는 데 지장이 없으니까 말입니다."

"그렇다면 그, 일본 야쿠자가 관광국에서 발급한 체류 허가증을 갖고 다닌단 말입니까? 그것도 조선족이나 고려인으로 된 허가증으로?"

커피 잔을 내려놓은 안인석이 머리를 저었다.

"어떻게 그럴 수가 있단 말입니까? 불가능한 일입니다."

"공항의 기록 컴퓨터에는 야쿠자로 의심되는 사내가 500여 명 입국했는데 숙박업소에 나타나 있는 것은 4, 50명밖에 되지 않아요. 나머지는 어디론가 잠적해 있소."

"그것이 나하고 무슨 관계가 있습니까?"

"관광국의 체류 허가증을 갖게 되면 영주권을 갖게 될 때까지 숙소를 무상임대 받을 수가 있지요. 그놈들이 숙소에 진을 치고 있을지도 모릅니다."

"체류 허가증 발급대장을 보시지요. 컴퓨터를 두드리면 금방이라도 명단이 나옵니다."

"그건 이미 보았습니다."

장동택이 소파에 등을 기댔다.

"일본 국적으로 체류 허가증을 받은 사람 중에서 야쿠자로 의심이 갈 만한 사람은 없었습니다. 중국계와 러시아계는 수십만 명이 되어서 모두 조사하려면 몇 년이 걸리겠더군요."

"……"

"허가증 발급의 실무책임자는 안 과장님이시지요. 하루에도 몇 백 장씩 허가증을 발급하는 것도 압니다. 안 과장님이 직접 면담을 하시는 것도 아니지요. 하지만 부하 직원들이 야쿠자들에게 중국계나 러시아계 조선족으로 허가증을 내주었을 가능성이 있습니다."

이맛살을 찌푸린 안인석이 머리를 저었다.

"그럴 리가 없습니다. 신원을 확인한 다음에 허가증을 내주는 데요."

"어디 고려리아로 밀입국해 오면서 제대로 된 신분증을 가져오는 사람이 있습니까? 조선족이나 고려인으로 확인만 하면 부르는 대로 기록할 뿐이지요."

장동택이 얼굴에 웃음을 띠었다.

"그래서 앞으로 허가증 발급시에 저희 보안국 직원의 확인을 받도록 해 주시오. 이건 행정청장의 승인이 난 사항이오."

"알겠습니다, 앞으로는."

안인석이 머리를 끄덕이고는 길게 한숨을 쉬었다.

"말씀을 듣고 보니 긴장이 되는군요. 직원들한테 주의를 주겠습니다. 하지만 저는 지금도 그런 일이 일어났다고는 믿지 않습니다."

안인석의 숙소는 고려시 외곽의 주택가로 행정청의 고급 관리들이 모여 사는 곳이었다. 500평 가까운 대지에 세워진 그의 저택은 벽돌로 지은 2층 건물이었는데 하얼빈에서 건너온 나이든 조선족 부부가 집안일을 돕고 있었다. 집에 도착한 것은 저녁 1시 30분경이다. 그가 응접실에 들어서자 소파에 앉아 있던 사내가 일어섰다. 박기동이었다.

"오래 기다리셨습니까?"

"아니, 30분도 안 되었어요. 비디오를 보느라고 시간 가는 줄도 몰랐습니다."

찬장에 놓인 술까지 마신 모양으로 탁자 위에는 위스키 병이 놓여 있었다. 소파에 앉은 안인석이 잔에 술을 채우고는 한 모금을 삼켰다.

"장동택은 허가증 관계를 물었어요. 야쿠자가 중국계나 러시아계 한국인으로 위장해서 허가증을 받은 것 같다는 거요. 그래서 숙소를 얻어머무르고 있을 가능성이 있다고 했습니다."

다시 한 모금을 삼킨 안인석이 여러 번 재채기를 했다. 박기동이 입맛을 다셨다.

"숙소를 뒤지고 다니겠군, 앞으로는."

"앞으로 허가증 발급시에는 보안국의 검열을 받게 되었어요. 그래서 이제 허가증은 내줄 수 없습니다."

"알았습니다. 더 이상 안 과장께 부탁하지 않겠습니다."

박기동이 술을 한 모금에 삼켰다.

"이 시점에서 우리는 손을 텁시다. 저쪽에서도 이해를 할 거요."

"그런데 박 사장께 부탁한 사람은 누굽니까? 혹시 시바다 겐지가 아닙니까?"

"그자였다면 내가 그 일을 맡았을 리가 없지요. 돈 몇 푼에 목숨을 걸 수는 없으니까."

그는 탁자 밑에 내려놓았던 가죽 가방을 안인석의 앞에 놓았다.

"지난달의 125명분이오. 12만 5000달러입니다. 이것으로 계산은 끝났습니다."

그가 웃음 띤 얼굴로 안인석을 바라보았다.

"장동택이 숙소를 뒤진다고 해도 시간이 걸릴 거요. 그리고 만일 그자들이 잡혀도 안 과장은 모르는 일이라고 하면 됩니다. 하루에도 몇 백 장씩 허가증이 발급되는 상황 아니오?"

박기동의 부탁으로 안인석은 이제까지 400여 장의 허가증을 발급해 주었다. 담당 직원 한 명은 이미 박기동에게 매수당해 있었으므로 그가 올린 서류에 도장만 찍으면 되었던 것이다. 물론 그 서류는 눈여겨보면 금방 조작된 것이 드러나 있다. 출생지의 근거 서류가 거의 없던 데다 모두 단신으로 들어온 자들이었다. 면담을 하면 금방 탄로가 날 것인데 안인석은 박기동이 미리 적어준 명단과 대조하여 담당이 올린 서류에 결재를 했다. 서류에 조금이라도 하자가 있으면 허가증 발급이 보류되어서 신청자의 반 이상이나 발급을 받지 못하는 상황인 것이다.

"나는 불안합니다. 장동택이 나를 부른 것도 마음에 걸리고, 전화로 이야기 할 수도 있었는데 날 경비본부로 오라고 했단 말이오."

안인석이 이맛살을 찌푸렸다.

"정말 믿어도 되겠지요?"

"글쎄, 아무 일 없을 테니까 걱정하지 마시오."

소파에서 일어선 박기동이 그를 바라보며 웃었다.

"이 박기동이가 누굽니까? 기댈 언덕도 없이 천방지축 나서는 놈인 줄 아시오? 우리는 끄떡없습니다. 고려리아가 존재하는 한 말이오."

걱정할 것 없다고 큰소리치던 박기동도 집을 나설 때는 현관으로 나가지 못하고 주방 쪽문으로 해서 뒷문으로 빠져나갔다. 밤 9시가 되어가고 있었다. 창가로 다가간 안인석은 담배를 피워 물고는 흰 눈에 덮인 정원을 바라보았다. 담장 곳곳에 세워진 보안등이 넓은 정원을 희미하게 비추고 있을 뿐 주위는 깊은 적막에 싸여 있었다. 박기동의 배후는 경비본부의 총무국장인 오치호였던 것이다. 오치호가 전화로 잘 부탁한다는 말을 해 주지 않았다면 1인당 1000달러가 아니라 1만 달러를 준다고 해도 박기동의 부탁을 들어주지 않았을 것이다. 오치호의 배후가 강미현이라는 것은 이미 알 사람은 안다. 부총독 역할을 하고 있는 강미현이다. 그들이 무엇 때문에 400여 명에게 체류 허가증을 발급하도록 했는지는 아직 알 수가 없다. 그는 물론 담당 직원도 그들이 일본인인지 한국인인지를 확인해 보지도 못했던 것이다. 안인석은 유리창을 향해 길게 담배 연기를 뱉었다. 강미현과 김상철이 대립상태에 있다는 것은 이미 알려진 사실이다. 그리고 박기동은 물론 오치호와 강미현까지 자신과 김상철의 관계를 알고 있을 것이었다. 멍한 시선으로 어두운 정원을 바라본 채 안인석은 움직이지 않았다. 힘만 있으면 김상철에게 대항하고 싶다는 자신의 마음을 그들이 읽고 있는 것이다.

"정말 반갑습니다. 제가 진즉 인사를 올렸어야 하는데."
얼굴 가득히 웃음을 띤 전남수가 다가와 손을 내밀었다.
"제가 전남수올시다."
이한이 슈바 주머니에 찔러 넣은 두 손을 빼지 않았으므로 그는 슬그머니 손을 내렸다. 웃음기가 걷히면서 그의 얼굴은 일그러진 표정이 되었다.
"여기 앉으시지요."
전남수가 손으로 소파를 가리켰다. 아침 9시 30분으로 출근한지 얼마 되지 않은 때였다. 10여 명의 부하를 이끌고 이한이 고구려 호텔로 들이닥치자 순식간에 호텔 안은 비상상태가 되었다.
지금도 복도에서는 어지러운 발자국 소리와 함께 누군가를 부르고 대답하는 소란이 일어나고 있다. 그러나 로비를 걸어 2층의 사무실로 오는 동안 이한의 일행을 가로막는 부하는 한 사람도 없었다. 기세가 사나웠기 때문이기도 했지만 준비가 되어 있지 않았던 것이다. 이한이 소파에 앉자 그의 부하 두 명이 문의 양쪽 벽에 기대고 섰다. 전남수와 그의 심복인 최대성이 탁자 건너편에 앉았다. 이제 그들의 얼굴은 딱딱하게 굳어져 있다.
"갑자기 웬일이십니까?"
어깨를 편 전남수가 똑바로 이한을 바라보았다. 조금도 기가 꺾인 것 같지 않은 태도였다. 소파에 등을 기댄 그는 다리를 꼬아 앉았다. 한국에 있을 때도 주먹들의 소문이 과장되어 있는 것을 수없이 보아 왔다. 체포

해서 심문하면 보통 사람들보다 의지력이나 인내력이 부족한 놈도 많았던 것이다. 이한도 실제로 대면하고 보니 창백한 피부에 병자 같은 인상의 사내였다. 다만 붉은기가 도는 눈이 조금 섬뜩한 느낌을 준다. 이한이 입을 열었다.

"내 부하로 김갑도라는 놈이 있었습니다. 블라디보스토크에서 온 놈인데, 일 년쯤 데리고 있었지요."

"……."

"그런데 그놈이 어젯밤에 당신 부하 두 명과 만났더군요. 그래서 조사를 해 보았더니 두 달 전부터 우리 정보를 넘기고 있었더군. 지금까지 5000달러쯤 받았다고 했습니다."

"이건 도무지 무슨 말인지."

이맛살을 찌푸린 전남수가 최대성을 바라보았다.

"무슨 이야기야?"

"글쎄요, 저도 토옹."

그러자 이한이 이를 드러내며 웃었다.

"당신 부하들 이야기를 들으니 곧장 당신한테 보고를 해 왔다고 하더군요."

이한이 턱으로 전남수를 가리켰다.

"그래서 어젯밤에 당신을 죽여 없애려고 했었소. 내가 당신을 죽인다고 해도 날 어쩌지는 못할 겁니다. 전쟁이 일어나고 고려리아가 순식간에 뒤집어질 테니까."

"이것 보시오, 이 선생."

전남수가 손바닥으로 팔걸이를 내리쳤다.

"당신, 날 협박하는 거야?"

"난 협박만 하는 사람이 아닙니다."

"여기가 어딘 줄 알고 이러는 거야?"

"이미 호텔에 내 부하가 100명이 들어와 있습니다. 호텔 밖에도 200명이 있지요. 당신 부하들은 5, 60명밖에 되지 않더군요. 삼 분이면 몰살을 당합니다."

"……"

"방 안으로 들어올 수도 없을 거요, 아마."

이한이 슈바 주머니에 든 손을 천천히 꺼냈는데 손에는 베레타를 움켜쥐고 있다.

"나는 말로만 협박하는 사람이 아니오."

순간 방 안을 울리는 요란한 총성이 났고 이마 한복판이 뚫린 최대성이 소파 위로 벌떡 드러누웠다. 두 눈이 천장을 바라보고 있었지만 이미 숨이 끊어져 가는 중이다. 전남수는 금방 얼굴이 하얗게 되어서는 온몸을 뻣뻣하게 굳었다. 흰 창에 붉은 핏발이 두드러진 이한의 시선을 받자 그는 눈을 내리깔았다. 복도에서 잠시 웅성거리는 소리가 들렸다가 다시 조용해졌다. 이미 부하들은 제압당해 있는 것이다.

"그렇지, 여기가 어딘 줄 알고 네놈이 큰소리를 치느냐 말이다."

혼잣소리처럼 말한 이한이 자리에서 일어서더니 손을 뻗어 전남수의 머리칼을 움켜쥐었다. 그리고는 총구로 그의 입을 와락 찔렀으므로 앞쪽 이빨이 모조리 부서지면서 총구가 입 안으로 들어갔다.

"죽여주랴?"

이한이 묻자 총신을 입 안에 문 전남수가 머리를 저었다. 두 눈을 한껏 치켜뜬 형상에 입가에서는 핏줄기가 흘러내리고 있다. 이한이 총구를 입 안으로 더 밀어 넣자 전남수가 눈물을 흘렸다. 입에서는 핏줄기와 함께 비명 같은 신음소리가 흘러나오고 있다.

"다음에는 너하고 네 처자식이다. 네 마누라와 두 명의 자식을 먼저 죽여주고 그 다음이 너야, 알아들었어?"

전남수가 웅얼거리며 머리를 들었다.

"네 옆에 누워 있는 놈은 자살한 것이다. 알았어?"

전남수가 다시 머리를 끄덕이자 이한이 권총을 와락 뽑았으므로 비명 소리가 터져 나왔다. 누런 이빨 7, 8개가 핏덩이와 함께 뱉어졌다. 이한이 그의 옷자락을 잡아당겨 총신에 묻은 피와 침을 닦았다.

"넌 도망칠 수도 없다. 가족을 다른 데로 보낸다면 공항에 도착하기 전에 물살을 당할 것이다. 명심하라우."

이한이 흰 이를 드러내며 웃었다.

"강미현한테 금니를 해 달라고 하라우."

"이 망할 자식아, 왜 제멋대로 행동하는 거냐?"

눈을 치켜뜬 김상철이 다시 소리쳤다.

"백주에 살인을 하고 전쟁을 치를 생각이었단 말이냐!"

"자살한 겁니다, 형님. 경비대한테도 전남수가 그렇게 말했습니다."

"말대꾸하지 마!"

"……"

"넌 일을 망쳐 먹을 놈이다."

김상철의 사무실 안이었다. 소파 한쪽에 앉은 그레고리는 이제 한국어에 능통했지만 못 들은 척 딴전을 피우고 있었다.

"이건 공공연한 도전이란 말이야, 저쪽에서 잠자코 있을 리가 없다."

이한은 찌푸린 얼굴로 그의 앞에 서 있었다. 고구려 호텔을 나왔을 때 그는 서둘러 달려온 그레고리에게 붙들려 끌려온 것이다. 전화벨이 울렸으므로 김상철이 수화기를 들었다.

"김 사장, 나야."

이대각이다.

"어떻게 된 일이야? 사무실에서 한 명은 자살을 하고 하나는 넘어져 이가 몽땅 나갔다니? 이한이 거기 있어?"

김상철이 이한을 힐끗 바라보았다.

"여기 없습니다."

"이한이 100명도 넘는 부하들을 데리고 쳐들어갔다면서? 네가 시킨 거야?"

"아닙니다. 이야기할 것이 있어서 방문한 모양입니다."

"그놈이 총을 봤다는 소문이 있어. 전남수의 이를 부러뜨리고."

"그럴 리가 없습니다."

"도대체 지금이 어떤 상황이라고 이러는 거야? 왜 부하들 관리를 그 따위로 허술하게 해?"

"죄송합니다, 본부장님."

김상철이 전화기를 내려놓자 그레고리가 머리를 들었다.

"한번쯤 놈들에게 경고를 해 줄 만도 합니다, 보스. 더구나 놈들은 우리 부하를 매수해서 정보를 빼내갔습니다. 이건 도전입니다."

그는 얼굴에 웃음을 띠었다.

"배경을 믿고 놈들은 너무 기세를 부리고 있습니다. 이번에 기가 조금 꺾였을 겁니다."

"그렇다고 물러날 사람들이 아니다."

"우리가 양보할 수도 없습니다, 보스."

그레고리가 정색을 했다.

"내버려 두었다면 놈들은 우리 부하들을 상대로 더 노골적인 공작을 해 왔을 겁니다. 놈들의 목표는 우리들의 제거지요. 이제는 방관할 수가 없는 상황이오."

"……."

"놈들의 세력이 더 커지기 전에 이한이 미리 잘 터뜨렸다고 생각합니다."

입맛을 다신 김상철이 이한에게로 머리를 돌렸다.

"앞으로 내 지시 없이 행동하지 마라. 알아들었어?"

"압니다, 형님."

대답은 금방 했지만 찌푸린 표정을 보면 마지못한 대답이라는 것이 그대로 드러나 있다. 김상철의 처신에 대한 불만인 것이다.

비밀협상

 오후 3시 정각이 되자 문에서 노크소리가 났으므로 책상에 앉아 있던 강미현이 머리를 들었다. 비서의 안내로 들어선 사내는 김상철이다. 검정색 모피 코트 차림의 김상철은 서너 걸음 앞으로 다가오더니 가볍게 머리를 숙였다.
 "오랜 만에 뵙습니다."
 "잘 오셨어요. 어서 앉으세요."
 강미현이 앞쪽의 소파를 권하고는 자신도 그의 건너편에 앉았다. 행정청 안에 있는 강미현의 사무실 안이다. 오후 1시쯤 되었을 때 김상철이 방문하겠다는 연락을 받고는 기다리고 있던 참이었다. 비서가 다가와 그들 앞에 뜨거운 차를 내려놓고는 물러갔다.
 "총독께서는 건강하십니까?"
 "네, 요즘은 아침마다 수영을 하세요."
 "건강하시다니 다행입니다."
 강미현은 짧게 커트한 머리에 모직투피스 차림이었다. 전에는 보지 못했던 가는 테의 안경을 끼고 있었는데 유리알 속의 두 눈이 그의 시선을 받자 두어 번 깜박였다. 무표정한 얼굴이었다. 찻잔을 든 김상철이 녹차를 한 모금 마시고는 내려놓았다.

"아무래도 내가 강미현 씨를 만나야 될 것 같아서. 이대로 두었다가는 서로 득이 될 것이 없다는 생각이 들어서요."

"……."

"나를 적으로 생각하시오?"

그러자 강미현이 입술 끝만 비틀며 웃었다.

"상황에 따라 적도 되고 동지도 되는 것이 현실 아네요? 딱 적이라고 생각한 적은 없어요."

"난 당신의 경쟁상대가 아닌데도 나를 적으로 만들어가고 있다는 걸 아시오?"

"그것은 김상철 씨 혼자 생각이세요. 고려리아 정권의 가장 위협적인 존재가 당신이라는 건 모두가 아는 사실이에요."

김상철이 그녀를 똑바로 바라보았다.

"당신이 나에 대해서 사적인 감정을 갖고 있는 것이 아니오?"

"우습군요. 그런 말을 들으니."

강미현이 이를 드러내며 웃었다.

"내가 그런 여자로 보이나요? 물론 어떻게 보는가는 당신 수준에 달린 것이겠지만 쓸데없는 오해는 말아요."

"그렇다면 왜 나를 포용하지 않소? 왜 나를 적으로만 대하는 거요?"

"고려리아 내부 상황이 당신을 그렇게 만들고 있어요. 당신의 뜻대로 일이 진행되지 않을 테니까요."

"……."

"주민에게 막강한 영향력을 끼치는 인물인 데다가 수백 개의 사업장과 조직이 있고, 러시아와 일본, 거기에다 대영의 배경까지 있는 사람이니 고려리아가 그 사람 손에 넘어가지 않는다고 보장할 수 없지요."

"……."

"주위에서도 충동질을 할 것이고."

"내가 없다면 저, 오치호나 전남수 같은 자들로 북한이나 일본 또는 중국이나 러시아의 조직들을 견제할 수 있을 것 같소?"

"김상철 씨는 자신의 능력을 과신하고 있는 것 같군요."

이제는 김상철이 쓴웃음을 지었다.

"난 뭔가 타협점을 찾으려고 온 거요. 그런데 당신의 나에 대한 고정관념은 깨뜨릴 수가 없을 것 같군."

"……."

"불행한 일이 될 거요. 당신이나 고려리아의 장래를 위해서. 왜냐하면 난 이곳에 남아 있을 테니까. 나는 이제야 당신의 진면목을 보았어."

눈을 치켜뜬 김상철이 그녀를 쏘아보았다.

"한민족의 새로운 대륙 건설이란 결국 강 씨 가문의 왕국을 건설한다는 것이었어. 그러기 위해서는 가차없이 주위를 정리해야만 되겠지."

그는 자리에서 일어섰다.

"어차피 한민족의 대륙은 거의 건설이 되었어. 당신이 없어도 고려리아는 발전해 나갈 거란 말이야."

"지금 무슨 말을 하시는 거죠?"

따라 일어선 강미현이 그를 마주보았다. 얼굴이 하얗게 굳어져 있다. 김상철이 천천히 머리를 끄덕였다.

"전쟁이오. 지금부터. 전남수는 오늘 아침 이만 부러졌지만 아마 앞으로 며칠을 못 살 거요. 그리고 오치호도."

그는 엄지를 세우더니 자신의 가슴을 가리켰다.

"날 죽이라고 하시오. 그렇지 않았다가는 당신이 위험해질 테니까."

"……"

"경비대를 동원해서 우리를 친다면 러시아군이 밀려들어올 거요. 잘 아시겠지만."

문으로 다가간 그가 손잡이를 잡고는 머리만 돌려 강미현을 바라보았다.

"나하고 협상조차 하지 않으려는 당신의 의지가 놀랄 만합니다. 그래서 고려리아의 장래도 불안해지고."

"자제해라. 앞으로는 전남수나 오치호한테 절대로 두드러진 행동을 해서는 안 된다고 일러라."

총독의 시선은 창밖으로 향해져 있었다. 바람이 셌고 바람 끝에 섞여진 눈발이 유리창에 부딪쳐 금방 녹아 내렸다. 유리창에 부착된 전열기에 녹은 것이다. 어두워지기 시작하는 하늘에 시선을 준 채 그가 말을 이었다.

"네가 겉으로라도 타협을 했어야만 했다. 너는 그놈이 빠져나갈 길도 막아 버렸던 거야."

"경고하고 싶었어요."

강미현이 겨우 말하자 그가 볼에 깊은 주름을 만들며 웃었다.

"이미 생사의 고비를 여러 차례 겪은 데다 주위 환경 덕분에 통이 커질 대로 커진 놈이다. 그런 놈에게는 경고 따위는 통하지 않아."

"……"

"강 씨 가문의 왕국이라고 표현했다니, 그리고 주인이 누구이건 한민족의 대륙은 건설되었다니, 그놈이 본색을 드러낸 것이다. 소득이 없는 것도 아니야."

머리를 돌린 그가 강미현의 옆에 앉아 있는 이남호를 바라보았다.

"이대각이한테 김상철이를 달래라고 해라. 전남수는 고려 직영 사업장의 관리자일 뿐이라고. 절대로 김상철이를 견제하기 위해서 데려온 놈이 아니라고 전해."

"그렇게 하겠습니다. 그리고 그것은 총독님의 말씀이라고 할까요?"

"그렇지 내가 그러더라고 해라."

"이대각이 오치호를 못마땅하게 생각하고 있습니다. 김상철과 친한 자신을 견제하려고 경비본부에 보낸 줄 알고 있거든요."

"그렇게 생각한다면 인사조치 하겠다고 말해."

강미현이 머리를 들자 총독이 웃어 보였다.

"이대각은 그러지 못한다. 그는 아직도 고려 사람이야."

이남호가 길게 한숨소리를 냈다.

"김상철이 말은 그렇게 했지만 전쟁을 일으킨다고 생각되지는 않습니다. 아마 경고를 한 것 같습니다만."

"내 생각도 그렇다. 그리고 내 말을 전해 들어도 믿을 놈도 아니야."

"시간만 끌게 되겠지요. 그동안 서로간의 신뢰가 회복될지 불신만 깊어질지는 알 수가 없습니다."

"이대로라면 후자다."

총독이 찻잔을 들어 식은 녹차를 입맛을 다시며 마셨다.

"나이 들고 나니까 시간이 내 편이 아니라는 생각이 들어. 조급해진다."

"……."

"그동안에 단단히 기반을 다져놔야 할 것이야. 지금 상태라면 김상철이의 반란에 우리는 속수무책이 될 것이다."

머리를 든 그가 강미현을 바라보았다.

"단단히 일러 두거라. 숨을 죽이고 힘을 길러야 한다. 지금은 나설 때가 아니야."

한국의 외교통상부 장관 오병한과 청와대 안보수석 신형목이 고려리아에 도착한 것은 1월 중순으로 모처럼 겨울 햇살이 펼쳐진 날이었다. 그러나 영하 40도의 추위여서 그들은 공항 청사 밖에서 잠깐 찬바람을 쏘이고 나자 질겁했다. 입김이 부연 얼음가루가 되어 대기에 퍼져 나가는 추위인 것이다. 10여 명의 수행원과 함께 그들은 고구려 호텔에 여장을 풀었는데 언론에 노출되지 않으려는 듯 방 밖으로 나오지도 않았다. 그들의 고려리아 방문은 철저한 비밀 행동이어서 오병한은 사흘간 병가를 내고 병원에 입원한 것으로 되어 있었던 것이다. 그날 저녁, 행정청장 유장석이 그들을 방문했다. 고려리아 안에서 그들의 입국을 알고 있는 사람은 몇 명 되지 않았으므로 격식을 차릴 것도 없는 입장이었다. 그들은 특실에 마련된 저녁상에 둘러앉았다.

"번거롭게 해 드리는 것 같습니다. 하지만 북한이 회담 장소를 이곳으로 정하는 바람에."

오병한이 입을 열었다. 그가 회담의 한국측 대표인 것이다.

"고려리아에 한국이 대표부를 두었다면 우리가 이러지 않아도 되었을 텐데 말입니다."

"회담 내용이 뭡니까?"

유장석이 묻자 그가 쓴웃음을 지었다.

"글쎄요. 원체 돌발적인 행동을 자주 하는 사람들이어서. 아직 구체적인 내용은 저희들도 모릅니다."

"북한은 이곳 대표부의 서일이 회담 대표가 된다고 들었습니다만."

"그렇지요. 그 사람, 서열이 장관급입니다."

이제까지 잠자코 음식을 떠 넣던 신형목이 유장석을 바라보았다.

"언론에 노출되지 않도록 부탁합니다. 북한도 그것 때문에 장소를 이곳으로 정한 것 같습니다."

"비밀회담이군요. 그렇다면 미국이나 일본도 모르는 일입니까?"

"예, 아무도. 남북한의 첫 공식회담이 되지요. 비록 비밀회담이지만."

유장석이 머리를 한쪽으로 기울였다.

"이곳은 미·일은 물론이고 러시아나 중국의 정보원도 수백 명이 모여 있어요. 우리야 경계를 하겠지만 과연 비밀이 지켜질지 불안합니다."

"만약에 그렇게 되더라도 내용이야 알려지지 않겠지요."

이제까지 북한은 한국에 관한 일은 평양에 주재하고 있는 미국 대표부를 통해 처리해 왔다. 철저하게 한국 정부를 무시한 행동이었지만 한국 정부로서는 어쩔 수 없는 일이었다. 첫 번째 단추를 잘못 끼우면 그 첫 단추를 제대로 끼우기까지 해결책이 없는 법이다. 정전 협정도 무시되어 있어서 휴전선은 북한이 틈만 나면 무력시위를 벌이는 연습장이 되었고 그것을 평양의 미국 대표부가 중재를 한다. 기아와 빈곤에 허덕이면서도 백만 대군을 보유한 북한은 이제 공공연한 협박자였다. 한국은 조공을 바치듯이 수조 원이 넘는 원조를 해왔고 매년 50만 톤의 쌀을 바치고 있었는데 고맙다는 인사도 받지 못했다. 국가의 체면이 땅에 떨어진 것은 말할 것도 없을 뿐더러 국민의 사기도 말이 아니었다. 그래서 당연히 정부는 북한 관계 언론을 철저히 통제해 왔다. 그것이 근래에 정부가 가장 적극적으로 행하는 북한 관계 업무였던 것이다.

"회담은 내일부터 시작합니다. 장소는 이곳이 되겠는데."

오병한이 특실 안을 둘러보았다. 50평이 넘는 방이어서 10여 명이 모여앉아도 충분한 넓이였다.

"아직 저쪽의 참석 인원을 통보받지 못했어요. 서일이 대표라는 것 외에는."

다음 날 아침. 출근한지 얼마 되지 않았을 때 유장석은 서일로부터 걸려온 전화를 받았다.

"청장께서 회담에 참관인 자격으로 참석해 주셔야겠습니다."

그는 정중하게 말을 이었다.

"우리는 고려리아를 독립정부로 인정하고 있습니다."

유장석의 머리에 당장 총독의 얼굴이 떠올랐으나 그가 허락할 것은 불을 보듯 뻔한 일이다. 그로부터 한 시간 후에 유장석은 고구려 호텔 26층에 마련된 회담장에 앉아 있었다. 특실을 개조해 만든 회담장이었으나 타원형 테이블의 창 쪽에는 유장석이 앉고 양쪽에 남북한의 대표 두 사람이 마주보는 배열로 참석인원은 다섯 명이다. 보좌진들을 옆방에 대기시켜 놓은 것을 보아도 그들이 얼마나 보안에 신경을 쓰는지 알 수 있었다. 서일의 옆에 앉은 사내는 장호성으로 한국측에는 고려리아 북한 대표부의 부대표라고 소개되었다. 간단한 인사를 마치자 서일이 대뜸 본론을 꺼내었다. 평소의 부드러운 인상과는 딴판인 딱딱한 태도였다.

"우리 공화국 정부는 남조선 정부로부터 인도적 차원으로 양곡 200만 톤을 제공받기를 원합니다. 그것에 대한 회담을 하자는 겁니다."

유장석이 한국측 대표들을 바라보았다. 그들은 예상하고 있었던 듯 표정에 변화가 없다. 서일이 말을 이었다.

"우리는 6월까지 제공받기를 바라고 있습니다. 그리고 한국 정부와 자주 접촉하기가 어려운 상황이니 고려리아 정부를 통해 받고 싶습니다."

받아도 직접 받지 않겠다는 것이다. 매년 한국이 바치는 50만 톤의 쌀을 주로 미국을 통해 받는 것처럼 이번에는 고려리아다. 오병한이 헛기침을 했다.

"200만 톤이면 엄청난 물량이오. 수입 가격으로 계산해도 아마 몇 천억이 될 겁니다. 우리 정부는 그럴 능력이 없어요."

60대의 오병한은 전문 외교관으로 온건한 성품의 사내였다. 그는 주미대사 출신이었지만 친미주의자는 아니다. 그가 말을 이었다.

"그리고 이런 식으로 남북한 관계가 계속 되어서는 안 된다는 것이 한국 정부의 입장이오. 우리는 떳떳하게 주고받는 것을 바랍니다. 그래야 국민도 납득을 할 테니까요."

"그럴 바에야 우리가 고려리아까지 와서 이렇게 비밀회담을 하지 않았지요."

서일이 담배를 꺼내어 입에 물었다.

"평양의 미국 대표부를 통할 수도 있었으니까요."

"비밀 협상으로 그 엄청난 물량의 쌀을 국민 모르게 지원해 달란 말씀인데 그건 어렵습니다."

"대통령께 보고해 보시지요."

"보고해도 마찬가지요. 어렵습니다."

유장석이 보기에도 오병한은 강경했다. 그는 금테 안경 너머로 서일을 바라보았다.

"잘 아시겠지만 한국의 국민 여론이 악화되어 있어요. 이런 일이 계속되면 정부는 치명상을 입습니다."

"올해에 대통령 선거가 있지 않습니까?"

서일이 묻자 한국측 대표들의 얼굴이 순식간에 굳어졌다. 긴장한 것이다.

"그건 그렇습니다만."

대답한 것은 신형목이다.

"대통령 선거하고 쌀 지원하고 무슨 관계가 있습니까?"

"여당 후보로 정동민 씨가 출마한 것으로 알고 있습니다만."

오병한과 신형목이 서로 얼굴을 마주보았다. 방 안의 분위기가 무겁게 가라앉아 있었다. 신형목이 머리를 들었다.

"그래서요? 말씀 계속하세요."

"원만한 북남관계를 위해 우리 공화국이 정동민 씨를 지원해 드리지요."

"……."

"잘 알고 계시겠지만 우리가 밀면 됩니다. 남조선 인민들은 안보에 민감하지요. 정국이 불안정한 상태에서 우리 인민군이 움직이면 여당 후보를 밀게 되어 있습니다."

"……."

"그리고 야당 후보인 이대현 씨는 자주 국방과 주권 회복을 외치고 있다면서요? 말이야 백 번 옳은 말이지만 선거 직전에 우리 인민군이 한번 움직여 볼까요? 주권 회복도 좋지만 국민들은 모조리 그 사람으로부터 등을 돌릴 겁니다."

"……."

"우리 공화국은 원만한 북남관계를 원하는 겁니다. 호전적인 야당이 집권하는 것을 원치 않습니다. 자, 고위층에 보고해 주시겠습니까? 우리는 우리의 제의가 거부당하리라고는 생각하지 않습니다."

서일이 얼굴을 펴고 웃었다.

"만일 그렇게 된다면 입장이 대단히 난처해지실 겁니다. 정권이 야당 쪽으로 돌아가면 아마 현 대통령께서도 신상에 좋지 않은 일이."

"그만해 두시오!"

신형목이 손바닥으로 테이블을 쳤다. 두 눈을 부릅떴고 얼굴이 붉게 상기되어 있었다.

"예의를 지키시오, 예의를. 이건 국가 간의 대표급 회담이란 말이오!"

"새삼스럽게 예의는 무슨."

다시 얼굴에 웃음을 띤 서일이 한국 대표들을 둘러보았다.

"우리는 미국 대표부를 통해서 이 제의를 할 수도 있었습니다. 미국이 어떻게 나오리라는 것은 예상하고 계시겠지요? 남조선더러 쌀을 주라고 할 겁니다. 그런데 우리는 미국에는 비밀로 당신들을 만난 거요. 이것은 당신들에게 예의를 지켜준 겁니다. 물론 미국에 알리면 언론에 노출되어 선거에 영향이야 오겠지만 우린 틀림없이 쌀을 받습니다."

이미 서일의 얼굴에는 웃음기가 가셔졌다. 허리를 편 그가 맺듯이 말했다.

"자, 내일 아침까지 회답을 기다리겠습니다, 남조선 대표 동지들."

협상내용을 들은 총독이 쓴웃음을 지었다.

"짐작하고는 있었지만 차마 눈뜨고 못 볼 노릇이다. 이건 마치 강도에게 협박당하는 꼴이로군."

총독은 밝은 햇살이 비치는 창밖으로 시선을 주었다.

"한국 정부는 요구조건을 받아들일 것이 틀림없다. 이제까지 그래 왔는데다 목줄은 그자들이 쥐고 있어."

"몇 천억이 되는 자금을 어떻게 마련한단 말씀입니까? 예산에서 떼어 내면 국민들이 당장에 알게 됩니다."

"이런 순진한 사람을 보았나."

서너 번 혀를 찬 총독이 소파에 등을 기대었다.

"비자금 만드는 방법이야 얼마든지 있어. 통치권자의 위력이면 그쯤은 아무것도 아니다."

"……."

"우리하고는 상관없는 일이야. 주든지 받든지 마음대로 하라고 해. 우리는 전달만 해 주면 될 테니까."

유장석도 자신의 위치를 재확인한 듯 굳어 있던 어깨가 조금 늘어졌다. 수모를 당한 것은 한국 정부이지 고려리아가 아닌 것이다. 총독이 말을 이었다.

"여러 번 북한 문제로 선거에서 재미들을 보았지. 그리고 이번에도 마찬가지야. 오히려 이젠 북한이 조종을 하는구먼 그래."

"한국의 대통령을 북한이 지명해 주는 느낌이 들었습니다."

"느낌이 아니라 사실이야. 그렇게 해서 대통령이 되면 북한의 꼭두각시가 되어 버릴 것이다."

"……."

"그것을 감추려고 자신의 후계자가 차기 대통령이 되도록 하겠지. 그 과정에서 북한은 더 큰 영향력을 발휘하고."

"설마 그랬게까지야. 그동안 드러나지 않겠습니까?"

그러자 총독이 녹차 잔을 들어 입맛을 다시며 몇 모금을 마셨다.

"북한은 고도의 술책을 쓴다. 그자들이 고려리아를 회담장소로 삼은 것은 미·일 또는 중국의 눈을 피하려는 목적도 있었겠지만 고려리아의 위상을 높여 주어서 상대적으로 한국을 내려깎으려는 것이다."

그는 다시 얼굴에 웃음을 띠었다.

"한국 정부는 한국기업에 의해서 만들어진 고려리아를 결코 하나의 국가로 인정하지 않으려고 했다. 정부 관리나 정치인 아무도 현실을 인정하지 않았어. 고질적인 관료주의, 무책임, 현실외면이 드러났다."

"……."

"북한은 이미 고려리아에 대표부가 있어, 거기에다 우리를 중재국으로 추천했다. 결론적으로 한국 정부는 이제 두 개의 한민족 정부를 상대하게 된 것이다."

고려리아는 인구 500만이 넘는 자치국이 되어 있는 것이다. 동북아시아에 혜성처럼 나타나 급성장을 하고 있는 고려리아는 이젠 엄연한 한민족의 자치국이다. 유랑자의 운명이었던 조선족과 고려인은 물론 한민족 모두에게 희망과 꿈의 땅이 되어가고 있는 것이다.

고려타운에서 북쪽으로 70킬로미터쯤 떨어진 곳에 마카인이라는 소도시가 있다. 주변에 울창한 숲이 펼쳐진 타이가 지대에 자리 잡은 마카인은 경관이 아름답고 교통이 편리해서 베드타운으로 건설된 도시였다. 북쪽으로 뻗은 고속도로가 도시 옆으로 나 있어서 고려시와 타운까지는 차로 한 시간도 걸리지 않는다. 마카인의 서쪽 숲속에 드문드문 세워진 저택들은 행정청의 고급 공무원을 위해 지은 것이었지만 빈집이 꽤 있었다. 가족들이 번화한 고려시나 타운의 아파트를 선호하기 때문이다. 바람이 세차게 몰아치는 밤이었다. 서쪽 숲에 뚫린 도로를 달려온 승용차 한 대가 숲속의 저택 앞에서 멈춰 서자 자동 철문이 소리 없이 열렸다. 5, 60미터 가량의 숲길 앞에 2층 저택이 환하게 불을 밝히고 있었다. 현관 앞에서 차가 멈추자 뒷좌석에서 내린 것은 나카무라였다. 모피 슈바로 몸을 감싼 그는 서두르듯 저택 안으로 들어섰다. 응접실에 앉아 있던 시바다 겐지가 머리를 들었다. 올백의 머리를 여전히 단정하게 빗어 넘긴 그의 얼굴은 조금 달아올라 있었는데 위스키를 몇 잔 자작한 때문이다.

"고려시는 지금 남북한의 비밀회담이 열리고 있어서 경계가 철저합니다. 경비대 전 병력이 투입되어 있는 것 같습니다."

마주보는 자리에 앉은 나카무라가 말했다.

"당분간 행동을 자제해 달라고 하더군요."

무슨 소리냐는 듯이 시바다가 시선을 들자 나카무라가 말을 이었다.

"김상철이 강미현을 찾아가 경고를 했답니다. 더 이상 견제를 하면 전쟁도 불사하겠다고 말했답니다."

"전쟁도 불사하겠다고?"

눈을 크게 뜬 시바다가 천천히 이를 드러내며 웃었다.

"갈 데까지 갔다, 그들은."

"오치호도 그렇게 말하더군요. 하지만 지금은 시기가 아니라고 했습니다. 더 힘을 기른 다음 제거하겠다고."

"강미현의 말인가?"

"아마 총독의 지시일 겁니다."

시바다가 위스키를 한 모금 삼켰다.

"용의주도한 사람이야, 총독은. 나이 들면 기억력이 감퇴되고 조급해지는데다 고집이 세어지는 것이 정상인데 그 노인은 별종이다."

절치부심하던 시바다에게 강미현과 김상철의 대립구도야말로 천재일우의 호기였다. 적의 적은 동지가 될 수 있는 것이다. 그가 강미현에게 접근한 것은 당연한 일이었다. 그리고 예상했던 대로 위기감을 느끼고 있던 강미현이 그와 합의를 했다. 자신의 세력으로 끌어 들인 것이다.

"보안국장 장동택이 안인석이를 불러 허가증 발급 문제를 물었답니다. 그놈은 상당히 깊게 들어가 있습니다."

"……."

"물론 증거를 잡기는 쉽지 않을 겁니다. 수만 명의 입주자를 조사해야 될 테니까요."

"기다리라고 했지만 우리는 시간이 지날수록 불리해져."

시바다가 술잔을 내려놓았다.

"400명이나 되는 인원을 빈둥거리게 놔둘 수가 없어."

거리에 나갔다가 안면이 있는 오다 센자부로의 부하들에게 발각된 경우도 있었는데다 첫째로 자금이 부족한 것이다. 그들은 보상금을 약속하고 데려온 건달이 대부분이다. 시간이 지날수록 문란해지고 이탈자가 생길 것은 당연한 일이었다. 그가 정색을 한 얼굴로 나카무라를 바라보았다.

"그, 이빨이 몽땅 빠진 전남수는 이제 폐인이나 마찬가지, 강미현이 지금 움직일 수 있는 것은 행정력이 고작이다. 그리고 기다린다고 해서 기회가 오는 것도 아니야. 기회는 쫓아가서 잡아야 한다."

다음 날 아침 홍콩발 에어 프랑스 717편이 고려시의 공항에 착륙했다. 눈보라가 날리는 흐린 날씨였다. 비행기에서 내린 승객들이 곧장 에스컬레이터 편으로 입국심사대를 향해 이동하는 중이었다. 말끔한 장교복 차림을 한 두 사내가 동양인 승객 두 사람을 향해 다가왔다.

"이쪽으로 오시지요."

장교 한 명이 가리킨 곳은 입국심사대 옆쪽의 통로였다. 동양인들은 잠자코 그들의 뒤를 따랐다. 50대 초반의 신사와 그의 수행원으로 보이는 40대의 사내였는데 그들은 통로 끝 쪽의 문을 열고 밖으로 나오더니 대기하고 있는 리무진에 올랐다. 청와대 비서실장 이태준과 그의 비서관 오진수였다.

"훌륭하군, 공항시설이."

차창 밖의 공항 건물을 바라보며 이태준이 말했다.

"세계 어느 공항보다도 크고 세련되었어."

서울을 떠나면서부터 거의 입을 열지 않았던 이태준이었던지라 오진수가 긴장을 했다. 어제 오전부터 오후 늦게까지 이태준은 대통령과 여당의 대선후보인 정동민 등 셋이서 비밀회담을 했던 것이다. 그리고는 곧장 홍콩발 밤 비행기를 탔고 공항에서 시간을 기다린 다음 고려리아로 출발했으니 눈을 붙인 것은 비행기 안에서의 서너 시간이 고작이다.

"고속도로가 굉장하군."

이태준이 다시 말했다. 차는 고속도로를 달려가고 있었는데 아닌게아니라 몇 십 차선이 되는지 벌판 같은 고속도로였다. 앞좌석에 타고 있던 사내가 그제야 머리를 돌려 이태준을 바라보았다.

"저는 총독 비서실 직원 강택호라고 합니다. 지금 고구려 호텔의 회의장으로 모시겠습니다."

그가 손목시계를 들여다보는 시늉을 했다.

"회의장에서 양국 대표들이 기다리고 계십니다."

이태준이 고구려 호텔의 회의장에 들어가 앉은 것은 그로부터 한 시간이 조금 지난 오전 10시 30분경이다. 참석인원은 어제와 같았지만 한국측에서 이태준 한 명만이 추가된 상황이었다. 인사를 마치고 어수선한 분위기가 가라앉았을 때였다. 이태준이 입을 열었다.

"인도적인 차원에서 한국 정부는 북한에 쌀 지원을 해 주기로 결정했습니다."

그는 서일의 얼굴을 똑바로 바라보았다.

"다만 200만 톤을 6월에 공급해 달라는 건 무리요. 불가능한 일입니다. 따라서 올해 11월에 100만 톤, 내년 11월에 100만 톤으로 나누어 공급해 드릴 것입니다."

"……."

"그리고 10월에 남북한 정전 협상을 부활시키고 남북한 간의 대표가 판문점에서 정기적인 정전 회담을 개최토록 제의합니다. 첫 대표 회담은 11월이 좋겠지요."

서일이 의자에 등을 기대고는 옆에 앉은 장호성을 바라보았다. 유장석은 앞쪽 위치에 앉아 있어서 그의 얼굴이 찌푸려져 있는 것을 볼 수 있었다.

"남북한 양국의 정전 회담인가요? 미국은 제외시키고?"

그가 묻자 이태준이 머리를 끄덕였다.

"그렇소, 양국만으로."

"곤란한 제의를 하시는군요, 실장께서는."

"당신들도 마찬가지 아닙니까? 우리는 정권에 연연하지 않기로 했습니다."

"그러십니까?"

11월에 정전 협정이 부활되고 처음으로 한국군과 북한군 대표가 대등한 자격으로 회담을 한다는 것은 현 정권의 엄청난 대북 관계 업적이 될 것이다. 이제까지 한국측은 주한 미군사령부 소속 미군 장성을 대표로 내세워 왔는데 그것은 북한이 한국군을 주권국가의 군대로 인정하려 들지 않았기 때문이다. 몇 년 전에는 한국군 장성을 대표로 세웠다가 한 번도 회담을 갖지 못했던 경우도 있다. 서일이 시계를 내려다보았다.

"오후에 다시 회담을 열기로 제의합니다. 여러분, 제가 시간이 필요합니다."

"그럼 이 실장도 고려리아로 갔단 말이지?"

사무실 건물의 2층 계단을 오르면서 권준규가 낮게 물었다. 점심시간이어서 지나치는 직원들이 인사를 했지만 그는 거들떠보지도 않았다.

"그렇다면 비서실장, 외교통상부 장관, 안보수석이 모였군, 고려리아에."

"어제 오후에는 청와대에서 대통령과 정동민 대표, 이 실장 셋이서 5시간 동안이나 극비회동을 했습니다."

옆에 붙어 선 심재택이 말하자 그는 커다랗게 한숨을 쉬었다. 옆으로 비켜서서 인사를 하던 직원이 놀란 듯 눈을 둥그렇게 떴다. 그들은 잘 닦여진 복도를 서두르듯 걸었다.

"심 과장, 자네가 가 봐. 가서 무슨 수를 쓰던 간에 회담 내용을 알아내라."

머리를 한쪽으로 기울인 권준규가 심재택의 귓불을 향해 말했다.

"안보에 관한 문제임에 틀림없다. 더욱이 북한과의 회담이야."

방에 들어선 그가 앉을 여유도 없는 것처럼 심재택을 마주보고 섰다.

"병가를 내서 쉬는 것처럼 하고는 장관이 한국을 빠져나간 데다 비서실장은 비행기를 갈아타고 숨어 나갔다. 이건 절차와 조직을 파괴한 일일 뿐만 아니라 국민과 국가를 무시한 행동이야. 각하가 어떤 의도인지는 모르지만 난 내용을 알아야겠다."

그의 목소리가 커졌으므로 심재택은 어깨를 움츠렸다.

"알겠습니다, 원장님, 그럼."

"지금 떠나. 당장."

권준규가 떠다밀듯이 한 걸음 다가섰다.

"내가 최대한 지원해 줄 테니 최선을 다해."

그와 비슷한 시간에 주한 미국대사 제임스 터너는 주드 워렌 영사와 대사 집무실에서 마주앉아 있었다.

"회담의 내용이 뭐가 될 것 같나?"

"당연한 일 아니겠습니까? 흥정을 하겠지요."

워렌이 금방 대답했는데 쓴 것을 삼킨 얼굴이다.

"북한 쪽에서 보면 흥정거리가 많습니다, 대사님."

"그건 그렇지. 대선이 10개월 남았으니까, 하지만 우리를 따돌리고 저희끼리 만나는 걸 보니 왠지 기분이 좋지 않군."

"비서실장까지 갔으니 꽤 중요한 회담입니다. 더욱이 어제는 대선후보 정동민과 장시간 비밀회의를 했거든요."

머리를 끄덕인 터너가 쓴웃음을 지었다.

"고려리아에서 남북한 비밀회담이라. 이것, 워싱턴에서도 긴장하겠어. 한민족 삼국이 모인 셈이 되니까 말이야."

"현지에서 정보를 얻도록 최대한 노력하고 있습니다, 대사님."

"당연히 그래야지."

머리를 돌린 터너가 벽에 붙여 놓은 세계지도를 바라보았다.

"일본도 아마 꽤 신경을 쓰고 있을 거야, 워렌."

오후 3시가 되자 대표부에 갔던 서일이 돌아왔으므로 30분 후에 회의가 계속되었다.

"인도적인 차원에서 쌀 지원을 하겠다면서 조건을 건다는 것은 비열한 행동입니다."

서일의 표정은 딱딱하게 굳어져 있었다.

"따라서 정전 협정은 추후 회담 때 상의하기로 하고 쌀 지원 문제만 말씀해 주시오."

"추후 회담이라면 언제를 말하는 겁니까?"

외교관 출신답게 오병한이 그의 말꼬리를 잡았으나 기운이 떨어진 얼굴이다.

"북남관계가 보다 우호적인 상태가 되었을 때를 말하는 겁니다."

"무상으로 대량의 쌀 지원을 하는 지금의 관계는 비우호적인 상태입니까?"

"난 말장난할 여유가 없습니다."

"우리도 그렇소."

안보수석 신형목이 모처럼 나섰다.

"당신이야 평양에서 지시받은 내용을 외우기만 하면 되지만 우리들에게 이 일은 생명보다 중한 명예가 걸려 있습니다."

그는 상기된 얼굴로 서일과 장호성을 번갈아 바라보았다.

"이런 식의 비밀회담, 이런 내용의 협상을 한 주역으로 우리는 치명적인 오명을 뒤집어 쓸 수도 있단 말이오."

"이미 상황이 그렇게 되어 있는데 당신들이 어떻게 바꿀 수가 있단 말입니까?"

그렇게 말한 것은 장호성이다. 그가 얼굴에 부드러운 웃음을 띠었다.

"그건 당신들 탓이 아닙니다. 당신 전임자들, 전임 통치자가 만들어 놓았던 것 아닙니까? 당신들이 새삼스럽게 이야기할 성질이 아닙니다."

한동안 방 안에 무겁고 어두운 정적이 흘렀는데 한국에 비하면 북한쪽의 표정이 가벼운 편이었다. 장호성은 여유 있게 잔에 생수를 따라 마셨으며 서일은 의자에 등을 기댄 채 한국측을 번갈아 바라보고 있었다.

그날 밤, 총독의 저택에서 유장석은 총독과 마주앉아 있었다. 밤 10시 30분이었는데 그는 회담이 끝나는 길로 차를 달려 온 것이다. 총독은 실내가운 차림 이었다.

"쌀 100만 톤을 11월에, 내년 11월에 100만 톤이라면 북한측의 계획대로 되었다. 아마 내년분을 받으려면 여당 후보인 정동민이 대통령이 되어야겠지."

총독이 피로한 듯 양쪽 어깨를 가볍게 비틀었다.

"이로써 한국 정부는 우리 고려리아한테도 약점을 잡히게 되었다. 앞으로 겉으로는 내색하지 않겠지만 철저히 견제할 것이고 우리를 믿지 않게 될 것이다. 이것이 고려리아와 한국 정부를 떼어 놓으려는 술책 중의 하나다."

총독이 빙그레 웃었다.

"물론 우리의 위상도 높아지긴 했지만 말이야."

바람이 강한데다가 바람 끝에 눈가루가 창날처럼 부딪쳐 왔으므로 조태광은 방한 안경 위의 얼음을 훑어 내리며 조심스럽게 앞쪽으로 다가갔다. 깊은 밤이다. 외곽도로의 휴게소에는 10여 대의 승용차가 주차되어 있었지만 모두 정면의 휴게실로 들어갔는지 차들은 비어 있었다. 고려시에서 10킬로미터쯤 떨어진 이곳은 북쪽 고속도로로 진입하기 전의 간이휴게소였다. 차들을 훑어보던 조태광은 문득 몸을 돌렸다. 검정색 파카에 방한모와 방한경을 눌러쓴 사내가 2미터쯤 뒤쪽에 서 있었던 것이다. 차체를 스치고 지나는 바람소리가 날카롭게 들려오고 있었다. 조태광이 그에게로 한 걸음 다가서자 사내가 주춤 반 걸음쯤 물러섰다. 밤이었고 방한장비로 무장한 터여서 양쪽이 서로 얼굴을 알아볼 수가 없는 것이다. 조태광이 마스크를 조금 떼고는 소리 쳤다.

"최태호 사장 아니시오?"

그러자 사내가 커다랗게 머리를 끄덕였다. 잠시 후에 최태호는 대형 승용차의 뒷좌석에 앉아 있었다. 얼굴을 덮어쓴 방한장비를 벗었으므로 맨얼굴이 드러나 있다. 뒷좌석에 셋이 끼여 앉은 터여서 조금 비좁은 느낌이 든 김상철이 몸을 비틀어 그를 바라보았다.

"회담 내용이 뭐였소?"

"남조선 정부에 쌀 200만 톤을 내라는 것이었습니다."

최태호가 서슴없이 말했다.

"장호성이가 모두 주석님의 공로라면서 흥분해 있더군요. 올해 11월에 100만 톤, 내년에 100만 톤을 보내기로 합의했습니다."

"무조건 말이오?"

"언제는 공화국이 무얼 주었던가요?"

"내용은 그것뿐이오?"

"우리 대표부 내에서도 극비사항입니다. 최종 합의서 내용은 말해주지 않아서 나도 장호성의 타자수한테서 약을 쓰고 들었습니다."

그러자 김상철의 등에 가려져 있던 심재택이 상반신을 내어 밀었다. 김상철은 그를 자신의 동료라고만 소개해 주었을 뿐이다.

"저, 최 사장님. 그, 타자수한테서 합의서의 사본이라도 얻을 수가 있을까요? 사례는 충분히 해주고 말입니다."

최태호가 머리를 저었다.

"가지고 있을 리가 없지요. 그리고 그건 너무 위험합니다. 놈이 아까는 내가 상관이니까 믿고 말했을 겁니다."

"하긴 그렇지요. 미안합니다."

의외로 심재택이 순순히 물러났다.

"위험한 일을 하시면 안 됩니다."

"남조선측에서는 정전 협정을 재개하자고 요구했다가 거절당했습니다. 그건 오후에 내가 장호성한테서 직접 들었습니다."

"……."

"남조선의 대통령 선거 전에 한몫을 잡는다고 했어요. 그리고 성공한 겁니다. 장호성은 남조선 대통령은 우리 공화국이 뽑는다고도 하더군요."

"……."

"고려리아 정부가 대신 돈이건 쌀이건 간에 받아서 공화국에 넘기기로 했습니다. 행정청장이 참관인으로 참석했다니 그 사람이 모두 알 텐데요."

"고맙습니다, 최 사장님."

심재택이 부스럭대더니 종이봉투 하나를 건네주었다. 꽤 묵직한 봉투였다.

"5만 달러 들었습니다. 열심히 돈을 모으신다고 들어서요."

"고맙소. 난 하나도 부끄럽지 않습니다."

봉투를 받아 쥔 최태호가 입술을 비틀며 웃었다.

"우습지만 난 이제 고려리아에 정을 붙일 테요. 이곳은 한민족의 국가니까, 남쪽도 북쪽도 아닌 이곳을 말이오."

저택으로 돌아오는 차 안이다. 한참 동안이나 말없이 어두운 창밖을 바라보던 심재택이 머리를 돌렸다.

"김 사장님은 어떻게 생각하시오? 이번 회담에 대해서 말이오."

"별 생각 없습니다."

그가 자르듯 말하자 차 안에는 다시 정적이 흘렀다. 차체가 바람을 가르는 날카로운 소리만이 귓전을 울리고 있다.

"이렇게 놔 둘 수는 없어요. 이건 정권을 잡기 위해서 나라를 파는 것과 같소."

혼잣소리처럼 심재택이 말했다.

"더 이상 국민을 속이고 수모를 당하게 할 수가 없습니다."

"……"

"김 사장, 도와주시오."

김상철이 머리를 들었다.

"도와드리고 있지 않습니까?"

웃는 얼굴이다. 그가 말을 이었다.

"제가 더 이상 해드릴 일이 있습니까?"

"우리한테는 김 사장만이 유일한 끈이오. 고려리아는 본래부터 한국 정부에 호감을 갖고 있지 않았는데 이번 일까지 겹쳐서."

"당연한 일이지요. 규제와 방해만 했는데다가 고려리아를 인정해 주지도 않았으니까요. 총독은 재산을 겨우 빼내왔으니 이젠 한국과는 인연이 없을 겁니다."

"막아야 합니다."

심재택이 그를 쏘아보았다.

"원장도 이 일을 알면 전력을 다해서 막을 겁니다. 한국을 위해서 도와주시오."

"오늘 같은 경우에 최태호는 이미 우리와 거래관계를 만든 처지여서 도움을 받을 수 있었지만 제가 특별히 할 일이 없을 것 같습니다. 그리고 솔직히 그럴 마음도 일어나지 않고요."

등받이에 등을 기댄 김상철이 앞쪽을 바라보았다.

"고려리아는 꾸준히 성장해 갈 겁니다. 아마 북한에서도 몇 백만이 넘어올지 모르지요. 그렇게 되어 가는데 삼팔선으로 잘린 조그만 반도의 남과 북에 연연할 필요가 없지요. 고려리아가 새로운 한민족의 중심국가가 될 테니까요."

심재택이 길게 한숨소리를 냈다.

"최태호는 김 사장과 연결되어 있으니 앞으로도 유용하게 쓰일 수 있을 겁니다. 그를 통해 정보를 얻어야 합니다."

"그건 해드릴 수 있어요."

"이번의 고려리아 협상으로 고려리아의 위상이 단숨에 높아진 감이 있어요. 한국 정부는 이제 쉽게 고려리아를 상대하지 못할 겁니다. 약점을 쥐고 있으니까."

"……"

"이젠 회유도, 위협도 통하지 않게 되어 버렸어요. 대선에서 고려리아를 이용하려던 대선 후보들은 순식간에 목표를 잃었을 겁니다. 북한측의 교활한 작전이오."

다시 한동안 정적이 흐른 후에 심재택이 말을 이었다.

"정치에, 정부에 환멸을 느꼈다고 해서 나는 한국을 포기하지는 못하겠소. 미미한 힘이고 비록 빛도 보지 못하고 죽어 덮어질지도 모르지만 해보는 데까지는 할 거요."

전남수의 앞니가 모조리 부서졌고 그와 함께 있던 최대성이 이마에 총알구멍이 났다는 정보를 듣자마자 박기동은 집안에 틀어박혀 나오지 않았다. 바야흐로 전쟁이 일어날 것으로 생각했던 것이다. 그런 상황에는 꼼짝 않고 엎드려 있다가 끝난 다음에 나서는 것이 상책이었다. 그러나 며칠이 지나자 이대각의 중재로 강미현이 한 발 물러섰다는 것을 알게 되었는데 그로서는 예상 밖이었다. 이한은 멀쩡하게 거리를 활보했고 그와는 반대로 전남수는 죄지은 놈처럼 입을 싸매고 틀어박혀 있는 것이다. 참으로 싱겁기 짝이 없는 일이었다. 그날 밤, 모처럼 외출한 그는 고려타운에 있는 뉴월드 클럽 안으로 들어섰다. 200석 규모의 소형 클럽이었지만 내부 장식이 고급이었고 접대부도 일급인 뉴월드는 그의 소유였다. 사장을 맞이하는 종업원들의 정중한 안내를 받으며 그는 곧장 안쪽의 밀실로 다가갔다. 밤 12시가 되어 있었지만 빈자리가 없을 정도로 장사는 성황이었다.

"어서 오시오."

밀실에서 여자를 옆에 끼고 앉아 있던 최태호가 그를 맞이했는데 이미 술병이 반쯤이나 비워져 있다.

"오랜만이오, 박 사장."

"그렇군요."

최태호가 만나자는 전화를 해 왔을 때 조금 시큰둥한 입장이 된 것은 이쪽이 사업장 다섯 개를 가진 영주가 된 반면에 최태호는 근래 들어 눈에 띄게 세력이 약해졌기 때문이다. 북한 대표부가 세워지고 대표와 거물급 북한인들이 들어서면서 최태호는 사업장의 관리자로 전락한 것이다. 문이 열리더니 박기동의 옆자리에 여자 한 명이 다가와 앉았다. 조선족 출신의 미끈한 용모의 여자로 박기동의 정부였다.

"그런데 웬일이시오? 요즘은 한가하신 모양인데."

여자의 어깨를 끌어안으며 박기동이 말했다.

"듣자하니 이곳에서 남북한 간의 꽤 중요한 회의가 열렸던 모양이던데."

"허어, 벌써 알고 계셨군."

최태호가 빙그레 웃었다.

"하지만 내용은 극비사항이니 알 생각은 마시오."

"알 필요도 없습니다. 나하곤 상관없는 일이니까."

그는 여자가 건네준 보드카 잔을 받아 한 모금에 삼키고는 최태호를 바라보았다. 32호실 사람들에게 자금업무를 모두 빼앗긴 그는 이제 날개 꺾인 새였다. 술을 삼킨 최태호가 손등으로 입을 씻었다. 이미 눈동자가 흐려져 있었다.

"요즘 마약은 어디에서 구입하시오?"

순간 박기동이 퍼뜩 시선을 들고는 몸을 굳혔다. 그가 여자들에게 말했다.

"너희들은 나가 있어."

여자들이 방을 나가자 최태호가 히죽 웃었다.

"뻔한 일 가지고 왜 그러는 거요? 저년들이 알아도 상관없는 일일 텐데."

"최 사장, 취하신 것 같은데요, 오늘은."

"당신이 마약장사를 하고 있다는 건 총독도 알고 있을 텐데."

두 달 전쯤까지 북한측으로부터 마약을 구입해 왔던 박기동은 거래선을 중국 쪽으로 바꾸었다. 삼합회가 공급하는 마약이 값도 쌌을 뿐만 아니라 질도 좋았던 것이다. 박기동이 찌푸린 얼굴로 입맛을 다셨다.

"이젠 최 사장이 사업하고 관계가 없는 것으로 알고 있었는데, 갑자기 마약이야기는 왜 꺼내십니까?"

"내 사업을 하려는 거요."

최태호가 정색을 하고 그를 바라보았는데 어느덧 시선이 곧아져 있다.

"당사업은 32호실 놈들이 하고, 나는 내 사업을 해서 당신처럼 돈을 모을 작정이야."

"……."

"질이 월등한 코카인 분말이 있소. 내가 조선족한테서 구입한 것인데, 200그램이오. 그것을 중국 놈들보다도 싼 값으로 당신한데 팔고 싶어서."

박기동이 그를 쏘아보았다.

"최 사장은 큰 모험을 하시는데요, 괜찮겠습니까?"

"어차피 이곳 생활은 모험이야. 그리고 이미 나는 결심이 섰어."

"북한측에 알려지면 곤란해질 텐데."

"그렇게 되면 내 목숨은 끝나는 게지. 당신이야 배경이 든든하니 살아남겠지만."

소파에 등을 기댄 박기동이 술잔을 들고는 천천히 한 모금을 삼켰다.

"얼마로 구입 하셨지요?"

"얼마로 팔 것인가를 물어요. 나도 이젠 당신의 장사 수단을 아니까 길게 뺄 것 없소."

"얼마로 파실 거요?"

"시중 중국산 단가가 그램당 1000달러요. 난 900달러에 팔겠소. 하지만 질이 더 고급이야. 여기 조금 가져왔어."

최태호가 주머니에서 조그만 비닐봉지 두 개를 꺼내어 탁자 위에 올려놓았다. 1그램이 담긴 봉지였다.

"당신과는 같은 조선인이고 허물없는 사이라서 당신한테 먼저 온 거야. 하지만 1달러라도 깎는다면 오다한테 가겠어. 그자는 당장 살 거요."

며칠간 칼날 같은 바람만 불어대더니 뚝 그치고는 아침부터 눈이 내렸다. 기온도 상승하는 바람에 호텔의 로비는 스키장으로 출발하는 관광객들로 혼잡했다. 전남수가 관리하는 고려 호텔이다. 사람들을 헤치고 엘리베이터로 다가간 박기동이 부하들을 돌아보았다.

"여기서 기다려. 한 시간 후에 내려오겠다."

이제는 움직일 때마다 경호원 다섯 명이 따르는데 모두 러시아계 고려인으로 충성심이 강한 사내들로만 골라 뽑은 것이다. 6층에서 내린 그는 곧장 627호실로 다가가 벨을 눌렀다. 그러자 곧 안에서 문이 열리며 이유미가 그를 맞이했다. 기다리고 있었던 듯 외출복 차림이다.

"어서 오세요."

화사한 얼굴에 이를 살짝 보이며 웃는 그녀의 모습을 보자 박기동은 들이마신 숨을 잠시 멈췄다. 수십 번을 만나고 있지만 볼 때마다 감흥을 전해 주는 여자였다. 방에 들어선 그는 들고 있던 가방을 탁자 위에 올려놓고는 소파에 앉았다.

"50만 달러입니다."

그가 턱으로 검정색 비닐 가방을 가리켰다.

"은행에 어제 입금되었더군요. 모두 1000달러짜리 달러로 찾아 왔습니다."

"수고하셨어요."

주스잔을 그의 앞에 내려놓은 이유미가 앞쪽에 앉았다.

"그런데 언제 만나러 가지요?"

"밤에 모시러 올 겁니다."

박기동이 얼굴에 웃음을 띠었다.

"오랜 만에 만나게 되시는군요."

시바다 겐지를 말하는 것이다. 박기동이 은행에서 찾아온 50만 달러는 시바다의 후원자인 사사키라는 사내가 이유미의 앞으로 보내준 돈이었다. 호텔에서 시바다의 전화를 받은 이유미는 우선 덜컥 겁이 났었지만 지금은 안정되어 있었다. 그것은 박기동이 현 상황을 자세히 이야기해 주었기 때문인데 아마 시바다로부터 부탁을 받은 모양이었다.

"지금 고려시에 있나요? 그 사람."

"그건 모릅니다. 나도 전화만 받아서."

박기동이 고분고분해진 것도 시바다의 존재를 확인시켜 주는 증거가 된다. 한쪽 다리를 꼬아 앉은 이유미가 소파에 등을 기대자 허벅지의 살이 그대로 드러났다.

"시바다 씨는 재기할 수 있을까요?"

이유미의 시선을 받은 박기동이 눈을 두어 번 깜박였다.

"글쎄요. 가능성이 많다고 봐도 될 겁니다. 왜냐하면 고려리아 정부가 밀어준다고 봐도 되니까."

"……"

"총독 일가(一家)와 김상철과의 알력이 그 양반한테 기회를 준 겁니다."

어차피 오늘밤에는 시바다의 품에 안겨 갖은 개소리를 주고받고 사내 자식도 온갖 허풍을 떨 것이다. 비관적인 이야기는 신상에 해롭다는 것을 박기동은 알고 있었다.

"나도 시바다 씨의 재기를 적극 돕고 있는 셈인데 배경이 든든한 데다 실력이 있는 분이니까 곧 기반을 굳히겠지요."

"김상철과 싸우게 되나요?"

"그리고 일본세력과도."

"……"

"하지만 걱정하실 건 없습니다. 이쪽은 경비대가 있는데다가 행정력, 거기에다 조직력까지 갖췄으니까."

이유미도 사업 수완이 뛰어나서 이미 고려시에 전자제품 판매장을 차려 놓았고 타운에도 조그만 클럽이 있다. 시바다가 몰락하여 있는 동안에도 이 정도였으니 만일 득세한다면 금방 박기동을 따라잡을 여자였다. 다시 박기동은 그녀의 겉을 보면서 알몸을 상상하기 시작했다. 차갑게만 보였던 시바다가 그녀에게 돈 심부름을 시킨 것도 바로 이것 때문일 것이다. 육정(肉情)이다.

고려리조트 시티는 이제 완벽한 종합 겨울 휴양지가 되어 있었다. 고려시 서쪽 50킬로미터 지점에 세워진 리조트 시티는 본래 고려와 대동의 합작품이었다. 한민수가 대동그룹의 자산을 모두 내놓고 추방당한 후로 리조트 시티는 고려와 김상철의 공동경영 체제에 포함되었는데 물론 김상철은 러시아의 대리인으로 수익금중 대동의 지분인 반을 러시아 정부로 보내고 있다. 그러나 리조트 시티의 관리책임자는 이한이다. 그는 대차대조표는 말할 것도 없고 경제에 대해서는 거의 까막눈이어서 김상철이 추천한 배용훈을 관리사장으로 앉혀 두고 있었다. 배용훈은 조선족으로 북경대학에서 경제학 교수로 근무하다가 지난해에 가족과 함께 고려리아에 들어온 인물이다. 김상철의 사업장에는 경력과 이론에 뛰어난 관리사장이 많았는데 모두가 고려인이나 조선족 출신이었다. 리조트 시티의 스키타운은 특히 매출액이 많은 부분이다. 숙박시설만 2만 실이 넘는 스키타운의 하루 매출액은 리조트 시티 전체 매출액의 반 이상을 차지하고 있었다. 하루 평균 10만 명의 관광객이 찾는데다가 상주 인원은 평균 5만이다. 스키타운은 마치 눈 위에 세워진 소도시였다.

이유미가 스키타운 끝 쪽의 방갈로에 도착했을 때는 밤 11시 30분이었다. 방갈로에서 흘러나온 불빛이 희미하게 주위를 비출 뿐으로 주위는 깊은 적막과 어둠에 덮여 있었다. 그녀를 내려놓은 승용차는 곧 어둠 속으로 사라졌는데 현관문이 열리더니 시바다가 모습을 드러내었다.

"유미, 반갑다."

이유미의 손을 잡은 시바다가 강한 완력으로 그녀를 안으로 끌어들였다. 등으로 현관문을 밀어 닫은 그가 이유미를 안았다.

"내 인생에서 너처럼 나를 끌어당긴 여자가 없었다, 유미."

방갈로 안에는 그들 둘뿐이었다. 벽에 붙은 페치카에서 장작불이 불꽃을 튀기며 거세게 타오르고 있었으므로 안은 따뜻했다. 시바다는 굶주린 듯 그녀의 입술을 빨았다. 말랑말랑한 이유미의 혀가 입 안으로 빨려 들어가더니 젤리 덩어리처럼 꿈틀대었다. 이제까지 시바다는 물론이고 이유미도 서로에게 사랑한다는 말을 해 본 적이 없다. 서로 필요에 의해 만났고 섹스는 당연한 절차였던 것이다. 시바다는 강했고 이유미의 몸을 샅샅이 파악하고 있었다. 이유미 또한 그를 받아들일 자세를 언제나 갖추고 있는 베테랑이다. 선 채로 상대방의 옷을 벗기다가 나중에는 자신의 속옷들을 잡아 찢듯이 벗은 그들은 금방 알몸이 되었다. 이유미가 그의 목을 두 팔로 감고는 허리에도 두 다리를 감았다. 매달린 것이다. 그리고는 엉덩이를 조금 뒤로 뽑자 시바다의 남성이 자신의 뜨거운 샘 안으로 미끄러져 들어오면서 가득 채워졌다. 그녀가 조그맣게 탄성을 뱉어내었다. 시바다는 그녀의 엉덩이를 두 손으로 움켜쥐었다. 알맞게 살이오른 그녀의 엉덩이가 그의 두 손에 가득 쥐어졌고 곧 거칠게 흔들리기 시작했다. 흔들림에 맞추어 이유미가 신음소리를 내었는데 허리를 감았던 두 다리가 앞쪽으로 나무토막처럼 뻗쳐져 있다. 한데 모은 발가락이 잔뜩 앞쪽으로 휘어져 굳어진 것처럼 보였다. 이윽고 이유미가 목을 한껏 뒤로 젖힌 채 높고 숨 가쁜 비명소리를 내자 시바다의 움직임이 더욱 거칠어졌다. 곧 이유미가 와락 시바다의 머리를 당겨 안으면서 온몸을 떨었다. 마치 숨이 끊어지기 직전의 경련이다. 시바다는 한동안 그 자세로 서 있었다. 땀에 젖은 피부에 서늘한 느낌이 왔을 때 시바다는 그녀를 방바닥의 양탄자 위에 눕혔다. 그의 목을 감고 있던 이유미가 흐린 시선으로 올려다보았다. 땀에 젖은 얼굴이 붉게 달아올라 있었고 입은 반쯤 벌려져 있다. 이윽고 시바다가 천천히 허리를 흔들기 시작했다. 지쳐 떨어진 것 같았던 이유미의 허리가 조금씩 그의 움직임에 맞추는 것 같더니 곧 숨이 끊어질 듯한 비명소리를 내기 시작했다.

새벽 1시가 되어가고 있었다. 페치카에 장작을 던져 놓은 시바다가 이유미의 옆에 앉았다. 이제 그들은 가운 차림이었다. 방 안은 어두웠지만 페치카를 향해 앉은 그들의 몸은 불길을 받아 붉게 물들어 있었다.

"안인석과는 자주 연락하고 있어?"

시바다의 갑작스러운 물음에 이유미가 눈을 둥그렇게 떴다.

"갑자기 그건 왜 물어요?"

"요즘 그 친구가 경비대의 감시를 받고 있기 때문이야. 아마 박기동의 뒤에도 감시가 따라다닐 거야."

탁자 옆에서 시바다가 얼음에 채워 둘 샴페인 병을 꺼내더니 그녀에게 한 잔을 따라 주었다.

"보안국장 장동택이 그 친구들을 의심하고 있어. 내가 끌고 온 부하들의 체류 허가증 때문에."

"……."

"물론 별 문제는 없어. 위에서 견제할 테니까. 하지만 유미는 그 친구와 접촉을 삼가는 게 나아."

"알았어요."

시선을 내린 이유미의 옆얼굴을 향해 시바다가 웃었다.

"조금만 기다리면 돼. 그땐 만나고 싶은 사람은 마음 놓고 만날 수 있어."

"……."

"김상철이 때문에 그러는 거야. 그놈과 내가 원수지간이 된 덕분에 강미현이 나를 끌어들였지만 말이야. 그놈이 알면 당신도 위험해져."

술잔을 든 시바다가 페치카를 바라보았다.

"하지만 그놈의 운도 이젠 끝났어. 자업자득이지."

야습

 오다 센자부로와 동행한 사내는 50대 중반쯤의 나이에 마른 체격이었다. 그러나 눈빛이 매서웠고 턱을 오만하게 쳐든 데다가 어깨도 뒤로 젖히고 있어서 당당한 자세였다. 일본 정보국의 제2인자인 후가쿠 차장이었다.
 "고려리아에 들른 길에 인사차 왔습니다."
 후가쿠가 손을 내밀며 말했다. 이미 연락을 받고 있던 터라 김상철이 그의 손을 잡았다. 센 악력이다. 일본과 미국의 정보원들을 추방시킨 주역이 김상철이었으므로 후가쿠의 방문은 뜻밖이었다. 후가쿠가 온 얼굴을 주름살투성이로 만들며 웃었다.
 "시바다 겐지 때문에 왔습니다. 그놈이 내 부하였던 몬도를 살해한데다가 반역 행동을 하고 있어서."
 고려시 변두리에 있는 샤니 클럽의 밀실 안이다. 자리를 잡고 앉자 그가 말을 이었다.
 "여러 경로로 정보를 모은 결과 시바다 겐지가 고려리아에 숨어 있다는 것이 확인되었습니다."

후가쿠가 부드럽게 말했다. 첫인상과는 전혀 다른 모습이었다.

"일본에서 야쿠자를 모아 왔는데 우리가 추정한 바로는 400명이 넘습니다. 고려리아의 이나카와회와 족히 대항할 만한 세력이지요."

"저도 들었습니다. 총독 비서실과도 연관이 되어 있다고도 하더군요."

그러자 후가쿠가 다시 웃었다.

"알고 계실 줄 알았습니다. 시바다는 강미현 씨의 보호를 받고 있지요. 시바다의 부하들은 모두 체류 허가증을 받았습니다. 그래서 검거가 쉽지 않지요. 경비대 내부에서도 정보가 새어나가는 형편이라."

그는 탁자에 놓인 물잔을 들어 한 모금을 마셨다.

"사태가 점점 심각하게 진행되는데 김 사장께서는 어떤 복안을 갖고 계십니까?"

"계획은 없습니다."

후가쿠와 오다가 서로 얼굴을 마주보았다.

"계획이 없으시다면, 이대로 내버려 두겠단 말씀입니까?"

"어쩔 수 없지요. 지난번에 강미현을 찾아가 경고는 했습니다만."

"전남수는 한국에서 500명이 넘는 폭력배를 데려왔습니다. 전쟁 준비는 모두 끝낸 상태요."

정색한 얼굴로 후가쿠가 말을 이었다.

"이것은 우리하고도 관련이 있습니다. 강미현이 시바다와 손을 잡은 이상 일본측 사업장은 다시 그놈한테 장악 당할지도 모릅니다."

"강미현이 전쟁을 일으키지는 않을 거요. 그 여자는 그처럼 무모한 일을 벌일 성격이 아닙니다."

김상철의 말에 후가쿠가 천천히 머리를 끄덕였다.

"정면 승부를 하지는 않겠지요. 하지만 목표는 분명합니다. 그것은 김 사장의 제거요. 김 사장만 제거하면 부하들의 소탕은 쉬워질 테니까요."

"……."

"이번의 남북한 회담으로 고려리아의 입지가 단단해졌습니다. 한국 정부는 고려리아 정부측에 약점을 잡히게 되었고 고려리아와 북한과의 관계가 상당히 우호적이 되었지요. 모두 북한의 계략입니다. 그래서 일이 벌어지면 북한이 총독의 편에 서게 될 확률이 커졌지요."

후가쿠가 피로한 듯 소파에 등을 기대고 앉았다.

"우리 일본이 김 사장을 선택했듯이 김 사장도 물러나느냐 도전하느냐 둘 중의 하나를 선택해야 합니다. 이대로 기다리고만 있으면 안 됩니다."

"후가쿠의 말에도 일리가 있어요."

심재택이 담배를 재떨이에 비벼껐다. 타운의 나파스 클럽에서 그는 김상철과 마주앉아 술을 마시는 중이었다. 탁자 위의 보드카 병을 쥔 그가 잔을 채우고는 한 모금에 삼켰다.

"고려리아에 오고 나서 술이 늘었소."

"……."

"한국에서 500명을 데려왔다니 이건 처음 듣는 말인데."

김상철이 이맛살을 찌푸렸다.

"하긴 나만 제거하면 일이 쉽게 풀려가겠지. 러시아도 크게 문제 삼지 않을 거요."

미국과 일본의 정보원들이 소탕된 상황이었으니 러시아의 우려는 사라졌다. 김상철이 아니더라도 고려리아의 사업장을 관리할 사람은 얼마든지 찾을 수가 있을 것이다.

"북한이 총독의 편에 설 가능성도 많습니다. 후가쿠는 정확하게 보았어요."

그 순간 방문이 열리면서 조태광이 들어섰다.

"사장님, 타운의 신용금고가 습격을 당했습니다."

눈을 부릅뜬 그가 소리치듯 말했다.

"직원 세 명이 죽고 금고 안에 있던 돈을 모두 강탈당했습니다."

긴장한 김상철이 그를 쏘아보았다.

"누가 한 짓이야?"

"동양인이라는 것밖에는. 십여 명이 되었답니다."

신용금고를 설립한 것은 작년이었지만 대출 이자가 낮았고 담보 없이도 신용 대출을 해 주었으므로 주민들의 평판이 좋았다. 수십 개의 유사한 신용금고가 생겨났으나 예치금 실적은 1위였다. 탁자 위에 놓인 전화가 울렸다. 수화기를 들자 변순태의 다급한 목소리가 들려왔다. 신용금고도 그가 장악하고 있는 것이다.

"사장님, 신용금고가 털렸습니다."

"방금 태광이한테서 들었다."

"세 명이 죽고 현금 200만 달러 가량을 털렸습니다."

"동양인이라면서?"

"예, 그런데 어느 민족인지는 확실하지가 않습니다. 모두 복면을 했고 한마디도 말을 하지 않았다는 겁니다."

"……"

"밤 10시경에 순식간에 쳐들어왔답니다. 경비원을 쏘아 죽이고 직원들을 한 곳에 몰아 놓고는 금고에 마악 넣으려던 돈을 강탈했습니다. 치밀하게 계획을 세운 것 같습니다."

"경비대에는 알렸나?"

"지금 와 있습니다."

전화기를 내려놓은 김상철이 심재택을 바라보았다.

"강미현이 시작했을까요?"

"시바다가 한 짓인지도 모릅니다."

심재택의 얼굴도 긴장으로 굳어져 있었다.

"이것, 막막한데요. 의도도 아직 알 수가 없는 데다 상대가 분명치 않아서 말입니다. 하지만 김 사장님을 혼란에 빠뜨릴 계획인 것만은 틀림없습니다."

"……."

"섣불리 나섰다가 저쪽에 구실만 만들어 줄 수가 있어요. 조심해야 됩니다."

다음 날 아침, 유장석과 이대각은 총독실에 들어섰다. 총독은 비서실장 이남호와 마주앉아 있었는데 부드러운 표정이었다.

"요즘은 큰 눈이 내리질 않는군, 그렇지 않나?"

그러나 앞자리에 앉은 이남호의 얼굴은 굳어져 있다. 소파에 자리 잡고 앉자 총독이 이대각을 바라보았다.

"어젯밤에 타운의 신용금고가 강도를 만났다면서?"

"예, 셋이 죽었습니다. 돈도 200만 달러나 강탈당했는데."

"어떤 놈들 소행인가?"

"그것은 아직."

"김상철이가 소유주라면서?"

"예."

총독이 소파에 등을 기대고는 이남호를 바라보았다.

"이 실장, 자네가 이야기 하게."

이남호가 굳어진 얼굴을 들었다.

"이대각이, 자네는 지금 상황을 어떻게 생각하나?"

난데없이 이름을 불리운 이대각이 멀뚱한 얼굴로 그를 바라보았다. 고려 시절부터 이남호는 까마득한 윗사람이었지만 이렇게 이름을 불린 적은 없었던 것이다.

"지금 상황이라면, 고려리아의 분위기 말씀입니까?"

"그렇지, 경비 본부장으로서 자네 의견을 듣고 싶어서 묻는 거야."

"일촉즉발이라고 보는 사람도 있는 모양이더군요. 하지만 저는 그렇게까지는 보지 않습니다."

"……"

"양쪽이 충분히 타협할 수 있다고 생각합니다."

"양쪽이라면 어디 말인가?"

"김상철과 아가씨 말이지요."

"김상철이 위험인물이라고는 생각지 않나?"

"생각지 않습니다."

이대각이 자르듯 말하자 이남호는 잠시 입을 열지 않았다. 방안의 분위기는 어느덧 무겁게 가라앉아 있었다. 이윽고 총독이 헛기침을 했다.

"노파심인지는 모르지만 김상철은 조직뿐만이 아니라 주민한테도 막대한 영향력이 있어. 그놈은 고려리아 정부의 가장 큰 위협세력이 되어 있단 말이야. 본인은 아니라고 하겠지만."

총독의 얼굴도 이미 딱딱해져 있었다.

"북한과 중국, 거기에다 마피아의 세력을 견제하기 위해서 김상철의 조직이 필요하긴 했어. 하지만 이제 그것이 고려리아 정부의 위협세력이 된 거야."

"총독님, 그것은."

이대각이 머리를 들었으나 총독이 말을 이었다.

"더구나 정부에 자네 같은 김상철이 비호세력이 많아. 위험한 일이야."

"제가 김상철이 비호세력이란 말씀입니까?"

"그렇지 않나?"

총독이 이대각을 쏘아보았다.

"김상철이와 나, 둘 중 하나를 택하라면 누구를 택하겠나?"

"……."

"난 자네를 잘 알아, 자네는 단순하고 정직한 사람이야. 의리가 강하고."

"총독님을 배신하지 않습니다."

"김상철이한테도 마찬가지겠지."

얼굴이 하얗게 된 이대각이 그의 시선을 받았다.

"제가 본부장으로 있는 한 그런 걱정은 하지 않으셔도 됩니다."

"경비 본부장으로 오치호를 임명할까 하는데, 자넨 행정청 부청장까지 겸하고 있어서 업무가 과중할 테니까 말이야."

퍼뜩 머리를 든 이대각이 몸을 굳혔다. 총독이 말을 이었다.

"자네는 내 사람이야. 고려 밥을 먹여서 내가 키웠어. 난 자네가 내 입장을 충분히 이해하리라고 믿어."

"……."

"모두 고려리아를 위한 일이야, 우리가 애써 세워 놓은 고려리아가 흔들리는 것을 자네도 원치 않을 거야."

차에서 내린 박기동이 마악 건물의 현관으로 들어서려는 때였다. 대여섯 명의 사내가 그의 앞길을 막았고 뒤쪽에서도 한 무리의 사내가 다가서더니 그를 둘러쌌다.

"당신들 뭐야?"

박기동의 경호원으로 꽤 다부져 보이는 사내가 그렇게 소리치면서 가슴에 차고 있던 권총을 뽑으려는 시늉을 했다.
　"억."
　다음 순간 사내는 뒤통수를 얻어맞고는 돌바닥 위에 무릎을 꿇었다. 다시 한 번 권총의 손잡이로 뒤통수를 찍히자 눈을 뒤집어 뜨면서 사내는 앞으로 쓰러졌다. 박기동은 사내들에게 양팔을 끌려 차도에 세워진 승용차로 다가갔다. 사내들은 한국인이었다.
　그렇다면 뻔한 것이다. 백주에 시 한복판에서 자신을 납치해 갈 무리는 하나밖에 없다. 그는 자신의 경호원들이 반항 한번 제대로 하지 못하고 길바닥에 무릎을 꿇고 앉는 것을 보면서 건물을 떠났다. 한 시간쯤 후에 그가 들어선 곳은 리조트 시티 안에 있는 3층 건물이었다. 스키장이 바라보이는 이곳은 관리사무실로 쓰이고 있었다. 사내들은 그를 1층의 구석진 방으로 데리고 가더니 곧 빈방에 그를 남겨 두고는 방을 나갔다. 책상 두 개와 소파 한 세트가 있을 뿐인 방에는 히터가 가동되지 않는 모양으로 냉기에 덮여 있었다. 이한의 영역이다. 리조트 시티가 보였을 때부터 박기동의 머리는 회전을 딱 멈춘 상태가 되어 있어서 계획은커녕 아무런 생각도 일어나지가 않았다. 이놈은 부하들이 우글거리는 전남수의 본거지로 걸어 들어가 심복 부하를 그 자리에서 사살하고 전남수의 입에 총구를 집어넣어 앞니를 모조리 부러뜨린 미친놈이다. 그에게는 설득도, 기지도 통하지 않는 것이다. 문이 열리더니 이한이 들어섰다. 그리고 그의 뒤를 따라 들어선 것은 김상철이다. 그들은 잠자코 소파의 앞쪽에 앉았다.
　"이봐, 당신도 앉아."
　김상철이 턱으로 앞쪽을 가리켰다. 차가운 표정이었다. 이한이 붉은 실핏줄이 깔린 흰창을 번들거리며 그를 쏘아보았다.

"시바다가 어디 있는지 아나?"

박기동이 엉거주춤한 자세로 소파에 엉덩이를 붙였을 때 김상철이 물었다.

"모릅니다, 저는."

"이제까지 운 좋게 기웃거리며 살아 왔지만 그것이 오늘로 끝날지 모른다."

김상철이 다시 물었다.

"시바다는 어디에 있느냐?"

"이유미 씨가 알고 있을 겁니다. 그 여자는 시바다를 만났습니다."

이것이 마지막인지도 모른다는 초조감에 박기동은 필사적이 되었다.

"저는 심부름만 했을 따름으로. 예, 이유미 씨가 시바다의 돈을 찾아오라고 해서."

"시바다와는 어떻게 연락을 하지?"

"그자가 제 사무실에 연락을 해 옵니다."

"그놈과 연락을 하는 자는 누구냐?"

"예, 제가 알기로는 전남수와 오치호가, 자주 만나는 것으로 알고 있습니다."

이한이 소리 내어 한숨을 쉬었으므로 박기동은 깜짝 놀라 그를 바라보았다. 담배를 꺼내어 입에 문 김상철이 불을 붙였다.

"시바다 부하들의 영주권을 누가 해 주었지?"

"예, 관광과장 안인석 씨가 해 주었습니다."

"누가 부탁을 했어?"

"예, 그것은."

"너 아닌가?"

"저는 오치호의 심부름을 했을 뿐입니다."

머리를 끄덕인 김상철이 이한을 돌아보았다.

"이판석이를 불러라."

이한이 튕겨나가듯 몸을 일으키더니 방을 나갔다. 이제 방 안에 남은 것은 그들 둘뿐이다. 갑자기 박기동의 두 눈에서 눈물이 흘러내렸다.

"사장님, 저는 보잘것없는 놈이올시다."

그는 흐느껴 울었다.

"어쩔 수 없이 이용당하고 살았습니다. 살려면 어느 한쪽의 제의도 무시 할 수가 없었습니다."

"……."

"살려 주십시오. 살려만 주신다면 고려리아를 떠나겠습니다."

문이 열리더니 이한과 이판석이 들어섰다. 이판석은 박기동의 몰골을 보고서도 별로 놀라는 기색이 아니다. 김상철이 이판석에게 물었다.

"이자의 재산 상태를 말해라."

"예, 사장님."

주머니에서 종이쪽지를 꺼낸 이판석이 한 걸음 다가와 섰다.

"은행의 개인금고에 미화가 250만 달러, 엔화가 3억 엔 정도가 있고 집안의 금고에 미화가 70만 달러, 엔화가 3억 엔, 거기에다 이번에 최태호한테서 구입한 마약 500그램이 있습니다."

이판석의 목소리가 방 안을 울렸다.

"그리고 타운의 사채사무실에 보관된 현금이 미화가 80만 달러, 엔화가 2억 엔, 한국원화가 3억 원 정도가 있는 데다 깔려 있는 돈이 미화로 100만 달러가 넘습니다."

"……."

"그리고 사업장 다섯 곳의 시가를 환산하면 미화로 약 300만 달러 가량이 됩니다."

"너는 이자가 돈을 어떻게 모았는지를 알고 있을 것이다."

"알고 있습니다, 사장님."

"이자한데 어떤 것을 배웠느냐?"

"돈을 벌려면 수단 방법을 가리지 않아야 한다는 걸 배웠습니다."

"……."

"항상 강자에 붙어야 한다는 것도."

"……."

"상대방의 약점을 쥐고 있어야 한다는 것도 배웠습니다."

김상철이 입가에 웃음을 띠었다.

"그럼 말로가 어떻게 되는가도 보아라."

그리고는 김상철이 이한에게 말했다.

"이자를 데리고 나가라."

"사장님, 살려 주십시오."

털썩 땅바닥에 무릎을 꿇은 박기동이 울부짖었다.

"저는 약자였을 뿐입니다. 제가 악인이 아니라는 것을 알고 계시지 않습니까?"

이한이 손뼉을 치자 문이 열리면서 부하들이 쏟아져 들어왔다.

"사장님, 재산은 다 바치겠습니다. 제발 목숨만은."

발버둥을 쳤으나 사내들에게 팔다리를 들린 박기동이 방을 나가자 방 안에 남은 것은 김상철과 이판석 둘이다.

"일을 맡을 준비는 되어 있겠지?"

소파에 등을 기댄 김상철이 묻자 이판석이 머리를 깊게 숙였다.

"아직 부족합니다만 열심히 하겠습니다."

"명분을 갖고 일을 하도록 해라. 내가 해줄 충고는 그것뿐이다."

"명심하겠습니다."

이판석의 두 눈은 생기 있게 번쩍였고 입술은 굳게 닫혀져 있었다. 결의에 찬 표정이다.

그로부터 두 시간 후, 호텔 식당에서 저녁식사를 마친 이유미는 엘리베이터에 올랐다. 내일 아침 비행기로 귀국할 예정이었으므로 오늘은 일찍 쉴 생각이었다. 6층에서 엘리베이터가 섰고 그녀가 마악 내렸을 때였다. 이유미는 좌우에서 다가오는 두 사내를 보았다.
"이유미 씨, 우리 하고 같이 가셔야겠는데."
사내 한 명이 대뜸 그녀의 팔목을 움켜쥐며 말했다.
"누구신데."
잡힌 팔목을 빼내려는 듯 몸을 뒤로 젖힌 그녀의 얼굴은 하얗게 굳어져 있었다.
"알 것 없어, 이년아."
옆으로 다가온 다른 사내가 거칠게 말을 받더니 다짜고짜 손바닥으로 이유미의 뺨을 후려쳤다.
"따라와. 반항하면 죽여서라도 끌고 간다."
사내들이 양팔을 움켜쥐고 끌고 간 곳은 화물용 엘리베이터 앞이다. 서양인 부부가 그들을 스치고 지났으나 서로 얼굴만 마주볼 뿐이었다. 엘리베이터 문이 열리자 사내 한 명이 그들을 기다리고 있었다. 정신이 아득해진 이유미는 온몸을 떨었다. 도와줄 사람은 너무나도 멀리 있다는 것을 느낀 것이다. 지하 3층의 주차장에 엘리베이터가 멈추고 문이 열리자 곧 밴이 다가오더니 문이 열렸다. 네 남녀를 쓸어 넣은 밴은 요란한 엔진음을 내며 주차장을 달려 올라가기 시작했다.
"이것 보세요. 왜 이러시는 거죠? 난."
밴의 구석자리에 박혀 앉은 이유미가 겨우 정신을 수습하고는 둘러앉은 사내들에게 말했다. 한쪽 볼이 아직도 화끈거렸는데 부어 오른 모양이었다. 그녀가 떨리는 목소리로 다시 물었다.

"어디로 가는 거죠?"

호텔을 빠져나온 밴은 어두워지기 시작하는 대로를 달려가는 중이다.

"그년 말이 많네. 누가 입에다 양말이나 박아 줘라."

옆쪽의 누군가가 말하자 이유미는 입을 다물었다. 그러자 저도 모르게 눈에서 눈물이 쏟아져 내렸다. 자신의 무력감과 공포심이 섞여진 무의식 상태의 반응이었다.

"안인석이도 행방불명입니다. 아무래도 이유미나 박기동처럼 납치된 것 같은데요."

보안 과장 곽만수가 목소리를 낮추었다.

"김상철이 움직인 것 같습니다, 국장님."

깊은 밤이다. 고속도로를 통행하는 차량들도 줄어들어 있어서 그들이 탄 승용차는 시속 100마일이 넘는 속력을 내고 있었다.

"본부장이 바뀐 것을 알게 되자 서두르는 것 아닙니까?"

장동택은 잠자코 대답하지 않았다. 이대각이 경비 본부장에서 물러나고 후임으로 총무국장 오치호가 전격 임명된 것은 오늘 아침이다. 인사권을 쥔 총독의 결정이었으므로 아무도 반론을 제기하지 않았으나 파격적인 인사였다. 경비본부 내에서 서열 2위였던 장동택도 5위의 오치호에게 밀린 것이다. 장동택이 차창에서 시선을 떼었다.

"누구건 간에 범법을 한 자는 체포한다. 경비대는 어느 누구의 사유물이 아니야."

"……."

"안인석은 체류 허가증 발급에 대한 의혹이 있어. 행정청의 고위직과 끈이 닿아 있을 테니 그놈들이 조바심을 내겠군."

곽만수가 힐끗 그를 바라보았다. 그 고위직이 이제는 직속상관인 경비본부장이 되어 있는 것이다. 안인석이 시바다의 부하들에게 허가증을 발급해 줬고 그 일에 오치호가 관련되었다는 것은 그도 짐작하고 있었다. 카폰이 울렸으므로 장동택이 전화기를 들었다.

"장동택입니다."

"장 국장, 납니다."

오치호의 목소리였다. 그는 어쨌든 고려그룹의 비서실 출신으로 이남호 실장과 총독의 신임을 한 몸에 받고 있는 사람이다.

"장 국장, 경비대에 A급 경계령을 내리라는 총독의 지시요. 오늘밤 자정을 기해서 A급 경계령이 발동됩니다."

장동택이 시계를 내려다보았다. 12시 5분 전이다.

"알겠습니다, 본부장님 저도 본부로 들어가지요."

전화기를 내려놓은 장동택이 입맛을 다셨다.

"총독이 긴장하고 있는 모양이군. A급 경계령이야."

"A급 경계령이란 말씀입니까?"

놀란 곽만수가 눈을 크게 떴다. 그것은 계엄보다 한 단계 낮은 수준이었지만 경비대 전 병력이 동원되어 경계 태세에 들어가게 된다. 주요 사업장과 관공서에 경비대가 배치되고 거리에는 경비대가 늘어서서 검문을 한다.

"총독만 긴장하고 있는 것이 아닙니다, 국장님."

곽만수가 그를 바라보았다.

"다음 차례가 누가 될지 불안해하는 사람들이 여럿 있으니까요."

김상철의 저택은 한때 빈집으로 방치되었다가 작년에 대대적인 수리를 해서 새 모습으로 바뀌어졌다. 통나무로 지은 2층 건물이었는데 방이 20개가 되었고 상주 인원만 해도 30명이 넘는다. 벽면의 통나무 결이 매끄럽게 반들거리는 응접실 안에서 김상철은 조태광과 마주앉아 있었다. 새벽 1시가 넘은 시간이었지만 집안의 곳곳에서는 인기척이 들려오고 있다.

"오다 씨의 사무실 앞에는 1개 중대 병력이 배치되어 있어서 부하들이 들어갈 수 없다는군요."

조태광이 말을 이었다.

"오다 씨는 사무실에 갇혀 있는 형편입니다."

오다 센자부로의 사무실은 시의 남동쪽에 위치한 5층 빌딩이었다. 경비대는 경비를 이유로 부하들의 접근을 막고 있었는데 그것이 오다를 불안하게 만든 것이다.

"우리 쪽 사업장은 어떠냐?"

"마찬가지입니다. 주요 사업장에 대규모 병력이 지켜서 있습니다."

방문이 열리더니 박미정이 들어섰다.

"오늘밤, 무슨 일 있어요?"

다가선 그녀가 걱정스런 표정으로 그를 바라보았다.

"별일 아니니까 먼저 올라가."

"그런 것 같지 않은데, 사람들이 모두 자지도 않고."

"걱정할 것 없으니까 어서 올라가래도."

이맛살을 찌푸린 박미정이 몸을 돌렸다. 방문이 닫히자 조태광이 입을 열었다.

"안인석은 시바다의 부하에게 허가증 400장을 만들어 주었다고 자백했습니다. 박기동의 말과도 일치합니다."

"한국으로 보내 달라고 했다면서?"

"예, 살려만 주면 고려리아와는 인연을 끊겠답니다."

"……."

"이유미가 시바다를 만난 곳은 비어 있었습니다. 시바다가 눈치 채고 피한 것 같습니다."

김상철이 벽시계를 올려다보았다. 새벽 1시 30분이 되어 가고 있었다.

"시바다는 경비대에서 정보를 받을 테니까 그놈의 정보망은 우리보다 강할지도 모른다."

그 순간 탁자 위에 놓인 무전기가 울렸으므로 조태광이 서둘러 집어 들었다.

"무슨 일이야?"

대뜸 물었던 그의 얼굴이 순식간에 굳어졌다. 무전기의 스위치를 끈 그가 자리에서 일어섰다.

"경비대의 트럭 열 대가 이곳으로 오고 있습니다. 십오 분 후면 도착할 것 같다는데요."

머리를 끄덕인 김상철이 얼굴에 쓴웃음을 띠었다. 트럭 열 대분의 병력이면 1개 중대가 된다. 오다 센자부로의 사무실을 가로막은 병력과 거의 동수인 것이다.

정문의 경비책임자는 중국계 조선족 출신인 최인영으로 조태광과 동향 사람이었다. 전직이 이발사인 그는 초소의 손바닥만 하게 뚫린 창구멍으로 다가오는 트럭들을 바라보고 있었다. 초소는 정문 안쪽에 세워졌지만 통나무 담과 맞붙여 세워진 곳에 창구멍이 나 있는 것이다.

"담장의 불을 꺼라."

그가 말하자 담장 위에 켜져 있던 보안등이 일시에 꺼졌다. 트럭의 엔진소리가 더욱 요란해지면서 일렬종대로 달려오던 대열이 곧 정문 앞 50

미터쯤의 거리에서 멈춰섰다.

"서치라이트."

최인영의 명령에 좌우측 담장에 장착해 놓았던 서치라이트가 일제히 켜지면서 트럭의 대열을 비췄다. 트럭에서 내리던 경비대원 중에는 눈이 부신 듯 손등으로 눈을 가리는 자도 있었다. 경비대의 간부로 보이는 세 사내가 곧장 정문으로 다가왔다. 이곳은 타운의 외곽지대로 근처에는 민가도 없다. 최인영은 옆에 놓인 마이크를 집어 들었다.

"멈추시오."

세 사내가 걸음을 멈추었는데 정문과의 거리는 20미터 정도였다. 모두 방한복으로 완전히 무장되어 있어서 드러난 피부는 없다.

"우린 경비대요. 저택을 경비하러 온 거요."

왼쪽에 선 사내가 허리에 차고 있던 핸드 마이크를 입에 대고 소리쳤다.

"A급 경계령이 내렸소. 당신들도 알고 있지 않습니까?"

초소의 문이 열리더니 조태광이 들어섰다. 방한모를 집어던진 그가 곧장 마이크를 쥐었다.

"여긴 사업장도 아닌 개인 저택이오. 1개 중대 병력으로 경비를 한다는 이유는 뭐요?"

"우린 명령을 받았을 뿐이오."

트럭에서 내린 경비대원들은 곧 횡대로 벌려섰으므로 담장을 에워싼 형국이 되었다. 모두 자동소총으로 무장한 차림이다.

"좋아, 하지만 저택의 출입은 금지요. 만일 한 발자국이라도 저택 안에 발을 디뎠다가는 전쟁이오, 그쯤은 알고 있겠지?"

조태광이 마이크의 스위치를 끄고는 최인영을 바라보았다.

"경비대는 확실하다. 하지만 잘 지켜."

"염려하지 마십시오, 형님."

최인영이 커다랗게 머리를 끄덕였다.

"저 놈들은 가만히 두어도 얼어 죽을 겁니다."

본부장실로 들어선 장동택이 눈을 부릅뜨고 오치호를 노려보았다.

"김상철 씨 저택에 경비대를 보낸 이유는 뭡니까?"

총무국장 한용식과 앉아 있던 오치호가 머리를 들었다.

"왜 그러시오? 뭐가 잘못 되었소?"

"그를 자극시켜서 일을 일으키게 하려는 것 아닙니까? 그렇게 된다면 어떤 결과가 나올 것 같습니까?"

"이봐요, 장 국장."

오치호가 이맛살을 찌푸렸다.

"나는 김상철 씨 저택이 습격을 받을지도 모른다는 정보를 받았단 말이오."

"나는 그런 정보를 받지 못했습니다."

"그리고 그자를 경계할 필요도 있소."

자르듯 말한 오치호가 의자에 등을 기댔다.

"장 국장은 뭔가 잘못 생각하고 있는 것 같습니다. 내가 일을 일으키려고 한다니, 그렇게 날 모욕해도 되는 겁니까?"

"김상철의 부하들이 결집하고 있단 말이오. 타운과 고려시는 물론이고 소도시에 흩어진 부하들이 전쟁준비를 하고 있어요. 당신들의 쓸데없는 짓 때문에."

장동택이 그의 책상 앞으로 한 걸음 다가섰다.

"그리고 그 통나무집을 우습게보면 안 됩니다. 그곳은 요새요. 1개 중대로 결판을 낼 수 없단 말이오."

"이 사람이 정말."

"총독이 어떤 생각인지는 모르지만 김상철을 공격한다면 부하들이 일어날 겁니다. 그렇게 되면 경비대 전 병력이 나서도 감당을 못해요."

"말을 삼가요!"

주먹으로 책상을 내려친 오치호가 상기된 얼굴로 그를 쏘아보았다.

"우리는 보호 차원에서 병력을 보낸 것이오. 공격 한다니, 그리고 도대체 지금의 당신 태도는 뭐요?"

"보안국장인 나도 모르게 병력을 동원한 당신도 계통을 흩뜨려놓은 거요."

"도저히 용납할 수 없군."

이를 악문 오치호가 으르렁대듯 말했다.

"당신과는 같이 일할 수가 없습니다, 장 국장. 내 직권으로 당신을 보직 해임시키겠소."

"나도 미련 없어. 당신 밑에서 일하기는 싫으니까."

몸을 돌린 장동택이 문으로 다가가더니 손잡이를 잡고는 오치호를 바라보았다.

"지금 내 눈에는 당신의 미래가 보여. 조심하시오, 오치호 본부장님."

장동택이 방을 나가자 오치호가 한용식을 바라보았다.

"이대각과 한통속인 놈이야. 더구나 아직도 한국의 국정원과 끈이 닿아 있고. 유사시에는 김상철에게 붙을 가능성이 있는 놈이지."

"보안국에 그의 심복들이 많습니다."

"그것들은 당신이 정리해요. 당장 오늘 아침부터. 마침 제 발로 찾아와 사건을 만들어 주어서 다행이군."

오치호가 시계를 내려다보았다. 새벽 2시가 되어 가고 있었다.

2시가 되었을 때 아래쪽에서 요란한 총성이 났으므로 최인영은 번쩍 머리를 들었다. 초소에 있던 부하들도 마찬가지여서 그중에는 자리를 차고 일어선 사내도 있다. 총성은 더욱 격렬해지고 있었는데 10여 정쯤의 소총 사격이었다. 트럭을 횡대로 세워 놓고 삼삼오오 모여 서서 모닥불을 피우고 있던 경비대는 당장 혼란에 빠져들었다. 이리 뛰고 저리 뛰면서 서로 고함을 질렀고 일부는 아래쪽의 어둠 속을 향해 무작정하고 총을 쏘았다. 전화벨이 울렸으므로 그는 전화기를 들었다.

"무슨 일이야?"

저택에 있는 조태광의 다급한 목소리였다.

"아래쪽에서 경비대를 향해 사격을 합니다."

"아래쪽에서? 누가?"

"그건 모릅니다. 경비대가 그들에게 대항하고 있습니다."

경비대는 대열을 겨우 수습하는 중이었다. 총성은 더욱 격렬해져 있었는데 이제 경비대가 그들을 향해 본격적으로 대응을 하고 있는 것이다. 그들은 저택에서 50미터쯤의 거리로 물러난 상태였는데 이쪽을 향해서도 총구를 겨누고 있다.

"이쪽으로도 사격자세를 하고 있습니다, 실장님."

최인영이 다급하게 말했다.

"절대로 먼저 사격 하면 안 된다."

전화기를 통해 김상철의 목소리가 들려왔다.

"내 지시가 있을 때까지 기다려라."

그 순간 요란한 폭발음이 울리면서 통나무로 세워 만든 담장한 부분이 폭발했고 그러자 위쪽에 세워 놓았던 대형 서치라이트가 떨어졌다.

"이쪽을 공격 합니다. 놈들이 담장에 로켓포를 쏘았습니다."

악을 쓰듯이 최인영이 소리쳤다. 다음 순간 총탄이 빗발 뿌리듯 담장에 맞아 다른 쪽의 서치라이트가 박살이 났다.

"공격을 받고 있습니다!"

"쳐들어온단 말이냐?"

"아직 아닙니다, 사격만."

전화기를 손에 든 김상철이 조태광을 바라보았다. 저택의 주위는 온통 총성과 폭음으로 덮여 있었다. 유탄이 허공을 날카롭게 가르며 날았고 타오르는 담장의 불기둥이 밤하늘로 뻗어 올라갔다.

"우리도 공격할까요? 사상자가."

최인영의 목소리는 다급해져 있었다. 사상자가 생겨나기 시작한 모양이었다. 옆쪽의 전화기가 울렸으므로 조태광이 전화기를 들었다. 그리고는 곧장 김상철에게로 내밀었다.

"장 국장입니다."

김상철이 전화기에 귀를 대었다.

"장 국장, 아래쪽에서 경비대를 공격하고 있는 것은 우리가 아니오."

"알고 있습니다. 시바다나 전남수의 부하들일 겁니다."

장동택이 빠르게 말했다.

"그것은 경비대에게 구실을 주기 위해서 시늉만 하는 거요."

"경비대는 우리를 공격하고 있어요."

"절대로 대응하지 마세요. 놈들의 수단에 말려듭니다."

다음 순간 로켓 포탄이 응접실의 벽 근처에서 폭발했으므로 유리창이 부서지면서 파편이 흩날렸다.

"사격 중지!"

작전 과장 임복기가 핸드 마이크로 다시 한 번 소리치자 드문드문 울리던 소총의 발사음도 그쳤다. 근처에서 트럭 한 대가 불기둥을 뽑으며 타오르고 있었는데 아래쪽에서 발사된 로켓포에서 발사된 것이다. 그러나 아래쪽으로부터의 사격은 얼마쯤 전부터 그쳐 있었고 저택에서는 무반응이다. 그는 무전병에게서 송수화기를 건네받고는 트럭의 바퀴를 짚고 일어섰다.

"본부장님, 저택에서는 이쪽으로 사격해 오지 않습니다. 그리고 아래쪽에서도 사격을 멈췄습니다."

"협공하려는 거야. 아래쪽에서 멈췄다면 저택으로 밀고 올라가라. 지금 증원대가 가고 있으니 뒷걱정은 말고."

오치호가 소리쳤다.

"기회를 놓치지 말아. 방법은 저택으로 치고 들어가는 수밖에 없다."

마악 송수화기를 내려놓았을 때 다시 신호음이 났으므로 그는 이맛살을 찌푸렸다. 송수화기를 귀에 대자 낯익은 목소리가 들렸다.

"나, 장동택이야."

그가 서두르듯 말했다.

"절대로 김상철을 공격하지 마라. 임 과장, 넌 오치호의 술수에 놀아나고 있어."

트럭의 불길이 그의 얼굴에 흔들리는 불 그림자를 만들어 주고 있었다.

"오치호는 김상철이 경비대를 공격하도록 유도하고 있는 거다. 아래쪽에서 경비대를 공격한 건 시바나 전남수의 부하들이다."

"국장님이 보직해임되었다는 연락이 왔습니다. 그래서 죄송하지만 지시를 받을 수가 없습니다. 더욱이."

"내가 금방 김상철과 통화했어. 공격할 생각도 없단 말이다!"

"하지만 본부장님이."

"그놈은 미친놈이다. 그놈 말만 들었다간 애꿎은 부하들만 몰살당한다."

"……."

"그곳은 평지야. 저택 안팎에 이중으로 클레이모어와 대전차 지뢰가 깔려 있단 말이야. 내가 가 보아서 안다. 1개 연대가 진입해도 힘든 곳이야. 오치호는 너희들을 희생양으로 삼아 김상철을 제거 하려는 거야!"

"……."

"무전기를 끄고 시간을 끌어라. 김상철이 절대로 너희 들을 공격하지 않을 것이라는 내 말을 믿고, 아래쪽 놈들은 이미 도주했을 것이다. 양쪽의 싸움을 붙이지 말고, 그것은 오치호가 시킨 일이야."

그 시간에 오다 센자부로의 사무실 건물은 아수라장이 되어 있었다. 김상철의 저택 주변 상황과 마찬가지로 건물을 경비하던 경비대가 앞쪽에서 공격을 받기 때문인데 사상자가 여럿이었다. 더구나 건물 쪽에서도 여러 발의 총탄이 날아와 경비대원을 쓰러뜨렸으니 의심할 나위 없이 앞뒤에서 공격을 받는 셈이 되었다. 건물의 경비를 맡은 경비대 간부는 성질이 격한 사내였다. 그는 앞장을 서서 건물로 뛰어들었고 조금이라도 반항하는 기미가 보이는 오다의 부하에게 가차없이 총을 쏘았다. 오다는 5층의 사무실까지 밀려갔는데 그곳에서 죽을 작정이었다. 건물은 요란한 총성으로 가득 찼고 어디선가 화재가 났는지 연기가 복도를 메우고 있다. 사토 이사무가 아래쪽 계단을 향해 베레타의 탄창이 비도록 10여 발을 연사한 다음 벽에 등을 붙였다. 이마에는 검댕이가 묻었고 저고리의 오른쪽 소매는 무엇에 걸렸는지 반쯤 뜯겨져 있다.

"유리창을 부숴라!"

아래쪽에서 연기가 뿜어 올라왔으므로 그가 소리쳤다. 전혀 예상 밖의 일이어서 순식간에 5층까지 쫓겨 올라온 것이다. 소리 나게 탄창을 갈아 끼운 사토는 이를 악물었다. 건물 안에 있던 50여 명의 부하들 중에서 겨우 10여 명만이 남아 있는 것이다. 그러나 그중 다행인 것은 보스인 오다가 아직 살아 있다는 사실이다. 유리창 부서지는 소리가 이곳저곳에서 났고 연기가 밖으로 빨려 나갔다. 그는 베레타를 움켜 쥐고는 머리만을 내밀고 계단을 내려다보았다. 그 순간 요란한 총성과 함께 총탄이 그의 얼굴을 스치고 지났다. 그러자 반대편 모퉁이에 기대서 있던 부하가 아래쪽을 향해 기관총을 쏘아 갈겼다.

"형님, 보스가 부르십니다."

부하 한 명이 달려오더니 헐떡이며 말했다. 오다는 복도 끝 쪽의 사무실에 있었는데 그가 들어서자 마악 전화기를 내려놓았다.

"오리엔트 호텔의 나카야마가 배신을 했다."

눈을 부릅뜬 그가 사토를 노려보았다.

"시바다 겐지가 놈과 함께 있다. 금방 그놈과 통화를 했어."

나카야마는 오다의 간부급 부하로 오리엔트 호텔과 그 근처에 있는 네 개의 사업장을 맡고 있었다. 복도 쪽에서 격렬한 총성이 울리더니 부하들이 외치는 소리가 들려왔다. 서너 명이 한 덩어리가 되어 그쪽으로 달려갔다.

"그렇다면 경비대가 시바다와 같이 우릴 공격한단 말씀입니까?"

"그렇다."

오다가 허리춤에 찔러 넣은 콜트를 빼내 들었다.

"알고는 있었지만 이렇게 노골적으로 나설 줄은 몰랐다. 모두 총독이 시킨 일이야. 김상철과 우리를 동시에 제거하려는 것이다."

유리창이 깨지면서 총탄이 쏟아져 들어왔으므로 그들은 벽에 등을 붙였다. 전기가 나간 상태였지만 밖에서 비치는 불빛에 건물은 완전히 노출된 상태였다. 방 안으로 부하 한 명이 뛰어들어 왔다.

"보스, 경비대가 곧 올라옵니다."

그의 한 쪽 팔은 총에 맞아 덜렁거리고 있었다. 그러나 5층 건물이어서 더 이상 올라갈 곳도 없는 형편이다. 탁자 위에 던져 놓은 무전기에서 신호음이 들렸으므로 무전기를 움켜쥔 오다가 스위치를 켰다.

"오다 씨, 나 시바다요."

시바다의 목소리가 방 안을 가득 메웠다.

"투항하는 게 나을 텐데. 그래서 나하고 같이 고려리아의 사업장을 경영해 봅시다. 목숨을 걸고 하시모토에게 충성할 필요는 없소."

"닥쳐! 이 간사한 자식아! 나는 네 계획을 안다. 사업장을 합법적으로 가로채려는 것이겠지만 뜻대로 안 될 것이다."

오다가 무전기를 향해 고함을 쳤다.

"고려리아 정부도 그렇게는 못한다, 이 개자식아!"

그는 방바닥에 무전기를 던지고는 콜트를 겨누어 한 발을 쏘았다.

"이봐, 오다 센자부로."

바닥이 어두웠으므로 총탄이 빗나가자 시바다의 목소리가 다시 들렸는데 그쪽을 겨누고 쏜 두 번째의 총탄에 무전기는 박살이 났다.

4층의 복도에서 부하들과 함께 서있던 강신규가 퍼뜩 눈을 치켜뜨고는 몸을 굳혔다. 전장이나 마찬가지인 상황이어서 모두가 반쯤은 정신이 나가 있는 태도였는데 그도 예외가 아니다. 고래고래 고함을 지르면서 서두르는 중이었다. 그의 앞으로 다가선 이대각이 자신보다 머리통 하나만큼 큰키의 강신규를 올려다보았다.

"네놈 계급이 뭐야?"

이대각의 목소리는 컸다. 그러자 주위가 순식간에 조용해졌고 덩달아서 총성도 뜸해졌다. 강신규가 며칠 전까지만 해도 경비 본부장이었던 이대각을 모를 리가 없다. 그는 침을 끌어 모아 삼켰다.

"고려시 제3구역의 경비 소장으로 계급은 과장입니다."

"오치호가 공격을 하라더냐?"

이대각이 소리치듯 물었으나 그는 대답하지 않았다. 그 대신 반 걸음 물러섰는데 정신을 가다듬은 모양으로 시선이 똑바로 이대각을 향해져 있다.

"당장에 철수해. 이건 내 명령이다."

"안 됩니다, 부청장님."

"그렇다면 너도 오치호와 함께 테러를 계획한 놈이란 말이냐? 정신 똑바로 차려."

이대각의 목소리가 복도를 울렸다.

"오치호는 곧 고려리아에 테러를 일으킨 죄목으로 체포될 것이다. 그놈은 야쿠자의 배신자인 시바다 겐지와 짜고서 이 일을 일으켰단 말이다."

"하지만 본부장님."

"닥치고 내 말을 들어, 이 개자식아!"

기세에 눌린 강신규가 주춤대자 그가 말을 이었다.

"건물 앞의 경비대를 앞뒤에서 공격한 것은 시바다의 부하였다. 위층에 있는 오다 센자부로가 아니었어. 오치호와 시바다가 짜고 한 짓이란 말이다."

그가 주위에 둘러선 경비대원에게로 몸을 틀었다.

"자, 철수해라! 어서!"

행정청 부청장의 명령이다. 경비대원들이 한두 사람씩 몸을 돌리더니 금방 복도가 비워졌다. 그러나 강신규는 그 자세로 그대로 서 있었으므로 무전병과 부관이 초조한 표정으로 그를 힐끗거렸다. 이대각이 그에게로 한 걸음 다가섰다.

"왜 안 내려가고 있는 거냐?"

"본부장은 총독님 지시라고 했습니다."

그러자 이대각이 쓴웃음을 지었다.

"총독의 지시를 사칭한 것이다. 네가 총독의 지시를 직접 들어본 적이 있어?"

"없습니다."

"총독은 청장과 부청장인 나에게만 직접 지시를 한다. 오치호 같은 말단한테는 전화 지시도 하지 않는단 말이다."

"그렇다면."

"오치호가 정부를 뒤엎으려고 계획한 짓이야. 야쿠자와 한국인 깡패를 1000명이 넘게 끌어 모아 김상철과 오다 센자부로의 세력을 제거하면 고려리아를 주무를 수 있다고 생각했지. 더구나 강미현 씨한테 잘 보여서 경비 본부장까지 되었으니까."

"……."

"하지만 우리가 의심하기 시작하자 서둘러 오늘 일을 일으킨 것이다. 이제 이해가 가나?"

"예, 부청장님."

무전병이 등에 맨 무전기가 아까부터 울려대고 있었으나 무전병조차도 무전기를 들려고 하지 않았다. 누가 걸어온 전화인지는 뻔했기 때문이다.

"이 자식은 어떻게 된 거야?"

경비본부의 상황실 안이다. 오치호가 소리치듯 묻자 총무국장 한용식이 그에게로 한 걸음 다가와 섰다.

"본부장님, 계획이 조금 빗나갔습니다. 김상철의 저택 앞에서도 병력이 철수하는 중이고 콘티넨탈 호텔의 경비대도 같은 상황입니다."

"장동택이 이놈이."

오치호가 입술만을 움직여 그렇게 말했지만 한용식은 알아들었다. 그도 목소리를 죽였다.

"하지만 염려하실 건 없습니다. 경비대는 자위 수단을 썼을 뿐이니까요. 그자들은 경비대에 대적할 용기도 힘도 없습니다."

새벽 3시 30분이었다. 밤을 꼬박 새우고 있었지만 상황실의 누구 한 사람도 피로해 보이지 않았다. 모두 긴박감에 싸여 있는 것이다. 고려리아 최대 세력인 김상철이 저택을 경계하는 경비대를 공격했고 야쿠자의 오다 센자부로도 마찬가지였던 것이다. 그것은 고려리아 정부에 대한 공공연한 도전이었다. 그러나 일촉즉발의 전쟁이 터질 순간에 장동택의 설득으로 김상철과 이한의 본거지에서 병력이 철수한 것이다.

"오늘 기회를 놓치면 안 돼. 이것은 총독의 지시다."

그는 힐끗 벽시계를 바라보았다. 3시 35분이다.

"고려리아의 운명이 걸려 있는 일이야. 오늘 내부 재정리를 하지 않는다면 두 번 다시 이런 기회가 없을지도 모른다."

책상 위의 전화기가 울렸으므로 그는 말을 멈췄다. 백색 전화기였으니 본부장 직통이다. 그는 서둘러 전화기를 귀에 대었다.

"여보세요."

"어떻게 되었어요?"

강미현의 목소리였으므로 그는 몸을 세웠다.

"김상철의 저택과 콘티넨탈 호텔에서 병력이 철수하고 있습니다."

"……."

"장동택이 이간질을 하고 있기 때문입니다. 하지만 아직은 시간이 있습니다."

"시바다는 옛 조직을 장악했다면서요?"

"예, 완전히 장악했습니다."

시바다는 이제 전남수의 친위 세력과 함께 경비대를 보좌하는 양대 세력이 될 것이다. 그러나 오다의 거취가 불투명했으므로 그는 이맛살을 찌푸렸다. 경비소장 강신규가 갑자기 무전연락을 끊은 것에 불길한 예감이 드는 것이다.

"그럼 기다리겠어요."

그렇게 말한 강미현이 전화를 끊었다. 그렇다고 서두르는 것 같지도 않은 차분한 말투였는데 그것이 오치호에게 냉정을 되찾게 해 주었다. 그는 한용식에게로 몸을 숙였다.

"이런 빌어먹을."

시바다 겐지가 이맛살을 찌푸렸다.

"시작만 했지 끝맺음을 한 것은 하나도 없다. 그 빌어먹을 경비대 놈들은."

"오다 센자부로는 목숨만은 건졌지만 이제 벌거벗은 몸입니다. 보스, 우리는 목적 달성을 했습니다."

앞에 선 나카무라가 말하자 그는 머리를 저었다.

"김상철의 세력이 그대로 있는 한 일이 끝난 것이 아니다."

방은 개조되어 있었지만 그는 전에 사용하던 응접실에 앉아 있었다. 나카무라의 표현대로 오다 센자부로가 거느렸던 이나카와회의 부하들은 대부분이 귀순해 온 것이다. 몇 달 동안 치밀하게 사전 공작을 해온데다 거의가 예전 부하들이다. 간부급 몇 명을 제외하고는 그들에게 오다나 시바다는 마찬가지의 보스일 뿐이다. 강한 자가 보스가 되고 보스는 부하들을 장악한다. 더욱이 중간 간부급 부하들을 흔들리게 한 것은 시바다가 고려리아 정부의 힘을 업고 경비대를 끌어들였다는 것이다. 그들이 시바다 쪽으로 기운 것은 당연한 일이었다. 물론 예외는 있는 법이다. 고려시 외곽의 사업장을 관리하는 나가노와 타운의 후바쓰, 간바 등의 간부급 보스들이 저항세력을 모으고 있었지만 대세는 이미 기울어졌다. 시바다는 며칠 사이에 그들을 소탕할 자신이 있었다.

"오치호는 본부장감이 아니야. 그놈이 잔재주는 뛰어날지 몰라도 큰 일을 같이 할 놈이 못 돼. 내 이럴 줄 알았어."

조금 전까지만 해도 밝았던 방 안의 분위기가 갑자기 무거워졌다. 숨어 지내는 동안 시바다는 감정의 기복이 심해져 있었다.

"오늘 당장부터 김상철은 우리를 공격할 것이다. 이젠 드러내 놓고 싸우게 되었어."

"보스, 경비대가 있습니다. 그렇게까지는."

"오치호의 장악력이 문제 아닌가? 오늘밤의 일을 보란 말이다."

자리에서 일어선 시바다가 벽시계를 올려다보았다. 새벽 3시 50분이었다. 북극의 날이 새려면 아직 다섯 시간은 더 남아 있기는 했다.

"이런 제기, 개자식들이 또."

최인영이 창구멍을 내다보며 바짝 긴장을 했다. 저택을 향해 트럭의 대열이 다가오고 있었는데 이번에는 20대가 넘는다. 옆쪽의 적외선 스코프로 어둠 속을 바라보던 부하가 차분하게 말했다.

"스물두 대입니다. 모두 경비대 차량입니다. 거리는 400미터."

이미 20분쯤 전에 트럭이 국도에서 저택으로 휘어지는 도로에 들어섰을 때 연락을 받았으므로 대기하고 있는 것이다. 무전기의 신호음이 울렸다.

"예, 최인영입니다."

서둘러 무전기를 집어 들자 조태광의 목소리가 초소를 가득 메웠다.

"철수해라, 지금 당장."

"지금 말입니까?"

"부하들을 데리고 전원 철수야, 어서!"

"예."

무전기를 든 채 최인영이 소리쳤다.

"철수다. 모두 저택 동쪽의 지하도로 모인다. 서둘러라!"

방한모를 눌러쓴 그가 저택의 넓은 정원을 달려 동쪽 건물의 안으로 들어섰을 때에는 이미 저택의 모든 인원이 지하도로 들어간 후였다. 지하도의 입구에서 조태광이 그를 기다리고 있었다.

"네가 마지막이다, 어서."

그들이 지하도의 안으로 들어서자 부하들이 육중한 철문을 안으로 닫았다.

"지금 온 놈들은 경비대가 아니야. 오치호가 전남수의 부하들을 보낸 것이다."

폭이 2미터 정도의 지하도를 나란히 달리면서 조태광이 말했다. 짙은 땅냄새가 코를 찌르는 이곳은 저택 경비원들만의 힘으로 근래에 완성된 것이다.

"놈들은 저택을 아예 박살을 낼 것이다. 오늘 중으로 일을 끝낼 작정이야."

앞쪽으로 달려가는 사람들의 뒷모습이 보였다. 지하도의 끝은 저택 밖의 숲이다. 숲을 지나면 눈에 덮인 대평원이 나온다. 평원의 위쪽은 끝없이 펼쳐졌지만 남쪽은 고려타운이고 서쪽으로 가면 고려시에 닿는 것이다. 지하도의 끝 쪽에는 스키 장비들이 놓여 있었으므로 50여 명의 남녀는 제각기 하나씩 스키 장비를 메고 지하도를 빠져나갔다. 그들이 숲을 지날 때 뒤쪽의 저택에서 폭음이 났다. 한두 번이 아닌 연속적으로 폭발하는 클레이모어의 폭음이었다. 그러자 갖가지의 총기에서 발사되는 총성이 밤하늘을 메웠고 로켓탄이 폭발했다. 빈 저택을 전력을 다해 공격하고 있는 것이다. 클레이모어가 터졌으니 조금 더 다가오면 지뢰밭에 들어설 것이다. 그곳을 겨우 건너 정원으로 들어서면 다시 클레이모어가 기다리고 있다. 숲을 헤쳐 나가던 김상철이 다가와 박미정의 손을 잡았다. 방한복으로 완전히 덮여 있었고 두터운 장갑을 끼고 있었지만 힘주어 잡는 그의 손가락이 느껴졌다. 방한안경 안의 두 눈과 시선이 마주치자 박미정도 잡힌 손에 힘을 주었다. 뒤쪽의 폭음이 요란한 데다 숲길이 험해서 여러 번 비틀거렸지만 그녀는 전혀 두렵거나 초조하지 않았던 것이다.

아침 8시 30분에 행정청으로 출근한 총독은 집무실로 정부의 간부들을 불러 모았다. 원탁에 둘러앉은 간부들의 면면은 비서실장 이남호와 행정청장 유장석, 부청장 이대각에 경비 본부장 오치호, 그리고 총독 보좌관 강미현이다. 총독의 표정은 어두웠다. 두 눈이 충혈되어 있는 것은 그도 어젯밤을 뜬눈으로 새웠다는 증거가 될 것이다. 녹차 잔을 들어 건성으로 한 모금 삼킨 총독이 그들을 둘러보았다.

"사건은 밤새도록 보고를 받았으니 현 상황과 대책을 듣기로 하지. 그래, 김상철은 지금 어디에 있나?"

"콘티넨탈 호텔에 부하들과 같이 있습니다."

대답한 것은 오치호이다. 그가 말을 이었다.

"지방에 나가 있던 그레고리 파트킨 등 부하들을 불러 모았는데 숫자가 3000명이 넘습니다."

모두 잠자코 었었으므로 그의 목소리만 방을 울렸다.

"오다 센자부로가 그와 합류했습니다."

총독이 유장석에게로 머리를 돌렸다.

"주민이나 관광객들 피해는?"

"거의 없습니다만 분위기가 조금."

말끝을 흐린 유장석이 힐끗 오치호에게 시선을 주었다.

"하지만 경비대 내부 분위기는 아주 좋지 않습니다."

"그건 왜?"

그러자 오치호가 총독을 똑바로 바라보았다.

"내부 분열 때문입니다. 지금 이 자리에도 분열시킨 장본인이 있습니다."

방 안의 분위기가 험악해졌다. 총독이 눈을 껌벅이며 오치호를 바라보았다.

"그, 시바다 아무개라는 놈, 지금 어디에 있나?"

이번에는 오치호가 눈을 깜박이며 총독을 바라보았다.

"예, 지금 오리엔트 호텔에. 저희 경비대가 보호를 하고 있습니다만."

"아침에 일본 정부로부터의 항의문을 대표부가 가져왔어. 아주 강경해."

"……"

"우리 경비대가 시바다하고 연합해서 일본인의 재산을 강탈했고 일본인을 살상했다는 내용이야."

"답변할 가치도 없습니다. 그들이 경비하고 있던 우리 경비대를 먼저."

"극동군 사령관 로스토프도 전문을 보내왔어. 정국이 불안해서 우려하고 있다더군."

다시 총독이 말머리를 돌렸으므로 오치호가 몸을 굳혔다. 잠자코 있던 이남호가 입을 열었다.

"사태가 예상보다 심각합니다. 김상철이 조금 전에 저한테 연락을 해 왔습니다."

헛기침을 한 그가 말을 이었다.

"한마디로 가만히 있지 않겠다는 겁니다. 전쟁이라도 치르겠다는 것인데 엄포 같지가 않습니다."

총독이 입을 꾹 다물고 위쪽의 벽을 바라보고 있는 것은 회의 전에 그로부터 보고를 받았다는 표시였다. 이남호는 돌출 발언을 하는 사람이 아니다.

"그의 저택은 폐허가 되었는데 사상자가 60명 가깝게 났습니다."

"그, 사상자가 모두 민간인이라며?"

"예, 한국에서 건너온 사람들로."

이남호와 총독의 대화를 듣던 이대각이 헛기침을 했다. 방 안의 시선이 일제히 그에게로 모아졌다.

"어젯밤의 작전은 실패로 끝났습니다. 따라서 김상철과 타협하는 것이 최선이라고 생각합니다만……."

머리를 뒤로 젖힌 그가 총독을 바라보았다.

"경비대를 동원할 수가 없는 상황이 되었으니까요. 경비대는 더 이상 본부장은 물론 총독의 명령도 받지 않을 것입니다."

"그것은 당신과 장동택의 잘못이야. 당신은 총독과 경비대를 이간질 시켰어!"

눈을 부릅뜬 오치호의 얼굴은 붉게 상기되어 있었다.

"당신이야말로 반역자야. 감히 총독의 면전에서 뻔뻔스럽게 그 따위 소리를 지껄이다니."

턱을 치켜든 이대각은 아예 그를 거들떠도 보지 않았다. 그러자 총독이 천천히 머리를 끄덕였으므로 방 안이 조용해졌다. 그가 유장석을 바라보았다.

"경비 본부장을 해임시키고 그 자리에 다시 이대각을 앉혀야 될 것 같은데."

얼굴이 하얗게 질린 오치호의 시선이 이리저리 옮겨졌지만 그것을 받는 사람은 없다.

"그래야 수습이 되겠어. 당신들 생각은 어떤가?"

"그래야 될 것 같습니다."

이남호가 말했고 유장석이 머리를 끄덕였다.

"그 방법이 최선입니다, 총독님."

당사자인 이대각은 시선을 들어 위쪽의 벽을 바라본 채 입을 열지 않았다. 그리고 강미현은 회의가 끝났다는 듯이 앞에 놓인 서류를 정리하고 있었다.

재정비

　방 안으로 들어선 김상철은 잠자코 소파로 다가가 이유미의 앞자리에 앉았다. 창밖으로 한두 점씩 눈발이 보이는 흐린 날씨였다. 이유미는 스웨터에 바지 차림으로 조금 창백해 보이는 얼굴이었다. 몸을 굳힌 이유미가 흔들리는 시선으로 김상철을 바라보았는데 무언가를 기다리는 표정이다. 끌려오고 나서 처음으로 그를 만나는 것이다.
　"지난번에도 시바다와의 관계 때문에 잡아두자는 말들이 있었지만 별것 아니라고 생각해서 내버려 두었었어."
　김상철이 그녀를 유심히 바라보았다.
　"그런데 이번에는 그냥 지나칠 수가 없더군. 시바다 정부의 역할을 훌륭하게 해내고 있어서."
　"그냥 부탁만 받았을 뿐예요, 심부름만."
　무릎 위의 두 손을 움켜쥔 이유미가 그의 시선을 받았다. 가슴이 세차게 고동을 쳤고 목소리가 떨려 나온 것은 기회가 얼마 남지 않았다는 본능적인 예감 때문이다.

"아는 사실은 모두 말했어요. 시바다의 은신처나, 계좌번호, 그리고 그가 했던 이야기를 모두……."

"넌 기회만 있으면 다시 그자와 만날 여자이고 언제든지 나한테 해를 끼칠 인물이야. 너는 악의가 없다고 하겠지만 말이지."

"그렇지 않아요."

눈을 크게 뜬 이유미가 목소리를 높였다. 얼굴이 조금 상기되어 있었다.

"난 이제 안인석 씨하고도 연락을 끊었어요. 당신한테는 아무런 인과관계도 없고 유감도 없어요."

"시바다의 정부인 너를 인질로 그놈을 끌어들이자는 사람도 있다. 물론 그놈이야 끌려들지 않겠지만 내버려 둘 수는 없다는 거야. 나하고 인과관계가 없다니 그럼 그렇게 하지."

"……."

"널 만난 남자는 모두가 불행해졌다. 안인석은 물론 네 전남편, 그리고 시바다. 물론 시바다야 직업적인 관계겠지만 어쨌든……."

"날 보내줘요. 다시는 이곳에 발을 들여놓지 않을 테니."

이제 얼굴을 하얗게 굳힌 이유미가 말했다. 크게 뜬 두 눈에 가득 물기가 배어져 있었는데 이윽고 두 줄기의 눈물이 볼을 타고 흘러내렸다. 김상철은 자신의 생사여탈권을 쥐고 있는 것이다.

그는 자신을 속속들이 알고 있는 사내였으므로 무력감에 휩싸인 그녀는 이를 악물었다. 김상철이 입을 열었다.

"당분간은 서울에 돌아가 있어. 일이 수습될 때까지."

"……."

"사건이 정리되면 그땐 다시 나와도 돼. 당신은 그땐 스폰서가 모두 없어졌을 테니 내가 뒤를 봐줄 테니까."

자리에서 일어선 김상철이 얼굴에 웃음을 띠웠다.

"강한 자가 선이었고 배신당하고 이용당한 자는 약자였어. 당신을 나무랄 수만도 없어."

"시바다의 행방은 아직 알 수 없습니다."

김상철을 향해 변순태가 말을 이었다.

"지금 오리엔트 호텔 근처는 어수선합니다. 시바다의 부하들이 뿔뿔이 흩어지면서 호텔과 카지노의 금고를 부숴 현금을 털었고 서류를 태우거나 찢어던지는 바람에."

콘티넨탈 호텔 지하실에 있는 사무실 안이었다. 테이블 주위에 둘러앉은 사내들은 김상철과 이한, 그레고리와 변순태, 그리고 오다 센자부로 등이었다. 아침 10시였지만 지하실이어서 천장의 형광등이 밝게 켜져 있다. 그레고리가 얼굴에 쓴웃음을 지었다.

"그 새끼는 겨우 몇 시간을 버티려고 그 짓을 했군."

유창한 한국말이다. 그가 김상철에게로 머리를 돌렸다.

"아직 이 근처에 있을 겁니다. 우리가 잡아서 없애 버립시다."

조금 전 고려리아 정부에서는 어젯밤 사건의 수습책으로 오치호를 해임시켰다는 발표를 했다. 그리고 다시 이대각이 경비 본부장으로 임명된 것이다. 경비대는 김상철의 요구대로 시바다와 그의 부하들을 체포할 계획이었다. 오다가 자리에서 일어섰다.

"난 돌아가겠습니다."

김상철과 시선이 마주치자 그는 머리를 숙였다.

"신세를 졌습니다."

이대각에 의해 겨우 궁지에서 빠져나온 그는 이한과 합류해 있었던 것이다. 오다가 서둘러 방을 나가자 김상철이 입을 열었다.

"정부측에서 전남수에 대해서는 아직 아무런 반응이 없어. 강미현이 가로막고 있는 모양이야."

한숨도 자지 못한 터이라 그의 두 눈은 충혈되어 있었다.

"이번에 강미현은 너무 서둘렀다. 시바다를 잡으려고 우리가 압박해 오자 경비대를 완전히 장악하기도 전에 일을 벌인 거야. 물론 일이 잘 안되어도 우리가 어쩌지는 못할 것이라는 자만심도 있었을 것이다."

고려리아의 주인은 고려그룹인 것이다. 그것은 임차계약에도 나와 있는 상황인 만큼 고려그룹의 소유주인 강 씨 일가는 러시아로부터 고려리아의 통치권을 보장 받은 셈이었다. 강미현은 그것을 믿은 것이 틀림없었다.

김상철이 이한과 변순태에게로 머리를 돌렸다.

"너희들은 시바다를 찾아라. 그놈은 아마 근처에 있을 것이다."

"강미현과 전남수는 서로 연락을 하고 있겠지요."

변순태가 말하자 김상철이 머리를 끄덕였다.

"오치호와 경비대 간부 몇 명을 해임시키는 것으로 총독은 일을 수습할 계획이야. 뿌리는 하나도 건드리지 않은 채 잎 몇 개만 자른 것이다."

그는 입술만을 비틀어 웃었다.

"이대각 씨를 본부장에 앉힌 것은 고도의 용병술이다. 이대각 씨를 완충역할로 이용하려는 거야."

근원은 강미현과 김상철의 반목이었고 그것을 구체적으로 표현하면 김상철에 대한 강미현의 견제였다. 따라서 그의 말대로 뿌리는 그대로 남아 있는 셈이었다. 시바다와 전남수가 제거되어도 그것은 마찬가지의 상황인 것이다.

고려공항의 출국장은 사면이 유리벽으로 되어 있어서 활주로는 물론 고려시로 향하는 고속도로도 한눈에 바라볼 수가 있다. 동쪽은 흰 눈에 덮인 대평원이었다. 눈이 내릴 것 같은 흐린 날씨였으므로 짙은 회색 하늘에 깔린 지평선은 더욱 선명하게 드러나 있었다. 광활한 대륙이다. 인간은 물론 짐승도 발을 디딘 적이 없는 곳이 대부분이었던 땅이었다. 머리를 돌린 박기동은 손목시계를 내려다보았다. 오전 11시 10분이었다. 이제 손가방 하나만 들고 서울행 비행기를 타게 되었으니 빈손으로 들어왔다가 빈손으로 떠나는 입장이다. 저도 모르게 그는 길게 한숨을 쉬었다. 금액으로 계산하면 1000만 달러가 넘는 거금을 쥐었다가 순식간에 무일푼이 된 것이다. 5년 동안 갖은 고난을 무릅쓰고 번 돈이었다. 입맛을 다신 그는 의자에 등을 기대었다. 목숨을 건진 것만 해도 다행이기는 했다. 이번에도 김상철이 지시하지 않았더라면 아마 지금쯤 저쪽 평원의 눈 밑에 누워 있게 되었을 것이었다. 누군가가 옆자리에 앉았으므로 그는 머리를 들었다.

"아니?"

놀란 그가 입과 눈을 딱 벌렸다. 안인석이었던 것이다.

"여기 웬일이시오?"

"나도 서울 갑니다."

그의 얼굴은 초췌해져 있었다. 그도 손가방 하나만을 든 차림이었는데 박기동의 시선을 마주치지 않으려는 듯 활주로를 바라보고 있다.

"어쨌든 살아서 다행이오, 반갑습니다."

박기동이 부드럽게 말하자 안인석이 쓰게 웃었다. 안내방송이 들렸으나 서울행은 아니었다.

"그런데 안 형 그 이유미 씨는 어떻게 되었습니까? 풀려났나요?"

"그건 나도 모릅니다."

"하긴 시바다와의 관계 때문에 그런 모양이군."

사람을 상대할 때 언제나 활기를 보이는 것이 박기동의 버릇이다. 그것이 지금이라고 해서 예외가 아닌 것이다.

"들자하니 어젯밤에 전세가 두 번이나 뒤집혀졌던 모양이오. 시바다는 다시 도주했답니다."

"나는 이제 관심 없습니다."

"나는 다시 돌아올 겁니다. 이대로 물러날 수는 없어요."

"……."

"김상철과 총독과의 대결은 아직 끝나지 않았어요. 어젯밤은 전초전이었을 뿐이오."

그러자 안인석이 머리를 돌려 그를 바라보았다. 처음 만난 사람을 보는 것 같은 시선이다.

"박 사장은 살아난 것이 다행이라고 생각지 않습니까?"

"물론 다행이지. 목숨보다 중한 것은 없으니까."

"……."

"허나 살아남았으니 다시 궁리를 해야만 되는 것 아닙니까? 난 고려리아에 있는 모든 재산의 포기각서를 쓴 대가로 살아 나왔으니 누구한테 빚진 것도 없어요."

"……."

"안 형이야 김상철이하고 오랜 인연이 있었으니 나하고는 입장이 다릅니다."

"인연은 무슨, 이젠 악연뿐이오."

"내 재산을 찾겠어, 나는."

박기동이 활주로를 노려보았다.

"그것이 이제 내가 살아가는 목적이오."

"……."

"설령 이뤄지지 않더라도 그런 노력이라도 하면서 살아야 살아갈 힘을 얻을 거요."

이번에는 그들이 타고 갈 서울행 비행기의 안내방송이 들렸다. 자리에서 일어선 그들은 탑승객의 대열에 끼어들었는데 두 사람 모두 어깨를 늘어뜨린 모습이었다.

이남호의 사무실 안이다. 다소 지친 표정의 이남호가 테이블 건너편의 강미현을 바라보며 앉아 있었다. 흐렸던 하늘에서 한두 점씩 눈발이 보이기 시작하는 오전 12시경이다.

"이번 일로 김상철과는 완전한 적대 관계가 되었어요. 결코 바람직하지 않은 결과입니다."

이남호가 말을 이었다.

"더 이상 사태가 악화되면 안 돼요. 이젠 수습할 차례인 것을 알아야 됩니다. 아가씨."

전에는 반말을 썼으나 요즘은 존대를 한다. 하지만 훈계조는 여전히 남아 있다. 강미현이 쓴웃음을 지었다.

"실장님은 이번 일로 김상철의 진면목이 확인되었다고는 생각지 않으세요?"

"그런 생각은 안 했는데. 왜냐하면 그냥 앉아서 당할 사람은 세상에 아무도 없을 테니까."

"우리가 나서지 않았더라면 그자가 먼저 숨통을 조여 왔을 거예요."

"아가씨가 노골적으로 견제세력을 키워 왔기 때문이오. 시바다 겐지를 끌어들인 것은 잘못이었습니다. 일본 정부로부터도 수배 받고 있는 인물을 말이오."

이맛살을 찌푸린 강미현이 창 쪽으로 머리를 돌렸다. 이남호가 담배를 꺼내 들었으나 불을 붙이지는 않았다.

"이대각과 장동택이 아니었다면 어젯밤 일이 성공했으리라고 생각합니까?"

"그랬을 수도 있었어요."

"어젯밤 김상철은 총 한 발 쏘지 않았습니다. 나중에는 부딪치지 않으려고 아예 저택에서 철수했단 말이오."

"……."

"이대각과 장동택을 경비대에 복귀시킨 것이 최상의 방법이었습니다. 현 상황에서 김상철에게 제동을 걸 수 있는 사람은 그들뿐이오."

그가 담배에 불을 붙이더니 짙은 연기를 테이블 위로 뱉었다.

"아가씨, 고려리아를 파국으로 끌고 가면 안 됩니다. 아가씨는 너무 무리하고 있어요. 너무 서두르기도 하고."

강미현이 잠자코 그에게로 시선을 주었다. 그럴 수밖에 없었던 형편이라는 것을 이남호가 모를 리 없는 것이다.

"총독께서도 걱정하고 계셨습니다. 어젯밤의 상황을 아가씨는 제대로 말씀드리지 않으셨더군요."

"주무시고 계셨어요."

"그렇다고 전남수에게 경비대 트럭을 빌려줘서 김상철을 공격하게 한 것은 잘못입니다. 김상철은 모두 알고 있단 말입니다."

"경비대 안에 스파이가 있었어요."

"그것은 이유가 될 수가 없어요. 아가씨."

마침내 이남호의 목소리가 조금 높아졌다.

"김상철은 아가씨의 귀국을 요구하고 있단 말입니다. 놀라실까 봐 내가 아가씨께 말씀드리지 않았는데 그것이 유일한 해결책이라고까지 말했단 말이오."

그러자 강미현이 이를 드러내며 웃었는데 입술 끝을 떨었다. 억지웃음이다.

"그러리라고 예상했어요."

"우리는 그놈에게 명분을 주었단 말이오."

"우리 힘이 약하다는 핑계밖에 되지 않아요. 그 말은."

"총독은 유장석과 이대각에게 중재를 맡겼습니다."

"점점 김상철의 위상이 높아져 가는군요."

"……"

"이해 할 수 없을 때가 많아요. 솔직히."

창밖으로 시선을 돌린 이남호가 혼잣소리처럼 말했다.

"난 아가씨를 곁에서 겪어 보아서 잘 안다고 생각했는데 가끔 놀랍니다. 저돌적이고 결단력이 강한 건 할아버지를 닮았어요. 하지만 할아버지는 겉과는 달리 치밀한 분이오. 준비가 완벽 하지 않으면 일을 시작하시지 않습니다."

"저한테 실망하셨어요?"

"아직 나이가 있으니까. 그렇지만 지금 아가씨의 역량과 재능을 시험할 상황이 아니라는 것이 문제요."

"……"

"도대체 왜 그렇게 서둘렀습니까? 김상철이 체류 허가증 문제를 알게 되었다고 해도 어쩔 수 없었을 텐데 말이오."

자리에서 일어선 강미현이 이남호를 내려다보았다.

"이번 일로 많은 걸 알게 되었어요. 물론 내 자신뿐만 아니라 다른 것들도."

그녀는 이마 위로 흘러내린 머리칼을 손끝으로 쓸어 올렸다.

"그것이 저에게는 큰 소득이에요. 물론 두 번 다시 이런 실패가 일어나지는 않겠지만."

찻잔을 내려놓은 전남수는 부하로부터 전화기를 건네받았다.
"전남수올시다."
"나, 한용식이오."
경비대의 총무국장 한용식과는 여러 번 술자리를 같이 한 사이였다.
"한 국장, 지금 어디시오?"
전남수가 서두르듯 물었다. 오늘 아침부터 그와는 통화가 되지 않았던 것이다. 경비 본부장이 이대각으로 재임명되고 오치호가 해임되어 대기상태가 되었다는 소식을 들은 것은 아침 9시경이었다. 상황이 끝난 것이다. 김상철은 총 한 발 쓰지 않고 전세를 뒤집었는데 그것은 그의 막강한 조직이 결집되어 있는 데다 경비대 내부의 반란 때문이었다.
"난 지금 대아센터에 와 있어요. 2층의 밀실에 있습니다."
한용식이 차분하게 말했다.
"상의드릴 것이 있어서 바로 와 주셔야겠는데."
"가지요. 지금 당장."
대아센터는 경비대에서 한 블록밖에 떨어져 있지 않은 빌딩으로 경비대 간부들의 모임장소로 자주 쓰이는 곳이다. 2층의 밀실이면 중국 식당으로 한용식과 자주 만난 장소였다.
"그런데 한 국장은 괜찮습니까?"
생각난 듯 전남수가 묻자 그는 피식 웃는 것 같았다.
"난 괜찮습니다. 걱정하실 것 없어요."
"그럼 오 본부장은?"
"대기발령 상태지만 곧 회복될 거요."
그것은 당연한 일이기는 했다. 기세에 잠시 밀렸다지만 배후에는 절대자인 총독 일가가 버티고 있는 것이다. 전화기를 내려놓은 전남수의 얼굴에 모처럼 생기가 떠올라 있었다.

"배국철과 이응만을 불러라. 지금 대아센터로 간다."

배국철과 이응만은 그의 심복으로 한국에서 지방 도시를 휘어잡고 있던 보스들이다. 그들은 전남수와 함께 거대한 대륙에서 뜻을 펼칠 꿈에 부풀어 있었는데 이제까지는 그것이 실현되어 가는 중이었다. 삼십대 중반의 그들이 들어서자 전남수는 자리에서 일어섰다.

"대아센터로 한 국장을 만나러 간다. 준비하도록."

이한에게 이빨이 몽땅 부서지고 나서 그는 틀니를 해 박았는데 아직도 그때를 생각하면 치가 떨렸다. 그리고 매사에 철저한 성격의 전남수였다. 그의 사무실 빌딩 안에는 150명이 넘는 부하들이 있었고 움직일 때는 미국 대통령 못지않은 경호를 한다. 그가 대아센터의 현관에 들어선 것은 그로부터 30분쯤 후였다. 건물 안에는 헬스클럽과 사우나가 있었으므로 로비에 손님들이 꽤 있었는데 경비대원들도 섞여 있었다. 배국철과 이응만, 거기에다 십여 명의 경호원까지 대동한 그는 곧장 2층의 계단을 올라 중국 식당으로 들어섰다. 낯익은 종업원이 다가와 그를 안쪽의 밀실로 안내해 갔다. 밀실에는 한용식이 혼자 앉아 요리접시를 앞에 놓고 중국술을 마시는 중이었다.

"어서오시오, 전 사장."

그의 얼굴은 술기운으로 조금 상기되어 있었다.

"오 본부장이 움직이기가 조금 불편해서 내가 왔습니다."

"어쨌든 다행이오, 한 국장은 별탈이 없다니."

자리에 앉은 전남수가 입맛을 다셨다.

"우리가 김상철이를 쳤을 때는 이미 빈집이었어요. 경비대 내에서 정보가 새어나간 것이 틀림없습니다."

"아마 그럴 겁니다."

한용식이 전남수의 잔에 고량주를 채웠다.

"시바다 겐지가 다시 잠적한 바람에 오다가 대숙청을 하고 있는 모양이오."

그것도 전남수를 불안하게 만드는 요소 중의 하나였다. 오다 센자부로는 우선 오리엔트 호텔의 관리책임자였던 나까야마의 목을 베었다는 소문이 나 있었다. 나까야마는 시바다가 모습을 내밀자 재빠르게 그에게 가담한 오다의 부하이다. 그리고 오다는 수십 명의 간부급 가담자를 잡아들이고 있었는데 김상철의 부하들이 그를 돕는다는 것이다.

"경비대는 앞으로 어떻게 될 것 같습니까? 이대각이와 장동택이 자리를 차고앉았으니 거북하지 않겠습니까?"

말머리를 돌린 전남수가 요점을 물었다.

"아마 조금은 그렇겠지요."

한 모금에 술을 삼킨 한용식이 주위를 둘러보는 시늉을 했다.

"하지만 총독이 건재하고 있는 한 우리가 걱정할 것은……."

문이 열렸으므로 그들은 그쪽으로 머리를 돌렸다. 경비대 간부 두 사람이 들어서고 있었다. 어깨의 견장을 보면 과장급 간부였다.

그들은 한용식의 양쪽에 서더니 전남수를 바라보았다.

"죽였다는 증거로 목을 베어가려고 했는데 사장님께서 그럴 필요까지는 없다고 하셔서."

사내 한 명이 자신을 향해 말했으므로 영문을 모르는 전남수가 한용식을 바라보았다. 그 순간 그의 온몸이 뻣뻣하게 굳어졌다. 한용식의 얼굴이 이미 돌처럼 굳어져 있는 것을 본 것이다.

그러자 그 다음 순간 사내들은 일제히 권총을 뽑아들었다. 총구에 소음기가 끼워진 긴 총신이 자신에게 겨누어지자 전남수가 한용식을 노려보았다.

"이 새끼, 날 배신하다니."

그러자 사내 하나가 웃었다.

"나는 김 사장님의 부하로 변순태라는 사람이다. 사무실에만 숨어 지내니 내 얼굴을 알아보지 못하겠지."

그는 총구를 전남수의 이마를 향해 겨누었다.

"2층에 올라온 네 부하들은 모두 죽었다. 네가 마지막이여."

전남수가 크게 뜬 눈으로 변순태를 바라보았다. 이미 얼굴에는 핏기 한 점 보이지 않는다. 다음 순간 변순태의 총구에서 섬광이 튀면서 낮고 둔한 발사음이 났다. 벌떡 머리를 뒤로 젖힌 전남수가 의자와 함께 방바닥으로 넘어지자 변순태는 테이블을 돌아 확인하듯 그를 내려다 보았다. 이마 한복판에 동전만한 구멍이 둘린 전남수는 이미 숨이 끊어져 있었다.

전남수를 비롯한 그의 간부급 부하 두 명이 경호원 여덟 명과 함께 중국 식당에서 몰사했다는 소식은 한 시간도 안 되어 고려리아 전역으로 퍼졌다. 고려시의 북한대표부 안이다. 환하게 불을 밝힌 회의실에는 대표부의 간부들이 소집되어 있었는데 의제는 물론 전남수 사건이다. 박기환이 입을 열었다.

"경비대는 시체들을 공립의료원 영안실에 옮겨 놓았습니다.

하지만 아직 별다른 움직임이 없습니다."

"전남수가 중국 식당에 누굴 만나려고 갔나?"

서일이 묻자 그는 머리를 저었다.

"아직 모릅니다. 대표동지."

"그곳은 경비대 간부들이 자주 가는 곳입니다. 전남수는 그곳에서 오치호와 한용식 등 간부들을 자주 만났습니다."

이금철이 대신 말했다.

"경비대원이 가득 차 있는 건물에서 열 명이 넘는 사람을 죽였는데 흔적도 남기지 않고 빠져나올 수는 없습니다. 경비대의 협조가 없는 한 말이지요."

"일리가 있어."

서일이 커다랗게 머리를 끄덕였다.

"이대각과 장동택이 다시 경비대를 장악했고 그자들은 김상철의 인맥이야. 그렇다면 경비대가 도왔겠군."

"경비대가 사건을 재빨리 덮어 언론에 노출시키지 않으면서 움직이지 않고 있는 이유와도 맞습니다."

그러자 서일이 주위를 둘러보았다. 긴장으로 굳어진 얼굴이었다.

"그렇다면 강미현과 총독이 김상철의 세력에 밀린 증거라고도 볼 수가 있어. 강미현의 세력이 잘려가는 것이 말이야."

"아마 타협을 한 것 같습니다. 대표동지."

그렇게 대답한 것은 이제까지 잠자코 있던 장호성이다. 그가 가늘게 찢어진 눈으로 서일을 바라보았다.

"정부가 불리한 상황을 잠시 모면하려고 말입니다."

"김상철이 정부를 전복시킬 가능성이 있을까?"

서일이 탁자 위를 손끝으로 가볍게 두드렸다. 생각에 잠긴 듯 시선이 벽의 한쪽에 고정되어 있다.

"러시아와 고려의 계약에는 고려리아의 임차인은 고려그룹의 강우진으로 되어 있어. 총독은 명실상부한 고려리아의 주인이야."

그가 낮은 목소리로 말했다.

"결국은 그의 가계만이 고려리아를 통치하도록 완벽하게 만들어져 있어. 공식적으로 김상철이 고려리아를 전복할 명분은 없단 말이야."

"하지만 정부의 요직과 기간시설, 주요사업장을 장악하면 총독은 허수아비가 됩니다. 총독은 그것 때문에 김상철을 견제한 것이지요."

장호성이 말하자 서일이 머리를 끄덕였다. 말석에 앉은 최태호는 벽시계를 올려다보았다. 밤 10시가 가까워지고 있었다. 그러나 회의는 언제 끝날지 아직 알 수 없었다. 북한은 이미 고려리아에 깊숙이 발을 들여 놓은 상태여서 고려리아의 장래에 무관심할 수가 없는 상황인 것이다.

그 시간에 이대각은 승용차의 뒷좌석에 앉아 전화기를 귀에 대고 있었다. 승용차는 고려시를 벗어나 북쪽으로 뻗은 고속도로 위를 총알같이 달려가는 중이다.

"전남수를 대신할 관리자는 제가 찾아보도록 하지요. 어렵지 않을 겁니다."

이대각이 말하자 강미현은 대답하지 않았다. 옆자리에 앉은 장동택이 힐끗 그를 바라보았다. 이대각이 말을 이었다.

"이것으로 사건은 일단락되었습니다. 시바다가 남아 있지만 곧 잡히겠지요."

"꼭 그랬어야만 했나요?"

강미현의 목소리는 낮았으나 또렷했다.

"다른 방법은 없었나요?"

"없었습니다, 담당관님."

"……"

"그 정도로 끝낸 것만 해도 다행입니다. 우리가 손을 쓰지 않았다면 김상철은 오늘밤 안으로 일을 벌였을 겁니다."

"……"

"그리고 그 여파가 담당관께 미칠 것이 틀림없었지요."

"잘 알았어요."

"이제 걱정하지 마십시오."

"수고하셨어요."

전화기를 내려놓은 이대각이 길게 한숨을 뱉었다.

"불만인 모양이군. 내 처사가."

그러자 장동택이 쓴웃음을 지었다.

"지금이야 임시방편으로 우리를 재임용했지만 불안하군요. 언제 뒤에서 총을 맞을지 모릅니다, 본부장님."

"설마, 그럴리가. 아무리 총독의 후계자라고 해도 그렇게까지는."

"이번에는 이것으로 끝났지만 앞으로는 그냥 두지 않을 겁니다. 그들이 본부장님과 저를 김상철의 인맥이라고 믿고 있는 이상은."

머리를 든 이대각이 그를 바라보았다.

"그럴 경우에 당신은 어떻게 할 작정이지?"

"상황에 따를밖에요. 법대로 진행시킨다고 하면 개도 웃을 노릇이니까 그때의 상황에 따라 처신하겠습니다."

"……"

"김상철은 조직원뿐만 아니라 한인 이주민들로부터 광범위한 지지를 받고 있습니다. 북한의 조직이 주민들 사이에서 뿌리를 뻗치지 못하는 것도 김상철 때문이란 말입니다."

"글쎄, 그걸 누가 모르나? 총독도 그럴 목적으로 김상철을 내세웠었어."

"그런데 지금 와서 자리가 위험하다고 그를 치다니요? 제가 보기에는 김상철은 그럴 생각이 없습니다. 강미현의 노파심이 이런 분란을 만든 겁니다."

"……."

"솔직히 장래가 염려됩니다, 본부장님."

"똑똑한 여자야. 할아버지 못지않아."

"여자는 여자지요."

그들은 잠시 말을 멈추고 제각기 창밖으로 시선을 주었다. 강미현뿐만 아니라 총독도 이제는 김상철을 적대시하고 있다는 것을 그들은 알고 있는 것이다. 이번 사건으로 그들은 더욱 김상철을 경계하게 될 것은 자명한 일이었고 다시 폭발할 소지가 있다. 그리고 그것은 강미현 쪽에서 일어난다. 장동택이 어깨를 늘어뜨리며 숨을 뱉었다.

"저는 전직이 국정원 직원이었고 제 나름대로의 신념이 있습니다. 제가 자원해서 이 눈밭에 온 이상 제 소신대로 일하겠습니다."

이대각이 호주머니를 뒤져 담배를 찾는 눈치였는데 찾지 못하고는 등받이에 등을 기대었다.

"내가 고려밥을 20년이 넘게 먹다보니까 고려 사람이 되었어. 총독의 말씀이 곧 법이고, 그것을 시행하는 것이 내 사명이 되었지. 솔직히 난 주관이 없네."

그는 다시 창밖으로 시선을 돌렸다.

"그리고 그 결정적인 상황이 되었을 때 어떻게 될지 자신이 없어. 하나는 내 생명의 은인이고 또 하나는 내 인생의 교사였으니까."

중국인 거리의 홍등가는 골목이 좁은 데다 문들이 다닥다닥 붙어 있었는데 대문마다 붉은색 종이 등을 달아 놓았다. 종이 등에는 갖가지 상호가 씌어져 있었지만 그것을 제대로 읽는 사람은 드물었다. 따라서 손님들은 단골집의 특징을 기억해 두었다가 찾아들어간다. 화구(花九)장의 특징은 문짝에 알루미늄 판을 댄 것이었다. 집주인 적 씨가 고려시의 공단에서 주워 온 것으로 그것이 밤에는 희게 보였으므로 찾기가 쉬웠다. 사또 이사무가 이시까와를 데리고 안으로 들어서자 젊은 사내가 다가와 가로막듯이 섰다.

"아는 여자 있소?"

한눈에 이쪽이 일본인이라는 걸 알아차린 모양으로 일본어로 묻는다. 사또가 주위를 둘러보았다. 대문 안은 바로 다섯 평쯤 되어 보이는 대기실이었는데 소파에 앉아 있던 서너 명의 사내는 그의 시선을 일제히 피했다.

"매영을 불러 줘."

"롱이오. 숏이오?"

"롱이야."

"그렇다면 지금부터 500달러야. 12시 넘으면 300달러로 깎아 줄 수 있어."

"지금부터."

주머니에서 돈을 꺼낸 사또가 계산을 치르자 사내는 이시까와에게로 다가갔다.

"당신은?"

"나는 아무나."

이시까와는 조금 당황하고 있었다. 사또도 그렇지만 그도 중국인의 홍등가는 처음이었다. 만족한 표정의 사내가 커튼을 들치고 안쪽으로 사라지자 그들은 소파에 앉았다.

"시간은 별로 안 걸릴 것이다. 삼십 분 후에 대문 앞으로 나와 있어."

사또가 이시까와의 목덜미에 대고 낮게 말했다.

"주의해라. 안에 놈들이 있을지도 모른다."

시바다 겐지가 데려온 부하 한 명이 화구장의 매영과 단골관계라는

245

정보를 얻은 것은 오늘 오후였다. 시바다가 다시 자취를 감춘 지도 벌써 보름이 지났지만 그와 그의 부하 오십여 명은 흔적조차 찾을 수가 없었으므로 오다는 예민해져 있었다. 시바다와 내통했던 부하들의 숙청작업도 이미 끝난 상태였는데 간부급은 목을 잘랐고 말단은 총살을 했다. 처음에는 김상철이 부하들을 보내어 오다를 지원했지만 이틀 후에 일본에서 200명 가까운 회원이 몰려와 조직을 보강시켰던 것이다. 그러나 원흉인 시바다와 그의 부하들이 살아 있는 한 일이 마무리 되었다고 볼 수가 없다. 오늘도 중국인 정보원에게서 들은 신빙성 없는 정보였지만 허탕을 칠 셈치고 찾아온 것이다. 커튼이 열리더니 중국인이 대기실로 나왔다.

"당신은 7호실로."

그가 먼저 기다리고 있던 사내 중의 하나에게 중국어로 말했다.

"그리고 당신."

그는 이제 사또를 바라보며 일본어를 썼다.

"당신은 5호실이야."

자리에서 일어선 사또는 커튼을 젖히고 안으로 들어섰다. 안은 어두웠다. 복도 위에는 조그만 전등 하나가 딸려 있을 뿐이어서 방문 위쪽에 붙여진 호실 번호도 잘 보이지 않았다. 집은 일자형 구조로 좌우로 벌려져 있었는데 바로 눈앞이 4호실이다. 먼저 들어간 사내는 어느 틈에 방으로 들어갔는지 보이지 않았다. 사또는 우선 복도의 좌측으로 두어 걸음 들어섰다. 그러자 방문 위에 붙여진 석삼(三)자가 희미하게 보였다. 그렇다면 반대쪽이다. 방음장치가 제법 되어 있는 모양으로 방 안의 소음은 밖으로 새어 나오지 않아서 복도는 조용했다.

커튼 앞으로 지나칠 적에 커튼이 열리면서 사내 하나가 복도로 들어섰다. 그와 부딪치지 않으려고 사또가 멈춰 섰으므로 젖혀진 커들 사이로 대기실이 드러났는데 이시까와의 모습은 보이지 않았다. 복도에 들어선 사내가 그에게 등을 돌리고는 익숙하게 앞으로 나아갔다. 잠깐 멈춰 섰던 사또는 대기실의 커튼을 젖혔다. 대기실은 비어 있었다. 중국인 사내도 보이지 않은 것이다. 숨을 들이쉰 사또는 허리춤에 찔러 둔 베레타를 뽑아 쥐었다. 대기실의 출구는 현관뿐이다. 그가 다시 복도 안으로 모습을 들이밀었을 때였다. 복도 끝 쪽의 어둠 속에 서 있는 사내가 보였고 그 순간 둔한 발사음과 함께 사내에게서 흰 섬광이 번쩍였다. 사또는 왼쪽 어깨를 찢는 강한 충격을 느끼면서 손에 쥐고 있던 베레타를 겨누어 세 발을 쏘았다.

"탕, 탕, 탕."

요란한 총성이 집안을 울리면서 사내가 털썩 무릎을 꿇더니 앞으로 엎어졌다. 함정이다. 그 순간 5호실의 문이 열리면서 사내의 모습이 나타나자 사또의 베레타가 다시 연속으로 발사되었다. 사내가 문틈에 끼면서 주저앉았다. 그러자 이번에는 뒤쪽의 현관문이 와락 열렸다.

구두를 신은 채로 성큼 대기실로 뛰어든 사내는 안내를 맡았던 중국인이었는데 손에 권총을 움켜쥐고 있었다. 그와 사또의 권총이 동시에 발사되었다. 다시 요란한 총성이 났고 가슴을 뚫린 사내가 몸을 젖히면서 뒤로 한 걸음 물러섰다. 다시 한 발의 총탄이 그의 배를 관통하자 그는 벌떡 뒤로 넘어졌다. 사또는 대기실로 뛰어 들어가 아직도 사내가 움켜쥐고 있는 스미스 앤 웨슨을 빼앗아 왼손에 쥐었다. 양손에 권총을 쥔 그는 커튼을 향해 한 발을 쏘고는 한 발은 현관 밖을 향해 쏘았다. 그 순간 현관 앞에서 그를 부르는 소리가 났다.

"형님!"

그의 부하의 목소리였다.

사또는 눈을 치켜뜨고 있었는데 당장이라도 손에 든 총을 난사할 기색이었다. 그의 앞에는 여자 다섯에 남자 두 명이 꿇어앉아 있었다. 이들이 화구장에 남아 있던 손님과 색시 전원이다.

화구장은 본래 방이 9개에 색시도 9명이었던 모양이었지만 지금은 7개의 방에 색시는 5명뿐이었다. 안채에 있던 주인은 도망쳐서 보이지 않았고 이시까와의 행방도 아직 모른다. 총성을 듣고 달려 온 부하들이 화구장의 안팎을 경계하고 있었지만 언제 경비대가 올지도 모르는 상황이다. 사또는 총구를 매영의 이마에 가져다 대었다. 20대 후반의 가냘프게 생긴 중국 여자이다.

"시간이 없다. 이년을 끌고 나가라."

부하 두 명이 달려들어 매영의 양쪽 팔을 움켜쥐었다. 그들이 골목을 벗어나 길가에 세워둔 차로 다가가자 앞쪽 사거리를 꺾어 들어오는 순찰차는 세 대나 되었는데 곧장 이쪽으로 다가오고 있다. 서둘러 차에 오른 그들은 곧장 차도를 달리는 차량의 대열 속으로 끼어들었다. 간발의 차이로 경비대를 피한 것이다.

화구장 사건을 변순태가 들은 것은 그로부터 10분쯤 후였다.

"그렇다면 그 주인놈을 잡아라."

변순태가 즉시 말했다. 중국인 거리는 달려서 10분 거리였던 것이다. 부하들이 뛰쳐나가자 변순태도 분주했다. 우선 고려시의 로얄 카지노에 있던 이한에게 전화 보고를 한 다음 삼합회의 양필성에게도 연락을 했다.

"그 죽은 놈들이 시바다의 부하가 확실하다면 주인놈이 수상합니다. 우리도 그놈을 찾겠습니다."

그러나 양필성의 언짢아하는 표정이 그대로 보이는 것 같은 목소리였다.

"사또가 데려간 여자한테서 나온 정보는 없습니까?"

"아직 없습니다. 이제 겨우 십 분이 지났을 뿐이어서."

변순태는 오다 센자부로한테서 직접 협조요청의 전화를 받았던 것이다. 시바다를 찾는 문제는 오다와 김상철 두 세력이 같은 열의를 보이고 있다. 양필성과의 통화를 끝낸 변순태는 시계를 올려다보았다. 밤 9시 30분이 되어 가고 있었다. 타운의 거리가 가장 활기를 띠는 시간이다. 인구 500만의 고려리아에 타운은 거주민만 해도 60만 명이 넘는 도시로 발전되어 있었다. 따라서 중국인도 20만이 넘었으므로 찾기가 쉽지 않을지도 모른다. 전화벨이 울리자 그는 서둘러 전화기를 들었다.

"나다."

그의 응답소리를 들은 김상철이 대뜸 말했다.

"여자가 털어 놓았다. 시바다의 부하 나까무라가 임시 주거지역 18동 706호에 살고 있다는 거야. 705호와 704에도 부하들이 모여 살고 있다는 거야."

"예, 지금 당장 가겠습니다."

"오다 씨의 부하 가와베와 사또가 그쪽으로 갔다. 그들과 협조하도록."

"예. 사장님."

오다 센자부로가 김상철에게도 협조를 부탁한 모양이었다. 김상철은 시바다와 씻을 수 없는 원한관계가 있다. 2년 전 고려리아의 남쪽 철도역에서 그는 장인규와 이한의 여자인 황윤 등 모두 십여 명의 식구를 잃은 것이다. 그중에는 장국진의 유가족인 두 모녀가 포함되어 있었는데 김상철은 두고두고 그것을 애통하게 여겨 왔었다. 변순태는 탁자 위의 벨을 누르면서 자리에서 일어섰다. 임시 주거지역은 타운의 변두리에 세워져 있어서 차로 30분 거리밖에 되지 않는다.

김상철이 숙소로 정한 곳은 리조트 시티 안의 빌라였다. 구릉 위에 세워진 빌라 정면으로 스키장이 한눈에 내려다보였고 뒤쪽은 울창한 숲 지대여서 경관이 좋았다. 그가 거실로 들어서자 소파에 앉아 있던 박미정이 시선을 들었다. 밝은색 원피스 차림에다 머리를 뒤로 묶어 올린 산뜻한 모습이었다.

"이곳이 오히려 아늑하고 더 편해요. 경치도 좋고."

박미정이 눈으로 창 쪽을 가리켰다.

"마치 캘린더에 나오는 그림 같아요."

물론 통나무 담장에 둘러싸인 저택보다 경관이야 좋겠지만 아늑하고 편하다는 말은 지어낸 것이다. 빌라는 관광객들을 위해 만든 임시 주택이어서 좁은데다가 가재도구는 물론 입을 옷까지 몽땅 태워버린 신세였으므로 식사준비부터가 이만저만 신경 쓰이는 게 아니었다. 창으로 다가간 김상철이 커튼을 닫았다.

"아무래도 당신은 내일 아침 비행기로 한국에 가는 것이 낫겠어."

그는 박미정의 옆자리에 앉았다.

"아직 아버지께 인사도 드리지 못했지 않아? 이 기회에 인사도 드리고 말이야."

잠시 굳어졌던 박미정의 얼굴이 조금 풀렸다.

"당연히 그래야지요. 저도 전화로만 안부 여쭙는 것이 죄송했어요."

"반가워하실 거야."

머리를 든 박미정이 그를 바라보았다.

"당신 혹시 이곳이 위험하니까 날 보내는 것 아녜요?"

"그런 건 아냐. 하지만 조금 불편하긴 해. 그래서 새로 집을 짓는 몇 달 동안만. 석 달이면 된다고 하던데."

"제가 먼저 말씀드리는 건데, 아버님께 인사드리러 가겠다고."

시선을 내린 박미정이 탁자 위를 바라보았다.

"너무 제 생각만 했어요."

"같이 가서 인사 드려야 정상인데 내가 이곳을 비울 형편이 안 되어서 미안해."

아직 아버지에게 인사를 드리지도 못한 것이다. 그것은 박미정의 부모한테도 마찬가지였는데 고려리아를 떠날 수 없었던 김상철의 형편 때문이었다. 그러나 양가의 허락은 모두 받아 놓은 상황이다. 빌라 안은 조용했다. 조태광은 좌우로 나란히 연결된 세 동의 빌라에 부하들과 함께 묵고 있었으므로 빌라 안에는 두 사람뿐이다. 거실의 벽에 걸린 시계가 밤 10시 30분을 가리키고 있었다.

"쓸데없는 일에 마음을 쓰지 마."

김상철이 팔을 뻗쳐 그녀의 어깨를 안았다.

"당신이 한국에 가 있는 사이에 모든 일이 정리될 거야."

전화벨이 울리자 김상철은 전화기를 집었다.

"변순태입니다."

변순태가 소리치듯 말했다.

"집이 비었습니다. 눈치를 채고 도망친 모양입니다."

"알았다. 하지만 멀리 가지는 못했을 것이다. 찾아라."

전화기를 내려놓은 김상철이 박미정을 바라보았다.

"한국에선 마음 놓고 쇼핑도 하고 친구를 만나 수다를 떨 수도 있을 거야."

"시골 아버님께 가 있겠어요."

그러자 김상철이 웃었다.

"아버지가 불편해하실걸? 며칠이면 몰라도."

그는 박미정의 배를 눈으로 가리켰다.

"임신한 며느리 보살피는 것에 힘들어 하실 거야."

헤드라이트의 가시거리는 5, 60미터밖에 되지 않았으므로 트럭은 100킬로미터 이상의 속력은 내지 않았다. 강한 북서풍이 벌판에 쌓인 눈가루를 고속도로 위로 흩뿌리고 있었기 때문이다. 고려리아를 남북으로 관통하는 고속도로를 남진하는 네 대의 트럭에는 모두 고려운송의 마크가 찍혀져 있었다. 고려리아 정부가 직영하는 운송회사의 트럭이다. 선두 차의 조수석에 앉은 나까무라는 손목시계를 내려다보았다. 밤 12시 20분으로 한 시간 후면 포포크시에 도착하게 될 것이다. 타운에서 간발의 차이로 추적자들을 따돌린 지 세 시간이 되었고 이젠 남쪽으로 200여 킬로미터 거리에 있다. 그는 옆에 앉은 오무라에게로 머리를 돌렸다.

"오무라, 다음 간이 휴게소에서 십 분 간 쉰다. 연락을 해라."

"예, 보스."

오무라가 무전기를 손에 쥐었다. 뒤를 따르는 차량에게 연락을 하려는 것이다. 간이 휴게소는 10킬로미터쯤 앞쪽이었다. 주차장에는 두 대의 트럭이 세워져 있을 뿐이었다. 차에서 내린 나까무라는 두 번째 트럭의 뒤쪽 문을 열고 컨테이너 안으로 들어섰다. 안은 전등이 켜져 있었고 히터를 틀어 놓았으므로 훈훈했다. 고려운송의 컨테이너 트럭을 사용하게 된 것은 물론 오치호가 도와주었기 때문이다. 오치호는 행정청의 명의로 트럭을 빌려 총독 직인이 찍힌 특별운행증을 발급하여 주었으므로 시바다는 이제까지 고려리아 전역을 자유롭게 누비고 다닐 수가 있었던 것이다. 부하들이 모여 앉은 대기실을 지나 나까무라는 안쪽의 문을 열었다. 컨테이너를 두 칸으로 나눈 이곳이 시바다의 방이다.

"보스, 앞쪽으로 30킬로미터 지점에 고속도로 검문소가 있습니다."

그의 앞쪽에 놓인 의자에 앉으며 나까무라가 말했다.

"지난번에는 별 문제 없이 통과했지만 지금은 상황이 조금 변해서, 미리 손을 써 두는 게 나을 것 같습니다."

"검문소 경비대야 열 명 안팎 아닌가? 수상하면 깔아뭉개고 지나가자."

시바다의 얼굴은 술기운에 달아올라 있었다. 그야말로 절치부심하는 자세로 일본의 야쿠자를 모아들였고 자금을 마련하기 위하여 오다나 김상철측의 금고를 털었다. 오다의 간부급 부하들을 설득하고 회유시키는 데 전력을 다한 결과 그날 밤, 작전이 시작 되자 단숨에 오다 센자부로에게 넘어간 사업장과 조직을 되찾았던 것이다. 그러나 그 감개는 4시간도 못되어 허망하게 무너졌다. 경비대의 내분과 김상철의 위협 때문이다. 시바다는 요즘 자포자기 상태가 되어가고 있었다.

"보스, 제가 확인을 하겠습니다."

자리에서 일어선 나까무라를 시바다가 물끄러미 올려다보았다.

"나까무라, 지금 우릴 따라온 놈들은 모두 몇 명이냐?"

"35명입니다, 보스."

나까무라는 무표정한 얼굴이었다.

"시간이 급해서 아사노 일행 12명이 합류할 수 없었습니다. 곧 연락이 되겠지요."

보름 전만 해도 500명 가까운 부하가 휘하에 있었고 일거에 오다의 본거지인 오리엔트 호텔에 입성하여 위세를 자랑하던 시바다였다. 나까무라는 조심스런 동작으로 방을 나왔다.

그로부터 10분쯤 후, 간이 휴게소 남쪽의 검문소 조장 이필석은 행정청으로부터 걸려온 전화를 받았다. 상대방은 총독 비서실 소속의 행정담당 보좌관 박태훈으로 국장급 인물이다.

"거기. 얼마 후에 총독 비서실에서 보낸 트럭 네 대가 갈 거야."

그가 대뜸 말했다.

"물론 총독이 발행한 특별운행증이 있다. 그런데 연락이 안 되어서 그러는데 책임자더러 빨리 서두르라고 해. 그놈들 한 시간이 늦었다."

"예, 보좌관님."

긴장으로 몸을 굳힌 이필석이 시계를 올려다보았다. 새벽 1시가 되어가고 있었다.

"그렇게만 말하면 됩니까? 초소에서 보좌관님께 연락을 취하도록 할까요?"

"필요 없어. 총독의 지시니까 빨리 서두르라는 말만 전해. 늦었다고. 그리고 보고는 당신이 나에게 직접 하도록."

"알겠습니다. 보좌관님."

"하바롭스크로 보내는 화물이다. 그놈들. 이제야 차보스를 지난 모양이다."

전화기를 내려놓은 이필석이 옆에 선 부하를 돌아보았다. 그는 전라도 전주 출신으로 해병대를 제대하고 고려리아로 자원해 들어온 사내였다.

"보좌관놈이 솔찬이 급헌 모양이여, 나 같은 말단헌티 전화헌것을 보면."

긴장이 풀리자 사투리가 술술 나왔는데 군대에서부터의 버릇이다.

그는 유리창 밖으로 위쪽 도로를 바라보았다.

"어떤 시키가 몰고 오는디 이런 농땡이여?"

그때 위쪽의 도로에서 일렬로 다가오는 전조등의 불빛이 보였다. 한두 대씩 지나는 차량들이 검문소 앞에 멈춰 서서 검문검색을 받고 통과하고 있었는데 차량의 통행이 뜸한 새벽이다. 검문소 앞에 멈춰 서 있는 차량은 서너 대밖에 되지 않았다.

"저기 온다."

방한모를 집어든 이필석은 초소를 나섰다. 백령도에서 3년을 보낸 경험이 있는지라 초소 근무는 이골이 나 있는 것이다. 트럭은 고려운송의 마크를 붙인 컨테이너 트럭이었다. 바리케이드 앞에서 속력을 줄인 트럭의 대열은 곧 이필석의 앞에서 멈춰섰다.

조수석에서 사내 한 명이 뛰어내렸다. 손에 무엇인가를 쥐고 있었는데 보나마나 특별운행증일 것이다.

"이보쇼. 금방 총독 비서실에서 전화가 왔습니다. 빨리 서두르라고."

이필석이 대뜸 말하자 사내가 멀뚱하게 서서 그를 바라보았다.

"빨리 가시오. 어서, 연락은 내가 할 테니까."

"고맙소."

사내가 몸을 돌리자 이필석이 한 걸음 다가갔다.

"운행증은 보여주셔야지."

이필석은 사내가 내민 운행증을 플래시로 비춰 보았다. 이미 검문이 끝난 차량들은 모두 빠져나갔으므로 트럭 대열이 선두가 되어 있었다.

"좋습니다. 어서 출발하시오."

"고맙습니다."

이필석이 손짓을 하자 철제 차단봉이 올라갔다. 바람이 세었고 체감온도는 영하 40도가 훨씬 넘는 추위였다. 초소로 돌아온 이필석이 부하들을 둘러보았다.

"대단한 화물인 모양이여, 총독 비서실이 서두르는 걸 보면."

그 순간 말을 멈춘 그가 얼굴을 굳혔다. 그리고는 무전기로 다가가 스위치를 켰다. 잡음소리가 조금 들리더니 곧 방 안에 말소리가 울렸다.

"경비본부 일직 사령실입니다."

"여긴 524 초소장 이필석이올시다."

"일직부관 고현수다. 말하라."

이필석이 침을 끌어 모아 삼켰다.

"방금 총독의 특별허가증을 가진 컨테이너 트럭 네 대가 통과했습니다. 모두 고려운송의 트럭입니다."

초소 안에 모여선 십여 명의 경비대원이 일제히 움직임을 멈추고 그를 바라보았다.

이필석이 소리치듯 말을 이었다.

"트럭이 통과하기 전에 총독 비서실의 박태훈 보좌관으로부터 트럭을 서둘러 통과시키라는 지시가 왔었습니다."

"총독 비서실의 박태훈 보좌관이라고?"

일직부관의 목소리도 긴장으로 굳어져 있는 것처럼 느껴졌다.

"예, 부관님."

"컨테이너 트럭 네 대라고?"

"그렇습니다. 고려운송의."

"알았다."

무전이 끊기자 이필석이 허리를 펴고 부하들을 둘러보았다. 조금 턱을 치켜든 자세였다.

"내가 말단 초소장이지만 총독 비서실이 지난번 사건을 배후에서 조종했다는 것쯤은 알아. 총독의 손녀 딸내미가 보좌관들을 주무르고 있다는 것도."

담배를 꺼내어 입에 문 그가 무전기의 스위치를 다시 켰다.

"매사가 불여튼튼이여. 우리가 보낸 컨테이너 트럭 속에 그 강미현이가 뒤를 돌봐 준 시바다라는 일본 놈이 들어 있을지도 모른단 말이야."

그가 다이얼을 누르자 곧 신호가 갔다.

"행정청 일직입니다."

"비서실의 박태훈 보좌관님 부탁합니다."

잠시 후에 박태훈의 목소리가 울렸다.

"박태훈입니다."

"보좌관님. 저 524초소장 이필석입니다. 트럭이 조금 전에 출발했습니다."

정중히 말하는 이필석을 부하들이 멀뚱한 얼굴로 바라보고 있었다.

"트럭은 포포크에 버려져 있었습니다. 놈들은 트럭을 버리고 다른 교통수단을 택한 것 같습니다."

전화기를 쥔 장동택이 시계를 올려다보았다. 상황실의 시계는 새벽 5시 30분을 가리키고 있었다.

"포포크에서 불칸까지는 20킬로미터 거리이고 그 시간대에 러시아행 열차가 두 편이나 내려갔습니다."

불칸 역은 러시아 국경과 가까운 고려리아 역이다. 잠자코 듣기만 하던 이대각이 입을 열었다.

"놈들이 러시아로 넘어간 것 같군. 아마 열차로 내려간 모양이야. 화물칸에나 아니면 빈 컨테이너 안에 숨어서."

전화상이어서 그의 표정을 알 수 없었지만 지친 목소리였다.

"하지만 소득이 있어. 비서실의 회색분자를 또 하나 잡았군."

"어떻게 할까요?"

"내버려 둬. 내게 생각이 있으니까."

이대각이 입맛을 다시는 소리가 들려 왔다.

"총독이 발행한 특별 운행증을 갖고 돌아다녔다니. 이건 어처구니가 없군."

"그러니 경비대가 허탕만 칠 수밖에요. 우린 허수아비 노릇만 한 겁니다."

"본부장으로 오치호가 앉아 있을 때는 오죽했겠나?"

탄식하듯 말한 이대각의 목소리가 갑자기 팽팽해졌다.

"장 국장. 이 일은 극비에 부치도록. 담당자 모두에게 지시하도록 해. 일이 알려져서 좋을 것 없다."

"알겠습니다, 본부장님."

"이미 시바다도 떠났다. 고려리아 정부 내의 부끄러운 사건이야. 이 일이 알려지면 여러 놈이 좋아할 테니까."

"그렇지요."

장동택이 길게 한숨소리를 내었다. 그 첫 번째가 북한계 조직이다. 대표부를 중심으로 그들은 이번 사건에 촉각을 곤두세우고 있었는데 분열이 심할수록 그들은 더욱 기세를 올릴 것이었다.

"고려리아의 발전은 곧 우리 공화국의 발전이나 같습니다. 솔직히 지난 6개월간 고려리아에서 공화국으로 송금된 돈이 2000만 달러가 넘었지요."

서일이 얼굴을 펴며 웃었다.

"지도자 동지께서도 각별한 관심을 갖고 계십니다."

강미현의 사무실에는 서일과 박기환이 나란히 앉아 있었는데 그들로서는 강미현과 첫 공식회담이다. 3월 초순, 푸른 하늘에 흰 태양이 오랜만에 모습을 드러낸 맑은 날씨였다. 밝은색 정장 차림을 한 강미현의 표정도 밝았다.

"우리도 만족하고 있어요. 처음에는 적지 않게 우려가 되었거든요. 북한 이주민이 철저하게 교육을 받고 투입되었다고 해서."

얼굴에 웃음을 띤 강미현이 서일을 바라보았다.

"고려리아를 북한의 지배하에 두는 것이 북한 지도층의 목표라고도 들었습니다."

"모두 남조선 사람들이 우리와 고려리아 사이를 이간질시키려는 수작이지요."

서일이 따라 웃었다.

"그 사람들, 정권다툼이나 하면서 이제까지 고려리아의 발전을 방해만 해 왔지 않습니까? 우리가 협조적으로 나오니까 무조건 공산화가 되느니 어쩌느니 하면서 간섭하려고 드는 겁니다."

"제가 오시라고 한 건 이주민 문제 때문인데요."

자리를 고쳐 앉은 강미현이 정색을 했다.

"이젠 고려리아 정부에서 공식적으로 이주민 문제를 처리하기로 했습니다."

"당연히 그래야지요. 우리 공화국 정부는 환영합니다."

얼굴이 굳어진 서일이 커다랗게 머리를 끄덕였다.

"적극 협조해 드리지요."

"이번에는 오만 명으로, 물론 가족단위의 이주민을 받고 싶은 데요."

"인력은 얼마든지 있습니다."

지난번 5000명의 이주민을 들여올 때는 민간 차원에서 김상철과 북한 정부가 계약을 했다. 그것은 한국 정부의 거부감을 우려했기 때문이었으나 지금은 상황이 다르다. 한국 정부와 북한과의 비밀협상에 고려리아 정부가 참석하게 된 것이 그 원인이 될 것이다. 이제 고려리아 정부는 더 이상 한국 정부의 눈치를 볼 필요가 없게 되었다. 아니 오히려 약점을 잡은 입장인 것이다.

"그럼 구체적인 사항을 이야기 할까요?"

강미현이 서류를 펼치자 서일과 박기환도 제각기 노트를 꺼내었다. 모두 생기를 띤 표정이었다.

고려리아는 인구가 500만이 넘어서자 국가의 체제로 자리 잡혀 갔는데 행정청은 정부기관이다. 행정청의 16개 국(局)은 제각기의 기능과 역할을 수행했고 경비대는 사법과 국방 업무를 책임지고 있었다. 입법 기관으로 총독이 의장을 맡은 국민회의가 있었는데 인원은 100명으로 주 구성원은 한국에서 데려온 각계의 전문가들이었다. 따라서 행정기관은 물론 경비대, 국민회의 의원 전체의 인사권을 쥐고 있는 총독의 권위는 절대적이다. 또한 고려시 외곽과 지방 소도시에 세워진 거대한 공단들은 반 이상을 정부에서 직영하고 있는데다가 갖가지의 사업장에도 투자한 상황이어서 고려리아 인구의 절반 이상이 정부의 고용원이나 마찬가지였다. 따라서 총독은 고려그룹을 경영하듯이 고려리아를 통치해 왔고 그것을 대부분의 주민들은 당연하게 생각했다. 고려리아는 고려그룹의 영지이고 총독의 소유였다. 그러나 차츰 인구가 많아지면서 중소 자영업자를 비롯한 한국의 대영그룹, 외국의 자본이 기업체를 세우면서 정부의 지분이 날로 줄어들어 갔다. 처음에는 정부직영의 기업이 거의 90%였던 것이 이제는 절반 정도로 줄어 든 것이다. 이것은 고려리아 정부가 적극적으로 외부 투자를 받아들였기 때문이었다. 총독은 한국은 물론이고 각국의 투자가들에게 최상의 조건을 제공해 주었으므로 기업가는 물론 검은 돈도 대량으로 흘러들어 오고 있었다. 또한 고려리아는 유흥과 도박, 향락의 천국이어서 올해의 관광객은 200만 명을 예상하고 있다. 한 해 관광 수입만도 20억 달러가 넘는 것이다. 일자리는 얼마든지 있는 데다 정부에서 주택을 영구임대해 주고 있었으므로 아직도 밀입국자가 몰려드는 상황이었다. 밀입국자의 대부분은 중국과 러시아인이었지만 요즘 들어 북한인의 수가 부적 늘어나 있었다. 이제까지 북한 정부는 철저하게 국경을 막아 북한인의 고려리아 밀입국을 통제해 왔다. 이미 고려리아의 소문이 난 터이라 대량 탈북을 염려한 것이다. 그러나 행정청의 잠정 통계로는 밀입국한 북한인이 만 명 가깝게 된다는 것이다. 그리고 밀입국한 북한인은 조선족이나 고려인 행세를 하였는데 그것은 북한 대표부의 규찰대 때문이었다. 그들은 밀입국한 북한인을 잡아 가차없이 총살시킨다는 소문이 나 있었다. 규찰대는 북한인은 물론이고 조선족이나 고려인에게도 공포의 대상이 되어 있었는데 책임자는 32호실 소속의 박기환이었다.

저녁 무렵, 김상철은 최태호와 단 둘이 마주앉아 술을 마시는 중이다. 레이크 호텔의 카지노에 딸린 밀실 안이었다.

"5만 명을 들여온다니 이제 본격적으로 북한 이주민을 받을 모양이군요."

최태호의 잔에 보드카를 따르면서 그가 말했다.

"더욱이 공식적으로 말이오."

"고려리아 정부가 더 이상 한국 눈치를 볼 필요가 없기 때문이지요."

최태호가 한 모금에 보드카를 삼켰다.

"정치공작에 대해서는 우리가 몇 수 위요. 우리는 일사불란한 체제로 연구하는데 남조선은 중구난방 아닙니까? 더구나 정치인들의 인기 위주의 정책에다 선거 때가 되면 더욱 볼 만합디다."

최태호가 얼굴에 웃음을 띠웠다.

"그 남조선의 북한 전문가라는 학자들이 쓴 글을 나도 읽어 보았는데 정치권의 반응에 따라 강해졌다 약해졌다 하더구먼. 이러니 남조선이 무시당할 수밖에 없습니다."

쓴웃음을 지은 김상철이 술잔을 내려놓았다.

"나도 북한 텔레비전에서 어린애들이 눈물을 흘리면서 지도자 동지의 은혜로 잘 산다고 하는 장면을 본 적이 있어요. 그것 끔찍합디다. 저렇게 자란 애들과 우리 한국 애들이 과연 같이 살아갈 수 있을까 하고 불안해지던데."

"애들은 잘 우니까요."

"어른들도 그러던데 영양실조에 걸린 몸으로."

"버릇이 되어서요."

"5만 명도 모두 사상교육이 투철하게 배인 사람들로 보내겠지요?"

"물론이지요. 성분이 확실한 자만. 그리고 가족 중에 인질을 꼭 한두 사람 공화국에 남겨 놓을 겁니다. 지난번 5000명을 보낼 때도 그랬지요."

김상철이 정색을 했다.

"난 강미현이 갑자기 북한의 이주민을 대량으로 받는 의도를 알고 싶은데, 본래 북한 이주민은 단계적으로 조금씩 늘리기로 했었단 말이오."

"그것은 나도 모릅니다."

술잔을 든 최태호가 머리를 저었다.

"서일과 박기환 둘이서만 협상을 했기 때문에, 나와 이금철 동지는 사업장 관리자로 전락되었으니까요."

그 후 최태호는 분주한 사업가가 되어 있었다. 북한산 박기동이라고 봐도 될 것이다. 그는 밀입국자들이 가져 온 마약을 팔았고 은밀하게 고리대금업을 했으며 김상철에게 정보를 팔았다. 돈이 될 만한 일에는 모조리 손을 대고 있는 것이다. 그에게 이미 북조선공화국은 조국이 아니었다. 그는 이제 고려리아인이라고 자부하고 있는 것이다.

고도의 모략

인사동의 좁고 허름한 한정식집 안이다. 주방까지 포함해서 스무 평도 되지 않는 식당 안은 저녁 7시가 되자 빈자리가 보이지 않았다. 근처 사무실 직원들의 회식이 있는 모양으로 길게 상을 붙여서 남녀가 늘어앉았고 나머지는 둘 셋씩 모여 앉은 술손님이다. 삐걱이는 문을 열고 안으로 들어선 대한일보 편집국장 이정훈은 조금 당황한 얼굴로 주위를 둘러보았다. 집을 잘못 찾아왔나 하는 생각이 든 것이다. 쟁반을 들고 좌측의 터진 방에서 나오던 중년 여인이 그의 앞에서 멈춰섰다.

"누구 찾으세요?"

"여기서 만나기로 했는데, 심재택 씨."

"저기 주방 옆문으로 들어가세요."

여자가 턱으로 가리킨 곳은 방 끝 쪽의 닫힌 쪽문이다. 신을 벗고 손님들 사이를 헤치고 쪽문을 열자 안방이 나왔다. 다섯 평쯤 되는 넓고 깨끗한 방이었다. 이미 상 가득히 한정식 요리를 벌여 놓고 혼자 앉아 있던 심재택이 그를 바라보며 웃었다.

"어서 오시오, 이형."

"아니, 이곳도 안가(安家)요?"

"그런 셈이지요. 어디 조용하고 고급스런 곳만 안가가 되라는 법 있습니까? 이야기하기 좋은 데면 다 안가지."

이정훈은 심재택과는 15년 가깝게 알고 지내는 사이였지만 물론 친구 사이는 아니다. 5공 때 이정훈이 정부를 비판한 필화사건으로 연행되었을 때 국정원의 담당 수사관이 심재택이었던 것이다. 심재택 덕분에 큰 고초를 겪지 않고 자리도 날아가지 않았던 이정훈은 그 후로 가끔씩 만나는 사이가 되었는데 서로의 입장을 이해해 주는 관계가 되어 있었. 그들은 주량도 비슷했으므로 소주를 마셨다. 술이 서너 잔 비워졌을 무렵이다. 이정훈이 술잔을 내려놓고 그를 바라보았다.

"자, 심형. 털어 놓아 보시오. 나한테서 뭘 알고 싶은지. 우리가 엊그제 낸 사설에 문제가 있습니까?"

"난 요즘 그런 것 읽지도 않는데."

"허, 이 양반이."

이정훈이 입을 딱 벌렸다.

"별일이네. 회사 그만둔 것도 아닐 텐데."

"난 고려리아에 있었거든."

"고려리아에는 대한일보 안 갑디까?"

사기잔에 든 맹물 같은 소주를 한 모금에 삼킨 심재택이 소리 나게 잔을 내려놓았다.

"이형. 대선이 얼마 남았지요?"

"대선? 그거야 여덟 달 남았나?"

그렇게 대답하면서 이정훈이 분주하게 눈동자를 굴렸다. 정치부 기자만 20년을 해 온 이정훈이다. 한국 정치는 주의(主義)도 비전도 없이 육감으로 하는 정치라고 그가 비판해 온 것처럼 그도 육감이 예민한 사람이었다.

"무슨 일 있습니까? 대선에?"

심재택이 잔에 소주를 채웠다.

"잘 들으시오, 이형."

삼십 분쯤 시간이 흐른 후였다. 완전히 술이 깬 얼굴의 이정훈이 몸을 똑바로 세우고는 심재택을 바라보고 있었다.

"이것, 매국(賣國)이로군."

웅얼거리듯 이정훈이 말했다.

"사실이라면 큰일이오, 심형."

"정권이 바뀌는 정도가 아니지. 대단히 위험한 사태가 벌어질 가능성이 있어요."

"현 정권이 그럼 오래 전부터 북쪽과 비밀협상을 해 오고 있었단 말이오?"

"그럴지도 모르지, 지금 하는 것을 보아서는."

"200만 톤 중에서 올 11월에 100만 톤, 내년에 100만 톤이라."

이정훈이 술잔을 들어 올렸는데 손이 떨리고 있었다. 그는 떨리는 술잔을 지그시 바라보았다.

"머지않아 더 한 요구도 들어 주겠군."

"이 형 말대로 곧 매국을 하게 되어 있어요. 어쩔 수 없이. 지금도 끌려가고 있는 상황이니까."

술잔을 그대로 내려놓은 이정훈이 물었다.

"상황을 보자하니 국정원은 현 정권의 작태에 제동을 걸 모양인데. 그래, 언론을 이용할 겁니까? 그래서 날 부른 것 아니오?"

"물론 언론도 필요하지, 하지만 아직 시기가 아니오. 섣불리 지금 터뜨렸다가는 개죽음을 당합니다."

심재택이 다시 한 모금에 소주를 삼켰다.

"확실한 증거가 더 있어야 하고 우리와 뜻을 같이하는 동조세력도 더 있어야 해요. 일사분란한 조직과 계획이 서 있어야 한단 말이오. 터뜨리는 것만이 능사가 아니야. 터뜨린 후의 정국 수습책도 있어야 합니다."

"당연히."

커다랗게 머리를 끄덕인 이정훈이 소주잔을 들었다.

"나도 동조하겠습니다. 나도 한몫을 하겠소."

"그러실 줄 알았소."

한숨을 내리쉰 심재택이 잔을 들어 이정훈의 잔에 마주 대었다.

"자, 답답한 가슴 술로나 풉시다."

정가는 서서히 대통령 선거전에 돌입하고 있었는데 해방 이후 처음으로 야당의 단일후보가 나온 상태여서 선거 결과는 아무도 예측할 수 없었다.

야당의 대통령 후보 이대현은 60대 중반으로 전라도 출신이다. 골수 야당인으로 정치생활을 보내온 그는 지난해에 그야말로 극적인 야당 대연합을 이루었고 선거 1년 전에 대선 후보로 지명이 되었는데 그것은 지역 간의 대연합이라고 볼 수 있었다. 대선 후보로 지명된 지 얼마 후에 그는 거주지를 부산으로 옮겨 서울로 출퇴근을 했다. 부산 주민은 물론이고 일부 참모들까지 부산 산다고 모두 부산 사람이냐? 하는 등 그를 비웃었지만 시간이 지나자 조금씩 잠잠해졌다. 오늘도 이대현은 김포공항에서 비행기를 내리자 곧장 차를 달려 여의도로 향했다. 오전 10시가 조금 못된 시간이었다.

"김상식 의원을 오라고 할까요?"

앞자리에 앉은 비서실장 전장국이 몸을 돌려 그를 바라보았다. 김상식 의원은 제1야당인 국민당의 사무총장으로 이대현의 직계이다. 이대현이 시계를 들여다보더니 좌우의 거리를 살폈다. 승용차는 여의도의 중심 가로 다가가는 중이었다.

"김 의원과의 약속은 오후로, 그리고 차를 동경식당 뒤쪽에다 대어."

이대현이 말하자 기사가 핸들을 우측으로 꺾었다.

"약속이 있으십니까?"

의아한 얼굴로 전상국이 묻자 그는 머리를 끄덕였다.

"성훈이하고 만나기로 했어."

이성훈은 그의 장남으로 국제문제연구소라는 정책 연구실을 운영하고 있다. 차가 식당 건물의 뒤쪽에서 멈추자 그는 혼자서 차를 내렸다. 뒷문으로 들어선 그가 2층의 계단을 올랐을 때 식당 입구에 서 있던 이성훈이 머리를 숙였다.

"그래, 갑자기 무슨 일이냐?"

그가 묻자 이성훈이 한 걸음 다가와 섰다. 아직 이른 시간이어서 식당 앞에는 사람의 기척도 없다.

"국정원장이 안에서 기다리고 있습니다."

이대현이 퍼뜩 눈썹을 치켜올렸다.

"무슨 일로?"

"은밀히 말씀드릴 것이 있다고 해서."

머리를 끄덕인 이대현은 잠자코 불도 켜지 않은 식당으로 들어섰다.

권준규의 이야기가 끝났으나 이대현은 한동안 입을 열지 않았다. 동경식당의 밀실 안이었다. 이성훈은 긴장으로 굳어진 표정이었다. 그로서도 전혀 예측하지 못한 일이었음에 틀림없었다. 이윽고 이대현이 탁자 위를 바라보던 시선을 들었다.

"우선 고맙소이다. 그런 사실을 알려 주셔서. 나는 권 원장이 나를 택한 것은 순전히 애국심 때문이라고 믿고 있습니다."

그러자 권준규가 쓴웃음을 지었다.

"막아야 한다는 생각을 했고 그러다 보니 이 총재님밖에는 대안이 없었습니다."

"그렇지요. 하지만 참으로 불행한 일이오. 그렇게까지 해서라도 정권을 잡으려고 한다니."

"위험천만한 일입니다. 총재님."

권준규가 똑바로 이대현을 바라보았다.

"더구나 간과할 수 없는 일은 미국과 일본 정부가 현 정권을 비호하고 있다는 것입니다. 그들은 지난번 고려리아에서 한국과 북한 정부 간의 합의 내용도 어느 정도 알고 있는 것이 틀림없습니다."

"……"

"그들은 이 총재님의 강한 독자성과 남북관계에 대한 힘의 논리에 거부감을 갖고 있는 것입니다."

그러자 이대현이 천천히 머리를 끄덕였다.

"짐작하고 있었습니다. 언젠가 미 하원에서 반공주의자를 자처하는 길버트 의원이 말하더군요. 미·일 양국은 한반도가 당분간 현 상태로 유지되는 것이 그들의 국익에 최선의 방안이라는 거예요. 당연한 얘기지요."

"현 정권이 이어져 가면 북한의 꼭두각시가 될 뿐만 아니라 미·일 양국의 조종도 받게 되는 것입니다. 주권국가라고 할 수가 없지요."

머리를 끄덕인 이대현이 테이블 위로 상체를 기울였다.

"적절한 대처 방법이 있겠습니까?"

"아직 선거가 8개월 남았습니다. 그동안 면밀한 계획을 세워야 되겠지요."

권준규가 주위를 둘러보는 시늉을 하더니 얼굴에 웃음을 띠웠다.

"저도 감시를 받고 있어요. 많이 조심을 하고 있지만 현 정권도 자신들의 생사가 걸린 문제여서 여간 경계하는 것이 아닙니다."

국정원은 정부의 대북정책에 오래 전부터 소외되어 왔던 것이다. 그러나 권준규는 내색하지 않았고 원내의 반발을 진정시켜 왔다. 그것이 그를 장수한 국정원장 대열에 끼게 했는지도 몰랐다. 이대현이 따라 웃었다.

"그건 나도 마찬가지요. 권 원장, 어쨌든 방법을 만들어 보십시다. 이보다 더 중요한 일이 어디 있겠습니까? 그건 내가 대통령이 되지 못하는 일이 있더라도 이 일은 막아야 한다는 뜻입니다."

"이번 선거는 예측불허다. 막상막하라는 말이야."

김영환 씨가 신문을 펼쳐 든 채로 박미정을 바라보았다. 점심시간이어서 고용인들이 올라온 집안은 활기에 차 있었다. 젖소만 해도 600두가 넘었으므로 고용인이 15명 가깝게 되는 제법 큰 목장이다.

"아버님은 정치에 관심이 있으신가 봐요."

찻잔을 그의 앞에 내려놓은 박미정이 얼굴에 웃음을 띠웠다.

"신문도 정치면만 보시고 사회면은 거의 읽지 않으시데요."

"그런가? 너한테 들켰구나."

김영환이 이를 드러내며 웃었다.

"사회면 안본지 꽤 오래 되었다."

정확히 말해서 김상철의 사건이 보도되었을 때부터였다. 그 이후로 김영환 씨는 신문의 사회면은 물론 뉴스의 사건 소식도 듣지 않는다. 찻잔을 든 김영환이 입을 열었다.

"네가 이곳에 온 지 한 달이 넘었는데 이젠 서울로 올라갈 때가 되었어. 부모님도 기다리고 계실 테니."

"며칠 후에 잠깐 들렀다가 오겠어요. 걱정하지 마세요."

"내가 불편해서 그래."

김영환이 정색을 했다.

"애 가진 몸으로 집안일 거드는 것 보기 딱하다. 난 이만 됐으니 올라가."

"아버님, 저는……."

"이놈아. 시애비 말을 들어야지. 고집 피우면 못 쓴다. 서울 친정에 가 있다가 떠나기 전에나 내려왔다 가거라."

"……."

"너도 보다시피 난 건강하고 주위가 적막하지도 않다. 일에 재미도 붙였는 데다 목장도 잘되고 거기에 며느리가 곧 손주까지 낳게 되었으니."

찻잔을 내려놓은 김영환이 자리에서 일어섰다. 목장으로 내려가려는 것이다.

"이렇게 행복할 수가 없다. 그러니 내일 아침에 올라가거라. 시애비 말 어기지 말고."

따라 일어선 박미정이 입을 열려다가 그의 표정을 보고는 시선을 내렸다. 김영환을 따라 마당으로 나온 박미정은 맑고 향기로운 공기를 가슴 가득히 들이마셨다. 산등성이에 개나리와 진달래가 가득 피어오르고 있는 이곳은 이제 꽃피는 4월이었다.

4월 초순이 되자 고려리아에는 북한 이주민이 물려들기 시작했다. 블라디보스토크, 하바롭스크를 거쳐 철도편으로 고려리아에 들어오는 것이다. 5만 명의 이동이었으므로 50량 정도의 긴 열차행렬이 매일 2, 3000명의 이주민을 날랐지만 이주를 마쳤을 때는 4월 말이 되어 있었다. 4월 말이 되었지만 고려리아의 날씨는 아직 영하 20도 안팎이었다. 게다가 이틀 걸러 눈이 내렸으므로 전역이 눈에 묻혀 있었다. 고구려 호텔 26층에서는 눈에 덮인 고려시뿐만 아니라 대평원과 지평선도 보였다. 국빈용으로 쓰이는 특실 안이다. 창가의 테이블에 네 남녀가 둘러앉아 있었는데 고려리아 정부측의 강미현과 유장석, 그리고 북한 대표부의 서일과 박기환이다. 방 안의 분위기는 부드러웠다. 어제로써 5만 명의 북한 이주민이 도착했기 때문이다.

"서류보다 두 명이 더 늘었더군요, 수송 도중에 두 명의 아이가 태어나서."

강미현이 웃음 띤 얼굴로 말했다.

"그리고 두 명 모두 딸이에요."

"고려리아에 여자가 부족한 형편인데 잘 되었지요."

서일이 맞장구를 쳤다.

"더구나 남남북녀라고 했습니다. 우리 공화국 여자들은 출중합니다."

"그런가요?"

서류를 덮은 강미현이 서일을 바라보았다. 행정청장 유장석이 오늘 회합의 고려리아측 대표였지만 회의를 주도하는 것은 강미현이다.

"올해 안에 다시 북한 이주민을 받을 계획인데, 그쪽 사정은 어떻습니까?"

"우린 환영합니다."

서일이 즉각 대답했다. 이미 얼굴이 긴장으로 굳어져 있다.

"그렇지 않아도 추가계획을 여쭤보려고 했었습니다."

"노동력은 얼마든지 필요합니다. 공단이 올해 안에 두 곳 더 늘어날 테니까요."

러시아와 중국 땅에 흩어져 있던 교포들 중에서 들어올 사람은 거의 다 들어온 상태였다. 그렇다면 모자라는 노동력은 러시아나 중국인으로 채우는 수밖에 없는 것이다. 머리를 끄덕인 서일이 얼굴에 웃음을 띠웠다.

"좋습니다. 그럼 구체적인 내용은 언제쯤 알 수 있겠습니까?"

"조만간 제가 연락을 드리지요."

강미현이 잠자코 앉아 있는 유장석을 돌아보았다.

"청장님, 하실 말씀이 계시면……."

그러자 유장석이 헛기침을 했다.

"총독께선 지난번의 남북회담 때 고려리아를 참석시키도록 한 북한 당국의 호의에 감사하고 계셨습니다. 덕분에 고려리아의 독자적 기반이 강화되었고 위상도 높아졌습니다."

그는 물잔을 들어 한 모금 물을 마셨다.

"북한 주민을 대량으로 받아들이는 것도 고려리아 정부가 북한 정부와 친선관계를 강화시키겠다는 의지로 생각하시면 되겠지요."

서일이 머리를 끄덕였다.

"알고 있습니다, 청장 각하."

"우리는 이러한 친선관계가 오래 지속되기를 바라고 있습니다."

"당연하지요. 총독의 말씀을 저희 지도자 동지께 전하겠습니다."

그는 건배를 하듯 물잔을 들어올렸다.

"전에는 주체사상 교육이나 지도자의 어록을 공부했는데 지금은 다릅니다. 그저 우의를 다지는 모임같이 보입니다."

조태광의 목소리가 방 안을 울렸다.

"거주지, 또는 직장단위로 자주 회합을 갖습니다. 물론 규찰대가 철저한 감시와 통제를 하고 있지요. 규찰대 인원은 거의 500명 가깝게 되는데 이번의 5만 명 중에도 상당수가 섞여 있다고 소문이 나 있습니다."

방 안에 모인 사내들은 김상철과 이한, 변순태에다 말석에 박기동의 사업체를 인계받은 이판석이 앉아 있었다. 저녁 무렵이었다. 오늘은 조직 보스들의 회의로 북한측의 동향을 조사해 온 조태광의 보고를 듣는 중이었다. 종이를 손에 든 조태광이 말을 이었다.

"이금철과 최태호가 관리 하는 조직원 숫자도 고려인과 조선족을 포함하여 2000명 가깝게 됩니다. 거기에다 규찰대가 있으니 막강한 세력이 되었습니다."

그러자 이한이 혀를 차고는 김상철에게로 머리를 돌렸다.

"그런 숫자로 따진다면 삼합회는 5000명이 넘습니다. 식당 종업원에 뚜쟁이까지 합쳐서 말이지요. 머릿수가 문제될 건 없습니다."

그는 요즘 들어 말과 행동에 관록이 배어져 있었다. 초창기에 같이 일했던 하용준과 송길수, 장국진과 장인규까지 모두 목숨을 잃은 지금 그만이 유일한 김상철의 동생이다. 4년여 동안 대부분의 주위 사람들이 사라져 간 터라 그렇지 않아도 반발성이 강했던 그의 성격이 더욱 공격적이 되어 있기는 했다.

"5만 명이 왔다고 해서 모두 그놈들 세력이 되는 것이 아닙니다. 제아무리 철저하게 교육시켰더라도 다른 놈들처럼 석 달만 지나면 새 세상을 알게 되지요."

조태광이 그의 말을 받았다.

"글쎄, 형님. 이번에는 그놈들이 예전과는 다른 방법을, 그저 친목도모 형식으로 모임을 갖는데 호응률이 높습니다."

"그건 그러라고 해. 걱정할 건 없다."

그러자 변순태가 가볍게 헛기침을 하고 나섰다.

"처음에 우리 조직의 기반은 한국이었고 고려리아 정부가 뒤를 받쳐 주었지요. 그런데 지금은 한국도 고려리아 정부도 떨어져 나간 상태가 되었습니다."

방 안의 분위기가 싸늘해졌다. 타운의 책임자인 변순태는 북한측과 접촉이 잦은 편이었다. 북한 주민과 조직원의 대부분이 타운을 중심으로 활동하고 있는 것이다.

"현재로써는 고려인과 조선족의 대부분이 우리 조직에 호의를 갖고 조직원도 그들로써 채워졌지만 기반이 약합니다. 배경도 없어졌고요."

김상철이 머리를 끄덕였다.

"잘 지적했다. 거기에다 북한과 고려리아 정부가 손을 잡는다면 상황은 더 어렵게 되겠지. 이번에 북한 이주민을 대량으로 받은 것도 그 일과 관계가 있는 것 같다."

그가 말을 이었다.

"경비대는 다시 이대각 씨가 장악하고 있지만 언제 어떻게 될지 모른다. 따라서 우리는 미리 대책을 세워 놓지 않으면 안 되는 상황이야."

북한 이주민이 대량으로 투입되면서 고려리아 정부와 북한과는 밀월기를 맞고 있는 것이다. 극심한 식량난과 체제에 대한 불만과 불안이 팽배해 있는 북한 정권으로서는 고려리아가 유일하고 확실한 희망일 것이었다. 또한 통치 기반이 불안정한 고려리아의 통치권은 북한의 세력을 필요로 한다. 김상철은 사내들을 둘러보았다. 강미현은 자신을 제거하기 위해서는 수단 방법을 가리지 않을 것이었다. 그녀에게 자신은 당면한 가장 큰 장애물인 것이다.

오리엔트 호텔에서 한 블록쯤 떨어진 곳에 아나카와회가 운영하는 룸 살롱 로즈가 있다. 크고 화려한 분위기의 룸살롱으로 일본인 단골손님들이 많았고 한국인들도 자주 가는 고급 술집 이었는데 카지노에서 피로해진 몸을 로즈에 들어와 푼다고 소문이 난 집이었다. 밤 10시경, 스무 개나 되는 로즈의 룸이 여느 때처럼 손님으로 채워졌고 지배인은 현관에 정중한 만원사례의 팻말을 걸었다. 오늘은 한국 손님들이 초저녁부터 몰려들었는데 사업가들이었다. 그들은 씀씀이가 컸으므로 로즈측에서는 언제나 대환영이다. 4월 말이었지만 영하 30도의 추위였다. 그래도 바람은 없었으므로 강진남 대리는 방한모의 방풍안경을 위로 젖혀 놓고 있었다. 그는 경비대의 보안국 소속으로 마약단속반원이다. 로즈 살롱 옆 건물의 골목에 기대 선 그의 앞쪽에는 부하 두 명이 골목 끝의 좌우에 몸을 숨기고 있었다. 10시 20분이 되었을 때 앞쪽의 부하가 손을 들어 보였다. 그에게는 보이지 않았지만 로즈에서 사람이 나온 것이다. 부하 한 명이 그에게로 다가왔다.

　"이쪽으로 옵니다."

　"좋아, 잡아라."

　벽에서 몸을 뗀 강진남은 팔짱을 끼고 섰다. 상대는 여자 한 명이다. 이쪽에도 부하 두 명이 서 있지만 차도에 세워진 밴에도 두 명이 들어가 있는 것이다. 이윽고 부하들이 뛰어나가더니 모피 슈바에 온몸을 감싼 여자 한 명의 양팔을 움켜쥐었다. 행인들이 놀란 듯 그들을 바라보았지만 제지하는 사람은 없다. 강진남은 끌려 들어온 여자의 앞으로 다가가 섰다. 서둘러야만 하는 것이다.

　"누구에게 팔았어?"

　골목 안은 어두웠으므로 그는 여자의 턱을 손끝으로 치켜올렸다.

　"빨리 말해. 이년아."

그는 장갑 낀 손으로 여자의 볼을 후려갈겼다. 팔을 붙들고 있던 부하가 재빠르게 그녀의 몸을 수색했다.

"여기 코카인이 있습니다. 돈도."

조그만 비닐봉지에 담긴 한 움큼의 코카인과 돈뭉치를 꺼낸 부하가 그를 바라보았다.

"대리님, 이년은 중국년입니다. 신분증이 있는데요."

다른 한 명의 부하가 신분증을 들어보였다.

"좋아. 빨리 말하지 않으면 아예 죽여 버린다고 말해라. 이년한테."

강진남이 여자의 턱을 치켜올리자 희미한 빛을 받은 얼굴이 드러났다.

"얼굴이 제법 반반한데. 그 전에 실컷 방망이 맛을 보여 주겠다고 해."

부하들을 이끈 강진남이 로즈 룸살롱의 3호실로 들어선 것은 그로부터 5분쯤 후였다. 화려한 장식의 방 안에는 세 사내가 제각기 여자들을 끼고 앉아 있었는데 한 명은 앉은 채로 여자와 그 짓을 하고 있는 중이었다. 놀란 그들이 제각기 몸을 굳히자 강진남은 부하들을 둘러보았다.

"연놈들을 모두 잡아라, 경비대로 끌고 간다."

"이것 봐, 당신 뭐야?"

안쪽의 상석에 앉은 사내가 버럭 소리를 쳤다. 40대 후반쯤의 체격이 당당한 사내였다.

"무슨 일로 그래?"

"마약구입 복용 혐의요. 판매자도 잡았고 지배인도 자백했어. 당신들에게 돈 받고 팔았다고."

"당장에 지배인 오라고 해."

"경비대에 가서 말하시오."

"이것 봐. 당신 우리가 누군지 알아?"

"범법자야. 어서 일어서."

"너, 어디 출신이야? 고려인? 아니면 조선족인가?"

일어선 사내가 허리에 두 손을 얹고는 그를 쏘아보았다.

"감히 누구한테 이 자식이. 고려리아 법이 한국 사람을 어떻게 할 수 있을 것 같으냐?"

강진남이 테이블 위로 올라 사내에게로 다가갔다. 그리고는 곧장 발길질로 사내의 배를 차자 신음소리를 내며 사내가 소파 위로 주저앉았다.

"빨리 나오지 않으면 이 자리에서 맞아죽을 줄 알아라. 이 한국 놈아."

이한이 경비본부에 들어섰을 때는 아침 10시가 되어 있었다. 그는 곧장 2층의 보안국장실로 들어섰다.

"이 사장, 요즘 바쁜 모양이오?"

그에게 자리를 권한 장동택이 얼굴에 웃음을 띠웠다.

"나한테 술 마시자는 소리도 안 하는 걸 보면."

"국장님이 바쁘셔서 그렇지요. 술이야 언제든지 삽니다."

이한의 표정도 부드러워졌다. 눈칫밥을 먹고 자라 온 터라 상대방의 감정을 예민하게 파악할 수 있는 것이다. 장동택은 언제나 그에게 호의를 보이고 있다.

"내가 이 사장을 보자고 한 건 어젯밤에 우리 마약단속반에서 마약 판매자와 중개자 구입자 해서 모두 다섯 명을 잡았는데."

그는 커피포트를 들어 이한의 잔에 커피를 따랐다.

"그 판매자가 이 사장을 찾는단 말이오. 혹시 동연교라고 아시오?"

"동연교라면."

이한이 눈을 껌벅이며 그를 바라보았다.

"몸이 가늘고 얼굴도 갸름한 여자 아닙니까?"

"그래, 나도 만나보았는데 미인입디다. 아버지가 타운에서 구둣방을 했다는데."

"압니다. 그런데 그 여자가 마약을."

김상철과 숨어 지낼 적에 그녀의 집에서 신세를 입었던 것이다.

"아버지가 지난해에 병으로 죽은 모양이오. 그래서 마약 장사로 나섰다고 하는데."

"……."

"코카인의 출처를 대지를 않아. 그리고는 이 사장을 찾는단 말이오."

얼굴을 붉힌 이한이 머뭇거리며 동연교와의 사연을 말하자 장동택이 얼굴에 웃음을 띠웠다.

"신세를 입으셨구먼. 두 분이 갚으셔야 되겠어요."

"……."

"그러더라도 출처는 알아내 주시오. 곧 데려올 테니까."

10분쯤 후에 동연교는 경비대원에 이끌려 방 안으로 들어섰다. 이한을 보고 잠자코 머리를 숙이는 걸 보면 예상하고 있었던 모양이었다. 그녀는 모피 코트에 가죽 장화를 신은 차림이었는데 긴 머리는 뒤로 모아 묶었고 화장기가 보이지 않는 얼굴은 창백했다. 장동택은 그녀를 이한의 옆자리에 앉혔다.

"자, 이 사장을 모시고 왔다. 코카인의 출처가 어딘지를 대라."

장동택이 중국어로 묻자 그녀가 머리를 들고 이한을 바라보았다.

"저, 나가게 해 주실 거죠?"

이한이 입맛을 다시자 장동택이 대신 대답했다.

"그래, 출처만 대면 나가게 해 준다. 알고 있는 사실만 말해."

"북조선 사람한테서 샀어요."

"그 사람이 누구야?"

"이름은 모릅니다. 일주일에 한 번씩 타운의 대동강 클럽에 가서 그 사람을 만났어요."

머리를 돌린 동연교가 이한을 바라보았다.

"아버지가 돌아가시고 나서 빚을 갚을 길이 없었어요. 어머니 모시고 살기도 힘들었고."

"날 찾아오지 그랬어?"

"구걸하기는 싫었어요."

장동택이 헛기침을 했다.

"그 사람이 대동강 클럽의 종업원인가?"

"모르겠어요. 클럽 2층방에서 돈을 주고 사기만 했으니까."

"어떻게 해서 알게 되었지?"

"아버지의 친구 만 씨가 소개해 주었습니다."

"그 사람도 마약 장사를 하나?"

"중독자가 된 데다가 재산도 탕진해서 일을 못해요. 요즘은 제가 마약을 대주고 있어요."

북한에서 공급하는 마약은 가격이 싼 데다가 질이 좋았다. 더구나 대량으로 들여와 무리하게 시장을 확장시키는 바람에 동연교 같은 소매인이 급격히 늘어나 있는 것이다. 따라서 삼합회 같은 경우는 자신들의 중국인 시장마저도 잠식당하고 있는 형편이다.

"이것들이 요즘 제 세상을 만났구면 그래."

장동택이 혼잣소리를 했다. 요즘의 고려리아 내부 상황을 빗대어서 하는 말이었다.

사무실로 돌아가는 승용차 안이다. 이한이 옆자리에 앉은 동연교를 바라보았다.

"너희 중국년들은 다 똑같아. 무서운 줄 모르고 아무 일에나 달려드는 걸 보면."

그는 목소리를 높였다.

"일자리를 찾으려면 얼마든지 있는 곳이 이곳이야. 공단에 취직해도 두 식구는 충분히 먹고 살 수가 있었을 것이다."

그러다가 빚이 있다는 말을 기억하고는 그녀를 쏘아보았다.

"아버지 빚이 얼마나 되었어?"

"달러로 1만 5000달러 였는데 제가 다 갚고 지금은 3000달러쯤 남았어요."

"……."

"빚만 갚으면 취직하려고 했어요."

동연교가 무릎 위에 놓인 두 손을 움켜쥐었다.

"집에 어머니가 혼자 계셔서 어쩔 수 없이 이 사장님을 찾았어요. 정말 죄송합니다. 은혜는 잊지 않겠어요."

"너 몇 살이야?"

동연교가 눈을 깜박이며 그를 바라보았다. 눈동자가 유난히 검어 보이는 눈이었다.

"스물둘 되었어요."

창밖으로 시선을 돌린 이한이 좌석에 등을 기대었다. 승용차는 타운으로 향하는 고속도로를 빠르게 달려가는 중이었다. 하늘은 흐려져 있었지만 눈이 내릴 것 같지는 않았다.

"그 계집이 동무 얼굴을 아나?"

장호성이 묻자 사내가 굳어진 얼굴을 들었다.

"예. 알겁니다. 몇 번 만났기 때문에. 하지만 이름은."

"이름이 무슨 필요가 있어."

칼로 베듯이 그의 말을 막은 장호성이 박기환에게 머리를 돌렸다.

"그년이 풀려 나온 것을 보면 낱낱이 털어 놓은 것이 틀림없어. 빨리 조처를 해야겠소."

박기환이 머리를 끄덕였다.

"그년은 한 사람밖에 접촉하지 않았습니다."

그는 앞에 선 사내를 바라보았다.

"동무는 너무 부주의했어. 클럽 안에서 거래를 하다니."

"마땅한 장소가 없었기 때문에."

"지금 당장 몸을 피하도록. 숙소는 위험하니 허가증 미취득자 숙소에 은신해 있는 것이 낫겠어. 조진철 동무가 안내해 줄 거야."

박기환이 탁자 위의 벨을 누르자 사내 한 명이 들어섰다.

"이 동무를 42동의 숙소에 은신시켜."

사내들이 방을 나가자 장호성이 입을 열었다.

"경비대가 문제로군. 이대각이와 장동택이가 있는 한 발을 뻗고 잘 수가 없겠소."

"마약 문제에 있어서는 총독실의 입장도 같을 겁니다. 총독은 작년에도 마약사범은 철저하게 발본색원하겠다고 발표했지 않습니까?"

그러나 마약 판매 대금이 이제는 월간 200만 달러가 넘는 상황이다. 평양 정부로부터 판매 신장에 대한 격려까지 받은 입장이었고 지금 이쪽이 움츠러든다면 삼합회가 다시 시장을 장악할지 모른다.

"이한이가 여자를 데리고 나갔다는 것이 꺼림칙하군요."

이맛살을 찌푸린 박기환이 머리를 한쪽으로 기울였다.

"아무래도 경비대와 김상철이 연합해서 작전을 벌이려는 것 같습니다."

"……"

"이대각이 김상철을 선봉으로 내세울 생각인지도 모르지요. 경비대는 총독실의 제한을 받을 테니까요."

"글쎄."

장호성이 손가락으로 턱을 긁었다. 불안정할 때의 버릇이다.

"우리와 고려리아 정부와의 관계를 모르는 놈도 아닐 테니 명분이 생긴 이 기회에 그럴 가능성도 있겠소."

그동안 심재택은 고려리아의 업무에 집중하여 이제는 김상철의 보좌관 역할을 맡고 있었다. 그러나 스스로가 지어내어 자신을 보좌관이라고 했을 뿐으로 김상철을 섬기는 고용인은 아니다. 그는 지금도 엄연한 국정원 간부로 수시로 서울과 고려리아를 오가는 입장이었다. 심재택이 집중적으로 맡고 있는 일은 조직의 편성과 구성에 관한 일이었다. 그는 서울에서 십여 명의 사내들을 데려왔는데 그들은 모두 조직 관리와 구성 등에 대한 전문가들이었다. 그들은 김상철의 조직뿐만 아니라 주민을 상대로 철저한 세포조직을 만들기 시작한 것이다. 그것은 북한의 세 확장에 대한 대비책이자 김상철의 자위수단이었다. 그는 심재택의 제의를 받아들여 친한 세력을 조직화시키기로 마음먹은 것이다.

5월 초, 폐허가 된 저택의 공사현장에 나와 있던 김상철은 아래쪽에서 달려오는 한 대의 승용차를 보았다. 영하 10도 정도의 날씨여서 그는 검정색 가죽 코트에 방한모도 쓰지 않은 가벼운 차림이었다. 흰 태양이 머리 위에서 모처럼 환하게 빛나는 맑은 날씨였다. 회색 승용차는 이십 미터쯤 앞에서 멈춰 서더니 뒷문이 열리고 심재택이 내렸다. 그는 공항에서 곧장 이곳으로 달려 온 길이었다.

"예전 그대로 지으시려는 모양이군요."

그가 산처럼 쌓인 통나무 더미와 이제 일층이 올라간 저택을 번갈아 바라보았다.

"하긴 시멘트는 양생을 해야 할 테니까."

"그것보다 통나무가 더 단단합니다. 탄력도 있고."

그는 턱으로 본채의 통나무벽을 가리켰다.

"두 겹으로 쌓으면 로켓포도 뚫지 못합니다."

그러자 쓴웃음을 지은 심재택이 한 걸음 다가와 섰다.

"들으셨지요? 북한 고속정이 한계선을 50킬로미터나 넘어와 우리 어선 두 척을 끌고 갔습니다. 해군이 출동했지만 놈들의 기관포 사격을 받았어요."

김상철이 머리를 끄덕이자 그는 담배를 꺼내어 입에 물고는 불을 붙였다. 찌푸린 표정이었다.

"도발입니다. 공군기가 출동했을 때는 이미 넘어간 후였고 오히려 그쪽은 어선이 한계선을 침범했다고 큰소리를 치고 있어요."

그것은 가끔씩 일어나는 일이었다. 그러나 예전에는 군사정전위를 통해 그들이 듣거나 말거나 항의를 했지만 지금은 북한 임의로 정전위를 무효화시킨 상황이다. 어쩔 수 없이 미국을 통해야 하는데 이것은 한국 정부를 무력화시키기 위한 그들의 뻔한 작전이었다. 한국 정부를 대신하여 미국은 번번이 북한과 협상을 했고 그때마다 한국인은 좌절감과 수모를 겪는다. 그리고 정부에 대한 불신감을 느끼게 되고 그것이 진전되어 배신감을 갖는 상황이었다. 심재택이 담배 연기를 길게 내어뿜자 그것이 흰 증기와 함께 앞으로 뻗쳐 나갔다.

"정부는 지금 미국과 국제 적십자사를 통해 어선과 어부의 송환을 추진하고 있습니다. 이젠 기가 막혀서 허탈할 따름이오. 우리를 국가 취급도 해 주지 않아서 상대를 뻔히 앞에 두고 제네바의 국제 적십자사를 찾다니, 세계의 웃음거리가 되고 있어요."

"한두 번이 아니지 않습니까? 난 이제 그런 일에 관심이 없습니다."

앞쪽에서 조태광이 누군가를 소리쳐 나무라고 있었다. 공사 인부는 전문 인력 몇 명을 해놓고 모두 부하들을 쓰고 있었는데 보안 때문이다. 일당을 다섯 배나 주고 있지만 경험이 없는 터라 실수가 잦다.

심재택이 입을 열었다.

"이번 일로 다시 여당의 인기가 곤두박질쳤습니다. 정부는 당황하고 있어요."

"……."

"선거 6개월 전이오. 더구나 100만 톤의 쌀을 주기로 한 상황에 어선을 납치해서 한국 정부를 골탕 먹인다는 건 이해가 안 갑니다. 혹시 쌀을 더 달라는 것인지."

그는 담배를 버리고는 발로 비벼 껐다.

"아니면 또 다른 계획이 있는지 그것을 알아야겠어요. 어쨌든 이곳이 북한과 제일 가까운 창구가 되어 있으니까."

서일이 총독 보좌관실에 들어서자 강미현이 자리에서 일어섰다. 아침 9시 30분이어서 출근한지 얼마 되지 않은 시간이었다. 인사를 마치고 자리에 앉은 서일은 여유 있는 표정이었다. 오늘은 혼자서 그것도 강미현과의 단독 면담을 요청해 온 것이었다. 직원이 그들 앞에 찻잔을 내려놓고 돌아가자 그가 입을 열었다.

"총독님을 만나 뵐 수 있을까요? 저와 보좌관님 하고 셋이서 말씀을 나눌 것이 있는데요."

머리를 든 강미현이 그를 바라보았다. 총독 면담은 비서실장을 통해야만 하고 그것도 열흘쯤 전에 신청을 해 놓는 것이 관례로 정해져 있다. 자신을 만나는 것처럼 하루 전에 해서 되는 것이 아닌 것이다. 더구나 지금 같은 경우는 말도 되지 않는다.

"잘 아시는 분이 왜 그러세요? 총독님은 고려그룹 회장으로 계셨을 적에도 그런 일은 없으셨어요."

강미현의 차가운 대답에 그가 커다랗게 머리를 끄덕였다.

"잘 알고 있습니다. 하지만 가능한 한 총독님과 보좌관이 같이 계신 자리에서 말씀을 드리라는 평양의 지시가 왔기 때문에 어쩔 수 없이."

"……."

"시간이 없었습니다. 그래서 먼저 보좌관님을 뵙고 사정 말씀을 드리려고. 북남한에 관한 문제입니다."

30분쯤 후에 서일은 긴장한 표정으로 넓은 총독의 접견실에 앉아 있었다. 그는 일국의 국가원수를 대하는 태도로 최상의 예의를 갖추려는 모습이 역력했다. 접견실에는 서일의 요청대로 세 사람이 모인 것이 아니라 다섯 사람이다. 총독이 비서실장 이남호와 행정청장 유장석을 동석시켰기 때문이다. 한동안 인사와 건강, 날씨에 대한 이야기가 건성으로 오갔다가 곧 접견실에 정적이 흘렀다. 그리고 그것을 서일이 깼다.

"총독 각하. 저희 지도자 동지께서는 각하께 북남관계의 조정을 부탁하셨습니다."

총독이 무표정한 얼굴로 머리를 끄덕였다. 얼굴의 검버섯이 더욱 두드러진 얼굴이었으나 시선은 여전히 날카로웠다. 서일이 말을 이었다.

"다름이 아니오라 며칠 전에 남조선 어선 2척이 한계선을 넘어와 저희들을 긴장시켰습니다. 그래서 저희 해군이 어선 2척과 어부 65명을 나포하고 있습니다."

"……."

"남조선 당국은 전처럼 미국과 국제 적십자사를 통해 어부 송환을 요구하고 있지만 지도자동지께선 단호한 입장이십니다."

총독이 입맛을 다시는 소리를 내었다. 안타깝지만 우리와는 상관없는 일이 아니냐는 표현으로 들렸다. 그와 걸맞게 그의 표정은 여전히 변화가 없다. 서일이 헛기침을 했다.

"하지만 지도자 동지께선 고려리아의 총독 각하께서 조정 역할을 맡아 주신다면 얼마든지 양국간의 협상에 응하겠다고 하셨습니다. 각하께서 양국의 대표단을 부르신다면 저희 공화국은 즉시 대표를 보낼 계획입니다."

이남호와 유장석이 서로 얼굴을 마주보았고 시선이 강미현에게로 갔다가 일제히 총독에게로 모여졌다. 이윽고 총독이 입을 열었다.

"지도자께서 올해 연세가 어떻게 되시오?"

난데없는 질문이어서 당황한 듯 서너 번 눈을 깜박이고 난 서일이 대답했다.

"예, 각하. 올해로 67세가 되십니다."

"내가 그 나이 때에는 자동차가 궤도에 올랐지. 조선은 그 전에 만들었고."

"……"

"내가 요즘 자꾸만 나이를 비교하는 버릇이 생겨서."

그는 녹차 잔을 들어 한 모금 마시고는 내려놓았다.

"요컨대 고려리아의 위상을 한층 더 높여 주신다는 뜻이구먼. 게다가 내가 한국 정부로부터 받아 온 굴욕과 수모를 갚을 기회도 만들어 주시려고."

그는 이남호와 유장석을 번갈아 바라보았다.

"그렇다면 우리가 이 양반들한테 해 드릴 일이 있어야 할 텐데 말이야. 이렇게 번번이 신세를 입어서야 어디."

이남호가 헛기침을 했다.

"찾아보도록 하겠습니다, 각하."

"있기는 할까?"

"있을 겁니다, 각하."

그러자 이번에는 유장석이 나섰다.

"그 문제는 서 대표와 상의해 보겠습니다. 각하."

총독이 천천히 머리를 끄덕였다.

"고맙다고 전하시오. 여러 가지로."

다음 날 아침 대한민국 외무부 아주국장 송기현은 정시에 출근하여 자리에 앉았다. 외무고시를 패스한 후에 6년 동안 미국과 멕시코 대사관 영사를 거친 다음 줄곧 본부 근무만 해 온 그는 유력한 대사 후보였다. 노크소리와 함께 방문이 열리면서 부하 직원이 들어서자 그는 읽고 있던 신문을 내려놓았다.

"국장님, 고려리아에서 공식 채널로 전문이 와 있는데요."

서기관급 부하는 입술 끝을 조금 말아 올리고 있었는데 가소롭다는 뜻이었다.

"무슨 내용이야?"

부하가 건네 준 전문용지를 받으면서도 그렇게 묻는 것은 그도 같은 분위기라는 표현이다.

"그것이 조금 민감한 문제여서, 고려리아가 이번 어선 납치사건에 대한 중재 역할을 맡겠다는 겁니다."

"미친놈들, 간덩이가 부었구먼."

와락 이맛살을 찌푸린 송기현이 전문에 시선을 주었다. 건성으로 내용을 훑어 본 송기현이 전문을 테이블 위로 내려놓았다.

"강우진이가 이젠 국가 노름을 하고 있어. 분수도 모르고 말이야."

"총독이라면 한국에서도 그 감투를 인정해 줄 줄 알았던 모양이지요? 한마디로 코미디 입니다."

"제 따위가 무슨 재주로 중재를 하겠다는 거야? 북한 대표부가 그곳에 있다고? 그렇게 하면 우리가 국가 대접을 해 줄 줄 알았나? 건방지게시리."

"매스컴을 한번 타보겠다는 심보입니다. 강우진이 전부터 쇼맨십이 있었거든요."

송기현이나 서기관 부하가 고려리아에 갖는 무의식적인 반감은 한국 정부의 대부분의 관료들이 갖고 있는 감정과 같았다. 그들의 거의 모두는 고려리아나 강우진 총독에 대한 직접적인 이해관계는 없다. 그러나 그들은 한국 정부의 장악하에 있었던 일개 기업주가 고려리아라는 자치국의 통치자가 된 것에 대해서는 마치 부리고 있던 하인이 갑자기 휘하를 떠나 상전이 된 것 같은 배신감과 불쾌감을 품고 있는 것이다. 송기현이 부하를 바라보며 말했다.

"장관님은 오전에 국회에 나가셨다가 오후에는 청와대에 들어가실 계획이야. 이건 청사에 들어오시면 보고하기로 하지."

그는 사 두었던 주식이 하한가를 기록했다는 기사를 본 것처럼 쓴 표정을 했다.

"적십자사에 보낸 공문이나 확인해 봐. 수신확인 스탬프가 찍힌 패스를 받아 두도록."

작년에 비슷한 사건이 발생했을 때 제네바에 협조를 부탁한다는 공문을 보냈다고 언론에 발표했다가 그쪽에서 받지 않았다고 하는 바람에 질색을 한 적이 있었다. 그때는 겨우 언론의 입을 막아 궁지를 벗어났지만 아찔한 경험이었던 것이다.

송기현이 본부의 대기대사로 있는 조영균과 점심을 마치고 사무실에 돌아왔을 때는 오후 2시였다. 조영균은 이집트 대사를 지낸 선배였는데 송기현은 넉 달 후인 9월의 대사급 인사에서 이집트 대사 물망에 올라 있었던 것이다. 이집트는 찬란한 역사와 문화를 가진 중동의 중심지였다. 그는 조영균으로부터 자주 그곳의 풍습과 중동지역의 분쟁에 대한 조언을 듣고 있었다. 전화벨이 울렸으므로 그는 전화기를 들었다. 직통 전화였다.

"아주국장 송기현입니다."

"여긴 청와대인데요. 잠깐 기다리세요."

송기현은 번쩍 상체를 세우고는 전화기를 고쳐 쥐었다. 잠시 후에 다른 사내의 목소리가 울렸다.

"아주국장이오?"

"예, 그렇습니다."

"난 안보수석 신형목이오."

"예, 수석님. 안녕하십니까?"

송기현의 온몸이 뻣뻣해졌다. 안보수석은 장관급이지만 안보관계에 있어서는 총리급이다. 신형목이 말을 이었다.

"당신, 고려리아에서 전문을 받았소?"

"예?"

"전문을 받았느냔 말이야."

"예, 그것이."

"받았어? 안 받았어?"

저쪽에서 고함을 치자 송기현의 이마에서 땀방울이 주르르 흘러내렸다.

"예, 받았습니다만."

"언제?"

"저, 그것이."

"아침 9시 정각에 보냈다는데 맞소?"

"예, 하지만."

"옆방에 당신 장관하고 대통령이 계셔. 우리는 조금 전에 똑같은 전문을 받았는데 당신은 다섯 시간 동안이나 그걸 깔아뭉개고 있었어."

숨을 멈춘 송기현이 초점 없는 시선으로 앞쪽을 바라보았다. 신형목의 말소리가 다시 수화기를 통해 흘러 나왔다.

"당신 얼마나 중대한 직무유기를 했는지 아직 실감이 안 날 거요. 대통령 각하께서 진노하고 계시단 말이오."

그리고서 전화가 끊기자 송기현은 천천히 전화기를 내려놓았다. 그러자 그의 눈앞에 스핑크스와 피라미드, 물 색깔이 짙다는 나일강이 떠올랐다가 금방 사라졌다. 이제 끝난 것이다. 아무리 줄을 대어도 대통령을 당할 수가 없기 때문이다.

"외무부에서 아주국장이 받아 놓고 있었습니다. 고려측의 말이 맞습니다."

자리에 앉은 신형목이 말하자 외교통상부 장관 오병한의 얼굴이 굳어졌다.

"제가 오전에 국회에 가 있는 바람에 보고를 못한 모양입니다."

"전화가 없습니까? 팩스가 없습니까? 직무유기예요."

그러자 두 사람의 말을 비서실장 이태준이 가로막았다.

"장관이 그건 알아서 처리하실 것이고, 이젠 대책을 상의해 봅시다."

고려리아에서 다시 비서실장 이태준 앞으로 전문을 보낸 것은 오후 2시였다. 사태의 중요성을 알아차린 이태준은 즉각 대통령에게 보고를 했고 마침 안보수석을 만나려고 들어온 오병한까지 모이게 한 것이다. 고려리아에서 행정청장을 참관인으로 하여 남북한 양국 대표가 비밀회담을 했다는 것은 철저한 비밀로 붙여져 있다. 아주국장 송기현이 그것을 알았다면 이집트 대사로 갈 수가 있었을 것이다. 이태준이 잠자코 앉아 있는 대통령에게로 머리를 돌렸다.

"각하, 제 생각입니다만 일단 제의를 수락한다는 전문을 띄우는 것이 낫다고 생각합니다. 남북한간 직접 대화를 할 수 없는 현실이니 만치."

그러자 대통령이 머리를 끄덕였다. 그러나 표정은 어둡다.

"그렇게 하지."

"각하께서 친전으로 보내시는 것이."

"좋도록."

간단한 몇 줄의 수락 전문은 그 자리에서 금방 작성되었고 대통령의 결재를 받아 타전하는 데는 10분도 걸리지 않았다. 이번 사건에 대한 국민 여론이 현 정권의 대북정책에 대한 비판으로 흐르고 있었으므로 대통령의 심기는 좋지 않았다. 따라서 지난번 고려리아의 비밀협상을 성사시켜 정권유지를 위한 남북한의 공조체제를 이루었다고 자부했던 이태준과 신형목의 입장도 난처해져 있었던 것이다. 북한은 오히려 상황을 악화시켜 놓아서 야당후보 이대현에게 좋은 공격목표만 제공해 준 상황이었다. 집무실의 문이 열리더니 비서관 한 명이 서둘러 들어섰다. 손에는 전문 용지를 쥐고 있었으므로 대통령까지 놀란 얼굴로 그를 바라보았다. 수락 전문을 보낸 지 5분도 되지 않았던 것이다.

"각하."

전문을 훑어본 이태준이 자리에서 일어섰다. 두 눈이 크게 뜨여졌고 얼굴에는 화색이 드러났다.

"제가 읽겠습니다."

대통령이 머리를 끄덕이자 침을 꿀꺽 삼킨 그가 조금 큰 목소리로 전문을 읽었다.

경애하는 대한민국 대통령 각하
고려리아 정부는 귀국의 수락 통지를 받고 즉시 고려리아의 북한 대표부에 연락하여 다음과 같은 결정사항을 통보 받았기에 연락드립니다.
1. 금번 남조선 어선의 영해 침범 사건에 대한 북남 장관급 대표회담이 사흘 후인 5월 8일 고려리아의 고구려 호텔에서 개최되기를 바람.
2. 쌍방의 회담 참석인원은 장관급 대표를 포함한 5명 이내로 하나 수행원은 제한 없음.
3 금번 회담을 성사시킨 고려리아 정부의 참관인 2명이 회담에 참석함.

내용을 읽고 난 이태준이 대통령을 바라보았다.
"고려리아 총독 강우진의 이름으로 발송되었습니다, 각하."
대통령이 천천히 머리를 끄덕였다.
"이제 실마리가 풀리는 것 같군."
그러나 그의 표정은 아직 밝아지지 않았다. 신형목이 입을 열었다.
"각하, 이번 회담의 의미가 크다고 생각합니다만, 그래서 언론사에 알리는 것이."
이태준과 대통령의 시선이 마주쳤고, 이윽고 대통령이 다시 머리를 끄덕였다.
"알아서 잘 내도록."
"알겠습니다, 각하."
오병한이 소리 죽여 숨을 내리쉬었다.
신형목의 말대로 이제 남북한의 대표가 직접 만나 현안을 협상하게 되었으니 참으로 의미가 크다고 볼 수 있었다. 그러나 그것이 겨우 정상적인 국가관계로 돌아온 감개였고 그것도 고려리아 정부의 덕분이었다. 그는 대통령의 어두운 표정을 이해할 수 있었다.

이정훈의 앞에 선 정치부기자 서동조는 청와대에서 배포한 자료를 들고는 헛기침을 했다.

"정부는 남북 어선 및 어부에 대한 송환 문제에 대해서 여러 채널을 통하여 다각도로 북한 정부와 접촉한 결과 수일 내로 장관급 대표회담을 고려리아에서 개최하기로 북한 정부와 합의하였음. 이상입니다."

"대단하군. 장관급 직접 회담이라."

혼잣소리처럼 이정훈이 말하자 서동조가 바짝 다가와 섰다.

"일면 톱으로 낼까요? 다른 곳도 모두."

"그래야겠지."

"회담대표는 아직 미정이지만 외교통상부 장관 아니면 통일부 총리가 갈 것 같습니다."

"그대로 써."

서동조가 자리로 돌아가자 곧 전화벨이 울렸다.

"이정훈입니다."

"이 국장 나요, 박기찬."

"아이구 박 수석이 웬일이십니까?"

박기찬은 청와대의 문공수석이다. 그와는 신문사는 달랐지만 같은 정치부 기자로 십 년이 넘도록 뛰었던 인연이 있다. 이정훈 보다 나이가 대여섯 살 위인 그는 정치 감각이 있는 데다 처세술이 좋아 여당의 전국구 후보가 된 다음에 대변인을 거쳐 문공수석이 된 관운이 뛰어난 사내였다.

"이 국장. 이번의 회담 말인데. 정부쪽이나 이곳에서 죽을 고생을 하고 성사시킨 모양이오. 나는 잘 모르지만."

"그런 것 같더군요."

"각하께서도 밤잠을 설치셨다고 합니다."

"그래요?"

"그래서 말인데, 논단에 정재일 교수의 원고를 실어 주셨으면 해서."

"……."

"잘 아시겠지만 흐름을 맞추자는 뜻입니다. 부탁 한번 합시다."

"글쎄 그것이."

"솔직히 남북대화의 시작 아닙니까? 더도 덜도 없습니다. 이 국장."

"한번 보내 보시지요."

"지금 쓰고 있으니까 마감시간 안에 갈 겁니다."

전화기를 내려놓은 이정훈은 입맛을 다셨다. 정재일은 한국대학 교수로 북한문제 전문가였다. 그는 또한 정부의 외교안보 연구실의 연구관을 겸임하고 있었으니 그가 써 올 내용은 뻔했던 것이다. 한동안 멍한 시선으로 분주한 실내를 바라보던 이정훈은 전화기에 손을 대었다가 다시 떼었다. 심재택은 지금 고려리아에 가 있다는 것을 깜빡 잊었던 것이다.

한민족의 3국

유장석의 방에 들어선 이대각이 그의 테이블 앞에 놓인 의자에 앉았다.

"부르셨습니까?"

"응, 상의할 일이 있어서."

창밖으로 맑게 갠 푸른 하늘이 보이는 아침시간이었다. 유장석이 테이블 위에 양팔을 올려놓고는 바짝 다가앉았다.

"어제 북한계 주민 몇 명을 연행해 왔지?"

"12명인데 앞으로 더 늘어날 겁니다. 그 새끼들 혐의가 짙어요."

이대각의 말이 금방 거칠어졌다.

"이 기회에 아예 뿌리를 뽑겠어요."

며칠 전부터 그는 북한계 주민을 중심으로 집중적인 마약단속을 하고 있는 중이었다. 대동강 클럽을 샅샅이 뒤졌지만 동연교가 마약을 샀다는 북한인은 찾지 못한 대신 타운의 다른 사업장들을 급습하여 상당량의 마약을 찾아내었던 것이다.

"그 개자식들은 같이 숨쉬고 살 자격이 없는 놈들이오. 마약은 북한 대표부에서 관리를 합니다. 대표부가 아예 마약장사를 한단 말이오."

머리를 끄덕인 유장석이 담배를 꺼내어 입에 물었다.

"그거야 당연하지. 개인이 장사를 할 수는 있으니까."

"고려이아를 철저히 이용만 하는 놈들이오. 전혀 이점이 없는 해충 같은 족속이란 말입니다."

담배 연기를 길게 내어뿜은 유장석이 정색을 했다.

"내일 이곳에서 남북한 대표회담이 열리는데 우리가 주관하게 된 걸 알고 있지?"

그것 때문에 경비대가 비상대기 하고 있는 터이라 이대각이 새삼스럽게 무슨 말이냐는 듯 그를 바라보았다. 유장석이 목소리를 낮췄다.

"북한이 우리의 위상을 크게 올려 주었어. 그자들은 우리가 주관하면 남북한 대표회담을 하겠다는 식으로 한국 정부에 통고를 했단 말이야."

"그래서 어쨌단 말입니까?"

"당분간 마약단속을 중지해. 북한 사람들을 건드리지 말아."

"말도 안 되는 말씀을 하시는데, 이건 꼭 어디서 본 것 같은 장면이오."

"농담 아니야. 이 사람아."

"치안을 맡은 내가 정치권의 지시에 따라 어디에서처럼 왔다 갔다 할 것 같습니까?"

입맛을 다신 유장석이 재떨이에 담배를 비벼 껐다.

"큰 것을 보란 말이다. 마약단속은 나중에 해도 돼."

"내가 큰 것을 볼 필요는 없어요. 나는 내일만 볼 테니까."

"총독의 지시다."

"총독 할아버지가 지시해도 난 못해. 마약 파는 놈들은 뿌리를 뽑을 거요."

마침내 유장석이 손바닥으로 테이블을 내려쳤다. 눈가가 붉게 물들여진 얼굴로 그가 이대각을 쏘아보았다.

"이대각이 말 좀 들어! 한 템포 늦추라는 것이지 방관하라는 말이 아니란 말이다!"

"지금 늦추면 다 놓쳐요."

"이런 빌어먹을 자식."

그러자 이대각이 쓴웃음을 지었다.

"그놈들이 마약단속을 중지시키려고 한국 어선을 납치한 모양이구만. 그렇게 생각되지 않습니까?"

"……."

"고려리아 정부한테 생색을 내게 해 주었으니 총독이 북한 놈들을 건드리지 말라고 하는 것은 당연하지. 한국 정부는 호구 노릇만 하고 영문 모르는 어부들만 불쌍하구만."

자리에서 일어선 이대각이 유장석을 내려다보았다.

"회담 끝날 때까지만 중지하지요. 나도 정치적이 되어가는 모양인데."

입맛을 다시면서 그를 흘겨보는 유장석을 향해 이대각이 말을 이었다.

"하지만 난 큰 뜻이 없어요. 한국에서처럼 국회의원이 되거나 무엇이 될 상황도 아니고, 그쯤은 알고 계시오."

한국측의 협상대표는 외교통상부 장관 오병한이었고 부대표가 안보수석 신형목이다. 거기에다 며칠 전에 해임된 아주국장 송기현 대신 실무요원으로 두 명의 이사관급 행정요원이 참석해 있었다. 북한측은 대표가 외교부장 김영남에다 부대표는 서일이었다. 고구려 호텔의 26층 특실에 모인 그들은 서로 마주보고 앉았는데 ㄷ자형의 이어진 부분이 조정 역할을 맡은 고려리아 정부의 강미현과 유장석의 자리였다. 회의장의 분위기는 부드러웠다. 서로 안부를 묻고 날씨 이야기들을 웃음 띤 얼굴로 주고받았는데 물론 건성이다. 이윽고 오병한이 헛기침을 했다. 본론을 꺼내겠다는 표시였다.

"이번 어선과 어부 문제에 대해서 대한민국 정부는 북한 당국의 협조를 바라고 있습니다. 나는 이것을 계기로 남북 간의 대화와 협조가 더욱 긴밀해질 것으로 믿고 싶습니다."

방 안의 분위기가 순식간에 무거워졌다. 그가 말을 이었다.

"오늘의 이 역사적인 남북 간의 대표회담에서 대한민국 전 국민이 좋은 결과가 나오기를 기대하고 있다는 것을 먼저 말씀드리고 싶습니다."

그러자 김영남이 얼굴에 웃음을 띠웠다.

"그건 잘 압니다. 그런데 남조선 정부는 남조선측이 먼저 북남회담을 제의했다고 발표를 하셨던데, 어떤 신문의 사설에서는 정부의 대북정책이 결실을 맺기 시작한 것이라고도 했더군요."

"잘 아시다시피 한국 언론은 너무 앞질러 가지요. 통제가 잘 안 됩니다."

그렇게 말한 것은 신형목이다. 그는 안타깝다는 듯이 이맛살을 찌푸린 표정이었다.

"정부도 난처할 때가 많습니다. 기회만 오면 아부를 하는 사이비 학자들 때문에, 그건 지난 정권에서 버릇이 잘못 들여진 때문이지요."

"고려리아 정부가 주선해서 회담이 이루어진 것인데 남조선 정부는 그것을 철저하게 감추고 계시더군요. 청와대 발표문에도 고려리아는 오직 장소만 제공한 것으로 돼 있습니다. 그것도 남조선 정부가 선정을 한 것으로."

"글쎄 그것이."

신형목이 다시 입을 열려는 것을 김영남이 손을 들어 막았다.

"우리 솔직하게 이야기합시다. 당신들 사정을 모르는 바 아니니까. 그런 식으로 변명만 하시다간 모처럼 만든 기회가 날아갈 테니까요."

"좋습니다. 그러십시다."

쓴웃음을 지은 신형목이 의자에 등을 기대었다.

"말씀 계속하시오."

"이 회담이 몇 달 안 남은 남조선의 대통령 선거에도 큰 영향을 미칠 겁니다. 아마 현 정권이나 여당 후보에게는 전화위복의 기회가 될 수도 있겠지요."

"관심을 가져 주셔서 고맙습니다."

"미국 정부가 평양 대표부를 통해 우리에게 강력하게 항의해 온 것을 아십니까?"

김영남이 묻자 오병한과 신형목이 서로 얼굴을 마주보았다. 그리고는 오병한이 조그맣게 머리를 저었다. 긴장한 표정이었다.

"모르고 있었는데요."

"지난번에도 불쾌했던 모양입니다."

김영남이 힐끗 두 명의 부이사관에게 시선을 주었다.

"미국이 당연히 중재에 나서야 한다는 내용이었습니다. 참으로 가소로운 행동이오. 그자들은 아직도 남조선을 식민지로 생각하고 있는 것 같습니다."

"……."

"우리 지도자 동지께서는 코웃음을 치시고는 단호하게 그들을 물리치셨지요. 미국 대통령이 무릎 꿇고 사정을 한다고 해도 우리 지도자 동지는 한다면 하십니다."

"여러 가지로 고마운 말씀인데."

오병한이 입을 열었다.

"우선 당면 문제부터 이야기를 하십시다. 어선과 어부들을 돌려보내 주셨으면 합니다. 그렇게 되면 양국의 관계에 일대 전환점을 맞게 될 것이오."

"그렇게 하지요."

김영남이 시원스럽게 대답하자 한국 대표단의 얼굴에 금방 생기가 돌았다.

"고맙습니다. 그렇다면 언제?"

서두르듯 묻는 오병한을 향해 김영남이 웃어 보였다.

"사흘 후에 동해상에서."

"어선과 어부 모두를 말이지요?"

"그렇습니다. 잡은 고기까지 모두. 그리고 우리가 준 선물까지 싣고 갈 겁니다."

"고맙습니다."

"양국 간의 합의문을 작성토록 하지요. 기자들이 밖에서 기다리고 있을 테니까."

김영남이 오병한과 신형목을 번갈아 바라보았다.

"실무자들이 합의문을 작성하는 동안 우리는 옆방에서 이야기를 조금 나눌까요?"

그는 강미현과 유장석에게로 머리를 돌렸다.

"고려리아의 중재자분들하고 말입니다."

이한이 집안으로 들어서자 동씨 부인은 눈물을 글썽이며 반겼는데 아마 동연교로부터 이야기를 들은 모양이었다. 그러나 얼굴이 몰라보도록 여위었고 흰 머리가 부쩍 늘어나 있었다. 그가 전에 김상철이 쓰던 방에 들어가 앉자 동연교가 쟁반에 차 그릇을 받쳐 들고 들어섰다. 갑작스런 방문이라 그녀도 놀란 듯 긴장한 표정이었다. 그녀는 조심스런 동작으로 그의 앞에 녹차 잔을 내려놓았다.

"저, 빚 말이야. 그것 계산 끝났어."

이한이 불쑥 말하자 동연교가 눈을 깜박이며 그를 바라보았다. 잔을 든 이한이 헛기침을 했다.

"이젠 빚을 안 갚아도 된다는 말이야."

"……."

"앞으로는 착실하게 살도록 해. 어머니 모시고."

그는 탁자 밑에 내려놓았던 비닐 가방을 들어 그녀 앞으로 밀었다.

"이것 내가 모은 돈인데 쓸 데도 없고 해서, 받아."

동연교가 머리를 저었다. 두 볼이 빨갛게 달아오른 얼굴이었다.

"받을 수 없어요."

"왜?"

이맛살을 찌푸린 이한이 그녀를 쏘아보았다.

"내가 널 돈으로 사려는 줄로 아는 거냐?"

동연교가 아랫입술을 물었다.

"이런 빌어먹을."

한국어로 투덜거린 이한이 녹차 잔을 들어 한 모금을 마셨다가 뜨거운 바람에 입을 딱 벌렸다.

"지난번에 진 신세를 갚는 거다. 그것뿐이야."

"……."

"우린 신세지고는 못 살아. 꺼림칙해서 만일 안 받는다면 나나 우리 형님을 무시한 것이 돼. 내가 너 같은 계집한테 무시를 당하고 살아야 된단 말이냐?"

녹차 잔을 흘겨본 이한이 자리에서 일어섰다.

"진즉 우리를 찾아왔어야지. 넌 그것부터도 우리를 무시했어."

거칠게 문을 열고 그가 방을 나서자 동씨 부인이 서둘러 다가왔다. 그녀는 일부러 자리를 피해 준 눈치가 역력했다.

"아니, 벌써 가시려고."

"자주 들르지요. 아주머니."

중국인 거리를 나온 이한이 리조트 시티의 사무실에 들어섰을 때는 그로부터 두 시간 후인 오후 5시경이었다.

사무실 안에는 김상철과 변순태가 앉아 있었다.

"타운의 밀입국자 숙소에 마약이 숨겨져 있다는 정보가 있다."

김상철이 입을 열었다.

"경비대는 당분간 움직이지 못할 형편이라는 거야. 그래서 우리더러 대신 그놈들을 치라고 부탁해 왔다."

이대각이 부탁을 해 온 것이다. 이한이 머리를 끄덕였다.

"그거야 어려운 일이 아닙니다만 왜 움직이지 못한다는 겁니까?"

"총독의 지시라는 거야."

"그렇다면 마약을 가게에 내놓고 팔아도 된다는 겁니까?"

"그런 건 아니다. 정치적인 문제 때문이다."

자르듯 말한 김상철이 그들을 둘러보았다.

"경비대가 손을 뗀 줄 알고 있을 테니 놈들은 방심하고 있을 거다. 하지만 우리도 얼굴을 드러내 놓고 나설 수는 없어. 중국계 애들을 모아라."

이한과 변순태가 머리를 끄덕였다. 북한 쪽의 정보는 최태호에게서 정확하게 흘러나온다. 지금까지 경비대가 그만큼이라도 성과를 올릴 수 있었던 것도 그것 때문이었던 것이다.

빌라의 응접실에서는 스키장의 야경이 한눈에 내려다보였다. 요즘은 밤 기온이 영하 이십도 안팎으로 추위가 많이 가셔져 있었으므로 환하게 불을 밝힌 스키 코스에는 스키어들이 많았다. 모두가 관광객들인 것이다. 창밖을 내다보던 김상철이 몸을 돌렸다.

"대표단의 공식회의가 끝난 후에 양쪽의 두 사람씩만 옆방으로 가서 비밀회담을 했다는 겁니다. 그 내용은 물론 알 수가 없어요."

소파로 다가간 그는 심재택의 앞쪽에 앉았다.

"고려리아측의 유장석 씨와 강미현도 동석을 했다지만 강미현은 말할 것도 없고 유장석 씨도 입을 열 사람이 아닙니다."

"그냥 넘어갈 북한 놈들이 아니오. 또 다른 요구조건을 내걸었을 것이고 한국 정부는 승낙을 했습니다. 그러니까 이런 합의문이 발표된 겁니다."

오후 3시경에 남북한 양국의 대표는 내외신기자 100여 명을 모아 놓고 공동발표를 했다. 한국은 물론 전 세계로 방영된 TV 생중계 방송이었다. 합의 내용은 대단히 고무적이었고 한국측 입장에서 본다면 외교정책의 커다란 결실이었다.

우선 북한은 납북된 어선과 어부들을 사흘 후에 동해상에서 한국측에 인도하기로 한 것이다. 물론 합의문에 다른 조건은 없다. 또한 양국의 외교통상부 장관은 핫라인(HOT LINE)의 전화를 개설하여 현안이 발생하는 즉시 대화를 나누기로 했다고 발표를 했다. 이것은 공식 대화창구가 개통된 것으로써 한국 정부가 역사적인 합의라고 자화자찬할 만한 일이었다. 심재택이 입맛을 다셨다. 그는 그것을 곧이곧대로 믿을 사람이 아니었고 그럴 만한 이유도 있다.

"이건 현 정권이나 여당의 대선 후보에겐 전화위복이 된 사건이오. 야당의 자주국방 논리나 현 정권의 유화정책 비판론이 무색해져 버렸습니다."

방문이 열리더니 현채옥이 쟁반 위에 술병과 간단한 안주접시를 담아 들고 들어섰다. 빌라의 주인은 현채옥이었던 것이다. 탁자 위에 술상을 차려 놓은 그녀가 방을 나가자 김상철이 입을 열었다.

"하긴 합의문 발표를 보면 한국측의 체면만 높여 주었습니다. 뭔가 흑막이 있는 것은 틀림없어요."

술잔을 든 그는 한 모금에 보드카를 삼키고는 벽시계를 올려다보았다. 밤 10시가 되어가고 있었다.

밀입국자의 숙소라고는 하지만 시멘트로 지은 5층 건물이었고 난방시설이 잘 되어 있는 30평형의 아파트였다. 타운 외곽에는 이러한 5층 건물이 50여 개 동이나 세워져 있었으므로 이곳도 하나의 생활권을 이루고 있었다. 밀입국자라고 해도 고려리아에 직장을 얻게 되면 곧 영주권 미취득자로 분류가 된다. 따라서 직장의 보증으로 이곳의 아파트에 입주할 수 있게 되는데 주민의 대부분은 중국계와 러시아계 밀입국자들이었다. 한국계는 밀입국했더라도 행정청에 신고만 하면 즉시 고려리아 영주권이 나왔으므로 이곳에 오는 경우는 거의 없다.

변순태는 40동의 앞마당에 설치된 물물교환시장 안을 기웃거리고 있었는데 중국인들이 대부분이어서 시장 안은 떠들썩했다. 필요 없는 물건을 내다 팔거나 바꾸려는 사람들이 목청을 돋우어 흥정을 하는 것이다. 내다놓은 물건은 여자 속옷에서부터 전자제품까지 없는 것이 없을 정도로 다양했는데 도대체 저 물건을 들고 어떻게 이곳까지 왔을까 하는 생각이 들 정도였다. 그가 시장가에 있는 음식점의 나무의자에 앉아 마약 국수 그릇을 들었을 때였다. 사내 한 명이 다가와 그의 옆자리에 앉았다.

"현관 앞에 세 명이 있습니다. 출입구는 한 곳뿐이지만 2층이라 뒤쪽 창문으로 뛰어내릴 수도 있습니다."

그가 낮은 목소리로 말하자 변순태가 젓가락을 내려놓았다.

"뒤쪽은 네가 다섯 명을 데리고 맡아라. 난 현관으로 간다."

부하가 잠자코 일어서서 사람들 사이로 사라졌다. 그로부터 5분 후에 변순태는 42동 앞에서 모습을 드러내었다. 물물거래 시장이 열린 40동의 바로 뒤쪽 건물이었는데 앞마당에는 주민들이 꽤 있었다. 날씨가 풀린 때문인지 삼삼오오 모여앉아 있는 그들은 대부분이 중국인들이었지만 러시아인도 보였다. 변순태는 느린 걸음으로 좌측의 출입구로 다가갔다. 마당가에는 보안등이 켜져 있는데다가 아파트의 창에서 흘러나온 빛으로 주위는 밝았다. 42동의 203호실이다. 출입구 앞쪽 시멘트 받침대에 한 사내가 기대고 서서 담배를 피워 물고 있는 것이 보였다. 그리고 그의 앞쪽 마당에 둘러앉은 중국인들과 어울린 두 사내가 북한인일 것이다. 3층의 창문이 열리더니 여자가 몸을 내밀고는 누군가를 소리쳐 불렀으므로 마당에서 왁자지껄한 웃음과 야유가 터져 나왔다. 시장도 활기찬 분위기였지만 이곳도 밝다.

변순태가 출입구로 다가가자 시멘트 받침대에 기대서 있던 사내가 몸을 떼었다. 담배를 떨어뜨리고는 변순태를 정면으로 바라보았다. 흐느적거리는 걸음으로 그를 스쳐 지나자 사내가 서둘러 다가왔다.

"이보쇼."

한국말이다. 변순태가 못 들은 척 발을 떼어 현관 안에 들어섰을 때 사내가 그의 옷소매를 잡았다.

"어디 가시오?"

이젠 중국말이다. 놀란 듯 눈을 크게 뜬 변순태가 사내를 바라보았다.

"5층에."

변순태의 중국말에 사내가 옷소매를 놓았다.

"5층에 사시오?"

"친구를 만나러 가는데 왜 이러시오?"

현관 안의 계단에 서 있던 두 사내가 이쪽을 내려다보고 있었다. 그리고 앞마당에 있던 두 사내가 슬금슬금 이쪽으로 다가오는 중이다.

"5층 몇 호실에 사는 누구요? 이름을 대 보시오."

사내는 아직도 긴장을 풀지 않고 있었다.

"503호실의 황 씨와 나는 뻬이안 동향이오."

변순태는 몸을 돌려 계단으로 다가갔다. 계단 위에 서 있던 사내들이 잠시 주춤대더니 분주하게 변순태 뒤쪽의 사내와 시선을 맞추었다. 그들의 시선을 읽으면서 계단에 발을 디딘 변순태는 파카의 주머니에 자연스럽게 손을 집어넣자마자 안에 넣어 둔 리볼버의 총신을 움켜쥐었다. 그리고는 주머니째 총을 쳐들고는 두 명의 사내를 쏘았다.

"탕, 탕, 탕, 탕."

단숨에 네 발을 쏘아 갈겨 두 사내를 맞춘 그는 몸을 비틀면서 뒤쪽의 사내를 겨누었다. 그 순간 10여 발의 총성이 났다. 이미 권총을 뽑아 들고 변순태를 겨누었던 사내가 입을 딱 벌리고는 그를 향해 한 걸음 다가왔다가 시멘트 바닥에 엎어졌다. 현관 안으로 부하들이 쏟아져 들어오고 있었다. 변순태는 권총을 세워들고는 단숨에 계단을 뛰어올랐다. 203호는 우측이다. 203호의 문 옆으로 비켜 선 변순태는 숨을 몰아쉬며 3층의 계단을 올려다보았다. 부하들이 몰려오더니 문의 양쪽에 플라스틱 폭탄을 때려 붙이듯이 부착시켰는데 시간은 10초도 걸리지 않았다. 그들이 계단의 사각으로 몸을 피한 순간 아파트를 울리는 폭음과 함께 문짝이 부서지며 떨어져 나갔다. 아직 파편이 떨어지고 있었는데도 부하 한 명이 계단을 내려가 아파트 안으로 수류탄을 던져 넣었다. 다시 폭음과 함께 문 밖으로 집기와 유리조각이 쏟아져 나왔다. 아래쪽에서 올라온 부하 한 명이 다시 한 발의 수류탄을 집어넣자 이제는 문 밖으로 화염이 뻗쳐 나왔다.

같은 시간, 창광 클럽의 2층에는 박기환과 이금철이 마주앉아 술을 마시는 중이었다. 나이는 비슷했지만 박기환은 소장이었고 이금철은 대좌여서 계급의 차이가 있다. 더구나 박기환은 지도자의 직속부서인 32호실 요원이다. 이금철이 고려리아의 개척자로 인정은 받고 있었지만 박기환은 이제 그의 엄연한 상관이었다. 박기환은 피부가 검은 때문인지 보드카를 한 병 가깝게 마셨지만 술을 마신 것 같지도 않았다. 그가 술잔을 들어올렸다.

"자, 건배를 합시다. 공화국의 번영을 위해서."

술잔을 부딪친 그는 단숨에 술을 삼켰다.

"아마 남조선 놈들도 이 시간에 축배를 들고 있을 거요."

박기환이 흰 이를 드러내며 웃었다.

"역사적인 날이니 외교정책의 승리니 하면서 자화자찬하겠지만 모두 거짓이야. 무지한 남조선 국민들을 속여 넘겼다는 축배일 뿐이오."

"우린 성동격서(聲東擊西)의 전법을 쳤지요. 그렇지 않습니까?"

"어려운 말 쓸 것 없고 일거양득이지. 한 번 움직여서 두 개를 단숨에 손에 쥐었소."

그것은 한국과 고려리아 양쪽을 말하는 것이었다. 박기환이 자리를 고쳐 앉았다.

"이 동무, 이번에 당의 조직을 재정비했소. 이건 평양에서 심사숙고하여 작성한 것이오."

오늘은 술자리가 그저 북남의 대표회담에 대한 자축의 의미만이 아니라는 것은 이금철도 짐작하고 있었다. 5만 명의 이주민이 도착하고 나서 대표부는 서일과 장호성, 박기환의 셋을 중심으로 조직개편 작업을 극비리에 진행시키고 있었던 것이다. 그것은 고려리아 정부와 비슷한 조직으로 편성이 되었는데 유사시에 고려리아를 순조롭게 인수하기 위한 것이다. 긴장하고 있는 이금철을 향해 박기환이 웃어 보였다.

"주민들은 앞으로 다섯 가구를 한 조로 열다섯 가구를 한 반, 육십 가구를 한 통, 백이십 가구를 한 동, 육백 가구를 한 면, 삼천 가구를 군, 육천 가구를 시, 일만 이천 가구를 도로 분류하는 속에 포함될 거요. 어느 주민이라도 그에게는 조장, 반장, 통장, 동장, 면장 등이 있게 된단 말입니다."

세포조직이다. 예상하고 있던 일이었으므로 이금철이 머리를 끄덕였다.

"이미 공화국에서 올 때부터 조직되어 있었지 않습니까?"

"그렇소. 반 이상의 조직에 규찰대가 심어져 있어서 내 통제를 받습니다."

"……"

"장호성 동지는 행정과 자금을 맡고 나는 치안을 맡습니다. 동무는 행정상으로 장동지의 소속이 되었소."

"지금까지도 그래 왔으니까요."

"그런데 최태호 동무 말인데."

박기환이 술잔을 내려놓자 이금철은 긴장을 했다. 이것이 본론인 것이다. 조직 개편은 이미 알고 있는 사실이었다.

"그 동무 여러 가지 소문이 돌고 있어요. 돈을 모아서 숨겨 두었다고도 하고 사람을 시켜서 돈놀이를 한다고도 합니다."

"설마 그렇게까지야."

"아니 땐 굴뚝에 연기가 날 리가 있소? 그래서 귀국시킬까 하는데, 동무의 의견은 어떻습니까?"

정색을 한 이금철이 입을 열었다.

"최태호 동무는 고려리아 개척 당시부터 저와 함께 일해 온 사람입니다. 소문만으로 그를 귀국시킨다는 것은 너무 심한 처사라는 생각이 듭니다만."

"소문만이 아니오. 그자가 마약 장사를 했다는 것을 고발한 사람도 있습니다."

"……"

"그래서 내가 그것을 덮어 두고 명예롭게 귀국시켜 주려는 겁니다."

그 순간 방문에서 노크소리가 들리더니 문이 열렸다. 낯익은 규찰대의 간부가 서둘러 들어섰는데 당황한 표정이었다.

"동지, 42동 숙소가 습격당했습니다."

그가 박기환을 향해 서두르듯 말했다.

"열한 명의 대원이 죽고 두 명이 중상을 입었습니다. 그리고……."

사내가 눈을 부릅뜬 박기환의 얼굴을 힐끗 바라보았다.

"그리고 이번 달분으로 며칠 전 도착한 물건 5킬로그램을 모조리 빼앗겼습니다."

박기환이 주먹으로 탁자를 치자 술병이 넘어졌다. 그의 얼굴은 흉하게 일그러져 있었다.

"어떤 놈의 소행이야? 경비댄가?"

"경비대는 아닙니다. 중국인 같습니다."

사내가 주춤대며 말을 이었다.

"중상을 입은 동무의 이야기를 들으면 중국말을 하는 것을 들었답니다."

이맛살을 찌푸린 강미현이 유장석을 바라보았다. 아침시간이다. 출근하자마자 강미현의 방에 들어온 유장석에게서 어젯밤의 사건에 대한 설명을 듣고 있는 중이었다.
"중국인들이 왜 북한 사람들을 습격했을까요?"
"이 본부장은 마약 문제 때문이라고 합니다. 아파트 안에서 방바닥에 흩어진 코카인 분말을 상당량 발견했답니다."
"……."
"북한 대표부가 조금 전에 사건에 대한 유감 표명을 해 왔습니다."
열한 명의 북한인이 피살되었으니 엄청난 사건이다. 북한 대표부는 경비대의 늑장 출동에 대해서도 항의를 해 왔는데 이대각의 해명을 들은 유장석은 이유가 있다고 생각해서 덮어 두고 있었다. 강미현과 유장석은 곧 총독실로 들어섰다. 총독은 이남호와 마주앉아 있었는데 부드러운 표정이었다. 그들이 자리에 앉자 총독이 불쑥 물었다.
"어젯밤에 난리가 났다면서? 북한 사람들이 열 명도 넘게 죽었다고?"
유장석에게 묻는 말이다.
"예, 각하."
행정청장으로서 책임이 있는지라 그가 머리를 숙였다.
"마약 문제로 중국인 갱단과 싸운 것 같습니다."
"삼합회와 말인가?"
"그건 확실하지 않습니다."
머리를 끄덕인 총독이 입맛을 다셨으나 기분이 나쁜 것 같지는 않았다.
"저희들끼리 죽고 죽이는구먼. 우리가 손을 대지 않아도."
혼잣소리처럼 말한 총독이 이남호를 바라보았다.
"어때? 시간되었지 않나?"
이남호가 시계를 들여다보는 시늉을 했다.

"정각이니까 5분만 더 계시다가 일어나시지요. 바로 옆방이니까요."

10시 5분 정각에 총독이 비서실장 이남호와 행정청장 유장석, 총독실의 강미현과 함께 접견실로 들어섰다. 10시 5분 전에 접견실로 들어와 앉아 있던 대한민국 외교통상부 장관 오병한과 안보수석 신형목이 자리에서 일어났다.

"이것, 기다리셨습니다."

만면에 웃음을 띠운 총독이 그들과 차례로 악수를 나누었다. 총독은 오병한과 안면이 있다.

"여전히 건강하십니다."

오병한이 웃으며 말하자 총독은 소리 내어 웃었다. 그들은 총독을 중심으로 좌우로 갈라 앉았는데 양쪽 모두 약간은 긴장되고 서먹한 분위기였다. 접견실은 100평쯤의 넓이에 사각의 양면이 유리벽으로 덮여 있어서 푸른 하늘이 그대로 드러나 있다. 대리석 바닥과 양탄자, 천장의 샹들리에와 가구들이 잘 조화된 방이었다. 신형목이 가볍게 헛기침을 했다.

"저, 대통령 각하께서 안부 말씀을 전하셨습니다."

"아아, 그래요? 고맙다고 전해 주시오."

총독이 부드러운 시선으로 그를 바라보았다.

"대통령 그만두시면 이곳으로 한번 쉬러 오시라고도 말씀드리시오. 공기가 맑아서 아주 좋습니다."

"예, 그렇게 전하겠습니다."

그렇게 대답한 신형목이 눈을 깜박이며 탁자 위를 내려다보았다. 대통령의 임기는 이제 6개월밖에 남지 않은 것이다. 오병한이 입을 열었다.

"이번 회담을 도와 주셔서 저희 정부를 대신하여 감사드립니다. 대통령 각하께서도 꼭 그 말씀을 전하라고 하셨습니다."

"우리가 도와 드린 것이 아니오. 북한 사람들이 일부러 우리를 끼워 넣었을 뿐이지."

총독이 선뜻 말하자 오병한과 신형목이 얼굴을 굳혔다. 그들은 이러한 파격에 익숙하지 못한 것이다. 그러자 이남호가 입을 열었다.

"사실입니다. 북한이 먼저 우리에게 접촉을 해 왔지요. 한국에 연락을 하라고 말입니다."

방음시설이 잘 되어 있어서 숨소리도 들릴 것 같은 방 안에 다시 이남호의 말소리가 울렸다.

"요컨대 우리 고려리아 정부도 한국 정부의 약점을 쥐고 있으라는 북한측의 배려지요. 그래서 지난번 비밀회담 때부터 우리를 참석시킨 것입니다."

오병한과 신형목의 얼굴이 더욱 딱딱해졌다. 그들은 잠자코 이남호를 바라볼 뿐 입을 열지 않았다.

"우리의 본래 뿌리는 대한민국이었습니다. 하지만 지금은 당신들을 벗어나 얼마나 후련한지 모릅니다. 그렇지 않았더라면 이런 수모를 끊임없이 받고 있었을 테니까요."

눈썹을 치켜올린 그가 그들을 쏘아보았다.

"이런 상황에서도 당신들이 우리를 속국 취급 하고 있다는 것이 안타깝습니다. 우리 한 마디면 역적 아니면 매국노로 몰릴 당신들이 말이오. 조금 전에 총독 각하께서 당신네 대통령께 이곳에 쉬러 오라는 말씀을 흘려듣지 말아요. 그것은 이곳을 망명처로 삼아도 좋다는 말씀이셨습니다."

"이봐, 이 실장 모두 알 만한 분들이다. 예의를 차려라."

총독이 부드럽게 말했다.

"나도 정치는 그렇게 하는 모양이라고 배우고 있는 중이다. 속이야 어떻든 겉치레가 중요할 때도 있는 법이여."

오병한이 헛기침을 했다.

"이것, 드릴 말씀 없습니다. 원체 사정이 급박했고 솔직히 끌려가는 형편이어서."

"고려리아로 한국인의 무제한 투자이민을 승인해 주시오. 다음 달부터 당장."

허리를 편 총독이 자르듯 말했다. 그의 얼굴은 어느 사이에 딱딱하게 굳어져 있었다.

"서울에 고려리아의 대사급 대표부를 설치할 테니 그렇게 아시고, 투자이민에 대한 광고를 대대적으로 내겠소. 그것을 허용해 주시오."

그가 의자에 등을 기대었다.

"당신들이 이곳에 대표부나 대사관을 설치하는 것에는 관심이 없습니다. 아마 시간이 꽤 걸릴 테고 할 일도 별로 없을 테니까, 하지만 우리 대표부는 다음 주에 설치될 테니 일국의 대사관 대우를 해 줘야 될 겁니다. 북한이야 당신들한테 쌀이나 돈을 받으려고 그저 밀고 당기고 하겠지만 우린 달라요. 아쉬운 것이 별로 없는 입장이니까 잘 생각하시오."

총독이 자리에서 일어났다. 그가 오병한과 신형목을 거들떠보지도 않은 채로 방을 나가자 따라 일어섰던 이남호가 그들을 둘러보았다.

"자, 세부사항에 대해서 이야기를 나눌까요?"

"내부에서 정보가 새었다."

그리고는 어금니를 문 박기환이 앞에 선 부하들을 둘러보았다. 북한 대표부의 그의 방 안에 모인 부하들은 모두 침통한 표정들이었다.

"42동 203호를 딱 짚고 공격해 왔어. 그곳에 물품이 있다는 것을 아는 사람은 10명도 되지 않는다."

그의 말소리는 얼음날처럼 섬뜩했다.

"배신자가 있다. 너희들 중에 있는지도 모른다."

앞에 둘러선 사내들은 규찰대의 간부들로 모두 4명이다. 그들은 잘 단련된 군입답게 차려 자세로 선 채 입을 열지 않았다. 박기환이 소리죽여 한숨을 뱉어 내었다. 마약의 판매는 장호성의 소관이지만 수송과 보관은 그의 책임인 것이다. 소매 가격으로 500만 달러 값어치의 코카인을 강탈당했으니 이제까지의 노력이나 경력이 일순간에 허사가 될지도 모른다. 머리를 든 그가 부하들을 쏘아보았다.

"규찰대 전원을 풀어서 중국인 거리를 뒤져라. 조금이라도 수상한 놈이 있으면 잡아 족쳐라. 삼합회를 염두에 둘 것도 없다."

그는 주먹으로 테이블을 내리쳤다.

"어서 움직여!"

부하들이 방을 나가자 그는 전화기를 집어 들었다. 다이얼을 누르자 곧 신호가 갔다.

"여보세요."

저쪽에서 중국어가 들리자 그는 전화기를 고쳐 쥐었다.

"난 북한 대표부의 박기환이오. 양필성 선생을 바꿔 주시오."

그의 중국어는 유창했다.

"내가 양필성 입니다."

그의 직통전화 번호는 알고 있었지만 통화는 처음이었다.

"양 선생, 전화로 실례합니다."

"아니 천만의 말씀을. 박 선생 그런데 무슨 일이십니까?"

"다름 아니라 어젯밤의 사건 때문에…… 들으셨지요?"

"아아, 들었습니다. 정말 유감으로 생각하고 있습니다."

그의 목소리는 낮았고 부드러웠다.

"무자비한 놈들이었습니다. 그래, 사건에 진전이라도 있습니까? 제가 도와드릴 일이라도."

"부상당한 동무의 말을 들으면 습격자들은 중국인이었다는 겁니다."

"허어."

놀란 듯 잠시 말을 멈췄던 양필성이 혀를 차는 소리를 내었다.

"그렇다면 우리 삼합회를 의심하고 계십니까?"

"꼭 그런 건 아닙니다. 하지만 중국인이라면 양 선생께서 잘 알고 계시리라고 생각해서."

"우리가 북한 사람들을 공격 할 이유가 없지 않습니까? 우린 우방이오. 도대체 왜 그런 짓을 했겠습니까?"

"집안에 값진 물품이 있었습니다."

"허어."

다시 서너 번 혀를 찬 양필성이 목소리를 낮추었다.

"유감이군요. 어쨌든 우리도 힘 닿는 데까지 협조해 드리지요. 지금은 그 말씀밖에 드리지 못하겠군요."

"고맙습니다. 양 선생. 그럼."

아랫입술을 깨문 박기환은 전화기를 내려놓았다. 승승장구해 왔던 그의 인생에서 처음 닥친 시련이었다. 한동안 우두커니 앉아 있던 그는 자리에서 일어섰다. 서일과 장호성이 그의 결과 보고를 기다리고 있을 것이었다.

그날 밤, 12시가 되어갈 무렵이었다. 타운의 대동강 클럽 후문을 나온 한 사내가 주위를 살피더니 빠른 걸음으로 골목길을 걸어 나갔다. 지나치는 행인이 간혹 있을 뿐으로 한적한 골목길이었다. 여러 차례 골목을 돌아 앞쪽의 큰 길이 보이는 입구 근처에 나온 사내는 건물의 벽에 등을 기대고는 손목시계를 내려다보았다. 꽤 오래 골목을 돌았으나 대동강 클럽의 네온사인이 한 블록도 못 된 옆쪽에서 반짝이고 있는 위치였다. 곧 뒤쪽에서 인기척이 들리더니 사내 한 명이 빠른 걸음으로 이쪽으로 다가왔다. 이곳은 사무실 빌딩들이 늘어서 있었으므로 밤에는 인적이 끊기는 곳이었다.

"최 동무야?"

다가온 사내는 이금철이었다. 그는 최태호의 옆에 붙어 서더니 길게 숨을 내리쉬었다.

"참, 내 꼴이 우습게 되었군. 이제는 감시를 달고 다니다니."

"전 밤낮으로 두 명이나 붙어 있습니다. 위원장 동지."

둘이서 있을 때는 최태호는 지금도 이금철을 위원장이라고 부른다. 그는 담배를 꺼내어 입에 물었으나 불을 붙이지는 않았다.

"그런데 위원장 동지도 감시가 붙다뇨?"

"어젯밤 사건으로 박기환이 반쯤은 미친놈이 되었어."

그는 목소리를 낮추었다.

"동무를 보자고 한 건 동무가 곧 평양으로 소환당할 것 같아서야. 어제 저녁에 박기환한데 들었어."

어둠 속에서 눈을 크게 뜬 최태호가 잠자코 그를 바라보았다. 이금철이 주위를 둘러보았다.

"동무 소문이 나쁘게 났어. 그리고 박기환은 어떤 증거를 쥐고 있는 모양이야."

"어떤 증거 말입니까?"

"돈을 모아 두었다든가 돈놀이를 한다는 건 소문을 들은 모양이고 마약 장사를 했다고 어떤 놈이 고발한 것 같아."

"……"

"박기환은 교활한 놈이야. 나한테 말해 준 것도 어쩌면 함정을 파려고 그랬는지도 몰라."

그는 다시 주위를 둘러보았다.

"그러다가 어젯밤의 사건이 일어난 거야. 박기환은 지금 정신이 없어. 마약보관은 그놈의 책임이니까."

"그놈도 온전치 못할 겁니다."

혼잣소리처럼 말한 최태호가 그에게로 바짝 붙어 섰다.

"위원장님, 전 돌아가지 않을 겁니다. 처자식까지 데려온 마당에 소환당할 수는 없습니다."

"그렇다면 도망치겠나? 이곳에 남아 있을 수는 없어."

최태호가 이금철의 손을 움켜쥐었다.

"위원장님은 어떻게 하시겠습니까? 제가 도망치면 책임을 지셔야 할 텐데요."

길게 한숨을 내리쉰 이금철이 최태호의 얼굴을 똑바로 바라보았다.

"난 동무가 그런 짓을 하고 있다는 걸 눈치 채고 있었어. 그런데 나쁜 것이라는 생각이 별로 들지 않더구먼. 노력한 대가를 받는 것이고 또 그럴 자격도 있다는 생각도 들더란 말이야. 나도 썩었나 봐."

"……."

"나한테 권한을 준다면 부하들에게 역량껏 돈을 벌도록 기회를 주고 싶었지. 그렇게 한다면 남조선 놈들보다 몇 배나 더 성과를 올릴 거라고 생각했는데."

쓴웃음을 지은 그가 시계를 내려다보았다.

"시간이 없어. 돌아가야 돼. 변소에 간다고 나왔으니까. 자, 그럼 동무도 돌아가."

"위원장님."

최태호가 불렀으나 이금철은 잠자코 몸을 돌리더니 골목 안의 어둠 속으로 곧 자취를 감추었다.

전화기를 내려놓은 박기환은 손등으로 이마의 땀을 닦았다. 깊은 밤이다. 벽시계는 12시 20분을 가리키고 있었지만 그는 아직도 대표부의 사무실에 앉아 있었다. 그는 방금 평양의 하준일과 전화통화를 마친 것이다. 하준일은 이제 당조직지도부의 당사업 담당비서가 되어있었는데 명실공히 조직지도부의 2인자였다. 물론 조직지도부의 수장은 지도자인 김정일이다. 조직지도부는 체제의 직접 담당기관으로 이 기구의 지시에 의해서 당 중앙위원회가 움직이고 북한체제가 작동되어 온 것이다. 하준일은 대단히 중대한 과오라고만 말했을 뿐이지만 그것은 곧 과오에 대한 책임을 묻겠다는 뜻이었다. 500만 달러의 현금이나 마찬가지인 코카인을 강탈당했으니 이것은 엄청난 직무유기였다. 전화벨이 울리자 그는 생각에서 깨어났다. 흰색의 직통전화였으므로 그는 서둘러 전화기를 들었다.

"여보세요."

"박 소장. 난 박기동 씨 심부름을 온 사람이오."

사내가 한국어로 대뜸 말했으므로 박기환은 와락 눈을 치켜떴다.

"당신, 누구야?"

"박기동 씨의 전갈이야. 동로의 마냐 클럽에 가면 쥬코프라는 지배인이 있어. 그 사람이 쪽지를 가지고 있는데 당신이 직접 찾아가도록 해."

그리고는 사내가 낮은 웃음소리를 내었다.

"허튼짓 말고, 그쪽은 마피아의 본거지니까 쥬코프는 당신 얼굴을 알아."

"이봐, 무슨 수작이야?"

박기환이 버럭 소리를 치자 사내가 다시 웃었다.

"당신 목숨이 달린 일이지. 박기동 씨가 그렇게 말하더구면. 그러니 잠자코 쪽지를 받아."

마냐 클럽은 대표부에서 차로 이십 분 거리밖에 되지 않는 유명한 러시안 클럽이었다. 마피아는 5층 건물의 전체를 클럽과 카지노, 호텔로 만들어 놓았는데 백계 러시아 여인들의 수준이 일급이라고 알려진 곳이다. 단숨에 마냐 클럽으로 달려간 박기환은 혼자서 클럽 안으로 들어섰다. 지배인 쥬코프는 금방 찾을 수 있었는데 체중이 150킬로미터그램은 될 것 같은 거인이었다. 다가온 류코프가 얼굴에 웃음을 띠우더니 소란스러운 홀을 피해 계단 쪽으로 그를 안내해 갔다. 계단 밑의 으슥한 곳에서 둘이 되자 그는 주머니에서 접혀진 종이 한 장을 내어밀었다.

"여기 있소, 박 장군."

그로부터 한 시간쯤 후인 새벽 2시경에 고속도로 하행선을 맹렬하게 달려온 검정색 포드가 고려시 기점 120킬로미터에 있는 간이 휴게소로 들어섰다. 주유시설도 없는 데다 매점도 시원치 않은 이곳은 그저 피로한 운전자를 위한 주차장 구실만 하는 곳이었다. 넓은 주차장에는 서너 대의 승용차가 드문드문 어둠 속에 묻혀 있을 뿐이었는데 포드가 들어서자 승용차 두 대에서 불이 켜졌다. 그리고는 포드의 양 옆으로 다가오더니 나란히 멈춰섰다. 곧 포드의 운전석 문이 열리고 박기환이 내려섰다. 그러자 옆쪽의 벤츠에서 내린 것은 김상철이었다. 차량들의 라이트는 켜진 상태였으므로 반사광에 그들은 서로의 얼굴을 알아보았다. 처음 만나는 사이였지만 서로 상대방의 사진으로 얼굴을 익힌 것이다.

"박 소장님. 나 김상철입니다."

그에게로 다가간 김상철이 손을 내밀었다. 영하 10도 정도의 알맞은 날씨여서 그들은 맨손으로 악수를 했다. 굳은 얼굴로 선 채 입을 다물고 있는 박기환을 향해 김상철이 웃어 보였다.

"제 차로 가실까요?"

그들은 곧 벤츠의 뒷좌석에 나란히 앉았는데 운전석 옆자리에 앉아 있던 사내가 몸을 돌렸다. 심재택이다. 운전사는 옆쪽 차로 옮겨간 후여서 차 안에는 그들 세 사람뿐이었다.

"이 사람은 내 보좌관이오."

심재택을 소개하자 박기환이 건성으로 머리를 끄덕이더니 입을 열었다.

"김 사장, 당신은 내 약점을 쥐고 있다고 생각하는 모양인데 그건 잘못 생각한 거요."

"글쎄 나도 진즉 알고 있었지만 그것을 빌미로 박 소장을 불러낼 생각은 하지 않았었습니다."

"자, 어떤 협박을 할 거요? 우선 들읍시다."

표정은 굳어져 있었지만 박기환은 두렵다거나 불안해하는 기색은 보이지 않았다. 의자에 등을 붙이고 앉은 그는 턱을 들고 김상철을 바라보았다.

"박기동이 추방당하기 전에 모두 털어 놓았지요. 박 소장한테 세 차례에 걸쳐 뇌물로 8만 달러를 바쳤다고. 그 대신 북한측 공사의 자재공급을 맡아 50만 달러쯤 남겼다고 하더군요."

김상철이 말을 이었다.

"물론 영수증도 없고 증인은 주었다는 박기동뿐이니 모함이라고 밀어붙일 수도 있으시겠지. 하지만 박기동이 자재대금에서 얼마나 이득이 남았다는 기록은 우리가 가지고 있지요. 물론 지출전표와 함께."

"그래서?"

표정 없는 얼굴로 박기환이 물었다.

"그래서 어떻게 하겠다는 거야?"

그러자 이제까지 잠자코 있던 심재택이 입을 열었다.

"우리에게 협조해 주시오. 그 보상은 얼마든지 해 드리겠습니다."

"……"

"우리는 당신이 갖고 있는 고급 정보만 얻으면 됩니다. 절대로 노출되지 않을 데니까 안심하셔도 될 거요."

"당신은 김 사장의 보좌관이 아니지?"

불쑥 박기환이 묻자 김상철과 심재택의 시선이 마주쳤다. 그리고는 심재택이 쓴웃음을 지었다.

"그렇소. 한국의 국정원 요원이오."

"남조선 정부 대표들은 이곳에서 떡이 되어 나갔는데 국정원 요원은 신바람이 나 있군."

"그것, 칭찬으로 받아들이겠소."

"묘한 때에 만나게 되는군. 엎친 데 덮친 꼴인가."

혼잣소리처럼 말한 박기환이 의자에서 등을 떼었다.

"당신들은 날더러 조국을 배신하라고 하는 모양인데, 사람 잘 못 보았어."

"……"

"박기동의 일은 난 모르는 일이야. 장부를 아무리 위조해도 난 결백을 주장할 거야."

"여긴 녹음장치 같은 건 없습니다. 박 소장."

심재택이 부드럽게 말했다.

"당신이 이곳에 와 준 것으로 우리는 당신 입장을 읽을 수 있습니다. 서로 협조해 나갑시다."

"당신들은 날 도울 수가 없어."

갑자기 문을 열고 박기환이 밖으로 나가자 김상철과 심재택도 따라 내렸다. 차가운 밤바람이 피부를 스치고 지났으나 오히려 시원했다.

"난 이번 사건으로 문책을 받게 돼. 곧 이곳을 떠날지도 모른단 말이야."

바람에 날린 그의 목소리를 듣자 김상철이 그에게로 한 걸음 다가가 섰다.

"무엇 때문입니까? 우선 듣기나 합시다."

다음 날 아침 북한 대표부 2층에 있는 서일의 집무실 안이다.

"내일쯤 평양에서 감사조가 파견되어 올 것 같은데, 아무래도 심상치가 않아."

서일이 찌푸린 얼굴로 장호성을 바라보았다.

"지도자 동지가 직접 지시를 내리셨다는 거야. 이번 사건을 해결하라고."

"박 소장은 내부에서 정보가 새었다고 합니다. 대표동지."

장호성의 말에 서일이 입맛을 다셨다.

"그렇다면 더 시끄러워지겠군, 내부를 온통 휘저어 놓을 테니."

"박 소장이 책임을 지겠다고 했습니다. 제가 꽤 오래 겪어 보았는데 책임감이 강한 동무입니다."

솔직히 500만 달러 값어치의 코카인을 강탈당한 것이 사람 죽은 것보다 더 큰 문제인 것이다.

"삼합회는 시치미를 떼고 있다는데 혹시 다른 중국인 갱단들의 소행이 아닐까?"

서일이 묻자 장호성이 머리를 저었다.

"알 수가 없습니다. 러시아군에서 흘러들어온 무기들을 식당 종업원도 갖고 있으니까요."

"호사다마라고 일이 잘 풀리나 했더니 꼭 걱정거리가 생기는군."

장호성이 자리에서 일어섰다.

"사업장을 돌아보겠습니다. 일반 조직은 별 문제가 없는데 이번 사건 때문에 사업장의 조직이 뒤숭숭해져 있어서요."

고려시의 사업장을 맡고 있는 최태호는 그 시간에 리조트 시티의 스키장 구역에 들어와 있었다. 스키장은 200만 평이나 되었으므로 사무실 건물만 해도 수십 동이다. 그는 스키장 서쪽의 창고 사무실에 앉아 있었는데 그와 마주앉은 사내는 이한이다.

이한이 말을 이었다.

"당신이 지금 도망치면 며칠 전의 사건을 뒤집어쓸 가능성이 있다는 거야. 하긴 당신 덕분에 그곳을 칠 수 있었지만 그렇다고 정직하게 도망칠 건 없지 않아?"

"이봐, 마음 편한 소리 그만해."

최태호가 짜증을 냈다.

"당신들은 지금 내 입장을 몰라서 그래. 박기환이 날 오늘이래도 소환시킬 수가 있단 말이야."

이미 최태호는 처와 열두 살 난 딸을 스키장의 빌라에 숨겨 놓고 있었다. 그리고는 김상철의 도움으로 러시아나 일본으로 빠져 나갈 작정이었다. 입맛을 다신 이한이 정색을 했다.

"걱정하지 말고 어서 사업장으로 돌아가. 만일 소환시킨다면 내가 쳐들어가서 빼내 줄 테니까."

"그 말을 어떻게 믿어?"

그 순간 사무실 문이 열리더니 김상철이 들어섰다. 일어선 그들에게 가볍게 머리를 끄덕여 보인 김상철이 자리에 앉았다.

"최 형, 방금 연락을 받고 온 길인데, 걱정하지 말고 고려시로 돌아가세요. 별일 없을 겁니다."

최태호의 얼굴이 붉게 달아올랐다.

"이금철 씨가 박기환한테서 직접 들었단 말씀입니다. 제 소문을 조사하고 있는 데다 증인까지 있다고 했습니다. 게다가 저하고 김 사장님하고의 관계까지 알려지면 저는 당장에라도 총살을 당합니다."

"내가 들은 정보로는 최 형의 증인도 없고, 소문의 증거도 잡은 것이 없어요. 그건 박기환이 최 형을 떠보기 위해서 한 짓이오. 이금철 씨를 통해서 말이 전달되리라고 예상하고 말이오."

김상철이 목소리를 부드럽게 했다.

"함정에 빠지면 안 됩니다. 나를 믿고 사업장으로 돌아가세요. 아무 일도 없을 테니. 그리고 최 형 부인과 딸은 지금 집으로 돌려보냈습니다. 아침에 스키 타고 왔다고 말하라고 했어요."

얼굴이 하얗게 된 최태호가 한동안 김상철을 바라보더니 입을 열었다.

"정말 믿어도 됩니까?"

"날 믿어요. 최 형. 절대로 실망시키지 않을 테니까."

그러자 머리를 끄덕인 최태호가 자리에서 일어섰다.

"그럼 가겠습니다."

최태호가 사무실을 나가자 이한이 김상철을 바라보았다.

"형님, 박기환을 주물러 놓았다고 한마디만 하면 될 것을 왜 그것을 감추라고 하시는 겁니까?"

"심재택 씨 생각이다. 최태호는 박기환이 돌아선 것을 모르고 있는 것이 낫다는 거다. 그리고 박기환도 그것을 바라고 있어."

"난 잘 모르겠는데."

이맛살을 찌푸린 이한이 한쪽으로 머리를 기울였다.

"그 심 선생은 일을 골치 아프게만 만드는 것 같습니다, 형님."

그날 밤, 타운 서쪽에 새로 형성된 영주권 미취득자의 집단 거주지 안에서 요란한 총성이 울렸다. 12시가 가까운 시간이어서 거주지의 주민들은 거의 잠에 취해 있을 때여서 총성은 더욱 크게 울렸다. 한두 정의 발사음이 아니었고 기관총까지 섞여져 있었는데다 잠시 후에는 수류탄의 폭발음도 두 번이나 났다. 이쪽의 거주지는 조립식의 3층 건물로 100여 동이 밀집되어 있는 곳이다. 총성과 폭발음이 들린 곳은 왼쪽의 끝부분에 있는 건물이었다. 2층의 창문으로 불길이 보이는 걸 보면 안에서 화재가 난 모양이었다. 어느덧 총성이 그쳐 있었으나 주민들은 창에서 눈만을 내어 놓고 현장을 바라보고 있었다.

"서둘러라!"

권총을 움켜쥔 박기환이 응접실에 버티고 서서 소리쳤다. 집안은 박살이 나 있었고 벽에는 무수한 총탄자국이 나 있는 데다 응접실 구석에서는 옷가지가 불에 타오르는 중이었다. 숙소는 30평 규모로 방 두 개에 응접실, 화장실 등으로 나눠진 간단한 구조였으므로 부하들은 제각기 둘씩 셋씩 짝을 지어 집안을 뒤지고 있었다.

"찾았습니다!"

집안이 떠나갈 듯한 소리를 지르며 안방에서 부하 한 명이 뛰쳐나왔다. 그는 손에 검정색 비닐 가방을 움켜쥐고 있었는데 지퍼가 열린 안쪽이 드러나 보였다. 비닐 포장지에 싸인 코카인이 가득 들어 있는 것이다. 박기환이 권총을 휘두르며 소리쳤다.

"철수!"

10여 명의 사내들은 쏟아지듯 문짝이 떨어진 현관문을 나가더니 계단을 구르듯 내려갔고 곧 그곳에서 경계하고 있던 10여 명과 합류하여 금방 어둠 속으로 사라져 갔다.

　그로부터 두 시간 후인 새벽 2시경이다. 북한 대표부의 집무실에서 서일은 장호성과 박기환을 마주보고 앉아 있었는데 모두의 얼굴에는 생기가 났다.
"다시 찾아서 어쨌든 다행이야."
서일의 목소리도 밝았다.
"하나도 축나지 않았다니, 박 소장은 명예회복을 했어."
"더구나 놈들이 집을 비웠을 때 치고 들어간 것을 보면 운도 좋은 모양이오."
장호성도 웃는 얼굴로 그를 추켜 주었다.
"그, 조선족 정보원한테는 상금이라도 주어야겠소. 아니면 훈장을 주든지."
"노출시킬 수 없는 정보원입니다. 내가 따로 상금을 주지요."
"그렇지, 그렇게 하는 것이 낫겠소."
　박기환이 거주지에 심어 두었던 조선족 정보원의 정보로 코카인 전량을 무사히 찾게 된 것이다. 집은 비어 있었지만 옷가지와 일용품 몇 가지를 가져온 결과 중국인들의 소유물로 밝혀졌다. 중국인 갱단이었던 것이다. 그러나 살고 있던 집이 박살이 난데다가 정체가 탄로 난 터이니 그들이 집에 돌아올 리는 없었다.
"그럼 피곤들 하실 텐데 저도 이만 가보겠습니다."
박기환이 자리에서 일어서자 그들은 얼굴에 웃음을 띠웠다.
"이젠 편히 주무시오. 박 소장."

방문이 닫히고 나서 그들은 서로 마주보았다.

"박 소장은 관운이 타고난 사람이군."

서일의 말에 장호성이 쓴웃음을 지었다.

"그동안 반쯤은 미쳐 돌아다녔습니다. 지성이면 감천이라고 정보원이 도와준 것이지요."

"지금 당장 평양에 연락을 해야겠어. 감사조는 올 필요가 없겠군. 이제."

"그럼요, 오히려 표창이라도 해야 되지 않겠습니까? 이렇게 되찾은 것은 기적입니다. 대표님."

머리를 끄덕인 서일이 전화기를 쥐었다. 새벽 2시 30분이었지만 지도자 동지는 깨어 있을 확률이 많은 것이다.

음모에 빠지다

자리에서 일어선 강미현은 소파로 서일을 안내해 갔다. 유리창 밖으로 흰 햇살이 비치는 오전 10시경이었다. 고려리아에 주재한 30여 개국의 대표부 중에서 북한 대표부만큼 총독실과 밀접한 관계인 곳은 없다. 소파에 마주앉자 곧 여직원이 그들 앞에 찻잔을 내려놓고 돌아갔다.

"남조선에서 고려리아로의 무제한 투자이민을 승인했더군요. 우선 축하드립니다."

서일이 웃음 띤 얼굴로 말했다.

"대단히 고무적인 일입니다. 기업뿐만이 아니라 인민들까지 몰려들어 온다면 경제가 더욱 활성화되겠지요."

강미현이 머리를 끄덕여 주었다.

"서울에 있는 대표부로 하루에도 수백 통씩 문의전화가 온다고 해요. 아마 다음 달부터 투자이민이 몰려들 겁니다."

지난주부터 서울에는 고려리아의 대표부가 개설되었고 대표는 총독실의 행정연구위원이었던 정대윤이 임명되었다. 60대 초반으로 고려그룹 계열의 사장을 지 낸 그가 감개무량한 얼굴로 서울에 도착한 것은 일주일 전이다. 그리고 사흘 전에는 대통령에게 고려리아 총독의 신임장을 제출한 뒤에 본격적인 업무를 시작했던 것이다. 녹차를 한 모금 마신 강미현이 찻잔을 내려놓았다.

"잘 아시다시피 우리 고려리아 정부는 김상철 씨와 조금 불편한 관계인데, 그 원인이 정부의 지나친 견제 때문이라고 하더군요."

서일이 잠자코 머리를 끄덕이자 그녀가 말을 이었다.

"솔직히 북한계 이주민을 서둘러 대량으로 정착시킨 것도 김상철 씨의 세력을 견제하기 위해서였습니다. 그는 조직의 기반을 바탕으로 행정부 내에도 깊숙이 뿌리를 내리고 있어서 그를 견제할 또 하나의 한국인 세력이 필요했던 것이지요."

강미현이 이런 식으로 말할 줄은 전혀 뜻밖이었으므로 서일은 긴장하고 있었다. 행정부와 김상철과의 알력은 순전히 강미현과 김상철의 세력다툼 때문이다. 차기 통치자로서 고려리아를 지배해야 할 강미현이 김상철의 세력이 확장되는 것을 견제하려고 일으킨 싸움인 것이다. 강미현이 말을 이었다.

"고려리아 정부의 직영사업장 관리체제를 다시 일신시킬 작정이에요. 지난번에 관리책임자가 피살된 후로 사업장의 조직이 침체되어 있어서요."

"당연한 일입니다. 그러셔야죠."

"이번에 서울에서 한 사람을 데려왔어요. 조직 관리에 뛰어난 사람인데 곧 대표님을 찾아뵙고 인사를 드리도록 하겠습니다."

"알겠습니다. 기다리지요."

"제 말은 직영사업장 조직과 북한과의 밀접한 유대관계가 필요하다는 것입니다."

서일이 커다랗게 머리를 끄덕였다. 강미현이 접근하는 이유를 이미 처음부터 알고 있었고 그것은 자신들에게도 바람직한 일이었던 것이다. 미·일의 세력이 기세를 잃은 지금, 북한의 당면한 적은 김상철이다. 그만 제거하면 고려리아는 하루아침에 북한 조직의 수중에 들어올 수가 있는 것이다. 서일이 헛기침을 했다.

"알고 계시겠지만 김상철은 이주해 온 한인들을 대상으로 조직을 확대하고 있습니다. 사업장을 관리하는 조직만이 아니란 말씀입니다."

"……."

"이 상태로 간다면 한인 이주민의 대부분이 그의 조직에 잠식당할 우려가 있지요. 왜냐하면 김상철은 한국 국정원의 지원을 받고 있으니까요."

"국정원이라니요?"

이맛살을 찌푸린 강미현이 그를 쏘아보았다.

"국정원이 김상철을 지원한다는 증거가 있나요?"

서일이 머리를 끄덕였다.

"있습니다. 우리가 파악한 바에 의하면 10여 명의 요원이 김상철 밑에서 한인조직을 구성하고 있는 중입니다. 그리고 국정원 간부인 심재택이 김상철을 보좌해 주고 있습니다."

심재택이라면 얼굴도 생생하게 떠오르는 국정원 요원이다. 차분한 목소리로 서일이 말을 이었다.

"경비대의 보안국장 장동택도 국정원 라인이지요. 저는 고려리아가 자주성을 찾으려면 선결문제로 이 국정원의 영향권에서 벗어나야 한다고 생각합니다. 그렇게 되면 김상철의 견제도 한결 쉬워질 테니까요. 그자가 국정원을 등에 업고 있는 한 시간이 갈수록 위험하게 됩니다."

고려시 북쪽 50킬로미터 지점에 있는 서판술 마을은 부르기가 조금 어려웠지만 고속도로 공사중 사고로 죽은 러시아계 고려인 십장의 이름을 따 지은 것이다. 도로변에 늘어선 20여 채의 건물에 가게와 주유소가 차려져 있었고 민가는 뒤쪽으로 20여 호밖에 되지 않는 조그만 마을이었다.

점심때가 조금 지난 시간이다. 고려리아에도 여름이 다가오고 있었으므로 오늘도 맑은 하늘에 기온은 영상이었다. 고속도로를 달려온 두 대의 벤츠가 주유소에 멈춰 서자 주유원이 다가왔다.

"얼마를 넣을까요?"

중국인이었다. 그러자 앞쪽 차의 뒷문이 열리더니 두 사내가 내렸다. 김상철과 심재택이었다. 주유소는 마을의 끝 쪽에 세워져 있었으므로 잠시 주위를 둘러보던 그들은 곧 주유소의 담장 밑으로 다가갔다. 담장 밑에는 검정색 포드가 세워져 있었는데 그들이 다가가자 운전석의 유리창이 내려쳤다. 얼굴을 내민 사내는 박기환이다. 그들이 포드의 뒷좌석에 들어가 앉자 박기환이 백미러를 바라보며 말했다.

"남조선은 이번의 비밀회담에서 8월에 양곡 100만 톤 값인 4억 5000만 달러를 지불하기로 합의했소. 우리 공화국의 식량 사정상 석 달 당겨진 것이오."

그가 저고리의 안주머니에서 접혀진 서류를 꺼내더니 뒤쪽으로 넘겨주었다. 심재택이 받아들자 그가 백미러로 뒤쪽을 바라보았다.

"지난번 합의문을 복사한 거요. 대표의 금고에 넣으면서 잠깐 꺼내어 복사를 했소. 금고 열쇠는 나와 대표가 둘이서 갖게 되어 있으니까."

백미러에 나타난 그의 반쪽 얼굴이 쓴웃음을 짓고 있었다.

"이번에는 서류를 작성하지 않았소. 그래서 4억 5000만 달러를 팔월에 지급하기로 되었다는 말은 장호성을 통해 들었지. 장호성은 대표한테서 들었겠고."

"어떤 방법으로 지급한다고 합디까?"

심재택이 서류를 주머니에 넣으며 물었다.

"물론 고려리아 정부를 통하겠지만 말이오."

"그건 알 수 없소. 듣지 않았으니까."

심재택이 종이쪽지 한 장을 그에게로 건네주었다.

"제네바 은행의 계좌번호와 코드번호가 적혀 있습니다. 가명도 상관없는 비밀계좌라 이동식이란 이름으로 30만 달러를 입금시켰소."

박기환이 심재택이 건네 준 쪽지를 유심히 내려다보더니 입안에 넣고는 씹어 삼켰다. 그리고는 몸을 돌려 그들을 번갈아 바라보았다.

"고려리아는 이제 북남간의 땅뺏기 싸움이 되었소. 공화국은 철저하게 세포조직을 만들어 가고 있는 중이오."

그는 시선을 심재택에게로 옮겼다.

"그리고 심 선생, 당신은 이미 우리의 정보망에 파악되어 있어요. 당신의 요원들도 조심해야 될 거요."

그러자 심재택이 이를 드러내며 웃었다.

"당신들의 조직도 마찬가지요. 조장, 반장, 동장도 말이오, 박 소장."

"난 오늘밤 비행기로 귀국할랍니다."

돌아오는 차 안에서 심재택이 말했다.

"팔월이라면 두 달밖에 남지 않았어요. 서둘러야 합니다."

손으로 가슴을 두어 번 두드려 보인 그가 얼굴에 웃음을 띠웠다.

"아마 이 서류가 중요한 몫을 할 겁니다."

"고려리아에 한국의 투자이민이 몰려들 거요. 고려리아 정부는 변화를 원하지 않을 텐데."

"물론이지요. 고려리아도 북한과 함께 한국의 약점을 쥐고 있는 현재 상황이 바람직할 테니까."

심재택이 입맛을 다셨다.

"고려리아를 끼워 넣은 건 북한의 고단수 술책이오. 고려리아는 지금 말려들고 있습니다."

무제한 투자이민을 승인하고 대표부를 인정해서 대대적인 투자광고를 하게 한 것도 고려리아가 약점을 빌미로 한국 정부에게 요구했을 것이다. 그러나 그것을 알고 있는 사람은 몇 명 되지 않는다. 심재택과 헤어진 김상철이 스키장의 빌라에 돌아왔을 때는 저녁 6시가 되어 있었다. 그가 응접실에 들어서자 기다리고 있던 그레고리가 자리에서 일어섰다.

"보스, 마르첸코가 펄쩍 뛰면서 좋아할 것이라고 제가 말하지 않았습니까? 페로프는 당장에라도 계약을 하자고 합니다."

그레고리가 커다란 목소리로 말하며 웃었다.

"이제까지 욕심은 났지만 손을 내밀지 못하고 있었던 겁니다."

그레고리가 관리하고 있는 운송회사는 이제 밀려드는 수요를 감당하기에는 역부족이었다. 그래서 김상철은 그레고리를 시켜 고려리아의 마피아 보스인 페로프에게 동업을 제의하도록 했던 것이다. 차량 대수를 5000대로 늘리면서 마피아가 1000대분을 투자하여 지분의 20%를 갖도록 하는 조건이었다. 하바롭스크에 있는 페로프의 보스 마르첸코가 기꺼이 참가하리라는 것을 김상철도 예상하고 있었다. 본래 극동의 마피아는 운송수단을 장악하면서 힘을 키웠던 것이다. 그들은 고려리아의 초창기에 운송수단을 장악하려고 시도하다가 실패하자 김상철의 운송회사에 갖가지 방법으로 테러를 했다. 결국 그것을 원인으로 전대의 보스 파벨이 몰락을 했던 것이다.

"좋아, 그럼 네가 계약을 해라. 운송의 조 사장과 함께 서류를 작성하도록 해."

"그거야 그 사람들이 전문이니까요. 하지만 대주주인 보스가 계약을 하는 것이 정상 아닙니까? 저야."

그레고리가 흰 털이 듬성듬성 섞인 턱수염을 손바닥으로 쓸었다. 그는 이제 러시아 말만큼이나 한국말에 유창했는데 작년 말에 데려온 그의 러시아인 부인과 열 살 난 아들에게도 한국어를 배우게 한다고 했다. 김상철은 현채옥이 날라온 녹차를 한 모금 마셨다.

"나는 이제 대주주가 아니다. 대주주는 너야."

소파에 등을 기댄 그가 그레고리를 바라보았다.

"며칠 전에 행정청에 신고를 했다. 대아운송의 네 지분을 55%로 만들었고 내 지분은 15%다. 페로프가 20%를 차지하게 되더라도 대아운송의 소유주는 너다."

잠자코 있는 그레고리를 향해 그가 말을 이었다.

"다른 사업장도 마찬가지야. 그리고 다른 사람들도 마찬가지로 지분을 나눠 주었다. 모두 소유주가 된 것이지. 난 소액주주에 불과하다."

"보스."

침을 삼킨 그레고리가 헛기침을 했다.

"고맙습니다. 보스."

"이 땅에 뿌리를 내리라는 뜻이다. 이젠 너희들도 너희들 소유의 사업장도 갖게 되었으니까 말이야."

집안에 들어선 이한이 몇 번 코를 큼큼거리며 콧구멍을 벌름대더니 곧 주방으로 다가가 문을 열었다.

"거기서 뭘 하는 거야?"

반쯤은 놀란 기세로 그가 버럭 소리를 치자 동연교가 주춤거리며 그에게로 한 발자국쯤 다가와 섰다.

"어머니가 요리를 갖다드리라고 해서 데우고 있었어요."

눈을 부릅뜬 이한이 몸을 돌려 뒤에 선 부하를 바라보았다. 당황한 부하가 시선을 내렸다.

"말씀드리려고 했는데 미처."

저녁 8시가 되어가고 있었다. 이한의 숙소는 김상철이 임시로 거처하고 있는 빌라에서 100미터쯤 위쪽에 세워진 같은 형의 빌라였다. 그림자처럼 김상철을 따라다니다가 독립되어 거대한 사업장의 관리를 맡고 있었지만 경영은 전문 경영인 출신의 사장들에게 맡기고 그는 조직만 거느리고 있는 상황이다. 본래 큰돈을 만져 본 일도 없을 뿐더러 돈에 대해서 철저하게 무관심한 이한이었다. 그는 사업확장과 매출신장, 이익증대를 외치는 사장들에게 대놓고 말은 안 했지만 염증을 느끼고 있는 중이었다. 좋은 시절은 김상철과 동고동락하던 때였다. 그는 김상철의 옆에 붙어 있는 조태광을 부러워하고 있었다. 동연교가 응접실로 들어섰는데 양손으로 받쳐 든 쟁반 위에는 짙은 냄새를 풍기는 고기 접시들이 놓여 있다. 그녀는 잠자코 그의 앞쪽 탁자 위에 접시들을 내려놓았다. 그가 동 씨 집에 숨어 지낼 적에 맛을 보았던 돼지고기 볶음과 닭조림이다. 동 씨 부인은 음식솜씨가 좋았는데 특히 이 두 가지 요리를 만들어 주었을 때는 고기 한 점 남기지 않았던 것이다.

"지금은 입맛이 없어."

이한이 던지듯 말하자 동연교가 눈을 깜박이며 그를 바라보았다.

"도로 치울까요?"

"그대로 두고 넌 집에 돌아가."

이맛살을 찌푸린 그가 동연교를 바라보았다.

"여긴 어떻게 알고 찾아왔어?"

"타운의 변순태 씨를 찾아가서 부탁했어요."

"음."

이한이 어금니를 물었다.

"그랬더니 사람을 시켜서 이곳까지 데려다 주던데요."

"그 망할 자식이."

한국말이었으나 동연교는 욕설인지 눈치를 챈 모양이었다. 서둘러 말을 이었다.

"제가 거짓말을 조금 했어요. 잘 안다고, 저희 집에 계셨던 이야기도."

저도 모르게 침을 삼킨 이한이 김을 내는 요리 접시를 내려다보았다. 입맛이 없기는커녕 시장해서 화가 날 지경이었다. 그가 젓가락을 들자 동연교가 얼굴에 웃음을 띠웠다. 그리고는 앞쪽 소파의 구석에 엉덩이 끝만 붙이고 앉았다. 이한은 고기를 씹어 삼키면서도 이마의 주름살은 풀지 않았다.

6월 중순이 되자 서울에서는 흐린 날씨가 계속 되었다. 금방이라도 비가 내릴 것처럼 보였지만 습기 찬 대기만 깔려 있을 뿐이어서 불쾌지수가 치솟는 나날이었다. 국정원장 권준규가 들어서자 비서실장 이태준이 자리에서 일어섰다.

"어서 오시오. 권 원장님."

그는 밝은 표정이었다. 에어컨 시설이 잘 되어 있는 청와대의 비서실장 집무실이다. 창밖으로 고르게 다듬어진 정원의 잔디밭과 화단이 보였는데 흐린 하늘과는 어울리지 않는 것처럼 느껴졌다.

소파에 마주앉은 그들은 직원이 날라온 커피를 마셨다. 오늘은 한 달에 한 번씩 열리는 안보 장관 회의가 있는 날이다. 권준규가 시계를 내려다보았다.

"다른 분들은 모두 오셨나? 시작할 때가 되지 않았습니까?"

"참, 말씀드린다는 것을 잊었는데, 회의는 며칠 후로 연기가 되었습니다. 각하께서 일정을 조정 하셔서."

"아, 그래요?"

"그런데 권 원장님."

이태준이 얼굴에 부드러운 웃음을 띠웠다.

"이건 각하께서 직접 말씀하셔야 예의가 되겠지만 제가 하겠다고 나섰지요. 이해해 주시리라고 믿습니다."

"……"

"오늘자로 사직서를 써 주셨으면 해서요. 원장님은 무슨 일 때문인지 잘 알고 계실 겁니다."

얼굴을 굳힌 권준규가 한동안 이태준을 바라보았다. 시선을 먼저 돌린 것은 이태준이었는데 그가 말을 이었다.

"국정원 요원들이 고려리아 안에서 공작활동을 벌이고 있다는 것을 우리는 보고받지 못했습니다. 각하께서는 진노하고 계십니다."

권준규가 커피 잔을 들고는 한 모금을 마시고 내려놓았다.

"그 이유 때문인가요?"

낮은 목소리로 묻자 이태준이 쓴웃음을 지었다.

"그것 하나만으로도 충분하지 않습니까? 하나 더 보탠다면 고려리아 정부에서 강력한 항의를 해 왔어요. 대통령 각하께 직접 말입니다."

"……"

"한국 정부의 공작 활동을 즉각 중지시키고 책임자를 처벌하라고 요구해 왔습니다."

"북한이 그곳에서 세포조직을 확산시키고 있는데도 말입니까? 그것이 북한측의 압력이라고 생각지 않습니까?"

그러자 이태준의 얼굴도 딱딱하게 굳어졌다.

"원장께선 고려리아 내의 국정원 활동에 대해서 철저하게 숨겨 오셨지 않습니까? 그건 정부와 대통령 각하를 무시한 행동이나 마찬가집니다."

"공식 활동이 아니오. 퇴역 요원들을 보내서 북한세력을 저지시킨 거요."

"심재택이 퇴역 요원입니까?"

권준규가 길게 숨을 내리쉬었다. 예상하지 못한 일은 아니었지만 시기가 빨랐고 그리고 너무 갑작스러웠기 때문이다.

심재택이 대검의 수사요원에게 연행된 것은 그로부터 한 시간 후였다. 사무실에서 제2차장 이근복의 올라오라는 연락을 받고 차장실에 들어섰던 그는 세 명의 사내가 이근복의 테이블 앞에 서 있는 것을 보았다. 그중 한 사내가 심재택에게 영장을 꺼내 보였다.

"대검 공안부의 강대규 수사관입니다. 이것, 영장이니까 읽어 보시지요."

읽고 자시고 할 경황이 없었으므로 심재택이 머리를 돌려 이근복을 바라보았다. 그는 여당의 대통령후보 정동민의 인맥이다.

"이봐, 걱정 말고 다녀와."

이근복이 부드럽게 말했지만 시선은 딴 곳으로 향해져 있었다. 그가 연행되어 간 곳은 대검의 공안부가 사용하는 강남의 한적한 주택가 안의 안가였다. 2층 벽돌 양옥집으로 조그만 정원과 연못도 만들어진 저택의 응접실로 끌려간 그는 소파에 앉혀졌다. 물론 포승이나 수갑은 채우지 않았지만 살벌한 분위기였다. 집안을 메운 7, 8명의 수사관은 모두 그를 감시 취조하기 위한 인원들인 것이다. 1급 사건이다. 심재택은 쓴웃음을 지었다. 한 사람을 취조하려고 안가를 사용하고 이만한 인원을 동원한 것을 보면 그들의 긴장감을 알 수 있었던 것이다. 곧 현관문이 열리더니 40대 초반쯤의 말쑥한 사내가 들어서자 사내들의 수선거림이 멈췄다. 사내는 창백한 피부였는데 검은테 안경알 속의 눈동자는 흐렸다. 술 꽤나 마시는 놈이다. 그를 똑바로 바라보면서 심재택은 숨을 천천히 들이마시고 내쉬었다. 이놈도 긴장하고 있을 것이다. 그리고 무엇부터 어떻게 이야기를 꺼내야 할지 당혹스러울 것이다. 그는 문득 청와대에 들어 간 원장을 떠올렸다. 그러자 시선이 흔들렸는데 사내가 불쑥 입을 열었다.

"자, 김상철과 무엇을 계획했는지 말해 보실까?"

"김상철은 거물이오, 아마 검사님은 이해하실 수 없을 겁니다."

박기동이 의자에 등을 기대었다가 얼른 상체를 떼었다. 그는 지금 강남의 뉴랜드 호텔 특실에 앉아 있었다.

"고려리아의 통치자는 물론 총독이지만 주민들을 직접 장악하고 있는 자가 김상철이오. 한인들은 대부분 그의 지배하에 있단 말입니다."

그의 앞에 앉은 사내는 머리가 반쯤은 백발이 되어 있었으나 피부는 팽팽했고 윤기가 났다. 자신을 공안부 최 검사라고만 소개한 그는 영장도 보여 주지 않았다. 그가 머리를 끄덕였다.

"그렇습니까? 정말 대단하군요. 그렇다면 총독이 견제할 만도 한데 왜 내버려 두는 겁니까?"

"경비대도 김상철이 편이었거든요. 지난번에 제거하려고 했다가 실패했습니다."

박기동이 입맛을 다셨다. 만일 그렇게 되지 않았다면 이렇게 한국에 처박혀 있지도 않을 것이다. 오늘도 매일처럼 출근하는 친구의 오퍼상 사무실에 나가 있던 그는 들이닥친 수사관 두 명에게 연행되어 오면서 하늘이 무너지는 것 같은 느낌이 들었었다. 지난번 기소중지는 풀렸지만 고려리아에서의 일로 꼬투리를 잡는다면 얼마든지 당할 수가 있는 것이다. 이곳에서 다시 당하면 끝장이었다. 그러나 호텔에 도착해서 최 검사의 협조요청을 듣자 그의 기세는 순식간에 되살아났다. 이들의 목표는 김상철과 그의 협조세력인 심재택 등이었다. 그는 묻지 않는 말도 자진해서 꺼내는 중이었다.

"말하자면 심재택은 김상철의 브레인 역할이지요. 둘이는 아주 죽이 맞는 것 같았습니다. 심재택은 고려리아에 오면 김상철의 저택이나 별장에서 묵는다니까요."

"주로 심재택이 어떤 일을 합디까?"

"김상철이의 조직을 강화시키는 것, 또는 강미현이나 북한세력을 견제하는데 힘을 써 주는 모양입니다."

방 안에는 그들 둘 외에도 세 명의 사내가 더 있었는데 한 명은 줄곧 전화기에 매달려 있다. 그리고는 가끔씩 쪽지에 무언가를 적어 최 검사에게 건넸고 최 검사는 그것을 보며 박기동에게 묻기도 했다. 다른 한 명은 그들의 대화를 열심히 노트북 컴퓨터로 기록하는 중이었다. 최 검사가 쪽지를 보더니 다시 물었다.

"지난번 남북한 회담이 고려리아에서 열렸을 때에 박 선생은 이곳에 계셨지요?"

"그렇습니다."

"김상철이 경비대 고위층과 친하다면 고려리아 정부의 정보를 쉽게 알 수가 있겠군요."

"가능할 겁니다. 경비 본부장 이대각의 생명을 구해 준 사람이니까. 행정청장 유장석도 마찬가지요."

"그래요?"

"글쎄, 고려리아는 주민에서부터 정부 고위층까지 김상철이의 손길이 뻗치지 않는 곳이 없다니까요."

"김 서방 전화다."
응접실에서 어머니가 소리치자 박미정은 서둘러 화장실을 나왔다. 배가 눈에 띄게 불러져 있어서 헐렁한 원피스 차림이었다.
이 여사가 웃음 띤 얼굴로 전화기를 건네주었다.
"서방님 전화라니까 뛰는구나."
"여보세요."
서둘러서 숨이 가쁜 목소리가 이어졌다.
"왜, 무슨 일이야? 뛰었어?"
"뛰긴요. 그냥."
어머니의 말을 들은 모양이었다.
"어때? 몸은."
"건강해요, 둘 다."
"난 한 사람만 물은 거야. 나누지 말아."
김상철의 목소리도 밝다.
"공사를 석 달쯤으로 잡았는데 예정보다 길어져. 아마 8월쯤 끝날 것 같아."
"그래도 다음 달에 가겠어요. 빌라도 불편하지 않으니까."
"기다려, 서둘지 말고."
김상철의 목소리가 엄격해졌다.
"모두 당신과 나를 위해서 하는 말이니까 내 말을 들어. 알았지?"
"알았어요."
시무룩한 박미정의 목소리를 듣자 김상철이 밝게 웃었다.
"당신이 이곳에 올 적에는 부모님과 우리 아버님, 그리고 친척과 친구들까지 함께 오도록 비행기를 빌릴 작정이야. 물론 그 전에 초대장을 보내야겠지. 결혼식 초대장을 말이야."

"……."

"새 집에서 결혼식을 올리는 거야. 괜찮겠지?"

머리를 끄덕인 박미정의 반응을 알 수가 없는 김상철이 다시 물었다.

"괜찮겠어?"

"네."

옆자리에 앉아 있던 이 여사가 찬찬히 그녀의 얼굴을 바라보았다.

"몸조심해, 다시 연락할게."

"당신두요. 식사 거르지 마시고."

전화기를 내려놓은 박미정이 어머니 쪽으로 머리를 돌렸다.

"엄마, 8월에 결혼식 올리자고. 집을 다 지으면."

"결혼식을 올리겠다고?"

두 눈을 크게 뜬 이 여사의 목소리가 높아졌다.

결혼 실패 이후로 박미정의 좌절과 방황을 알고 있었던 그녀로서는 그저 새로운 생활이 행복하기만을 바래왔었다. 그래서 이제까지 결혼식에 대한 것은 내색도 하지 않았던 것이다. 그러나 이제는 체증이 가신 듯이 온몸이 가뿐해진 느낌이 들었으므로 이 여사는 박미정의 손을 잡았다.

"식을 올리겠다더냐?"

"응, 모두 초대해서, 비행기를 전세 내서."

두 눈을 반짝이며 박미정이 말하자 이 여사가 소리 내어 웃었다.

"당연히 그래야지. 그래야 체통도 서고."

이제까지 꺼낸 적도 없는 내용의 말이었다.

거래처에 들렀던 이유미가 회사 빌딩의 현관에 들어섰을 때는 오후 5

시가 조금 못되어 있었다. 그녀가 꼿꼿한 자세로 로비를 걸어 엘리베이터로 다가가자 지나치던 직원 두어 명이 머리를 숙였다. 옅은 청색의 투피스 차림에다 짧게 자른 머리칼 사이로 귀걸이가 반짝였고 턱을 조금 든 그녀의 시선은 앞쪽을 향해져 있다. 그러다가 시야에 아는 사람을 만나면 초점을 맞추지만 모르는 사람은 그녀의 초점 없는 시선만을 볼 뿐이다. 엘리베이터 앞에 선 자신의 옆쪽으로 사내 한 명이 다가왔으나 이유미는 머리를 돌리지 않았다. 엘리베이터를 기다리는 사람은 자신과 사내, 둘이었다. 사내가 헛기침을 했다.

"이 사장님."

사내가 부르자 이유미는 머리를 돌렸다. 그리고는 입을 벌렸는데 사내는 시바다 겐지의 심복 나까무라였던 것이다.

"아니, 여기에 어떻게."

놀란 김에 한국어로 말하자 나까무라가 빙긋 웃었다.

"놀라셨습니까?"

유창한 한국말이다. 그러고 보니 조금 전에 자신을 불렀을 때도 한국어로 불렀던 것이다. 엘리베이터가 그들 앞에서 열렸으나 이유미는 한 걸음 비켜섰다. 긴장으로 굳어진 표정이었다.

"여긴 웬일이세요?"

"이 사장님을 뵈러 왔습니다. 보스께서 뵙자고 하셔서요."

"시바다 씨도 이곳에."

"예, 서울에 와 계십니다."

나까무라가 그녀에게로 한 걸음 다가와 섰다.

"잘 아시겠지만 우린 한국에서 범법자가 아닙니다. 염려하실 것 없습니다."

한 시간쯤 후에 이유미는 해리슨 호텔의 특실에서 시바다와 마주보고 앉아 있었다. 시바다는 여느 때처럼 기름 바른 머리를 올백으로 넘긴데다가 번쩍이는 실크 셔츠 차림이었다. 그가 여유 있는 표정으로 이유미를 바라보았다.

"나 때문에 유미도 꽤 고생을 했다고 들었어. 사업도 위축이 되고."

"저보다도 당신이 더 하셨겠죠. 이렇게 만나서 정말 기뻐요."

이유미가 얼굴에 웃음을 띠웠다.

"사업이야 얼마든지 만회할 수가 있어요. 걱정하지 않으셔도 돼요."

"곧 잘 될 거야."

자리에서 일어선 시바다가 이유미의 옆으로 옮겨 앉았다.

"내가 유미를 찾은 것은 그것을 알려 주려고. 전보다 몇 배 더 사업을 크게 벌이도록 해 줄 테니까."

그는 팔을 들어 이유미의 어깨를 안았다. 곧 뜨거운 입김이 자신의 귓전에 닿았으므로 이유미는 머리를 그의 가슴에 묻었다.

시바다의 한 손이 이제 자신의 팬티를 끌어내리고 있었다.

"난 빚은 꼭 갚는 사람이야."

팬티를 끌어내린 시바다가 서둘러 자신의 바지를 벗어 던졌다.

그의 팬티가 터져 나갈 듯이 팽창되어 있는 것이 보였다.

"두고보라구. 그리고 나 때문에 피해를 본 사람에게도 꼭 보상을 하지."

이유미는 그가 이끄는 대로 소파에 누워 다리를 벌렸다.

"김상철이도 얼마 남지 않았단 말이야."

그의 뜨거운 것이 몸 안으로 들어왔으므로 이유미는 저도 모르게 신음소리를 내었다. 그러자 시바다는 그 어느 때보다도 격렬하게 돌진해 왔다. 그의 목을 두 팔로 감아 안은 이유미는 어느 사이에 자신의 깊은 곳이 젖어 있는 것을 알 수 있었다. 이제는 목마른 사람처럼 그를 기다리는 것이다. 이유미는 그의 움직임에 맞추어 허리를 흔들기 시작했다.

"국장님, 대기실에 손님이 와 계시는데요."

이정훈의 앞에 다가온 정치부 백 기자가 말했다. 그는 지난달에 우간다의 내전을 취재하다가 반군에 잡혀 구사일생으로 목숨을 건진 사내로 별명이 람보였다.

"4명인데 급한 모양입니다."

이정훈은 위층의 전무실에서 나오는 길이었는데 그가 이곳까지 올라온 것이다.

"지금 전 기자하고 이 기자가 그들을 잡아두고 있는데 아무래도 분위기가 이상해요."

정치부 기자들은 업무상 권력기관을 많이 겪기 때문인지 호락호락하지가 않다.

"어디서 온 사람들이야?"

이정훈이 묻자 그는 빈 복도의 좌우를 둘러보았다.

"말하지 않습니다. 하지만 기관원들이 틀림없습니다. 2명은 대기실에 2명은 국장님실 앞에서 기다리고 있어요."

"나, 이곳에서 빠지겠다. 아무래도 심상찮아."

백 기자가 머리를 끄덕였다.

"저쪽 화물 엘리베이터를 타고 지하 주차장으로 가십시다. 그곳에 제 차가 있으니까요."

지하 3층의 주차장에서 엘리베이터를 내린 그들은 곧장 백 기자의 승용차로 다가갔다.

"백 기자, 트렁크를 열어라."

"아니, 국장님, 그러실 것까지야."

눈을 동그랗게 떴던 백 기자가 사태의 심각성을 느낀 듯이 곧 트렁크를 열었다.

"어디로 가실까요?"

트렁크에 한 발을 올려놓았던 이정훈이 그를 바라보았다.

"나하고 관계가 있는 곳은 안 돼."

"그러시다면 좋은 곳이 있습니다."

트렁크에 들어가 몸을 새우처럼 굽히고 눕자 곧 뚜껑이 닫히고 주위는 먹물 속같이 어두워졌다. 계획이 탄로난 것이다. 국제신문의 하주간이거나 한일신문의 조 국장, 또는 KNS의 강 국장일 수도 있다. 승용차는 구불구불한 주차장의 계단을 느린 속도로 달려 올라가고 있었다.

10여 년 전, 민주화 투쟁 대열에 섰다가 쫓겨 다니던 시절과는 비교할 수도 없는 불안감이 가슴을 눌렀으므로 그는 길게 한숨을 뱉었다. 어쨌든 구사일생이다. 틀림없이 그들은 그 일 때문에 찾아왔을 것이기 때문이었다. 승용차는 도로로 나온 모양으로 속력을 내고 있었다. 람보 백근수는 운동권의 후배였고 아끼는 부하이기도 했다. 그는 믿을 만했으므로 이정훈은 몸을 뒤척여 다리를 편하게 뻗었다. 한 시간쯤 후에 구겨진 모습으로 트렁크에서 나온 이정훈은 주위를 둘러보았다. 이곳도 인적이 없는 지하 주차장이었다.

"여기 강남입니다. 태성 오피스텔이지요."

백근수가 그의 옷깃에 붙은 먼지떨이의 실밥을 털어 주었다. 테헤란로에 있는 고급 오피스텔이었다.

"이곳에 제 애인이 살고 있습니다. 정부라고 할까요? 마누라는 말할 것도 없고 동료기자, 제 형제들도 모르는 곳이니까 안심하셔도 될 겁니다."

그들은 엘리베이터에 올랐다.

"술집에 나가는 앤데 아마 지금은 가게에 나갔을 겁니다. 걱정하지 마십시오. 오늘밤에는 제가 술집에 들렀다가 호텔로 데려갈 것이고 일이 풀릴 때까지 방을 비우게 할 테니까요."

15층에서 내린 그들이 방문을 들어서자 백근수의 말대로 방은 비어 있었다. 그들은 아기자기하게 꾸며진 방 가운데의 소파에 앉았다. 벽의 한쪽에 백근수가 환한 얼굴의 아가씨와 얼굴을 맞댄 사진이 붙어 있었다. 그녀가 방의 주인인 모양이었다. 냉장고에서 음료수를 꺼낸 백근수가 그에게 건네주었다.

"자, 국장님, 무슨 일이십니까? 심각한 일입니까?"

한동안 그의 얼굴을 바라보던 이정훈이 이윽고 머리를 끄덕였다.

"정부 전복기도를 했어. 난 현 집권층이 북한과 매국적인 비밀협상을 한 증거를 갖고 있어."

"심 과장은 사흘째 집에 들어가지도 않았습니다. 일 때문에 못 들어간다고 집에 연락은 한 모양입니다."

양성훈이 걱정스러운 얼굴로 말했다. 그는 심재택이 고려리아에 데려온 전직 국정원 요원이다. 40대 후반으로 정보수집과 분석의 전문가인 그는 김상철의 조직관리에 중요한 역할을 하고 있었다.

"하지만 분위기가 이상합니다. 국정원장이 갑작스런 사임을 하고 이어서 심 과장과 연락이 안 된다는 것은."

말을 멈춘 그가 김상철을 바라보았다.

"최악의 경우를 예상해야 됩니다."

"그렇다면 심 과장에게 무슨 일이 일어났단 말인가요?"

"작업이 탄로가 났을지도 모릅니다."

"……"

"이런 상황에서 이쪽에 연락을 안 할 리가 없습니다."

귀국했더라도 심재택은 하루에 한 번씩은 꼭 고려리아로 연락을 했는데 주로 양성훈과의 교신이었다. 그러나 사흘 동안 심재택은 연락처도 밝히지 않고 교신을 딱 끊은 상태인 것이다. 양성훈이 입을 열었다.

"심 과장은 언론을 이용한 한국 집권층의 제거를 계획하고 있었습니다. 이번에 가져간 남북 간의 비밀합의 문서의 사본이 결정적인 역할을 하게 될 것이라고 했었지요."

"……."

"정부 전복기도나 마찬가지 작업입니다. 탄로가 났다면 정부는 전력을 다해서 뿌리를 뽑으려고 들 겁니다."

"만일 심 과장이 잡혔더라도 계획이나 동조자들을 털어 놓을 사람이 아니오."

그러자 양성훈이 머리를 저었다.

"사장님은 모르시는 말씀입니다. 자신의 의지와는 상관없이 약에 취한 상태에서 모든 것을 털어놓게 되어 있습니다."

"……."

"다행히 저희들은 가족까지 모두 데려온 상태입니다만."

김상철이 찬찬히 그를 쏘아보았다. 그는 한국과 한국 정부에 관한 일에 대해서는 심재택과 심정적으로 동조하고 있었지만 지금까지 한 걸음 물러나 있던 입장이었다. 이윽고 그가 머리를 끄덕였다.

"양 선생은 서울과 계속 연락을 해 보시오. 그리고 나한테 수시로 보고를 하고."

양성훈이 방을 나가자 한동안 생각에 잠겨 있던 김상철은 전화기를 들었다. 다이얼을 누르고 난 그는 벽시계를 올려다보았다. 오후 3시 30분이었다.

박미정이 전화기를 들었다.

"여보세요."

"나야."

김상철의 목소리에 그녀의 얼굴이 금방 밝아졌다.

"식사하셨어요?"

"응, 그런데 당신."

잠시 말을 멈추었던 그가 목소리를 부드럽게 했다.

"내가 지금 일본으로 가는데, 당신 바로 출발할 수 있지? 아마 일본행 비행기는 시간마다 있을 거야."

"갑자기 일본은 왜요?"

"일 때문인데 당신과 만나 쉬려고."

박미정이 얼굴에 웃음을 띠웠다.

"일본 어디루요?"

"오사카, 서울발 오사카행 비행기는 오후 5시 30분 출발이야. 거기도 지금 3시 45분이지?"

"그래요."

"공항까지 한 시간이면 될 것이고, 비행기 표는 내가 예약해 놓았어."

"왜 그렇게 급해요?"

"내가 스케줄에 맞추다 보니까 그래, 어서 서둘러. 입은 옷 그대로 나와, 필요한 건 내가 오사카에서 사 줄 테니까."

"어머니도 안 계시는데."

"서두르라니까. 오사카에서 전화드리면 돼."

낮으나 굵은 김상철의 목소리에 박미정의 얼굴이 굳어졌다.

"알았어요. 지금 나갈게요."

재치가 뛰어난데다가 민감한 성격의 박미정이다. 서둘러 일어선 그는 입고 있던 원피스를 벗어 던지면서 방으로 들어섰다. 그녀가 밝은색깔의

원피스를 갈아입고 손가방만을 든 채 현관문을 나선 것은 그로부터 10분쯤 후였다. 아파트 앞에서 마침 모범택시를 세워 탄 그녀는 곧장 공항으로 달렸다.

"태광이를 오사카로 보냈다"
김상철이 말하자 이한이 입맛을 다셨다.
"저를 보내시지 왜."
"공항에서 만나면 곧장 고려리아행 비행기로 갈아타면 되니까."
김상철이 이한의 옆에 앉아 있는 장동택에게로 머리를 돌렸다.
"내가 신경과민인지는 모르지만 이제까지 험한 일만 겪어 와서요."
"잘하신 겁니다. 심 과장이 잡혔다면 김 사장님도 연루될 것이 틀림없으니까요."
머리를 든 장동택이 길게 숨을 뱉었다.
"심 과장은 말해 주지 않았지만 난 대충은 짐작하고 있었습니다."
"북한 사람들이 좋아할 일을 한국 정부가 해 주는군요."
"그놈들이 지금 그것 생각할 입장입니까? 비밀을 감추려고 무슨 것이든 할 겁니다."
장동택이 김상철의 사무실을 방문한 것은 드문 일이었다. 야습사건으로 고려리아 정권이 뒤흔들린 후로 처음 방문한 것인데 주위의 시선을 경계했기 때문이다. 그러나 양성훈으로부터 사연을 들은 그는 주위를 아랑곳하지 않았다. 심재택은 그의 선배였을 뿐만 아니라 고려리아의 장래에 대해서 뜻을 같이하는 동지였던 것이다. 고려리아는 한국인들의 자본주의 자치령이다. 고려리아가 사회주의화 된다든가 한국의 일부분이 되어 주체성을 잃고 흔들려서는 안 된다고 그들은 다짐해 왔던 것이다.
"어쨌든 우리는 기다리는 수밖에요. 원장이 갑자기 사임하고 심 과장이 종적을 감춘 것이 우연의 일치 같지는 않지만 아직 확실한 증거는 없으니까요."

장동택이 말을 마쳤을 때 전화벨이 울렸다. 전화기를 든 김상철이 벽시계를 올려다보았다. 오후 5시 30분이다.

"여보세요."

"저예요."

박미정의 목소리였으므로 그는 와락 이맛살을 찌푸렸다.

"어떻게 된 거야? 비행기는?"

이한과 장동택의 얼굴도 동시에 굳어졌다.

"못 탔어요."

"왜?"

"여권에 문제가 있다고 그래서 지금 공항에서 전화하고 있어요."

"여권이 왜?"

"그건 모르겠어요. 사람들이 가져갔는데 며칠 후에 돌려주겠대요."

"……."

"저는 괜찮아요. 곧 택시 타고 집으로 돌아가려고 해요."

"놀랐어?"

"조금요. 그런데 당신도 오사카로 가지 않았군요. 연락이 안 되면 어쩌나 하고 걱정 했는데."

"걱정하지 말고 집에 돌아가. 집에서 기다려."

"그런데 무슨 일이죠?"

"아무 일도 아냐."

"그럼 집에 갈게요."

전화기를 내려놓은 김상철이 굳어진 얼굴로 그들을 바라보았다.

"여권에 문제가 있다고 공항에서 출국금지를 시켰어."

"이미 도청하고 있었던 것입니다."

장동택의 얼굴도 굳어져 있었다.

"이것으로 심 과장이 잡힌 것이 확실해졌습니다. 그리고 자백한 것이지요."

"그렇다면 형수님은 한국을 빠져나올 수 없다는 겁니까?"

눈을 부릅뜬 이한이 장동택과 김상철을 번갈아 바라보았다.

"이런 개떡 같은 경우가 어디 있습니까? 형수님이 무슨 죄가 있다고?"

시선을 마주친 김상철과 장동택이 누가 먼저랄 것도 없이 제각기 머리를 돌렸다. 눈가가 붉게 달아오른 이한의 말소리가 다시 방 안을 울렸다.

"그렇다면 우리도 관광온 한국여자를 100명쯤 잡아 놓읍시다. 그리고 한국 대통령한테 형수님과 맞바꾸자고 협상을 합시다."

"일당은 거의 잡았는데 몇 명만 빠져나갔다고 합니다. 하지만 신원을 파악하고 있으니까 체포는 시간문제라는군요."

보고하는 사내는 비서실의 행정보좌관 박태현이다. 그는 한국으로 귀국한 전임 보좌관 오치호와는 대조적인 용모였는데 성격도 마찬가지였다. 오치호가 명예욕과 과시욕이 강한 데다 체격이 당당한 데 반하여 박태현은 말수가 적고 왜소한 성격이었다. 그러나 빈틈없는 업무처리와 순발력으로 강미현의 신임을 얻고 있었다. 그가 강미현을 바라보았다.

"이것으로 한국 정부는 총독님께 큰 신세를 진 셈이 되었습니다."

아침에는 강미현이 청와대 비서실장 이태준의 전화를 받았고 점심 무렵이 되었을 때 한국의 대통령이 고려리아의 총독에게 전화를 했다. 모두 구체적인 내용은 삼가고 있었지만 각별한 감사와 함께 앞으로의 돈독한 친선관계를 다짐하는 내용이었다. 강미현이 쓴웃음을 지었다.

"본의 아니게 한국정부에 선행을 베푼 셈이네."

본래 청와대에 고려리아에서의 국정원 활동에 대해서 항의한 이유는 국정원이 김상철의 조직을 지원하고 있었기 때문이었다. 국정원이 대통령과 정부의 허가 없이 고려리아에서 김상철을 지원한다는 것을 알고 있었으므로 그 행동을 막는 것이 목적이었던 것이다. 그러나 상황이 예상치 못한 방향으로 흘러 커졌다. 국정원은 정부 전복을 기도하고 있었던 것이다. 심재택의 심문과정에서 경악할 만한 사실이 밝혀졌고 차례로 끌려 들어온 동조자들한테서도 남북 간 비밀협상에 대한 내막 폭로라는 경천동지 할 내용이 확인되었던 것이다. 강미현이 찻잔을 들었다. 아까부터 박태현이 테이블 앞에 서 있었으나 앉으라고 하지 않았다.

"아직 찾아내지는 못했지만 심재택은 비밀협상의 합의문서를 김상철한테서 받았다는 거야. 물론 카피지만."

눈썹을 추켜세운 그녀가 박태현을 쏘아보았다.

"그렇다면 김상철이 그 카피를 누구한테서 얻었을까? 이 일은 우리 몫이야."

심각한 문제였으므로 박태현은 선뜻 입을 열지 못했다. 합의문서가 있다는 것을 아는 사람은 극소수였다. 고려리아 정부 안에서는 총독과 강미현, 비서실장 이남호, 협상에 참석했던 유장석 뿐이라는 것이고 자신도 어제서야 강미현에게서 들은 것이다. 합의문서의 원본은 3부였는데 남북한과 고려리아가 각각 1부씩 소지했고 고려리아의 몫은 행정청장이 보관하고 있다. 박태현이 조그맣게 헛기침을 했다.

"저, 북한 쪽에서 흘러 나갔을 수도."

"서일 씨한테도 이야기를 해 줘야겠지."

녹차를 한 모금 삼킨 강미현이 눈초리에 주름을 만들며 살짝 웃었다.

"소득이 적은 것도 아니야. 김상철의 지원세력이 일단은 단절된 데다가 이쪽의 배신자가 있다는 것도 알게 되었으니."

저녁 무렵, 습기찬 대기에 바람 한 점 불지 않는 무더운 날씨였다. 무리 지어 놀던 아이들이 하나씩 둘씩 빠져나가더니 이윽고 놀이터가 비워졌을 때 노타이셔츠 차림의 사내 두 명이 느린 걸음으로 다가왔다. 이미 저녁 그늘이 짙어지고 있는 시간이었지만 그들은 시소 뒤쪽의 구석진 벤치로 다가가 앉는다.

"젠장, 이게 무슨 꼴이야. 수사관 생활 15년에 이런 감시는 처음이야."
사내 하나가 담배를 꺼내 물며 투덜거렸다.
"사건 번호도 없는 데다 이유나 목적이 철저히 덮여진 이런 감시가 어디 있어?"
"김상철의 부인이야. 김상철은 고려리아의 거물이고, 그쯤만 알면 돼."
비슷한 연배의 사내가 앞쪽의 아파트를 바라보며 말했다.
"고 차장은 청와대의 직접 지시를 받고 있어. 큰 사건이야."
"젠장, 한 건 올리려고 기를 쓰는군. 서울 지검장을 노린다더니."
그들은 대검의 수사관으로 박미정의 아파트를 24시간 감시하는 제 삼 조의 일원이다. 열두 명의 수사관이 세 개조로 나뉘어 하루 8시간의 감시 근무를 하고 있는 것이다. 담배를 피우던 사내가 손에 든 담배를 모래밭 위로 튀기자 길게 불통이 날아갔다.

"놀이터의 두 놈까지 모두 네 놈이군. 4명이 한 개 감시팀이다."
불똥을 바라보며 시바다가 말했다.
"허술하기 짝이 없다. 감시 상태가."
"여권까지 압류하고 있으니까요."
옆자리에 앉은 나까무라가 주위를 둘러보았다. 그들이 탄 차는 놀이터에서 50미터쯤 떨어진 아파트의 주차장에 세워져 있었는데 바로 박미정의 아파트가 옆면을 보이는 위치였다.
"하긴 저렇게라도 지켜 주고 있으니 우선 마음이 놓이는군."
시바다가 운전사의 어깨를 손으로 쳤다.
"오늘은 이만 가자."
차가 움직이기 시작하자 시바다가 얼굴에 웃음을 띠웠다.
"이번에는 우리가 한국 정부와 연합한 셈이 되었다, 그렇지 않나?"
아파트를 빠져나온 승용차는 어둠이 짙어가는 거리로 들어서더니 속력을 내었다.

운명

그레고리 파트킨이 북한 대표부에 들어선 것은 이번이 처음이다. 이금철, 최태호 등과는 몇 번 만난 적이 있지만, 대표부의 부책임자라는 장호성은 초면이었다. 그가 사무실에 들어서자 장호성은 얼굴에 웃음은 띠웠지만 긴장한 듯 행동이 부자연스러웠다.

"이제까지 말씀만 들었는데 뵙게 돼서 반갑습니다."

소파에 마주보고 앉았을 때 장호성이 말했다. 그의 러시아어는 유창했다.

"사업이 잘 되신다고 들었습니다."

"고맙습니다."

그레고리가 마주보며 웃었다. 업무를 시작한 지 얼마 되지 않은 오전 10시경이었다. 사전 연락도 없이 북한 대표부를 방문한 그레고리가 대표와의 면담을 요청하자 대표부는 어수선해졌다. 그리고는 대기실에 그레고리를 앉혀 두고 회의를 한 끝에 서일 대신 장호성이 만나기로 했던 것이다.

"미리 연락을 해주셨다면 대표님을 만날 수 있으셨을 텐데, 유감입니다."

장호성이 직원이 가져온 차를 권하며 말했다.

"김상철 사장께서도 안녕하시지요?"

"예, 덕분에. 김 사장께서 대표께 안부를 전하라고 하셨습니다."

"요즘은 바빠서 서로 적조했습니다."

"그렇지요."

장호성은 손끝으로 의자의 팔걸이를 가볍게 두드리고 있었다. 그는 그레고리가 어떤 인물인지를 속속들이 알고 있는 것이다. 무장 강도단 시절의 그레고리는 시베리아에 진출해 있는 북한의 벌목사업소를 피신처로 자주 이용할 만큼 좋은 관계였다. 그러나 지금은 김상철의 심복으로 거대한 운송회사를 거느린 사업가가 되어 있었다. 찻잔을 내려놓은 그레고리가 허리를 폈다.

"대표께 말씀을 드리려고 했는데 부대표라도 상관이 없겠지요."

"예, 그럼요, 상관없습니다."

"한국 정부가 제 보스의 부인을 억류시키고 있어요. 여권을 압류해 버려서 고려리아에 들어올 수가 없습니다."

"……"

"그것을 북한측이 해결해 주셨으면 해서, 한국 정부는 당신들 말이라면 두말도 하지 않을 테니까요."

"그런데 왜 그렇게 된 겁니까?"

"글쎄, 그건 복잡한 이야기라서."

그레고리가 손바닥으로 턱수염을 문질렀다.

"생략합시다, 그 이유는."

"이건 대표께 보고를 드려야, 저로서는."

"당연하지요. 보고 드릴 때 만일 우리 보스 부인이 빠져나오지 못했을 때는 앞으로 한국 정부의 관리들은 고려리아가 무덤이 될 것이라는 말도 전해 주시오. 오는 족족 죽여 없앨 테니까."

"……."

"장관이건 총리건 모조리 죽일 테니까. 회담인지 지랄인지를 한다면 회담장을 폭파해 버릴 겁니다."

장호성이 입맛을 다셨다.

"그렇게 전하지요, 그레고리 씨."

"그리고 또 있습니다."

상체를 숙인 그레고리가 목소리를 낮추었다.

"당신들한테는 미안한 이야기지만 우리는 남북 간의 비밀협상 내용을 알고 있어요. 합의서 사본을 갖고 있단 말입니다. 만일 사흘 안에 우리 보스의 부인이 고려리아에 도착하지 않는다면 그 사본을 일만 장쯤 복사해서 한국은 물론 세계의 모든 언론기관에 보낸다고 해주시오."

"합의서 사본을 가지고 있다고 하셨소?"

얼굴을 굳힌 장호성이 묻자 그레고리가 커다랗게 머리를 끄덕였다.

"그렇소. 아마 한국 정부는 그것 때문에 이러는 모양이오."

"……."

"부인을 보내 준다면 우리와는 상관없는 일이니까 합의서 문서는 잊는다고 해주시오. 교환이고 뭐고 지랄 같은 수작은 부리지 말라고도 해주시고."

"김상철은 유장석의 생명을 구해 준 놈입니다. 이대각도 마찬가지이고, 그쪽에서 정보가 새었을 수도 있지요."

이금철이 말하자 서일이 머리를 끄덕였다.

"강미현의 생각도 그런 모양이야. 어쨌든 국정원 세력을 고려리아에서 내몰려고 한 것뿐인데 심재택의 심문 과정에서 비밀합의 이야기가 나오자 한국 정부는 기절초풍을 했어."

그는 앞에 앉아 있는 장호성과 박기환, 이금철을 차례로 둘러보았다.

"심재택은 합의서 사본을 김상철한테서 받았다는 거야. 김상철은 유장석한테서 얻었을 것이고."

"이대각이 갖다 주었을 수도 있지요."

장호성이 말하자 서일이 입맛을 다셨다.

"그나저나 우리도 골치 아프게 되었어. 김상철 이놈은 은근히 우리를 협박하고 있단 말이야. 합의서가 공개되면 한국 정권은 뒤집힐 가능성이 많아. 야당이 들고일어날 것이고 여론을 배경으로 우파와 군부가 쿠데타를 일으킬 가능성도 있어. 그렇게 되면 북남간의 합의는 물론 우리 체제도 위험해진다."

서일은 대외정보 조사부장 출신으로 첩보활동의 베테랑이다. 그가 강미현에게 고려리아의 국정원 활동에 관한 정보를 주어서 한국 정부로 하여금 그들을 견제토록 한 것은 훌륭한 성과를 거두었다. 국정원장의 목이 잘리고 고려리아의 실무책임자였던 심재택은 체포되었던 것이다. 더욱이 김상철이 그 사실을 알고 있다는 것까지 밝혀졌다. 박기환이 머리를 들었다.

"그렇다면 김상철의 요구를 들어 주어야 할까요?"

"우선 남조선 정부의 진행상황을 알아봐야겠어."

다시 입맛을 다신 서일의 표정이 어두워졌다.

"하지만 평양에서도 김상철에게 합의내용이 알려졌다는 것에 긴장을 할 것이 틀림없어. 강미현도 자체 단속을 하겠지만 우리도 기밀누출에 대해서 각별하게 주의해야 될 거야."

"우리는 염려하실 것 없습니다."

어깨를 편 박기환이 똑바로 그를 바라보았다.

"정보는 고려리아에서 새었습니다."

서일은 기밀사항에 관해서는 철저하게 관리하는 인물이다. 이번의 국정원 제거 공작도 대표부 안에서 알고 있었던 사람은 그 혼자뿐이었다.

서일이 머리를 끄덕였다.

"그렇겠지. 어쨌든 강미현과 김상철의 서로에 대한 불신감은 더욱 깊어졌다. 김상철은 강미현의 정보에 의해서 지원세력인 국정원이 제거된 것으로 믿을 것이고 강미현은 고려리아 정부 깊숙이 침투하여 끊임없이 자신을 괴롭히는 김상철의 존재를 재확인 했을 테니까."

눈을 뜬 심재택은 다시 자신이 깨어나기 전과 똑같은 상황에 있다는 것을 알자 절망했다. 이곳은 수원 근처의 개인주택으로 대검 공안부의 특수팀이 안가로 사용하는 장소일 것이다. 지하실 안에는 시계도 없는데다 주위의 소음이 일절 차단되어 있었으므로 이제 며칠이 지났는지 알 수가 없다. 한 팔로 상체를 버티고는 겨우 침대에서 일어나자 머리가 저도 모르게 앞쪽으로 기울어 졌다. 그 순간 그의 몸은 머리의 무게를 이기지 못하고 앞쪽으로 넘어졌는데 다행히 침대의 끝에 몸이 걸렸다. 약 때문이다. 놈들이 사용하는 자백제는 이미 오래 전에 자취를 감춘 CAT3가 틀림없었다. 중동의 어느 과격단체가 마약과 합성해서 만든 이 약은 정신을 명료하게 하면서 의지를 무력하게 만드는 효력이 있었는데 그 대신으로 육체가 오래 견디어내지 못한다. 그는 십 년쯤 전에 이 약의 시험 결과를 읽은 적이 있었다. 머릿속을 억누르고 있던 것일수록 먼저 풀려나온다는 것이다. 그는 다시 두 손을 짚고는 상반신을 일으켜 세웠다. 가슴이 무섭게 고동을 했고 눈에 보이는 사물이 빙글빙글 돌고 있었다. 방은 다섯 평쯤으로 창문도 없고 오직 앞쪽에 나무문이 하나 있을 뿐이다. 방 안의 가구는 자신이 앉아 있는 침대와 플라스틱 의자 두 개뿐이었다. 벽에 등을 기대고 앉은 그는 한 번만 더 약을 맞았다가는 자신이 살아남지 못하리라는 것을 알고 있었다. CAT3는 세 번 이상 주입하면 죽는다는 시험 결과가 나와 있었는데 자신은 벌써 네 번을 맞았던 것이다. 방문이 열리면서 이 씨와 조 씨가 들어섰으므로 그의 가슴이 다시 거칠게 뛰었다.

"일어날 기력이 아직 남은 모양이군."

이 씨가 흰 이를 드러내며 웃었다.

"의지력이 대단해. 덕분에 수사가 급진전되고 있지만 말이야."

그가 빈손으로 들어선 것을 깨달은 순간부터 심재택은 안도감과 실망감이 뒤섞인 감정으로 혼란에 빠져들고 있었는데 그것은 CAT3의 중독성 때문이다. 설령 맞고 죽더라도 머릿속의 세포 하나하나가 빛나며 박동하는 강한 쾌락을 기대하고 있었던 것이다. 그들은 플라스틱 의자에 나란히 앉았다.

"일주일 후에 정식으로 기소할 예정이니까 이제 진술서를 써야겠어."

이 씨가 눈짓을 하자 조 씨가 한 묶음의 서류를 꺼내어 심재택의 옆에 놓았다.

"당신은 곧 빼내 줄 테니 걱정 마라. 참고로 당신이 쓸 내용을 요약해 왔어."

흔들거리는 머리를 애써 가누면서 심재택이 서류와 그들을 번갈아 바라보았다. 이제 심문은 끝난 것이다. 자신의 자백으로 권 원장은 물론 김상철과 십여 명의 요인이 정부전복의 음모를 계획한 것이 드러났다. 고려리아에서 다음 번 남북회담이 열릴 적에 김상철을 행동책으로 북한 대표단을 살해하여 남북관계를 경색시키는 것이 첫 번째 목표였다. 물론 이것은 그들이 조작한 것이다. 두 번째는 있지도 않은 남북한의 합의서를 조작하여 한국 정부가 비밀리에 북한에게 엄청난 양의 경제 원조를 해주기로 했다는 것을 언론에 퍼뜨린다는 것이다. 그것으로 민심이 흉흉해졌을 때 극우파가 주도하는 정권을 세우는 것이 최종 목표라는 내용이었다. 서류를 든 심재택이 머리를 끄덕였다.

"좋아, 쓰지. 하지만 부탁이 있어."

이 씨와 조 씨가 서로 얼굴을 마주보았다. 그들이 공안부의 수사관인지 아니면 경찰청의 조사관인지 아직 확실치는 않다. 이윽고 자신을 이 씨라고 소개했던 사내가 머리를 끄덕였다.

"뭔데? 말해 봐."

"약을 한 번만 더 맞을 수 없겠나?"

"이 자식, 중독이 되었군."

이 씨가 얼굴에 웃음을 띠웠다.

"그건 안 돼, 다른 건 몰라도. 오늘 저녁에는 맛있는 요리를 보내 주지."

자리에서 일어선 그들이 방을 나가자 심재택은 다시 머리를 벽에 기대었다. 그들이 사건 그대로를 발표하리라고는 생각지도 않았지만 합의서를 조작하여 언론에 퍼뜨리기로 언론사 간부들과 공모했다는 내용은 만일의 경우에 대비한 복선이다. 설령 합의서가 노출되더라도 조작한 것으로 치부할 수가 있는 것이다. 심재택은 입가에 희미한 웃음을 띠웠다. CAT3의 약효를 알고 있던 터이라 주사를 맞기 전에 차 안의 장면을 눈앞에 떠올렸고 차에 들어 와 자신에게 합의서 사본을 건네준 자가 김상철인 것으로 모습을 떠올렸다. 김상철이 사본을 건네주며 말했다. '합의서 사본이오, 심 선생.' 마치 컴퓨터의 지난 그림을 지우고 새 그림을 그려 넣듯이 자신의 말도 만들어 내었다. '중요한 것을 얻었습니다.' 박기환은 김상철뿐만 아니라 한국의 안보에도 크게 이용가치가 있는 거물이다. 그는 박기환 하나만은 지워야겠다고 생각했고 이제 그것은 이루었다. 아랫

입술을 깨문 심재택이 눈을 감았다. 그리고 죽을 작정이었는데 이놈들이 CAT3의 치사한계는 알고 있는 모양이었다.

안보수석 신형목은 넥타이의 매듭을 잡아당겨 느슨하게 풀었다.
"그것, 김상철이의 여자는 보냅시다. 지금 그놈이 터뜨리면 만사휴의오."
그의 말투에는 짜증기가 배어져 있었다.
"고려리아에 있는 놈입니다. 여자를 잡고 있는 다고해도 우리 손이 닿기가 어려워요."
"사건의 핵이 그놈이야. 그놈을 중심으로 국정원가, 다른 떨거지들이 붙어 있어."
이태준이 충혈된 시선으로 그를 바라보았다. 심재택의 자백 내용을 듣고 난 후부터 그도 신경을 곤두세우고 있는 것이다. 더구나 오늘 아침, 신형목은 강미현으로부터 김상철의 통첩을 전달받았다. 고려리아 북한 대표부의 서일이 강미현에게 한국 정부에 연락을 하도록 부탁을 한 것이었다. 그들에게는 숨 돌릴 사이도 없이 급박한 상황이 겹쳐오는 셈이었다.
"그렇다면 합의서 사본을 그놈이 갖고 있단 말인가?"
"사본은 복사만 하면 열 놈이 갖고 있을 수도 있지요. 어쨌든 그놈이 사본을 빼낸 놈이니 갖고 있을 확률이 많습니다."
"도대체 북한 놈들은 뭘 하고 있는 거야? 그놈 하나 처치하지 못하고."
그러자 신형목이 입맛을 다시고는 머리를 돌렸다. 당치 않은 푸념이었던 것이다. 고려리아의 북한 세력은 김상철을 치기에는 아직 역부족이다. 그것을 잘 알고 있을 이태준이었다.
"내보냅시다. 놈이 통고한 기간은 사흘입니다. 우리는 일주일이 지나야 사건을 맞추어 발표할 수가 있습니다."

"……."

"여자를 억류시킨다고 해도 김상철을 잡을 가능성도 적고, 사건이 발표되어서 언론이 여자를 추적하면 오히려 골치가 아파질 수도 있습니다."

"각하께서는 잠을 이루지 못하고 계셔."

혼잣소리처럼 이태준이 말했다.

"그 영웅심만 가득 찬 소인배 놈들은 각하를 정권욕이 가득 찬 인물로 치부하는데 한반도의 평화에 기여한 공로는 꼭 후세에 평가받으실 거야."

그러자 신형목이 소리 내어 한숨을 뱉었다.

"어제 저녁에 터너 대사도 그런 말을 하더군요. 이대현 씨가 자주 북한을 자극하는 발언을 하는 것이 걱정된다는 겁니다."

"대안도 없이 선동만 하는 자야, 그자는."

이태준이 정색을 했다.

"남북관계가 논리대로 진행되지 못하는 것을 뻔히 알면서도 인기 위주의 발언만 하고 있단 말이야."

"개인적인 문제라고 하셨는데 무슨 일입니까?"

이성훈이 손목시계를 내려다보는 시늉을 했다. 테헤란로에 있는 이성훈의 사무실 안이다. 벽시계는 오후 2시를 가리키고 있었다. 머리를 끄덕인 백근수가 주머니에서 수첩을 꺼내더니 만년필로 휘갈기듯 써서 탁자 위로 밀어놓았다. 이성훈이 수첩을 집자 그는 입을 열었다.

"취직 부탁을 좀 하고 싶은데요. 실은 제 후배가 복직이 안 되어서."

수첩을 들여다본 이성훈은 눈을 둥그렇게 떴다. 그러자 백근수가 다시 수첩을 집더니 몇 줄을 썼다.

"유능한 후배인데요, 어떻게 안 되겠습니까?"

"글쎄요, 원체 난데없는 말씀이셔서."

다시 수첩을 들여다본 이성훈의 얼굴은 굳어져 있었지만 말은 받는다. 20분쯤 후에 그들은 지하 주차장의 옆쪽에 있는 보일러실에서 마주보고 서 있었다. 거대한 보일러실 안은 인적이 없었고 입구는 한 곳뿐이다.

"위험을 무릅쓰고 왔습니다. 지금 청와대 주도로 언론사의 간부들이 조사받고 있는 것을 아시지요?"

백근수가 서두르듯 묻자 이성훈이 머리를 저었다.

"금시초문이오. 그런데 백 기자님이 이 국장을 숨겨두고 있다는 건 정말입니까?"

"그렇습니다. 이 국장의 부탁으로 이 선생을 뵈러 온 겁니다."

"저를 왜."

백근수가 주위를 돌아보았다.

"이 국장께서 남북한의 비밀합의서 사본을 가지고 계시거든요."

"……"

"제가 복사해서 한 장을 가져 왔습니다. 보시겠습니까?"

이제는 이성훈이 나무토막처럼 굳어진 얼굴로 빈 보일러실을 돌아보았다. 그리고는 머리를 끄덕였다.

"주십시오."

쓴웃음을 지은 백근수가 주머니에서 서류 한 통을 꺼내어 그에게로 내밀었다. 전쟁터만 전문으로 돌아다니던 바람에 대한일보의 람보라고 불리는 백근수도 긴장하고 있는 것은 마찬가지였다. 이성훈이 서류를 읽는 동안 그는 초조한 듯 담배를 피워 물었다.

"국제신문의 하 주간, 한일신문의 조 국장, 그리고 KNS방송의 강 국장이 동조하기로 했는데 일이 틀어졌습니다."

이성훈이 서류를 접자 백근수가 빠르게 말했다.

"주동자는 국정원장 권준규 씨와 그의 심복 과장인 심재택 씨, 그리고 대한일보의 이 국장으로 알고 있습니다. 그리고 권 원장이 이 총재님께 상황을 대충 보고 드렸다고 들었습니다만."

"……."

"탄로가 났으니 막막합니다. 지금 하 주간이나 조 국장 등은 회사에 출근을 하고 있지만 곧 어떤 조처가 내려지겠지요. 하지만 권준규 씨와 심재택 씨는 실종상태 입니다. 아마 안가에서 조사를 받고 있겠지요."

이성훈이 서류를 접어 가슴 호주머니에 넣었다.

"제가 어떻게 도와 드리면 되겠습니까?"

"그저 서류를 받으신 것으로 됐습니다."

백근수가 입술을 비틀면서 웃었다.

"물론 저도 한 부 가지고 있습니다만 이런 상황에서 그런 서류가 부담이 될 수도 있을 테니까요. 총재님께 보여 드리고 태우든지 하십시오. 복사본은 많으니까요."

"분하군요. 저는 자세한 진행사항은 모르고 있었습니다."

"이 국장도 마찬가지입니다. 저는 말할 것도 없고, 이 국장은 미처 계획을 세우기도 전에 일이 터졌다고 하더군요."

담배를 땅바닥에 비벼 끈 백근수가 그에게로 손을 내어밀었다.

"자, 이만, 만나서 반가웠습니다. 부디 조심하십시오."

그는 재빠른 걸음으로 보일러실을 나가더니 곧 시야에서 사라졌다.

경찰청 외사과에서 나왔다는 두 명의 사내는 인상도 좋았을 뿐 아니라 태도도 공손해서 이 여사는 금방 마음이 가벼워진 것 같았다. 사양하는 그들 앞에 오렌지 주스잔을 내려놓았다.

"여권을 다시 만들어 주신다니 고맙군요."

"저희들 잘못이었습니다. 지난번 파리에서 납치당하셨을 적에 컴퓨터에 여권번호를 입력시켜 놓았던 것이 그만."

선임자로 보이는 30대 후반쯤의 사내가 힐끗 박미정을 바라보았다.

"부랴부랴 확인을 하는 동안 담당자는 어설프게 다른 핑계를 대었던 모양입니다. 어쨌든 죄송하게 되었습니다."

"그 일 때문에 이렇게 찾아와 주셨다니 고맙군요."

이 여사가 말하자 사내가 뒷머리를 긁적였다.

"솔직히 상부로부터 꾸지람을 받았습니다. 고려리아의 김 사장님께서 항의를 하셔서요."

"……"

"이틀 후에는 제가 직접 여권을 만들어서 가져오겠습니다. 지난 여권은 담당자가 무효 도장을 찍은 바람에 그만……"

"어쨌든 오해가 풀렸다니 다행이네요."

"정말 죄송합니다."

그러자 박미정이 머리를 들었다.

"그럼 제가 고려리아로 전화해도 되겠군요. 이틀 후에 고려리아로 출발한다고 말예요."

"사흘 후에 출발하시면 안 될까요? 이틀 후에 여권 가져오는 건 확실합니다만 시간이……"

"그럼 그렇게 말씀드리겠어요."

"예, 감사합니다."

사내들은 주스에 입도 안 대고는 아파트를 나갔다. 둘이 남게 되자 이 여사가 박미정을 바라보았다.

"사흘 후라니? 그게 정말이야?"

머리를 끄덕인 박미정이 수화기를 들었다. 다이얼을 누르는 그녀를 바라보던 이 여사가 소리죽여 한숨을 뱉었다.
"실수를 했다면 당연히 와서 사과해야지. 집에 찾아와서라도 말이야."

박미정의 이야기를 들은 김상철이 대뜸 말했다.
"여권이 나오는 대로 비행기를 타. 가능하다면 어머니를 모시고 와도 좋고."
박미정이 이 여사에게 시선을 주었다. 이제 임신 8개월의 몸이다. 고려리아에 훌륭한 시설을 갖춘 병원들이 많았지만 어머니가 옆에 있으면 든든할 것이었다.
"그렇게 할게요. 어머니도 가겠다고 하시니까."
"배가 더 부르기 전에 식을 빨리 올려야 되겠는데."
이제 김상철의 말투에는 웃음기가 섞여져 있었다.
"급한 것이 아니니까 너무 신경 쓰지 마세요."
박미정은 공항에서 출국금지 당한 것을 그들 말대로 오해나 실수라고 생각할 만큼 둔한 여자가 아니다. 김상철은 자신을 안심시키려고 그들 말대로 실수라고 했지만 그녀는 상황의 심각함을 눈치 채고 있었다. 경찰의 말대로 김상철은 어떤 경로를 통해서 한국 정부에 항의까지 한 것이다.
"저, 내일 아버님께 인사하러 내려갔다 오겠어요."
박미정이 말하자 옆에 앉아 있던 어머니가 머리를 끄덕였다.
"그래야지."
"그럼 다시 연락해. 내가 아버님께도 말씀을 드릴 테니까."
김상철의 목소리도 밝아져 있었으므로 박미정은 가벼운 마음으로 수화기를 내려놓았다.

"넌 왜 집에 안 가?"

이한이 소리치자 세탁해 온 옷가지를 접던 동연교가 머리를 들었다. 그리고는 이한을 똑바로 바라보았는데 굳어진 표정이었다.

"9시가 지났어, 집에 돌아가."

동연교는 매일 아침 7시에 집에 찾아와서는 이한에게 아침을 차려 주었다. 그리고 저녁 7시면 어김없이 집에 돌아간다. 이곳은 스키장의 빌라로 버스 노선도 없는 곳이다. 그녀가 택시로 타운에서 70킬로미터나 떨어진 이곳까지 오고 갈 리가 없었으므로 이한은 부하 중의 누군가가 차량 편의를 제공해 준 줄로만 알았었다. 그래서 부하들을 무섭게 다그쳤다가 곧 그 제공자를 알게 되었던 것이다. 김상철이었다. 김상철이 차와 운전사를 동연교에게 붙여준 것이다. 동연교가 옷가지를 추려 들고는 일어섰다.

"눈에 거슬린다면 옆방에 들어가 있겠어요. 며칠간 집에 안 가도 되니까요."

퍼뜩 눈썹을 치켜뜬 이한이 그녀를 노려보았다.

"날 가볍게 보지 마라. 네가 이 집안에 있다는 것이 거슬린단 말이야."

"어머니는 고향에 가셨어요, 이모 식구들을 데리러."

"……."

"당신이 준 돈이면 큰 식당을 차릴 수가 있으니까요."

"널더러 종노릇 하라고 준 돈이 아니야."

"받은 사람의 입장은 달라요. 당신이 무시하지 말라고 했듯이 나에게도 기회를 줘요."

"조그마한 중국년이 말은 잘하는군."

그러자 아랫입술을 깨문 동연교가 시선을 내렸다가 다시 들었다.

"갈보한테 가지 말고 저를 가져요. 그렇다고 당신하고 같이 살자고 안

할 테니까."

"……."

"아마, 그러면 내가 거슬리지 않게 될지도 몰라요."

"넌 기술이 없어서 안 돼. 난 목석같은 계집은 딱 질색이다."

"해보지도 않고 어떻게 알아요?"

입맛을 다신 이한은 머리를 돌렸다.

"이건 도대체."

"술상 봐 드려요?"

"시끄러!"

이한은 눈을 부릅뜨고 다시 버럭 소리쳤지만 아까보다는 억양이 조금 낮아진 것처럼 느껴졌다. 세탁물을 내려놓은 동연교가 주방으로 들어갔다. 술상을 준비하려는 모양이었다.

다음 날 아침, 유장석은 비서실장 이남호의 집무실로 들어섰다. 총독 비서실장은 서열상으로는 행정청장 아래였지만 때로는 총독을 대리하여 업무를 지시하는 경우가 많은데다가 본래 고려그룹에 있을 때부터 상하 관계에 익숙하게 배어있는 사이였다. 유장석은 지금도 이남호를 자연스럽게 상관으로 대하고 있었다. 직원이 날라온 녹차를 두어 모금씩 마시고 났을 때 이남호가 입을 열었다.

"아침부터 내가 보자고 한 건 그, 합의서 문제 때문인데."

남북한 비밀협상의 합의문서가 누출되었다는 것은 이미 유장석도 알고 있었다. 총독이 주재하는 회의석상에서 강미현이 그것을 보고했던 것이다. 이남호가 유장석을 똑바로 바라보았다.

"유 청장, 당신은 그것이 어디에서 누출되었다고 생각하나?"

"그걸 제가 어떻게 알겠습니까?"

어두운 표정의 유장석이 입맛을 다셨다.

"김상철과 제가 인연이 있다고 해서 혹시 실장님은 이쪽에서 누출되었다고 생각하시는 건 아니겠지요?"

"이쪽과 북한 둘 중의 하나야."

"이쪽은 제 금고에 넣어 두었기 때문에 저 외에 손을 댄 사람이 없습니다."

"지금 한국에서는 겉으로 드러나지는 않고 있지만 분위기가 살벌해. 김상철의 부인이 출국금지 조처를 당하고 있어."

"그것도 이대각이한테서 들었습니다. 나쁜 자식들 아닙니까? 여자가 무슨 잘못이 있다고 잡습니까?"

유장석이 입가를 비틀면서 웃었다.

"합의서가 어디서 누출되었건 간에 한국 정부의 행태를 보면 잘 되었다는 생각도 듭니다. 이제 우리야 고려리아 주민이지만 솔직히 한국 정부의 지도자들이 국민을 우롱하고 속이는 꼬락서니를 보십시오. 구역질이 나지 않습니까?"

"……"

"그리고 합의서가 누출되었다고 해서 고려리아에 아무런 영향도 오지 않습니다. 부담을 느낄 필요는 없다고 생각합니다만."

"난 자네가 그랬다고는 생각지 않아."

가라앉은 목소리로 말한 이남호가 찻잔을 들었다가 다시 내려놓았다.

"그리고 자네 말도 맞아. 우리하고는 그 일이 별 상관이 없네. 하지만 총독께서 걱정을 하고 계셔."

"총독이 아니라 강미현 씨가 그러는 것 아닙니까?"

유장석이 소파에 등을 붙이고는 팔짱을 꼈다.

"제가 알기로는 김상철의 세력을 약화시키려고 한국 정부에게 국정원의 활동상황을 고발했습니다. 그 와중에 합의서 문제가 터져 나왔지요."

"……."

"물론 강미현 씨는 북한과 호흡을 맞추고 있습니다. 그들 공동의 적이 김상철이 되어 있으니까요."

"이봐, 유 청장. 그것은 모두……."

"고려리아의 장래를 위해서라고 말씀하시려는 겁니까?"

평소와는 다른 유장석의 태도였으므로 이남호가 멍한 얼굴이 되었다.

"김상철은 고려리아의 적이 아닙니다. 그건 실장님도 잘 알고 계실 텐데요."

"……."

"주적(主敵)은 북한입니다. 두말 할 나위도 없는 일이지요. 그런데 북한과 연합해서 김상철을 치려고 하다니요?"

허리를 편 유장석이 이남호를 똑바로 바라보았다.

"어떤 소문이 돌고 있는지 아십니까? 강미현 씨는 질투에 눈이 멀어서 고려리아를 망쳐먹을 여자라고 한답니다."

"이봐, 말조심해."

안색이 변한 이남호가 꾸짖듯 말하자 유장석이 긴 한숨소리를 냈다.

"제동을 거실 분은 실장님뿐입니다. 그래서 말씀드린 겁니다. 처음에 총독님이 의도하신 대로 김상철은 북한의 견제세력으로 양성 되어야 합니다."

"……."

"북한은, 자체 이주민은 말할 것도 없고 조선족과 고려인을 적극적으로 포섭하고 있는 상황입니다. 이대로 놔둔다면 고려리아는 곧 적화된단 말씀입니다."

"유장석의 신경이 예민해졌군."

창가에 선 총독이 화창한 햇살 아래 펼쳐진 고려시를 내려다보았다. 행정청을 중심으로 부챗살처럼 펼쳐진 도로 위를 갖가지 차량들이 움직이고 있었다. 활기 있는 도시의 모습이다.

"하나만 생각하고 둘은 모르고 있다. 내가 염려하고 있는 것은 김상철이지 김상철의 조직이 아니다. 그것은 미현이도 같은 생각이야."

몸을 돌린 총독이 소파에 앉은 이남호를 바라보았다.

"김상철이 있어야만 그의 조직이 존재한다는 고정관념에 사로 잡혀 있는 것 같다. 이 실장 자네까지 말이야. 김상철이 없더라도 그의 조직은 건재할 것이다. 왜냐하면 내가 키울 테니까."

총독이 쓴웃음을 지었다.

"그 조직을 유장석이나 이대각이 맡을 수도 있겠지. 아니면 보안국장으로 있는 장동택이 적격일지도 모른다."

"총독 각하."

이남호가 서두르듯 입을 열었다.

"그렇게 간단한 일이 아닙니다. 김상철이 하나만 제거해서 되는 일이 아니란 말씀입니다. 그의 간부급 부하들은 모두."

"김상철이에게 충성을 바치고 있단 말이지?"

총독이 그의 말을 잘랐다.

"사업체까지 모두 나눠 주었다고 들었다. 대단한 놈이야. 나는 돈 욕심이 없는 놈이 제일 무섭다."

다시 말을 하려던 이남호가 입을 벌린 채로 총독을 바라보았다. 그의 오랜 경험상 총독이 결심을 바꾼 적이 없다는 것을 떠올렸기 때문이다. 그는 이미 김상철을 제거대상으로 굳혀 놓은 것이다. 그리고 그의 조직을 친위조직으로 흡수할 계획인 것이다.

총독이 다가와 그의 앞자리에 앉았다.

"자고로 이인자는 일인자의 견제 대상이었고 역사를 봐도 대업을 이룬 일인자가 이인자를 키워 준 예가 거의 없다. 그것은 부자간에도 마찬가지였어."

그는 이남호를 향해 부드럽게 웃었다.

"이인자가 정상에 오르려면 두 가지 방법밖에 없다. 하나는 힘으로 일인자를 누르는 것이고 또 하나는 엎드려서 처분만 기다리는 것인데 그동안의 인고의 세월은 말로 표현이 안 된다고 들었다."

"……."

"너는 실질적으로 고려그룹에서부터 고려리아에 이르기까지 이인자 역할을 해오면서 한 번도 외부에 이인자로 나선 적이 없었다. 비서실장으로 만족하면서 내 그림자나 분신처럼 일을 해주었다. 너와 나 사이는 형제나 부자간 이상이야. 속속들이 서로를 잘 안다. 그래서 너와 나 사이는 이인자 문제가 없을 것이다."

"……."

"이젠 너도 밖으로 나갈 때가 된 것 같다. 행정청장을 네가 맡아라. 유장석이는 한국의 고려 건설 회장으로 보낼 테다. 그쯤 하면 별 불만은 없을 게야."

"총독 각하."

피부가 팽팽해지도록 긴장한 이남호가 상체를 반듯이 세웠다. 두 눈을 한껏 치켜뜬 얼굴이었다.

"죄송합니다만 저는 받아들일 수가 없습니다. 그렇게 하시면 정부가 흔들립니다. 더욱이 유장석은 고려리아 창립의 일등공신입니다."

"보다 강력한 리더십이 있는 행정가가 필요하다. 그리고 나와 손발이 맞는."

"고려리아는 총독께서 세우셨지만 유장석은 뼈대를 만들고 살을 붙였습니다. 그를 해임시킬 이유가 없습니다."

"이제 제2의 건국을 하는 거야. 너는 그 이유를 잘 알 것이다."

자리에서 일어선 총독이 다시 창가로 다가가더니 등을 보였다. 이야기가 끝났다는 표시였다. 창밖을 바라본 채 그가 말했다.

"나도 팔을 잘라내는 것같이 아프다. 더 이상 입을 열지 말아라."

"다음 달이 산월 아니냐?"

김영환 씨가 묻자 박미정이 얼굴에 웃음을 띠웠다.

"네, 한 달 남았어요."

"지난달에 결혼식을 올리겠다더니 아직 연락이 없어. 준비를 해놓고 있었는데 말이야. 상철이가 바쁜 모양이지?"

"네, 조금."

그들은 앞마당의 나무그늘 밑에 놓인 평상에 앉아 있었다. 7월 중순으로 한여름이었지만 능선을 넘어 불어오는 바람은 시원했고 풀냄새가 섞인 공기는 맑았다. 점심때가 지난 오후 3시경 이어서 아래쪽의 축사도 조용해졌다. 두 명이 축사의 그늘에 앉아 무엇인가를 손보고 있었는데 한가한 모습이었다.

"그동안에 내가 이름을 지어 놓았는데, 네 자식 말이다."

김영환이 손에 들고 있던 장부를 내려놓았다.

"사내아이면 완이라고 짓고 딸이거든 은이라고 해라. 완전할 완(完)에 은혜 은(恩)이다."

"네, 아버님."

"외자 이름이여."

"김완, 완이, 좋은 이름이네요."

그러자 김영환이 턱을 들고 웃었다.

"은이도 좋지 않느냐? 딸 생각도 해두거라."

"네, 하겠어요."

"네가 어머님하고 같이 간다니 안심이 된다."

김영환의 얼굴은 밝았다.

"곧 애비가 될 상철이 그놈은 일에만 신경을 쓰는 것 같아서 말이다."

안채에서 전화벨이 울렸으므로 박미정이 평상에서 일어섰다.

"제가 받겠어요, 아버님."

마당을 가로질러 안채의 마루에 오른 박미정은 안방의 문 앞에서 전화를 받았다. 서둘렀으므로 조금 숨이 찼다.

"여보세요."

"미정아, 나다."

어머니의 목소리였다.

"네 여권을 가져왔어, 방금."

"알았어요, 어머니. 내일 아침에 서울로 출발할 테니까 어머니도 준비하세요."

"꼭 내일 비행기를 타야 하니? 하루쯤 쉬었다가 모레 가면 안 돼?"

"넉 달이나 쉬었는데 또."

박미정이 짜증을 냈다.

"엄만 가기 싫으시면 그만두세요."

"애는 정말, 알았다. 준비하고 있을게."

수화기를 내려놓자 김영환이 이쪽을 바라보았다.

"어디 전화냐?"

"서울 어머니한테서요, 아버님."

그는 여권은 물론 아무것도 모른다. 다행히도 그가 무슨 전화냐고 묻지 않았으므로 박미정은 마음을 놓았다.

다음 날 아침식사를 마친 김영환 씨가 마당으로 내려왔을 때 농장 앞쪽의 샛길을 달려오는 한 대의 승용차를 보았다. 검정색의 대형 승용차는 농장의 열려진 정문으로 들어와 멈춰섰다. 그리고는 근처의 농장 직원들과 차 안의 사람들이 이야기를 주고받더니 곧 직원 한 명이 손을 들어 이쪽을 가리켰다. 그러자 승용차가 엔진소리를 울리며 이쪽으로 올라오기 시작했다. 그때는 박미정도 마당으로 나와 그의 옆에 서 있었다.

"서울에서 사돈어른이 차를 보내셨나보다."

김영환이 말하자 박미정은 머리를 한쪽으로 기울였다. 승용차가 마당 아래쪽에서 멈추면서 차에서 두 명의 사내가 내렸다.

"어머나."

박미정이 저도 모르게 눈을 크게 떴다. 앞장선 사내는 조태광이었던 것이다.

"허어, 저 사람."

김영환 씨도 조태광을 알아보고는 얼굴에 웃음을 띠웠다. 지난번에 김상철과 함께 농장에서 묵고 간 사내인 것이다. 조태광이 그들을 향해 허리를 꺾고 절을 했다.

"그동안 안녕하셨습니까? 어르신."

"그래, 여긴 웬일로?"

"예, 사모님을 모시러 왔습니다."

"잘 왔어. 식사들은 했나?"

"예, 했습니다."

김영환이 박미정을 돌아보았다.

"그럼 준비하거라. 난 축사에 내려가 있을 테니."

축사로 김영환이 내려가자 박미정이 조태광을 바라보았다.

"한국에는 언제 오셨어요?"

"며칠 되었습니다."

조태광이 그녀에게로 한 걸음 다가와 섰다.

"준비하시지요. 오후 3시 비행기를 예약해 놓았습니다."

"고려리아행은 4시 30분이던데요."

"오사카 들르셨다가 가셔도 됩니다."

힐끗 조태광을 바라본 박미정이 몸을 돌렸다. 온 지 며칠 되었다면 그동안 주변을 돌고 있었을 것이다. 오사카부터 들른다는 것도 김상철의 지시일 테니 이유를 알 것도 없다. 김영환과 작별한 그들이 농장을 떠난 것은 그로부터 30분쯤 후인 9시 30분경이었다. 승용차는 렌터카였는데 조태광을 포함한 사내 세 명에 박미정까지 탑승자는 모두 넷이다. 농장을 벗어난 차는 왕복 2차선의 도로를 속력을 내어 달렸다. 아직 아침시간인 때문인지 국도에는 차량의 통행도 드물었다. 옆자리에 앉은 조태광이 입을 열었다.

"지금까지는 제가 나타날 수 없었습니다."

그는 힐끗 운전사에게로 시선을 주었다.

"하지만 지금은 걱정하실 것 없습니다. 모두 해결이 되었으니까요."

"차가 두 대 따라옵니다."

백미러를 바라보던 운전사가 말했다.

"농장 근처에 있던 그 차들 같은데요."

박미정이 뒤쪽 창문으로 머리를 돌렸다. 승용차 2대가 50미터쯤의 거리에서 나란히 달려오고 있었다. 조태광이 얼굴을 굳혔지만 입을 열지는 않았다.

"한국 경찰일까요?"

박미정이 묻자 그는 머리를 끄덕였다.

"예, 사모님 그럴 겁니다."

조태광이 손을 뻗어 운전사의 어깨를 쳤다.

"서둘 것 없다. 속력을 줄여. 놈들은 그냥 따라오는 것뿐일 테니까."

수화기를 건네받은 김상철이 벽시계를 올려다보았다. 오전 10시 10분이었다.

"김상철입니다."

"저, 이유미예요."

"그래, 웬일이시오?"

이유미란 여자한테서 전화가 왔다는 부하의 전갈을 받았을 때부터 그는 약간 긴장하고 있었다. 고려시에 있는 사무실 안이다.

"말씀드릴 것이 있어서."

이유미가 목소리를 높였는데 주위의 소음 때문인 모양이었다. 그녀가 말을 이었다.

"시바다 겐지가 서울에 있어요."

퍼뜩 고개를 든 김상철의 귀에 다시 그녀의 말소리가 울렸다.

"제가 요즘 시바다를 만나고 있어요. 그가 저를 찾아왔기 때문에."

"언제 말입니까?"

"열흘이 넘었어요."

"……"

"그 사람은 박미정 씨가 서울에 와 있는 것도 알고 집도 알아요. 부하들을 시켜 매일 돌아보고 있어요."

"목적이 무엇인 것 같습니까?"

"그건 저도 모르겠어요."

"……."

"그 사람은 한국 정부도 자신을 돕고 있다고 했어요. 그리고 강미현 씨도. 그 여자하고는 자주 연락을 하는 것 같아요."

김상철이 어금니를 물었다가 떼었다.

"고맙습니다, 알려주셔서. 그럼 시바다는 지금 어디에 있습니까?"

"월슨호텔 1510호실, 아니면 청담동 진주 아파트 8동 703호실, 여긴 제 집이에요. 그는 매일 밤 제 아파트에 와요."

이유미가 서두르듯 말을 이었다.

"시간이 없어서 이만 끊겠어요. 지금 비행기를 타야 하기 때문에. 전 당분간 한국을 떠나려고 해요. 이 소용돌이에서 빠지려고."

"잘 생각했습니다."

"그전에 말씀드려야 했는데 겁이 났어요. 그래서……."

"이해합니다."

"해결되어야 돌아올 것 같아요. 그럼."

이유미는 공항에서 전화를 한 것이다. 자리에서 일어선 김상철이 다시 시계를 올려다보았다. 10시 15분이었다. 지금쯤 박미정은 조태광과 함께 서울로 올라오고 있을 시간이었다.

"시바다 겐지의 서울 주소가 월슨호텔 1510호실이라니."

후가쿠 차장은 앞에 서 있는 동북아과장 노구치를 바라보았다. 그는 실종된 몬도의 후임이다.

"밤에는 청담동의 진주 아파트 8동 703호로 간다는데 집주인이 도망했으니 오늘밤에는 눈치를 챌지 모르겠군."

노구치가 손목시계를 들여다보았다. 오전 10시 40분이다. 고려리아의 오다 센자부로한테서 연락을 받은 지 20분이 지났다.

"이즈모와 고바야시가 오후 2시에는 현장에 도착할 겁니다, 차장님."
노구치가 시계를 내려다보았다.
"서울의 사사끼는 이미 호텔로 출발했습니다."
"한국 정부의 보호를 받는다니 강미현이 영향력을 발휘한 모양인데."
한국의 내부사정에 대해서는 환하게 알고 있는 후가쿠이다. 시바다가 한국에서 활보하는 이유는 그것밖에 없는 것이다. 후가쿠가 담배를 꺼내어 입에 물었다.
"국정원의 음모를 알려준 것은 강미현이야. 한국 정부는 강미현의 부탁을 거절할 수가 없어."
"강미현에게 정보를 전해 준 것은 북한일 것입니다. 국정원이 김상철의 조직을 구축해 주는 것에 북한은 위기감을 느끼고 있었을 것입니다."
"강미현과 북한의 이해가 맞아떨어진 것이지. 김상철은 그들의 공동의 적이다."
"행정청장이 갈렸으니 다음 차례는 경비대가 되겠는데요."
그러자 후가쿠가 길게 연기를 뱉어 내고는 입맛을 다셨다. 바로 어제, 고려리아 총독은 전격적으로 행정청장을 경질했다. 유장석이 한국 고려건설의 회장으로 발령을 받고 그 후임에 비서실장 이남호가 임명된 것이다. 이남호라면 유장석보다 비중이 무거운 거물이어서 행정청의 위상이 높아졌다고 볼 수가 있었지만 유장석은 고려리아의 창립공신이다. 유장석으로서는 좌천이었다.
"아마 유장석은 이대각과는 다르게 한국으로 떠날 것이다. 그는 공개적으로 반발하는 성격이 아니야."
"이대각은 반발할 것입니다. 그 귀추가 주목되는데요."
그때 전화벨이 울렸으므로 그들은 긴장을 했다. 후가쿠가 수화기를 집어 들었다.

"후가쿠 차장입니다."

"사사끼올습니다, 차장님."

서울의 요원이다. 후가쿠가 힐끗 노구치를 바라보았다.

"어떻게 되었어?"

"시바다는 노무라라는 이름으로 투숙하고 있습니다. 지금 방은 비어 있습니다."

"체크 아웃했단 말이냐?"

"아닙니다. 아침 일찍 나갔습니다."

"기회는 오늘뿐이다. 명심해라, 사사끼."

후가쿠의 목소리가 딱딱해졌다.

"이즈모와 고바야시가 요원들을 데리고 떠났다. 이번에는 절대로 놓치면 안 된다, 사사끼."

오전 10시 50분, 승용차는 영동고속도로를 달려가고 있었다. 원주 인터체인지를 지나 곧 여주가 20킬로미터 앞으로 다가오는 중이다. 뒤쪽의 승용차는 50미터쯤의 거리를 유지하면서 꾸준히 따라오고 있었는데 운전사가 가끔 백미러를 바라볼 뿐 차 안의 긴장감은 어느 정도 풀어져 있었다.

"저, 알고 싶은 것이 있어요."

문득 박미정이 조태광을 향해 말했으므로 차 안의 사내들이 모두 긴장을 했다. 조태광이 눈을 껌벅이며 그녀를 바라보았다.

"예, 말씀하십시오, 사모님."

일주일이 넘게 마음고생에다 육체적인 피로가 쌓인 그의 얼굴은 꺼칠해져 있었다. 오사카에서 서울로 날아온 이후 박미정의 아파트를 지켰으나 그것은 외곽 경계일 뿐이었다. 한국 기관원들이 24시간 감시하고 있었으므로 그들 주위만 맴돌고 있었던 것이다.

"제가 출국금지가 되었던 것은 행정착오가 아니었죠? 그이와 한국 정부와의 문제 때문이었죠?"

"저는 모르는 일입니다, 사모님."

"국정원장이 사임한 일과도 관계가 있죠?"

"사모님, 저는……."

"저기 뒤에서 따라오는 사람들, 국정원 요원들은 아녜요, 그렇죠?"

"아마 그런 것 같습니다. 아니, 그것도."

조태광이 아차 했지만 이미 때는 늦었다. 박미정이 그를 똑바로 바라보았다.

"절 걱정시키지 않으려고 하시는 것, 다 알아요. 하지만 윤곽은 알고 있어야 덜 걱정이 됩니다. 국정원 요원들이었다면 저에게 자신들의 신분을 밝혔겠지요. 그이와의 관계도 있고 하니까."

"……."

"제가 이렇게 출국하게 된 것은 아마 그이가 어떤 협상을 했을 거예요, 한국 정부와. 그렇죠?"

"저는 잘 모릅니다, 사모님."

조태광이 굳게 입을 다물었으므로 그동안 그를 바라보던 박미정이 이윽고 어깨를 늘어뜨렸다. 그녀는 부른 배 위에 두 손을 덮었다. 차는 완만한 경사 길을 달려 올라가는 중이었다. 차량의 통행이 늘어나 있었으므로 운전사는 추월선으로 들어서서는 가속기를 밟아 차에 속력을 내었다. 오후 3시 출발의 비행기였으니 시간은 넉넉한 편이었다. 이곳에서 서울까지는 한 시간 반, 김포까지 한 시간 반을 잡아도 오후 2시에는 도착할 것이었다. 어머니는 공항에서 기다리기로 했으니 아마 아버지하고 같이 나와 있을 것이었다. 그 순간 박미정은 앞쪽에서 달려 내려오던 트럭이 1

차선으로 방향을 바꾸는 것을 보았다. 그리고는 곧장 이쪽으로 덮쳐왔는데 놀란 그녀가 입을 딱 벌리는 순간에 엄청난 충격이 왔다. 소리는 아무 것도 들리지 않았다. 그리고 곧 그녀에게는 짙은 어둠이 덮여졌다.

"아앗."

하고 소리친 것은 앞자리에 타고 있던 운전사와 조수사관이다. 그 다음 순간 차 안의 네 사내는 요란한 충돌음을 들었고 부서진 자동차의 파편이 날아와 차체를 두들겼다. 운전사가 무의식중에 브레이크를 잔뜩 밟았으므로 차체가 앞으로 기울더니 곧 옆쪽으로 비틀려졌다. 그리고는 이미 형체를 알아볼 수 없도록 부서진 앞쪽 승용차의 한 부분을 들이받으면서 멈췄다. 그 다음 순간 머리끝이 저절로 솟아오를 만큼 날카로운 브레이크 소음이 들리더니 차 안의 사내들은 충돌음과 함께 앞쪽으로 몸이 튕겨졌다. 뒤를 따르던 차가 부딪힌 것이다.

"아이고."

뒤쪽 문이 찌그러져 열리지가 않았으므로 박영수 경정은 부서진 유리창으로 상반신을 때내면서 아우성치듯 소리쳤다. 유리 파편인지 무엇인지에 이마가 찢겨 피가 흐르고 있었는데 그것 때문에 지른 비명이 아니다.

"차 안의 사람을! 어서!"

앞좌석의 운전사와 조수사관이 거의 동시에 밖으로 나오는 중이었다. 박살이 난 차체 안에 사람의 형체가 보이고 있었지만 참혹했다. 모두 살아 있는 것 같지가 않다.

"아아, 이런."

몸을 돌린 박영수가 아래쪽을 내려다보았다. 트럭은 이미 보이지가 않았다. 그는 서둘러 휴대폰을 찾았지만 주머니는 비어 있었다. 차 안에 떨어뜨린 모양이었다.

"구해내라! 어서! 구조대에 연락을."

악을 쓰듯 소리친 박영수는 가슴에 찬 권총집에서 권총을 빼어들었다. 미친 듯한 형상이다. 그는 반대 차선으로 뛰어가 권총을 치켜들고는 다가오는 승용차 한 대를 가로막았다. 사고 때문에 차량들은 서행하는 중이어서 차가 멈춰섰다. 젊은 남녀가 나란히 타고 있는 차였다.

"내려라! 어서! 차 좀 빌리자!"

운전석으로 다가간 그가 권총의 개머리판으로 유리창을 쳤다. 젊은 사내가 힐끗 그를 올려다보더니 불쑥 가속기를 밟았으므로 차는 그의 몸을 스치고는 앞쪽으로 달려 나갔다. 그러자 이를 악문 박영수가 승용차를 향해 권총을 겨누고는 2발을 쏘았다.

"탕! 탕!"

승용차는 요란한 브레이크소리를 내더니 휘익 돌면서 도로에 가로로 멈춰섰다. 미친 사람처럼 달려간 박영수가 운전석의 문을 열어젖혔다. 어깨에 총상을 입은 모양으로 사내는 입을 쩍 벌린 채로 상처를 한 손으로 누르며 앉아 있었다. 여자는 찢어질 듯 한 비명소리를 내며 운다. 박영수가 권총의 손잡이로 사내의 얼굴을 찍자 사내의 얼굴은 금방 피투성이가 되었다. 사내의 멱살을 잡아 길바닥에 내팽개친 박영수는 운전석에 올랐다.

"너도 내려!"

그가 악을 쓰자 여자가 문을 열었다. 여자가 미처 두 발을 땅에 밀기도 전에 박영수는 차를 발진시켰으므로 여자는 길바닥에 나뒹굴었다.

"이런, 빌어먹을."

가속기를 밟아 맹렬하게 경사 길을 내려가면서 그가 소리쳤다. 트럭은 계획적으로 박미정이 탄 차와 충돌한 것이다. 놈들은 정확하게 이쪽의 진행 경로와 위치를 알고 있었다. 정신없이 달려 원주 인터체인지까지 왔지만 트럭은 보이지 않았다. 그는 차에 더욱 속력을 내었다. 도주한 트럭과 같은 방향으로 달리던 차량들이 트럭을 쫓고 있을지도 모른다. 대부분의 뺑소니는 그렇게 잡혀 왔던 것이다.

이대각으로부터 전화가 걸려왔을 때는 오후 2시가 되어갈 무렵이었다. 점심을 마치고 리조트 시티의 사무실에 들어온 지 얼마 되지 않았을 때였다. 유장석의 해임으로 긴장하고 있었던 김상철이다.

"갑자기 웬일이십니까?"

그가 묻자 이대각은 잠시 입을 열지 않았다. 소파의 앞자리에 앉은 이한이 눈을 껌벅이며 김상철을 바라보고 있었다.

"이봐, 김 사장 좋지 않은 소식인데, 마음 단단히 먹어."

다른 사람 같은 이대각의 목소리였다. 얼굴을 굳힌 김상철이 수화기를 고쳐 쥐었다.

"무슨 소식입니까? 말씀하세요."

"조금 전에 한국에서 연락이 왔어."

"……"

"한국 경찰청장이 직접 나한테 연락을 해왔단 말이야. 박미정 씨가 사고를 당했다고 했네. 조태광이와 다른 두 명과 함께."

"……"

"교통사고야. 영동고속도로에서 트럭과 정면충돌을 해서, 박미정 씨는 아직 의식이 없다는 거야. 다른 세 명은 죽었어."

저도 모르게 입 밖으로 신음소리를 뱉은 김상철이 초점 없는 시선으로 앞쪽을 바라보았다. 이대각이 서두르듯 말했다.

"트럭은 도주했는데 뺑소니 사고라고 했어. 경찰청장은 전 수사기관을 총동원해서……."

"병원이 어딥니까?"

"서울 강남의 성신병원이야."

수화기를 내려놓은 김상철이 자리에서 일어섰다.

"형님, 무슨 일입니까?"

따라 일어선 이한이 굳어진 표정으로 물었으나 그는 대답하지 않았다. 그가 잠자코 사무실을 나서자 한동안 눈을 껌벅이며 서 있던 이한이 수화기를 들었다.

그로부터 1시간 후에 김상철은 고려공항의 대합실에 서 있었다. 그의 주위에는 이미 상황을 알게 된 이한과 그레고리, 변순태에다 이나카와회의 오다 센자부로까지 달려와 있었으므로 김상철은 귀빈 대기실로 자리를 옮겼다. 서울행 비행기는 오후 4시였으니 30분쯤의 여유는 있다. 김상철이 이한 등을 돌아보았다.

"마침 사업장 지분 정리도 끝냈으니 너희들 사업장은 스스로들 관리해라. 내 걱정은 말고."

그러자 이한이 커다랗게 머리를 끄덕였다.

"알겠습니다, 형님. 잘 다녀오십시오."

이맛살을 찌푸린 그레고리가 김상철을 바라보았다.

"보스, 조금 기다려보시는 것이, 사모님이 물론 걱정되시겠지만 한국 상황이."

"그렇습니다."

하고 나선 것은 오다였다. 그가 김상철에게로 상반신을 기울였다.

"방금 정보국에서 연락을 받았는데 그 사고가 우연한 뺑소니가 아닌 것 같다고 합니다."

그 순간 귀빈실의 입구로 이대각과 장동택이 들어섰으므로 그들은 말을 멈췄다. 이대각과 장동택은 모두 얼굴을 굳히고 있었다. 자리를 잡고 앉자 이대각이 대뜸 입을 열었다.

"이봐, 김 사장. 지금 청와대는 남북 간 비밀합의서 유출사건으로 눈이 뒤집혀 있어. 그리고 그 주범이 자네인 것도 알고 있단 말이야. 유 청장이 물러난 것도 따지고 보면 그일 때문이야. 물론 다음 순서는 내가 되겠지만."

주위의 사내들을 둘러보고 난 그가 말을 이었다.

"서울에 가면 위험해. 마음을 단단히 먹고 이곳에서 기다려. 함정에 빠질 수도 있단 말이야."

"……."

"조금 전에 서울에서 다시 연락이 왔는데 트럭은 원주 톨게이트 근처에서 발견되었어. 뒤를 쫓아간 승용차들의 운전자 말을 들으면 트럭이 길을 가로막고 멈춰서더니 곧 운전자가 기다리고 있던 승용차에 옮겨 타고 사라졌다는 거야. 계획적인 사고였네."

시계를 내려다본 김상철이 자리에서 일어섰다.

"가겠습니다."

"이봐, 김 사장."

따라 일어선 이대각이 소리치듯 불렀으나 김상철은 아랑곳하지 않았다.

경호원이라야 러시아 태생의 고려인 두 사람을 대동한 단출한 출국이다. 뒤도 돌아보지 않고 출국장으로 들어선 김상철이 이윽고 시야에서 사라지자 몰려서 있던 사내들은 모두 허탈한 표정이 되었다.

태풍상륙

"상태는 어떻습니까?"

박영수가 묻자 김호영 과장의 얼굴이 찌푸려졌다. 노골적으로 귀찮다는 표정이다. 허리를 편 그가 박영수를 똑바로 바라보았다.

"소생 가능성은 없습니다. 이미 가족에게 알려드렸는데요."

그들은 박미정의 침대 옆에 서 있었는데 산소 호흡기를 댄 박미정은 인공호흡으로 심장 박동이 유지되고 있을 뿐으로 뇌사상태였다.

"병실에서 나가 주셨으면 합니다만."

김호영이 말하자 박영수가 와락 눈을 치켜떴다.

"이거 왜 이래? 내가 묻는 말에 대답이나 똑바로 해, 이 자식아."

옆에 서 있던 간호사가 몸을 돌려 병실을 나갔다. 박영수가 멍한 얼굴이 되어 있는 김호영에게로 한 걸음 다가가 섰다. 이마에서 흐른 피가 양복자락에 검게 말라붙어 있었고 이마에는 붕대를 감은 살벌한 모습이다.

"호흡기를 떼면 죽는단 말인가?"

"당신 도대체."

그러자 가슴에 찬 권총집에서 권총을 빼든 박영수가 총구로 김호영의 배를 찔렀다.

"묻는 말에 대답이나 해, 이 새끼야."

그 순간 문이 열리면서 경비원 둘이 들어섰고 간호사가 꺅하고 비명을 질렀는데 경비원들은 제각기 허리에 찬 가스총에 손을 대었다. 그러자 그들의 뒤로 세 명의 사내가 들어서더니 불문곡직하고 경비원을 잡아 방 안에 내동댕이쳤으므로 간호사가 다시 비명을 질렀다. 경비원들이 방 안에 엎드리고 자빠져서 신음소리를 내는 사이로 박영수가 다시 물었다.

"호흡기를 떼면 죽나?"

"예, 죽습니다. 이미 뇌는 정지한 상태요."

"이 상태로 얼마나 가나?"

"확실하지 않습니다. 일주일, 아니면 그 이하가 될지도, 하지만."

"하지만 뭐야?"

"태아는 죽습니다."

고분고분해진 김호영이 눈으로 박미정의 불룩한 배를 가리켰다.

"태아라도 살리려면 지금 수술을 해야 합니다. 그것도 확률이 적지만 시도는 해야 될 것 같습니다."

"……."

"태아는 아직 살아 있어요. 시간이 없습니다. 그래서 환자분의 부모 되시는 분들께 말씀을 드렸는데."

어깨를 늘어뜨린 박영수가 권총집에 권총을 꽂았다.

"그래서요? 뭐라고 합디까?"

"아직 결정을 내리지 못하고 있습니다. 왜냐하면 수술이 끝나면 여자분은……."

"죽는단 말이오?"

"그렇게 됩니다."

"……."

"뇌사상태라 시간이 급한데 야단났습니다. 남편 되는 사람이 와주었으면 좋겠는데 이분 부모는 남편 이름을 대지도 않는군요."

부하들이 경비원들을 끌고 나갔으므로 병실은 다시 조용해졌다. 한동안 김호영의 얼굴을 바라보던 박영수가 생각난 듯이 손목시계를 내려다보았다. 오후 5시 30분이었다.

"어서 오십시오."

기장이 조종실로 들어선 김상철을 맞이했다. 김상철에게 옆쪽 자리를 권한 그는 무선전화기를 건네주었다.

"서울에서 급한 연락입니다."

조종실 안에는 기장까지 세 사람이 타고 있었는데 한국 항공기여서 승무원은 모두 한국인이다. 김상철이 전화기를 귀에 대었다.

"김상철입니다."

"아아, 예, 저는 한국 경찰청의 보안 과장 박영수입니다. 상황이 급해서 이렇게 연락을 드립니다."

"……."

"부인께서 뇌사상태이신데 이대로 시간만 지났다가는 태아까지 위험하다고 합니다. 병원측에서는 보호자의 결단이 있다면 태아만이라도 살려 보겠다고 합니다만."

조종실 안은 조용했는데 무선전화기의 출력을 높인 때문인지 그의 말소리가 크게 울렸다.

"김 사장님, 듣고 계십니까?"

"예, 듣고…….."

"시간이 급합니다. 병원에 환자의 부모가 계시지만 두 분이 결정하실 일이 아닌 것 같아서요."

"아이를, 그렇다면 아이를."

목이 막힌 김상철이 침을 삼켰다.

"아이는 살릴 수 있단 말입니까?"

"예, 가능성은 있다고. 하지만 부인께서는……."

"……."

"시간이 급합니다. 이대로 둔다면 아이까지 사망하게……."

"제가 도착할 때까지 살아 있을까요? 내 아내가 말입니다."

"글쎄요, 그것은."

"……."

"수술을 하라고 할까요?"

"예, 그렇게……."

"그럼 진행하겠습니다."

"……."

"김 사장님, 그럼."

전화가 끊기자 조종실 안은 정적에 덮였다. 엔진의 소음이 은근하게 들려왔지만 옆 사람의 숨소리가 들릴 정도의 정적이다. 이윽고 김상철이 자리에서 일어서자 기장과 부기장이 몸을 따라 일으켰다. 그들의 시선을 받으며 조종실을 나온 김상철은 허리를 펴고 섰다. 스튜어디스 한 명이 다가오더니 흰 이를 드러내며 웃었다.

"전화 끝내셨어요?"

그녀는 돌처럼 굳어져 있는 김상철의 안색을 살피고는 잠자코 시선을 돌렸다. 비행기는 구름층을 지나는 모양으로 흔들리기 시작했다. 그러자 기장의 안내방송이 들려 왔다.

　보안국장 이윤재는 옆을 걷는 박영수에게로 머리를 돌렸다. 그들은 경찰청의 무전실을 나와 2층의 계단을 오르는 중이었다.
　"난 대검에 들어가 봐야 돼 긴급 호출이 왔어."
　박영수가 이맛살을 찌푸렸다. 난데없이 강원도의 목장에 내려가 박미정의 감시를 맡으라는 명령을 받았던 박영수이다. 이윤재는 사건의 내용도 말해 주지 않았다.
　"대검 누구한테 가십니까?"
　박영수가 묻자 그는 입맛을 다셨다.
　"고 차장."
　고 광식 차장은 대검찰청의 실력자로 곧 서울지검장의 물망에 오르고 있는 인물이다. 2층의 사무실로 들어서자 이윤재가 자리에 앉지도 않고 박영수를 바라보았다.
　"아무래도 대검의 낌새가 이상해. 대검 수사관들이 극비작전을 수행하고 있다는 정보가 있어 청와대의 지시로 말이야."
　그는 박영수에게로 바짝 다가와 섰다.
　"정보국의 김 총경 그놈이 대검과의 연락을 맡고 있는 모양인데 말이야. 그놈은 알 거야."
　경찰청 정보국에서 총경급 간부가 청와대로 파견되어 있는 것이다. 박영수가 머리를 한쪽으로 기울였다. 그는 보안국의 5과장 직무대리로 이윤재의 심복이다.
　"박미정의 사고와 연관된 일일까요? 사고가 나기 전까지만 해도 저는 그토록 철저하게 감시하라는 지시를 이해 못했습니다."
　"그건 아직 모른다."

손목시계를 내려다본 이윤재가 시간이 남은 모양인지 소파에 앉았다.

"어쨌든 사건을 내놓으려면 우리를 통해야 할 테니까 곧 알게 되겠지."

"김상철이 도착하면 또 감시를 붙여야겠지요? 마누라도 그토록 감시를 시켰으니."

"고 차장이 곧 알려 주겠지."

박영수가 그의 앞자리에 조심스럽게 앉았다.

"치밀하게 계획된 사고였습니다. 트럭을 몰아간 승용차들의 운전자에 의하면 트럭은 원주 인터체인지 입구를 가로막아 추격하던 차들을 막았습니다. 그리고 대기하고 있던 승용차에 옮겨 타고 도망친 겁니다."

"김상철은 고려리아의 거물이야. 그렇다고 마누라를 친 것은 이해가 되지 않아. 만일 계획적인 사고였다면 말이야."

"김상철을 유인한 것일까요?"

"그렇다면 그 작전은 성공한 셈이군. 지금 달려오고 있으니."

시계를 내려다본 이윤재가 자리에서 일어섰다.

"하지만 김상철이 그것을 모르고 있을 리도 없지. 앞으로 꽤 바빠지겠군."

따라 일어선 박영수가 입맛을 다셨다.

"저는 다시 병원으로 가보겠습니다. 지금쯤 수술을 시작했을 테니까요."

그 시간에 고려리아 행정청장 이남호는 총독실에 앉아 있었다. 허리를 곧게 펴고 두 팔을 의자 팔걸이에 올려놓은 총독의 표정은 굳다. 이윽고 총독이 방 안의 정적을 깼다.

"시바다 겐지가 저지른 일이 아니라면 누가 그랬단 말인가?"

그가 메마른 목소리로 말을 이었다.

"공공연히 시바다를 비호한 우리 쪽이 혐의를 뒤집어쓸 공산이 크다."

"각하, 김상철을 유인하려는 한국 정부측의 소행일 수도 있습니다."

"처를 죽이면 김상철이 한국으로 올 것이라고 생각했단 말인가? 말도 안 되는 발상이다."

"하지만 어쨌든 김상철은 한국으로 떠났습니다, 각하."

"……."

"김상철은 비밀합의서로 한국 정부를 협박했습니다. 한국 정권으로는 생사가 걸린 문제입니다, 각하."

총독이 시선을 들어 벽에 걸린 산수화를 바라보았다. 공허한 표정이었다.

"미현이가 시킨 일이 정말 아니란 말이냐?"

"자문관은 그토록 잔인한 성격은 아닙니다, 각하. 잘 아시지 않습니까?"

"난 잘 모른다. 내 피를 받았지만 이젠 알 수가 없어."

"자문관도 놀라고 있었습니다."

"직접 지시는 하지 않았더라도 시바다가 마음을 읽고 저질렀을 수도 있다."

"……."

"너도 알다시피 나도 간혹 그런 경우를 겪었으니까."

의자에 등을 기댄 총독이 긴 한숨소리를 냈다.

"이미 엎질러진 물이다, 깨어진 독이야. 내막이야 꼭 밝혀지겠지만 미리 수습 준비를 해두는 수밖에."

"……."

"예상 밖이야."

총독이 혼잣소리처럼 말했다.

"훌훌 털고 떠나다니, 김상철이 말이다. 한국 정부나 시바다가 서울에서 노리고 있는 것을 뻔히 알 텐데도 말이야."

"저도 그렇습니다. 이대각이 공항까지 달려가 만류했는데도 뿌리치고 떠났다는군요."

"어리석은 놈."

낮은 목소리로 말한 총독이 의자의 팔걸이를 가볍게 두드리더니 문득 머리를 들었다.

"미현이에게 일러라, 앞으로 시바다와 연락을 끊으라고. 만일 내 지시를 어겼을 때는 호적에서 빼내겠다고 전해."

"알겠습니다."

"근신하고 있으라고 해."

"그렇게 전하겠습니다, 각하."

허리를 편 총독이 강한 시선으로 이남호를 바라보았다.

"한국 정세는 수시로 보고하도록. 태풍이 그쪽으로 옮겨진 것 같으니 말이야."

커피숍으로 들어 선 고바야시는 곧장 구석자리에 앉아 있는 이즈모에게로 다가갔다. 오후 6시가 조금 넘은 시간이었다.

"이놈들이 눈치를 챈 것은 아닐 텐데 말이야. 아직까지 한 놈도 방에 들어오지 않았어."

앞자리에 앉은 고바야시가 손수건을 꺼내어 얼굴의 땀을 닦았다. 이미 호텔에 투숙한 12명의 야쿠자 신원을 알아낸 것이다.

"키도 모두 갖고 나가는 바람에 언제 나갔는지 알 수가 없어."

"김포와 인천, 제주 공항에 요원들이 배치되었고 항구도 지키고 있어. 시바다 이놈은 한국에서 잡는다."

이즈모가 머리를 들어 길 건너편의 월슨호텔을 바라보았다. 호텔 주위에도 7, 8명의 요원이 배치되어 있는 것이다. 종업원이 다가왔으므로 커피를 시킨 고바야시가 초조한 듯 시계를 내려다보았다. 그는 이즈모와는 대조적으로 급한 성격이다.

"이거, 오늘 중으로 잡지 못하면 여자가 도망친 걸 눈치채 버릴 텐데."

"혹시 고속도로에서 일을 마친 다음 도망친 건 아닐까?"

"아직 출국한 흔적은 없어. 이젠 신원이 파악되었으니 어디로 날아가건 곧 잡는다."

이즈모의 가슴 주머니에 넣어둔 핸드폰이 울렸으므로 그들은 말을 멈췄다. 이즈모가 핸드폰을 귀에 대었다.

"이즈모야."

"계장님, 호텔에 두 명이 들어왔습니다. 곧장 객실로 들어가는 데요."

바짝 긴장을 한 이즈모가 건너편의 호텔을 바라보았다.

"두 명뿐이야?"

"예, 계장님."

"더 올 것이다. 지원해 줄 테니까 철저히 감시만 하도록. 나도 그곳으로 갈 테니 지하 일층 계단에서 만나자."

이즈모가 자리에서 일어섰다.

"고바야시, 넌 이곳에서 연락을 맡아라. 난 호텔로 간다. 두 명이 들어왔어."

"알았어."

사사끼는 요원들을 이끌고 이유미의 아파트 근처에서 대기하고 있었으니 시바다는 곧 덫에 걸릴 것이었다. 이즈모가 서둘러 커피숍을 나서자 고바야시는 안쪽의 공중전화 부스로 다가갔다. 요원들에게 연락을 하려는 것이다. 그들은 한국에 도착하고 나서야 고속도로의 사건을 들었고 그것을 시바다의 소행으로 믿고 있었다. 시바다를 잡는 것에 의미가 하나 더 추가된 것이다. 수화기를 쥔 그는 서둘러 다이얼을 눌렀다.

저녁 8시 5분 전에 고려시를 출발한 대한항공 418기는 인천공항에 도착했다. 관광객들 사이에 낀 김상철과 두 명의 부하가 입국수속을 마치고 대합실로 나온 것은 8시 30분이다. 마중 나온 사람이 있을 리가 없었으므로 그들은 사람들을 헤치고 곧장 대합실의 밖으로 나왔다. 바람 한 점 불지 않는 무더운 날씨였다. 짙은 습기를 품은 대기에 닿은 피부는 금방 끈적이는 느낌이 왔다.

그들은 빠른 걸음으로 택시 정류장을 향해 다가갔다.

"세 놈뿐이군."

대합실의 유리문 옆에 선 안호길이 말하자 서인규가 무전기를 귀에 대었다.

"어, 이봐. 잠깐만."

안호길이 어깨를 쳤으므로 서인규가 머리를 들었다. 그의 시선이 가리키는 곳에 세 명의 외국인이 서둘러 김상철의 뒤를 따라가고 있는 것이다. 그들은 곧 김상철의 일행을 불러 세웠다.

"저것들은 뭐야?"

서인규가 물었으나 곧 그 답이 나타났다. 검정색의 대형 캐딜락 두 대가 그들 앞을 스치고 지났는데 앞쪽의 깃봉에서 펄럭이는 깃발은 러시아 국기였다.

"러시아 대사관에서 나왔다."

당황한 안호길이 서인규를 바라보았다.

"이거 어떻게 하나?"

이제 김상철의 일행은 러시아인들과 함께 차에 오르는 중이었다. 손을 쓸 여지도 없다. 서인규가 무전기를 귀에 대었다.

"차로 앞을 막아라. 러시아 대사관 차다. 사고 난 것처럼 해!"

소리치듯 그가 말하자 지나가던 사람들이 이쪽을 힐끗거렸다. 안호길은 핸드폰을 꺼내어 다이얼을 눌렀다. 그 사이에 지프 한대가 속력을 내어 그들을 스치고 지나더니 캐딜락 앞쪽에 정차하려는 듯이 비스듬히 인도 쪽으로 머리를 틀었을 때 뒤를 따르던 승용차가 지프의 뒤쪽을 받았다. 그러자 다른 승용차 한 대가 이제는 뒤쪽 캐딜락의 뒷부분에 바짝 붙어서 멈췄으므로 캐딜락 두 대는 人자형의 안쪽에 갇힌 모양이 되었다.

"러시아 대사관 차야?"

박영수가 소리치듯 묻자 안호길은 핸드폰을 귀에 바짝 붙였다.

"예, 과장님, 두 대가. 그들은 지금 차 안에 타고 있습니다."

"빌어먹을."

"어떻게 할까요?"

"보내라. 하지만 병원까지 따라가. 그곳에서 잡는다."

"알았습니다."

서인규가 다시 무전기에 대고 소리치자 뒤에 붙어 섰던 승용차가 뒤로 후진했다. 차 밖으로 나와 뭐라고 소리치던 러시아인 두 명이 다시 차 안으로 들어가고 있었다. 싸우는 시늉을 하던 지프와 승용차의 운전사가 제각기 차 안으로 들어가자 마쓰모도가 쓴웃음을 지었다.

"한국 경찰도 연극을 꽤 하는군."

그는 길 건너편에서 관광객들과 함께 서 있었는데 그도 목에 카메라를 매단 관광객 차림이었다.

"하지만 러시아 대사관 차를 끌고 갈 수는 없지."

옆에 선 오제끼가 잠자코 핸드폰을 들었다. 그들은 시바다의 출국을 감시하는 입장이었지만 김상철의 입국도 보고하도록 되어 있었다.

병실에 들어선 김상철을 제일 먼저 맞이한 사람은 이연희 여사였다. 그녀는 소리 내어 울면서 와락 그의 옷깃을 잡았다. 박남호 씨는 이 여사 뒤쪽에 서 있었고 아버지 김영환 씨의 얼굴도 보였다. 그리고 흰 가운을 입은 의사와 간호사 서너 명이 둘러서 있는 침대 위에 박미정이 누워 있었다.

"이 사람아, 이 일을 어떻게……."

박남호 씨가 겨우 떼어놓았지만 이 여사는 소리치며 흐느껴 울었다. 김상철은 박미정에게로 다가갔다. 이미 산소호흡기도 떼어낸 그녀는 자는 듯 누워 있었다. 그러자 김영환 씨가 옆으로 다가와 섰다.

"조금 전에 떠났다."

손을 들어 올린 그가 조금 망설이더니 김상철의 어깨를 움켜쥐었다.

"아이는 살았다. 사내아이여."

다시 이 여사가 목을 놓아 울었다. 나이든 의사가 김상철에게로 몸을 돌렸다.

"사고 이후로 고통은 없었습니다. 의식도 없었고, 편안히 가셨다고 생각하십시오."

김상철이 그를 향해 조그맣게 머리를 끄덕였다. 그리고는 박미정을 다시 내려다보았다. 이마 위로 흘러내린 머리칼이 젖어 있는 것이 보였다. 생기 있던 검은 두 눈동자는 이제 덮여져서 가지런한 속눈썹만 솟아 있었다. 굳게 다문 박미정의 단정한 입술을 내려다보던 김상철은 이윽고 두 손으로 얼굴을 감싸 안았다. 옆에 서 있던 김영환 씨가 낮은 신음소리를 내었다. 박미정의 얼굴은 차가웠다. 두 손에 힘이 들어 있었던지 그녀의 입술이 조금 열렸고 흰 치아가 드러났다. 그리고 치아에 번져 있는 피가 보였다. 이 여사의 흐느낌 소리가 작아진 대신 이제는 박남호 씨가 악문 잇사이로 울음소리를 내었다. 김상철은 박미정의 얼굴에서 손을 떼었다. 그리고는 시트를 끌어당겨 얼굴을 덮었다. 몸을 돌린 김상철이 이 여사에게 다가가 가볍게 어깨를 안았다. 그리고는 무슨 말을 할 듯 입을 열었다가 발을 떼어 병실을 나섰다. 다시 이 여사의 울음소리가 높아지고 있었다. 병실 밖으로 김영환 씨가 따라 나왔으므로 그들은 어두운 앞마당에 나란히 섰다.

응급실 앞에 세워진 구급차의 경고등이 번쩍이고 있는 것이 환자를 날라온 모양이었다. 그들은 한동안 우두커니 선 채로 입을 열지 않았다. 이윽고 김영환 씨가 머리를 들었다.

"장지는 어디로 할 거냐? 우리 선산에……."

"고려리아에 묻어야지요, 아버지."

어깨를 늘어뜨린 김영환이 머리를 끄덕였다.

"기운을 내거라, 상철아."

김상철이 팔을 들어 김영환의 어깨를 안았다.

"이제 들어가십시다, 아버지."

"뭐가 어째? 행방을 감췄어?"

버럭 고함을 친 고광식이 자리에서 벌떡 일어섰다. 앞쪽에 앉아 있던 이 검사가 몸을 굳히고는 그를 올려다보았다.

"이봐요, 이 국장. 당신, 지금이 어느 때라고. 아니 그래, 병원에서 그자를 놓쳤단 말이오?"

고광식이 소리치듯 말하자 이윤재도 짜증 섞인 목소리로 말을 받았다.

"공항에서는 어쩔 수가 없었던 상황이었습니다. 러시아 대사관 차에서 러시아인을 끌어낼 수는 없지요. 그리고 병원에서는 전혀 예상하지 못했습니다. 김상철이 변소에 간 줄로만 알았다는데."

"이것 보시오, 지금 변명할 상황이 아니오. 즉시 전국의 경찰에 수배하시오."

"글쎄 죄명이 뭡니까?"

그러자 고광식과 이검사가 서로 얼굴을 마주보았다.

"보안법 위반혐의로 해요. 자세한 내용은 상의한 다음에 알려 드릴 테니까."

고광식의 말에 이윤재가 얼굴에 쓴웃음을 지었다.

"김상철은 러시아 국적을 갖고 있어요. 한국의 보안법이 적용될 수 있을까요?"

"그것은 우리한테 맡기시고."

고광식이 의자에 등을 기대고는 턱을 든 얼굴로 이윤재를 바라보았다.

"김상철은 위험인물이오. 절대로 놓치면 안 됩니다. 한국에 들어온 이상 말이오. 이건 청와대의 지십니다. 그쯤 아시고."

이윤재가 방을 나가자 이검사가 입을 열었다.

"사건을 비공개로 결정했다면 김상철의 공개수사는 무리 아닐까요? 언론이 쫓아갈지 모릅니다, 차장님."

이명규는 심재택을 직접 심문한 검사로 대검의 공안부장이다. 고광식이 손목시계를 내려다보았다. 새벽 1시가 되어가고 있었다. 어제 저녁 김상철이 한국에 도착한 이후로 줄곧 청사에서 머물고 있었던 것이다.

"할 수 없어. 잡고 나면 언론을 따돌리는 수밖에. 그나저나 청와대에 어떻게 보고할지 난감하군. 그 둔한 경찰청 놈들 때문에 말이야."

고광식이 어금니를 물었다. 심재택과 이정훈 등의 기소 준비를 끝냈을 때 갑자기 청와대는 사건을 비공개 처리하기로 방향을 바꾸었다. 김상철이 북한 대표단을 살해해서 남북관계를 경색시키고 남북 간의 비밀합의서를 조작하여 극우파가 정권을 탈취하도록 한다는 각본에 허점이 많았기 때문이다. 지금은 대선이 겨우 5개월 남은 시점이다. 이 사건이 야당의 대선후보인 이대현에게 조작된 내용 그대로만으로도 호재를 줄 가능성이 있었던 것이다. 남북문제는 미묘한 사안이다. 더구나 사건을 공개했을 때 북한이 또 다른 조건을 제시하면서 이쪽의 약점을 잡고 늘어질지도 몰랐기 때문이다.

"김상철의 체포를 경찰청에 넘기는 것이 아니었어. 대검 수사관들에게 시켰어야 하는데."

자리에서 일어선 고광식이 말했다.

"한 계단 내려가면 금방 느슨해진단 말이야."

"김상철이 눈치 챈 것 아닐까요?"

따라 일어선 이명규가 묻자 그는 머리를 끄덕였다.

"알다마다, 그놈은 알고 온 거야. 그리고는 우리 허점을 찌르고 도망친 거야."

한남동 주택가의 안쪽. 깊은 밤이어서 1차선의 좁은 도로에는 인적이 끊겨진 지 오래여서 깊은 정적에 덮여 있었다. 불이 꺼진 저택들의 대부분이 2, 3층의 건물로 담장 밖으로 정원수가 뻗어나온 고급 양옥이다. 언덕바지에 세워진 3층 양옥은 그중에도 전망이 좋았는데 2층의 불이 환하게 켜져 있었다. 2층은 저택의 응접실이었다. 응접실의 소파에 앉은 일본 정보국의 동북아과장 노구치는 들고 있던 담배를 재떨이에 비벼 껐다.

"시바다는 아직 한국에 있어. 이제 사용하고 있는 여권을 알아낸 이상 잡는 건 시간문제야."

앞쪽에 앉은 이즈모는 잠자코 시선을 내렸다. 시바다는 다시 도주한 것이다. 그는 호텔에도, 이유미의 아파트에도 나타나지 않았는데 그의 부하들도 마찬가지였다. 호텔에 들어왔던 부하 2명은 지금 아래층의 지하실에서 심문을 받고 있지만 시바다는 물론이고 나까무라의 행방도 모르는 그저 잔심부름이나 하는 부하들이었다. 노구치는 자신 있게 말하고 있지만 부하 앞에서의 허세로만 보였으므로 이즈모는 입을 열지 않았다. 전화벨이 울렸으므로 그들은 제각기 머리를 들었다. 깊은 정적에 잠긴 밤이어서 유난히 벨소리가 컸다. 노구치가 수화기를 집었다.

"여보세요."

"나야."

후가쿠 차장의 목소리였다.

새벽 2시가 되어가고 있었으나 도쿄의 후가쿠도 잠을 자지 못하는 상황이다.

"김상철이 병원에서 행방을 감추었어. 금방 한국 경찰이 전국에 지명수배를 했고."

노구치가 수화기를 고쳐 쥐었다.

"아니, 그렇다면."

"죽은 아내의 얼굴만 보고 사라진 거야. 내 추측이지만 한국이 시끄러워질 것이다. 김상철이 잠자코 있지는 않을 테니까."

"그는 시바다의 소행으로 알고 있을까요?"

"한국 정부의 소행일 수도 있어. 그도 우리하고 생각하는 것이 같을 것이다."

시바다 겐지가 고려리아에서 반란을 일으킨 이후로 일본은 김상철과 돈독한 관계를 유지해 왔다. 그것은 고려리아 정부가 북한과 밀착되면서 자연발생적으로 생긴 현상이다.

"노구치, 당분간 너는 그곳에 머물러야겠다. 내가 인원을 증원시켜 줄 테니까."

조금 전까지만 해도 시바다의 행방에 대해서 짜증을 내던 후가쿠였는데 지금의 목소리는 생기가 있다.

"예, 알겠습니다. 그럼 이곳에서……."

"시바다도 시바다지만 한국 정부의 정세를 면밀히 감시하도록. 정보원을 최대한 활용해라."

"네."

"김상철의 행적도 마찬가지야. 노구치, 우리도 이곳에서 전 채널을 열어놓겠다."

수화기를 내려놓은 노구치가 이즈모를 바라보았다.

"태풍이 불 모양이군, 이곳에."

다음 날 아침, 권준규는 운동복 차림으로 집을 나섰다. 아직 햇살이 퍼지기 전의 이른 시간이다. 흐린 하늘에서는 금방이라도 빗방울이 떨어져 내릴 것처럼 보였지만 공기는 맑았다. 과천에 있는 그의 저택은 관악산에서 뻗어 나온 산줄기 하나와 가까웠으므로 매일 아침 가벼운 등산을 하는 것이 일과인 것이다. 등산객도 없는 호젓한 산길을 걸어 목적지인 약수터에 도착했을 때는 6시 5분 전이었다. 오늘은 25분이 걸렸으니 보통 때보다 3분쯤 늦다. 그는 바위 위에 걸터앉아 아래쪽을 내려다보았다. 전 씨와 황 씨라고 성만 알고 있는 대검의 수사관들을 기다리는 것이다. 국정원장을 사임한 후로 그는 이틀간 안가에서 조사를 받은 다음 자택에 돌아왔지만 연금 상태였다. 대검의 수사관 6명이 24시간 동거하고 있는 것이다. 옆쪽의 나무그늘에서 인기척이 났으므로 그는 머리를 들었다. 사내 한 명이 이쪽으로 다가오고 있었는데 신사복 차림이었다.

"아니."

권준규가 엉거주춤 자리에서 일어섰다. 사내의 얼굴이 낯이 익었던 것이다.

"안녕하십니까? 원장님."

"아니, 댁은."

"김상철입니다."

김상철이 표정 없는 얼굴로 그의 앞에 섰다. 수염을 깎지 않아서 얼굴이 꺼칠했고 두 눈은 충혈되어 있었다.

"어떻게 여기에."

권준규는 김상철과 초면이었지만 사진으로 얼굴은 안다. 그가 다시 아래쪽을 바라보자 김상철이 먼저 바위 위에 앉았다.

"따라오던 사람들은 걱정하지 마십시오."

권준규가 바위에 앉았다. 얼굴이 긴장으로 굳어져 있었다.

"도대체 여긴 웬일입니까?"

"제 처가 사고로 죽었기 때문에."

"아니 뭐라고요?"

눈을 치켜뜬 권준규가 그를 바라보았다.

"무슨 사고로 말입니까?"

바깥과 단절된 생활을 하고 있던 권준규였다. 김상철이 주머니를 뒤져 담배를 꺼내 물고는 불을 붙였다. 그가 상황을 설명하는 데는 채 5분도 걸리지 않았다. 말을 마친 김상철이 꺼칠한 얼굴을 들었다.

"시바다 겐지일 수도 있고 한국 기관원일 수도 있습니다. 그래서 내가 알고 싶은 것은 한국 기관의 지휘계통이오. 원장님은 알고 계실 겁니다."

"보복을 하시려고?"

낮은 목소리로 권준규가 물었으나 김상철은 대답하지 않았다.

권준규가 다시 아래쪽을 바라보고는 입을 열었다.

"비서실장 이태준과 안보수석 신형목이오. 대통령은 모르고 있을 수도 있소."

"……."

"그 다음이 대검찰청의 고광식 차장이고. 심재택을 취조한 것은 공안부장 이명규일 테니 그들이 실무자들이지."

"……."

"이번 사건은 고려리아의 총독 자문관 강미현이 청와대에 국정원의 고려리아 활동을 폭로한 것이 발단이 되었고, 그 취조 과정에서 남북 간의 비밀합의서 문제가 터진 거요."

권준규가 몸을 일으켰다.

"청와대는 이 사건을 비공개로 처리 할 모양이오. 그럴수록 위법 사례가 늘어나겠지."

그는 생각난 듯이 김상철을 바라보았다.

"야당후보 이대현 씨가 이 일을 알고 있습니다. 하지만 이미 기회는 잃은 것 같소. 관련자 대부분이 파악되어서."

"내가 이것을 내보인다 해도 그 사람들은 정치공작이라면서 날 잡아 가두려고 할거야. 우린 기회를 놓친 것 같아."

이대현이 테이블 위에 놓인 합의서를 내려다보았다.

"이런 엄청난 일을 보고만 있어야 한다니 기가 막히는구나."

이성훈이 머리를 들었다.

"지금까지 저희는 국정원 주도의 폭로를 기다리는 소극적인 자세로만 일관해 왔습니다. 저는 그래서는 안 된다고 생각합니다."

"우리가 주도해야 된단 말이냐?"

쓴웃음을 지은 이대현이 머리를 저었다.

"북한은 물론 고려리아 정부도 부정할 것이다. 한국은 말할 것도 없고. 오히려 저들의 수단에 말려들어 역효과만 일어난다."

아직 출근 전의 아침시간이다. 그들은 중학 1년생인 이성훈의 딸 방에 들어와 마주보고 앉아 있었는데 도청에 대한 강박관념 때문이었다. 1년 전에 집안의 내장을 완전 개조하다시피 시멘트 덧칠을 하고 방음벽을 만들었지만 마음이 놓이지 않는 것이다.

"한마디로 사면초가야. 미국과 일본도 지금은 잠자코 있는 듯이 보이지만 결정적일 때에는 현 정권과 여당을 돕게 될 것이 뻔해. 그들은 남북한 간의 현 상황을 유지하려고 할 테니까."

"……."

"잘못하면 쿠데타 음모가 돼. 덫에 걸리면 그나마 얻은 표도 다 달아난다. 중산층과 기득권층은 변화를 원치 않아. 겉으로는 대북관계에 자존심이 상한 것처럼 떠들지만 북한을 자극하지 말기를 내심 바라고 있어."

엄연한 매국 행위의 증거를 갖고 있으면서도 오히려 역공세를 걱정하여 갖고 있는 것 자체를 두려워하는 현실이다. 그리고 믿을 사람도 없다. 각계의 동조자를 모으는 것은 이미 불가능해졌고 야당의 힘을 결집시킨다고 해도 사법권은 물론 언론을 장악한 현 정권에 대항하기에는 역부족이었다. 서류를 집어든 이성훈이 봉투에 담고는 딸의 책상 서랍에 넣고 열쇠로 잠갔다. 애초에 이쪽은 내용도 모르고 있었던 일이다. 그는 애써 미진한 기운을 떨어버리려는 듯이 눈을 크게 떴다.

"김상철이가 안됐습니다. 죽은 부인의 얼굴만 보고는 종적을 감춘 모양인데 전국에 수배령이 내려져 있어요."

박미정과 조태광 등의 시체를 실은 관은 고려리아 공항에 도착하자 곧장 장지로 옮겨졌다. 서울에서 김영환 씨와 박남호 씨가 따라와 상주가 되었고 이쪽에서는 그레고리 이하 100여 명의 간부급이 그들을 맞이했는데 외빈만도 300여 명이 되었다. 김상철이 한국에서 종적을 감췄다는 사실을 모두 알고 있었으므로 침울하고 비장한 분위기의 장례식이었다. 고려리아 정부측에서는 총독이 조화를 보내왔고 행정청장 이남호가 대표로 참석했으며 이대각과 장동택의 얼굴도 보였다. 아직 서울로 출발하지 않은 유장석도 그들 사이에 끼여 있었다. 북한 대표부의 대표 서일과 장호성, 박기환, 이금택 등에다가 삼합회의 홍기천, 이나카와회의 오다 센자부로가 간부급 부하들을 거느리고 몰려서 있다. 거기에다 하바롭스크에서 날아온 마피아 보스 마르첸코가 볼코프 소장과 함께 있었으므로 고려리아 역사상 내외부의 거물들이 이렇게 한 자리에 모인 것은 처음이었다. 김상철의 새로 세워진 저택의 바로 옆쪽, 대평원이 내려다보이는 곳이 박미정의 장지였다. 조태광과 두 명의 부하는 조금 아래쪽으로 자리를 잡아 먼저 식을 치렀으므로 사람들은 박미정의 장지에 몰려서 있었다. 마르첸코가 다가와 그레고리의 손을 잡았다. 무덤 안으로 관은 이미 내려졌었고 사람들은 꽃을 던지는 중이다.

"그레고리, 단속을 잘해야 할 텐데. 북한 세력이 너무 커져가고 있어."

그가 낮게 말하자 그레고리가 머리를 끄덕였다.

"고맙소, 마르첸코."

마르첸코가 떠나자 홍기천이 다가와 섰다.

"그레고리 선생, 김 사장님과 연락이 닿거든 홍기천이 깊이 슬퍼하고 있다고 꼭 전해 주시오."

"말씀드리지요, 홍 선생."

이번에는 오다 센자부로가 다가왔다.

"그레고리 씨, 김 사장께 서울 일본 대사관의 요시노 영사를 찾으라고 말해 주시오. 도움이 될 겁니다."

"고맙소, 오다 씨."

무덤 안에 꽃을 던진 서일이 김영환 씨와 박남호 씨에게 인사를 한 다음 이쪽으로 다가왔다.

"비극이오, 그레고리 선생."

그가 유창한 러시아 어로 말하고는 길게 한숨을 뱉었다.

"우리가 깊은 조의를 표한다고 김 사장께 전해 주시오."

"고맙소, 서 선생."

고려리아의 7월은 푸른 하늘에 풀잎이 돋아나는 여름이다. 구름 한 점 없이 하늘은 푸르렀고 짙은 풀냄새를 담은 바람이 장지의 사람들을 스치고 지나갔다. 서너 명의 인부들이 무덤 위로 흙을 덮기 시작하자 조문객들은 제각기 흩어지고 있었다. 이대각이 그에게로 다가왔다.

"그레고리, 그놈더러 당장에 돌아오라고 해. 미친 짓 말고."

눈을 부릅뜬 이대각의 시선과 마주치자 그레고리는 한숨과 함께 어깨를 늘어뜨렸다. 그는 처음으로 말문이 막힌 것이다.

돌아가는 차 안에서 유장석과 이대각은 제각기 머리를 반대쪽 차창으로 돌린 채 한동안 입을 열지 않았다. 혼자 돌아가려는 유장석을 이대각이 끌다시피해서 자신의 차에 태운 것인데 유장석의 성격을 보여주는 장면이었다. 그는 행정청장에서 물러난 후로 몸가짐에 신경을 쓰고 있었다. 업무 인수인계 관계로 이남호와는 자주 만나고 있었지만 이대각과는 어울리지 않으려고 했다. 결국 먼저 입을 연 것도 이대각이다.

"형님이 합의서를 빼내지 않았다는 건 내가 압니다."

그는 유장석을 똑바로 바라보았다.

"형님은 분하지도 않으시오? 고려리아를 누가 이렇게 만들어 놓았는데, 누명을 뒤집어쓰고 돌아간다는 것이 말이오."

"쓸데없는 소리 마라."

이맛살을 찌푸린 유장석이 힐끗 운전사 쪽을 바라보았다.

"조직생활에서 내가 아니면 안 된다는 사고는 금물이다. 서로 불행해져."

"공자님 나셨군."

"너도 명심하는 것이 좋을 것이다."

"난 한차례 겪었소. 조직이고 나발이고 힘의 논리가 지배한다는 걸 명심하고 있지요. 난 형님과 다릅니다."

그의 형님 호칭은 자연스러웠다. 한동안 정적이 다시 흐른 후에 이대각이 입을 열었다.

"상철이를 생각하면 피가 끓어올라 정신이 돌 지경이오. 이럴 수가 없소."

"아직 우연한 사고인지, 또는 누가 했는지도 분명치 않아. 괜히 흥분부터 하지 마라."

"시바다 겐지 아니면 한국 정부가 저지른 짓이오."

"박미정 씨를 죽인다고 해서 득이 될 것이 무어야? 그렇게 생각하면 이유가 분명치 않아."

마악 입을 열려는 이대각에게 유장석이 덮어씌우듯이 말했다.

"속단하지 말란 이야기야. 무슨 말인지 알겠어?"

이대각이 어깨를 늘어뜨렸다.

"아이는 아직 병원에 있다고 합니다. 인큐베이터에 들어 있는 모양인데."

"잘못하면 애비까지 잃고 고아가 되겠다, 이대로 나가다간."

"쉽게 당할 놈이 아니오, 그놈은. 한국 경찰은 공항에서 잡으려고 했다가 러시아 대사관 사람들이 마중 나온 바람에 기회를 놓쳤다고 합디다. 조금 전에 볼코프한테서 들었소."

이대각이 의자에 등을 기대었다.

"점점 이곳에 미련이 없어져 갑니다. 형님 다음 순서는 바로 나일 테니까 나도 이미 준비는 해놓았습니다."

"넌 아냐."

창 쪽으로 머리를 돌린 유장석이 말했다.

"내가 청장을 그만두는 조건으로 널 이동시키지 않는다는 약속을 받았다. 총독에게서 직접 말이야."

"……."

"넌 성격이 격하지만 대의(大義)도 강한 놈이다. 네가 고려리아에 필요한 놈이라는 것은 총독도 잘 알고 있어."

어느덧 차는 고려시의 진입로로 접어들고 있었다.

"김상철은 말하자면 난세에 태어난 영웅 같은 놈이야. 대단한 운세를 지닌."

고광식이 생선회를 집으면서 목소리를 낮추었다.

"어쨌든 장례식은 대단했다는군. 고려리아의 거물들이 모두 모였다는 거야. 행정청장 이남호도 총독을 대리해서 참석했고."

"사흘 전에 권준규의 감시요원 두 명을 친 것도 김상철인 것이 틀림없는 것 같습니다."

젓가락을 내려놓은 이명규가 그를 바라보았다.

"그들을 기습해서 시간을 번 다음 권준규에게 접촉했을 가능성이 있습니다."

그날 아침 숲길에 쓰러져 있는 그들을 발견한 것은 권준규였다. 이명규는 수상한 사람들을 보지 못했느냐고 권준규에게 물었다가 면박만 당했을 뿐이다. 입 안의 것을 삼킨 고광식이 머리를 끄덕였다.

"그럴 수도 있겠지. 놈이 알고 있는 라인은 심재택과 권준규뿐일 테니까."

"권준규는 시치미를 떼고 있습니다만."

"설령 만났다고 해도 그건 문제가 아냐."

고광식이 똑바로 그를 바라보았다.

"국정원의 이 원장은 지금 한국에 일본 정보국 요원들이 수십 명 들어와 있다는 거야. 아마 시바다 겐지를 잡으려는 목적이겠지만 김상철을 도와 줄 가능성도 배제할 수 없지."

"……."

"하지만 모두 독 안에 든 쥐야. 이 원장이 일본 대사관과 직원들의 동향까지를 감시하고 있으니까."

국정원의 이근복 원장은 권준규의 후임으로 3차장에서 일약 승진된 인물이다. 그는 철저한 여당 라인으로 이제 고광식과 손발을 맞춰가고 있었다. 점심시간이어서 바깥의 홀은 부산했지만 그들이 마주앉은 방 안에는 잠시 정적이 흘렀다. 압구정동의 고급 일식집 안이다. 고광식이 조금 여위어 보이는 얼굴을 들었다. 40대 후반으로 승승장구해 온 그는 이제까지 한 번도 승진에 누락되거나 기회를 놓친 적이 없는 인물이다.

"사건은 종결된 것이나 마찬가지 야, 이 원장. 난 아침에 청와대에 그렇게 보고했네."

그는 엽차 잔을 들어 한 모금을 마시고 내려놓았다.

"우린 대단히 운이 좋았어. 심재택의 취조 과정에서 대역 음모를 밝혀내었단 말이야. 청와대에서도 그것을 높게 평가해 주었어."

얼굴에 웃음을 띠운 그가 식탁 위로 상반신을 굽히더니 목소리를 낮추었다.

"그 일이 진행되었을 때를 생각해 보라고. 정부는 순식간에 전복되었을 수도 있었어."

"그렇지요."

"더구나 김상철까지 우리 품안에 들어와 주었단 말이야. 아직 잡지는 못했지만 이건 우리에게 운세를 더해 준다는 증거라고 생각돼. 난 낙관적인 사람이야."

허리를 편 그가 시계를 내려다보았다.

"이젠 그 마무리만 하면 돼. 굴러들어온 것을 잡기만 하면 된단 말이야."

사무실로 들어온 고광식은 자리에 앉자 곧 수화기를 들었다.

이미 김상철의 수배 지시는 전국의 검경은 물론 국정원에도 하달되어서 체포는 시간문제인 것이다. 낙관적이고 적극적인 성격이면서도 그는 업무에는 치밀했다. 조직을 당해낼 개인은 없다. 그는 경솔하게 한국에 들어온 김상철을 가엾게 생각하고 있었다. 상대방이 수화기를 들었으므로 그는 긴장을 했다.

"신형목입니다."

"수석님, 저 고광식 입니다."

"아, 고 차장. 그래, 어떻게 되었소?"

"전 경찰력이 동원되었습니다. 그자가 한국에 있는 한 곧 잡힙니다, 수석님."

"고 차장은 너무 자신만만해."

신형목의 말투에 웃음기가 섞여 있었다.

"김상철과 대한일보의 이정훈이 남아 있지만 이미 공작 계획은 수포가 되었으니 체포 작업만 남은 셈입니다."

"언론이 나서지 않도록 이쪽에서도 손을 쓰겠지만 고 차장도 알아서 단속하도록 해요."

"알겠습니다."

수화기를 내려놓은 고광식은 의자에 등을 기댔다. 신형목은 대통령의 측근이자 여당의 대선후보인 정동민의 오른팔이다. 그의 지시는 대통령의 지시나 마찬가지였고 또한 이번 일로 정동민은 하마터면 나락에 떨어질 뻔했던 자신을 구해낸 사람이 누구인가를 확실하게 알게 되었을 것이다. 전화벨이 울렸으므로 그는 생각에서 깨어났다. 직통 전화가 울리고 있었다. 그는 수화기를 들었다.

"예, 고광식 입니다."

"난 김상철이오."

깜짝 놀란 고광식이 상반신을 세웠다.

"당신, 뭐라고 했어?"

"김상철이라고 했어."

사내의 말소리는 굵고 낮았는데 어딘지 섬뜩한 느낌이 왔다.

"김상철이라고?"

"몇 번 말해야 알겠나, 고광식 씨."

"이봐, 전화 끊어라. 난 이 따위 전화를 받을 여유가 없다."

"그렇다면 고동민이를 죽여주마. 자동차로 깔아 죽일 테니까."

"뭣이라고?"

얼굴이 하얗게 된 고광식이 버럭 고함을 쳤다. 그러나 아직 실감이 오는 것은 아니다.

"이 놈이 여기가 어디라고 나한테."

"기생충 같은 놈. 고동민이를 바꿔 줄 테니 기다려라."

김상철이라고 자칭한 사내가 뱉듯이 말하더니 곧 다른 목소리가 들렸다.

"아버지, 저 동민이예요."

그러자 눈을 부릅뜬 고광식이 자리에서 벌떡 일어섰다. 그것은 분명한 자신의 외아들인 동민의 목소리였던 것이다.

"동민이, 너, 어떻게, 그곳이."

"아버지."

고광식은 엄하게 키우려고 노력했지만 집에 있는 시간이 적었다. 그래서 동민은 제 어미의 끔찍한 보살핌을 받고 자란 때문인지 법대 2학년이 된 지금도 아직 철부지였다. 고동민이 흐느껴 울었다.

"아버지, 이 사람이 막."

"왜? 때려?"

저도 모르게 고광식이 그렇게 물었을 때 다시 김상철의 목소리가 울렸다.

"이 자리에서 당장에 죽여 없앨 수도 있다. 네 뜻에 따라서 말이야. 어때? 국가와 네 직분에 충실하기 위해서 네 자식을 희생시키겠다고 말해라. 나와 흥정하지 않겠다고. 그 세 마디면 된다. 어서 말해."

칼끝처럼 찔러오는 김상철의 목소리를 들으며 고광식은 다리를 떨었다. 이것은 전혀 낙관할 수 없는 상황인 것이다.

저녁 무렵이었다. 어둠이 덮여오는 시가지에 하나둘씩 불이 켜지기 시작했는데 상가 지역의 네온사인은 이미 휘황하게 빛나고 있었다. 뒷짐을 지고 서서 창밖을 내다보던 총독이 몸을 돌렸다.

눈꺼풀과 입가의 근육이 늘어져 있어서 마치 우울한 불도그처럼 보이는 얼굴이다.

"북한의 추가 이주민은 당분간 보류한다. 내가 이 청장한테 북한측이 납득하도록 이야기하라고 했다."

그는 소파에 다소곳이 앉아 있는 강미현에게서 시선을 떼지 않았다.

"약속 이행이네 계약이 어쩌네 하는 불평은 한국한테나 하라고 해. 만일 불평을 한다면 아예 백지화시켜 버릴 테니까."

속이야 끓겠지만 대놓고 불평을 할 입장의 북한 정부가 아니다. 고려리아는 북한 정부의 붕괴를 막을 유일한 희망인 것이다.

강미현이 조그맣게 머리를 끄덕였다.

"그렇게 하겠어요."

"널더러 나서라는 말이 아냐. 이젠 이 청장이 북한관계의 일을 맡는다."

"……"

"앞으로는 이 청장의 결재를 받고 일을 하도록. 나한테 직접 가져오거나 네 독단으로 일을 처리 할 수는 없다."

"……"

"기업이나 고금의 역사를 보면 창업(創業)과 성업(成業)의 역할이 다르고 공신도 다르다. 내가 이만큼 이루어 놓은 것도 내 창업의 역할을 뒷받침해 주는 성업공신들이 있었기 때문이다."

그는 강미현의 앞자리에 앉았다.

"김상철은 내가 보기에도 위험한 존재였다. 놈은 급속히 성장했는데 운도 따랐지만 난세를 헤쳐 나가는 능력이 있는 놈이었다."

"……"

"200개 가까운 사업장을 모두 부하들에게 배분해 주고 훌쩍 사지(死地)로 건너간 그놈의 배포는 가히 따를 사람이 없다."

강미현이 초조해 보이는 눈빛으로 총독을 바라보았다. 총독이 의자에 등을 붙였다.

"결론적으로 이제 너는 덕을 쌓는 성업의 역할을 맡아야 할 것이다. 피투성이의 창업 과정도 이제 끝나가는 것 같으니 말이다. 나머지 마무리는 내가 맡겠다."

현 상황에서 김상철의 귀국은 극히 불투명한 실정이었다. 한국의 전 경찰력이 동원되어 김상철을 찾고 있는 중이다. 총독은 이미 김상철을 제외한 고려리아 경영을 구상하고 있는 것이다. 자신의 방으로 돌아온 강미현은 인터폰을 들었다. 오후 7시 5분 전이 되어 있었다. 인터폰을 내려놓은 지 5분도 지나지 않았을 때 노크소리가 들리더니 방문이 열렸다. 박태현이 서둘러 들어서고 있었다.

"자문관님, 시바다는 한국을 떠나겠다고 하는데요."

테이블 앞에 바짝 붙어선 그가 말했다.

"그런데 공항이나 항구에 일본 정보국 요원들이 배치되어 있어서 빠져 나올 수가 없다고 합니다."

강미현이 이맛살을 찌푸렸다.

"날더러 어떻게 해달라는 거야?"

"한국 정부에 부탁해서 나올 수 있게 해달라는 겁니다."

"……"

"한국은 검경에다 국정원, 군의 기무사 병력까지 총동원되어 김상철을 찾고 있다고 하는군요. 그래서……"

머리를 든 강미현이 그를 쏘아보았다.

"박미정을 트럭으로 부딪친 건 정말 시바다가 저지른 일이 아니겠지?"

"그자가 거짓말을 할 이유가 없습니다. 어차피 김상철과는 원수지간인 마당에."

"……."

"농장 근처에는 부하를 보내지도 않았다고 했습니다. 박미정이 서울에 돌아왔을 때 인질로 잡고 김상철을 끌어들일 계획이었다는 말을 믿어도 될 것 같습니다."

이미 지난번 연락이 왔을 때 박태현을 시켜 확인해 본 터였지만 다시 묻는 것이다. 강미현이 머리를 끄덕였다. 한국 경찰이 김상철을 대외적으로 수색하는 마당에 이제 시바다의 효용가치는 없다.

툼스크 호가 중앙 부두에 닻을 내리자 배 안에 타고 있던 100여 명의 승객들이 갑판 위로 몰려나왔다. 모두 러시아 상인들로 부산에서 물건을 사가는 보따리장수들이다. 빗방울이 한두 점씩 떨어지는 흐린 날씨였으나 바닷바람이 서늘했으므로 이한은 난간을 잡고 서서 아래쪽을 내려다보았다. 부산은 처음이다.

고려리아를 출발한 것은 사흘 전이었으니 박미정의 장례식도 참석하지 않고 떠난 것이다. 그레고리를 통해 러시아 여권을 다시 만들고 헬기로 고려리아를 비밀리에 떠나 하바롭스크로, 그곳에서 아에로플로트 편을 이용해서 블라디보스토크에 도착하는 데는 7시간밖에 걸리지 않았다. 그러나 보따리장수들이 세낸 화물선 툼스크 호는 부산까지 이틀이 걸린 것이다. 그의 옆으로 백차남이 다가와 섰다. 그는 이한이 데려온 6명의 부하 중에서 선임자였다.

"형님, 카닌스키가 부산역 앞의 국제호텔까지 물건을 배달해 주겠답니다."

이한이 백차남의 어깨 너머로 카닌스키를 찾았지만 보이지 않았다. 카닌스키는 마피아의 일원으로 이한에게 무기를 판 것이다. 한국을 상대로 소량의 무기 밀매를 해오던 그는 이한의 제의를 받자 입을 딱 벌리면서 대번에 승낙을 했다. 물량도 많은데다가 가격도 부르는 대로 주겠다는 것이며 더구나 신원이 확실한 사람이다. 더욱이 이한이 한때 블라디보스토크에서 마피아의 동업자 노릇을 하던 송길수의 형제이며 고려리아의 보스인 페로프의 친구라는 것을 알게 되자 카닌스키는 제일처럼 나서고 있었다.

상륙 허가가 났는지 배에서 부교가 내려졌을 때 이쪽으로 카닌스키가 다가왔다. 그는 50대의 배가 튀어나온 비대한 체격으로 헐렁한 셔츠에 운동화 차림이었다.

"니콜라이, 먼저 나가십시오. 우린 저녁 6시에 나갑니다."

그가 이를 드러내며 웃었다. 이한의 러시아 여권 이름이 니콜라이 트로비치였다.

"국제호텔에서 쉬고 계시면 물건을 가지고 가겠습니다. 대금은 그때 주시지요."

"괜찮겠소? 카닌스키."

이한이 걱정스러운 표정으로 묻자 카닌스키가 이제는 턱을 들고 웃었다.

"우리는 세관원의 호위를 받고 이곳을 나갑니다. 염려하실 것 없습니다."

부교를 건너 항구에 내린 이한은 곧 보따리장수들의 사이에 끼였다. 본부 세관을 통과하는 데는 채 한 시간도 걸리지 않았는데 이한의 여권을 펼쳐 본 세관원은 잠자코 스탬프를 찍었다. 이한이 손가방 하나만 달랑 들고 있었으므로 뒤쪽에 서 있던 세관원이 손짓으로 가방을 가리킨다. 그가 가방을 건네주자 지퍼를 열어본 사내가 눈을 크게 뜨고는 시선을 들었다. 1만 달러 뭉치가 5개 들어 있었던 것이다.

"이거 오늘 텍사스촌 돈 꽤나 들어오겠는데."

사내가 옆에 선 세관원 동료에게 말했다.

"1만 달러 뭉치를 든 손님들이 많아."

부하들도 제각기 2, 3만 달러씩을 지니고 있었던 것이다. 사내에게서 가방을 받아든 이한은 세관을 나왔다. 이제 한국에 들어온 것이다. 그의 감개는 이곳이 한국이기 때문이 아니라 김상철이 이곳에 있기 때문에 일어난 것이다.

대탈출

　남용배는 러시아계 고려인으로 블라디보스토크 태생이다. 채소장사를 했던 부모는 3남 2녀의 자식을 낳았는데 막내로 태어난 그는 위의 형 둘이 어려서 죽는 바람에 장남이 되었다고 했다. 중학교를 겨우 졸업한 그가 구소련 연방군에 지원입대를 한 것은 순전히 배고픔 때문이었다. 부친을 닮아 뼈대가 굵고 힘이 좋았던 남용배는 규칙적인 생활에 끼니를 거르지 않는 식사가 마음에 들었으므로 장기복무를 자원했다. 그는 러시아의 최정예 부대인 극동군 공수특전대에 차출되어 그곳에서 8년을 보냈는데 제대하고 나올 때의 계급은 중사였다. 김상철이 행정청을 불바다로 만들었던 그날 새벽, 눈 덮인 고려리아의 평원에 낙하산으로 뛰어내린 러시아 공수부대원 중에 남용배도 끼여 있었던 것이다. 그리고 러시아군이 고려리아에서 철수하기 직전에 남용배는 제대를 하고 김상철의 부하로 새로운 인생을 맞게 되었다. 그는 고려리아에 주둔하면서부터 자신이 뿌리를 내릴 곳이 고려리아라는 것을 느꼈다고 했다. 공수부대 복장을 한 남용배가 찾아와 일자리를 부탁했을 때 김상철이 선뜻 받아들인 것은 물론이다.

저녁 무렵, 스포츠형으로 짧게 깎은 머리에 검게 탄 얼굴의 남용배는 시청 뒤쪽의 선진호텔 주차장으로 들어섰다. 수수한 무늬의 남방셔츠 차림이었는데 넓은 어깨와 굵은 팔이 드러나 있어서 운동선수처럼 보이는 모습이다. 해는 졌지만 아직 어둠이 밀려오기 전의 어스름한 그늘에 덮여 있는 시간이었다. 주차장에는 수십 대의 승용차가 주차되어 있었으므로 입구에 멈춰선 그는 잠시 주위를 둘러보았다. 그때 구석 쪽에 주차된 차의 뒷문이 열리더니 사내 한 명이 상반신만 밖으로 내밀었다. 그리고는 그를 향해 손을 들어보였다. 잠시 후 남용배는 승용차의 뒷좌석에 사내와 나란히 앉아 있었다. 운전석에도 사내 한 명이 핸들 위에 팔을 올려놓고 앉아 있었지만 이쪽으로는 머리도 돌리지 않는다. 사내가 노란 서류봉투 한 개를 남용배에게 건네주었다.

"새 여권을 가져왔소. 사진도 조금씩 변형시켰으니 사진에 맞춰 얼굴을 만들도록 하시오."

그는 러시아 대사관의 고려인 직원이다. 그가 말을 이었다.

"몽고 여권이고 여권에는 이상이 없소. 공항의 컴퓨터에도 입력이 되어 있고. 당신들은 이제부터 몽고인이오."

서류봉투를 접어 주머니에 넣은 남용배가 사내를 바라보았다.

"우리 사장님은 당분간 연락을 끊겠다고 하셨습니다. 대사관 입장이 불편해지실 것 같다고."

"그렇게 전하지요. 그런데 앞으로 어떻게 하실 작정이냐고 위에서 물으시던데."

40대는 아직 자신의 신분도 밝히지 않았고 남용배도 묻지 않았다. 그의 시선을 받은 남용배가 머리를 저었다.

"그건 나는 모릅니다."

"그렇게 전하지요."

기대하지도 않았다는 듯이 가볍게 말을 받은 사내가 다시 머리를 들었다.

"볼코프 소장이 안부를 전하라고 했습니다. 김 사장께 말이오. 그는 매일 대사관에 연락을 해옵니다."

"김 사장께 전해 드리겠습니다."

문을 열고 밖으로 나온 남용배는 곧장 주차장을 나왔다. 이미 어둠에 덮인 거리에는 행인들의 왕래가 더 늘어난 것처럼 보였다. 서울은 인구 1000만이 넘는 대도시인 것이다. 그는 곧 행인들에 묻혀 보이지 않게 되었다.

봉천동의 달동네는 이제 옛말이 되어서 산비탈에는 번듯한 양옥집들이 들어섰고 아래쪽은 아파트 단지가 세워져 있었다. 산비탈의 주민들이 아파트 단지로 이주해 내려간 것이다. 남용배가 산비탈에 세워진 2층 양옥집 앞에 도착했을 때는 밤 10시가 가까워지고 있었다. 이제는 한적한 고급 주택가가 되어 있어서 가끔 승용차가 비탈길을 오고 갈 뿐으로 인적도 드문 곳이다. 그는 닫힌 철문 옆쪽의 쪽문을 열쇠로 열었다. 집안으로 들어선 그의 앞에서 인기척이 났다.

"늦었어, 남형."

정원에 서 있는 사내는 동료인 유재성이었다. 그는 나이가 남용배보다 세 살 위인 32세로 바이칼 호 근처의 이루크츠크 태생이다. 남용배가 응접실로 들어서자 소파에 앉아 있던 김상철이 머리를 들었다.

"새 여권을 가져 왔습니다."

탁자 위에 봉투를 내려놓은 남용배가 그의 앞에 섰다.

"고려아에 연락을 했습니다. 장례식이 끝나고 아버님 두 분은 오늘 아침에 서울로 출발하셨다고 합니다."

"……."

"행정청장 이남호 씨와 북한과 러시아, 일본 대표부에서 조문객이 왔고 외부 손님만 해도 300명이 넘었다고……."

"고광식한테 보낼 선물이 있다."

김상철이 말을 잘랐으므로 남용배는 몸을 굳혔다.

"예, 사장님."

"지하실에서 징징대고 있는 자식 놈의 머리를 박박 밀어서 머리카락을 보내라, 지금 당장."

"예, 그런데 어디로."

"집으로. 마누라한테 보내."

"알겠습니다."

"집 근처에 맡겨놓고 찾아가라고 해라. 그리고 고광식한테 한시 정각에 집으로 전화할 테니 기다리라고 해."

군대식으로 부동자세를 취해 보인 남용배가 방을 나가자 김상철은 탁자 위에 놓인 위스키 병을 들었다. 호화로운 가구에 벽 쪽 선반에는 고급 양주가 가득 놓인 이 저택의 주인은 고려리아에서 김상철의 조직을 도와주고 있는 전직 국정원 요원 양성훈의 동생이다. 그는 김상철에게 저택을 넘겨주고는 어제 오후에 가족과 함께 고려리아로 떠났다. 병째로 위스키를 몇 모금 삼킨 김상철은 소파에 등을 기댔다. 고광식에게 다시 전화를 하기로 한 것은 오늘 오후 3시 정각이었는데 그는 전화를 받지 않았던 것이다. 충혈된 눈으로 벽을 쏘아보던 김상철은 입술 끝을 비틀며 웃었다. 그것은 승낙도 거부도 아닌 현실로부터의 도피 행위일 뿐이다. 그는 곧 일생일대의 결단을 내려야만 할 것이었다.

"우리 동민이는 여행을 갔는데요?"

안숙명 여사가 수화기를 들고는 이맛살을 찌푸렸다.

"같이 있다니 댁은 누구신데."

"야, 이년아. 내가 누군지 알아서 뭘 해."

사내가 버럭 소리를 쳤으므로 안숙명의 얼굴이 금방 하얗게 되었다. 수화기를 잠깐 귀에서 떼었다가 붙인 그녀의 두 눈썹은 이미 곤두서 있었다.

"아니 이놈이 여기가 어디라고."

"난 네 아들을 납치하고 있어, 이년아. 여행은 무슨, 내가 시켜서 그렇게 전화를 한 것이다."

사내의 말이 끝나기도 전에 안숙명은 부들부들 떨었다. 지금도 신발공장을 운영하는 그의 부친은 부산에서 몇 손가락 안에 드는 재벌이다. 어렸을 적 납치를 염려하여 부친이 경호원을 붙여 준 적도 있었지만 검사의 아내가 된 후로는 그런 걱정을 잊고 지내 왔던 것이다. 사내가 퍼붓듯이 말을 이었다.

"네 남편하고 상의하는 건 좋지만 다른 놈에게 말했다가는 당장에 놈의 목을 따겠어. 그 증거로 네 새끼의 선물을 놓고 간다. 네 집에서 가까운 강남고등학교 사거리에 세일이라는 커피집이 있어. 고광식 검사 앞으로 남겨둔 선물을 찾아가."

"여, 여보세요."

"네 남편에게 연락해. 새벽 1시 정각에 전화를 할 테니 기다리고 있으라고. 그렇지 않으면 애를 죽인다고."

수화기를 내려놓자마자 허겁지겁 커피숍으로 달려간 안숙명이 조그만 상자 하나를 넘겨받은 것은 그로부터 20분도 되지 않았다. 덜덜 떨리는 손으로 그것을 받자 종업원이 의아한 얼굴을 했지만 안숙명은 그냥 커피숍을 나왔다. 길가에 세워둔 차 안으로 들어 온 그녀는 상자를 옆자리에 내려놓았다. 그리고는 머리를 들어 주위를 두리번거렸다. 파출소를 찾는 것이다. 그러다가 다시 어깨를 늘어뜨린 그녀는 상자를 바라보았다. 잠시 후에 커피숍 앞에 세워진 고급 승용차 옆을 지나던 한 쌍의 젊은 남녀는 운전석에 앉아 있던 여자가 갑자기 미친 듯이 차 밖으로 뛰쳐나오는 것을 보았다. 그녀가 목이 찢어질 듯한 날카로운 비명을 질렀으므로 그들도 깜짝 놀라 멈춰 서서는 차 안을 들여다보았다. 차안이 비어 있는 것을 확인한 남자가 이맛살을 찌푸렸다.

"쌍년, 미쳤나봐."

그러자 갑자기 저만큼 달려가던 여자가 멈춰서더니 털썩 땅바닥에 주저앉는 것을 본 그의 여자 친구가 머리를 끄덕였다.

"정말이야."

다음 날 아침, 마악 아침식사를 마친 오종환은 응접실에 앉아 신문을 펼쳐들었다. 대선이 5개월밖에 남지 않았으므로 남들처럼 그가 관심을 갖는 부분은 정치면이다.

"에이, 다 그놈이 그놈이지. 젠장."

여야 대변인의 공방 기사를 읽던 그가 혼잣소리처럼 말했을 때 전화벨이 울렸다. 신문을 던진 그는 수화기를 들었다.

"예, 오종환입니다."

"나, 고 차장이야."

오종환이 벌떡 상체를 세웠다. 고광식이 이곳 안가로 직접 전화하는 것은 드물었기 때문이다.

"예, 차장님."

"심재택이 지금 움직일 수 있어?"

"예, 건강합니다."

"그렇다면 지금 논현로의 오션호텔로 데려와. 내가 812호실에 있을 테니까."

"지금 말씀입니까?"

"한 시간 후인 9시 30분까지."

수화기를 내려놓은 오종환은 자리를 차고 일어섰다. 그가 두 명의 대검 수사관과 함께 오션호텔 812호실에 들어선 시간은 9시 25분이었다. 고광식은 창가의 의자에 앉아 담배를 피우고 있었는데 혼자였다. 심재택의 아래위를 훑어본 그가 턱으로 앞에 놓인 의자를 가리켰다.

"앉으시오, 심 과장."

심재택은 수갑을 채운 위에다 옷가지를 덮고 있었다.

"이봐, 수갑을 풀어."

평소에도 그렇지만 오늘따라 고광식의 분위기는 더욱 살벌하게 느껴졌으므로 오종환은 서둘러 심재택의 수갑을 풀었다. 고광식이 의자에 등을 기대고 앉더니 오종환에게로 머리를 들었다.

"수고했어, 당신들은 돌아가도 돼. 안가에 가서 대기하고 있어."

그러자 오종환이 눈을 껌벅이며 그를 바라보았다.

"저, 그러면."

"청와대에서 나와 있어, 옆방에. 그러니 당신들은 얼굴을 보이지 않는 것이 나아."

"예, 알겠습니다."

사태를 금방 눈치 챈 오종환의 등골이 서늘해졌다. 청와대 고위층이 이쪽에 얼굴을 내보이지 않으려는 것은 당연한 일이다. 그는 서둘러 동료 두 명과 함께 방을 나왔다. 엘리베이터 안으로 들어서자 동료 한 명이 그를 바라보았다.

"청와대에서 직접 신문할 모양이군요?"

"그런 모양이야."

엘리베이터가 로비에서 멈추자 그들은 곁눈질도 하지 않고 곧장 현관으로 나왔다. 로비에서 얼쩡대는 사내들이 모두 청와대 경호원으로 느껴졌기 때문이다.

오종환이 방을 나가자 고광식이 길게 한숨소리를 냈다. 팔목의 수갑 찬 부분을 손으로 문지르던 심재택이 시선을 들었다. 이제는 약의 후유증이 가셔졌었지만 가끔씩 현기증이 난다. 기록해 놓아야 할 증상이었다.

"청와대에서 직접 나왔다면 이제는 당신들 검찰도 믿지 않았던 모양이군요."

고광식이 자리에서 일어섰다. 그의 이마에는 땀방울이 맺혀져 있었다.

"심 과장, 일어나시오."

심재택이 엉거주춤 자리에서 일어서자 그는 턱으로 문을 가리켰다.

"엘리베이터를 타고 지하 3층으로 내려가면 사람이 기다리고 있을 거요. 김상철이 보낸 사람인데."

"……."

"가시오."

"당신이 날 풀어 준단 말이오?"

다시 현기증이 났으므로 의자를 잡고 선 심재택이 눈을 치켜떴다.

"이거 혹시 날 함정에 넣으려고."

"김상철이 내 자식을 잡고 있어."

이를 악문 채 고광식이 말했으므로 웅얼대는 소리였지만 심재택은 알아들었다.

"김상철이 당신 자식을."

"그렇소. 김상철을 만나거든 이젠 그 애를 풀어 주라고 하시오."

갑자기 목이 메인 고광식이 이를 악물었다. 그리고는 눈을 부릅떴는데 눈물을 흘리지 않으려는 동작이다.

"만일 그 애한테 무슨 일이 있었다가는, 내가……."

심재택이 다리에 힘을 주고는 문 쪽으로 다가갔다. 그러자 고광식이 그의 뒤를 따라왔다.

"그놈이 그 애의 머리카락을 몽땅 잘라서는 제 어미한테 보내왔소. 어디 이럴 수가 있단 말이오?"

문고리를 잡은 심재택이 몸을 돌려 그를 바라보았다. 고광식은 결국 눈물을 흘리고 서 있었다. 그를 향해 반쯤 입을 열었던 심재택은 다시 입을 다물고는 문을 열었다. 이제 갇힌 사람은 자신이 아닌 것이다.

"뭐야? 심재택이 도망쳤다고?"

신형목이 상반신을 번쩍 세웠다. 수화기를 고쳐 쥔 그가 주위를 둘러보더니 목소리를 낮추었다. 방 안에 혼자 앉아 있었지만 그는 조심성 있는 성격이었다.

"도대체 왜? 어떻게 된 거야?"

"제가 심문할 것이 있어서 오션호텔로 데려오라고 했었습니다."

가라앉은 목소리로 고광식이 말했다.

"그런데 수사관 셋이 호텔 안까지는 데려왔는데 로비에 사람들이 많아서 헤치고 나가다가 갑자기 심재택이 뛰었다고 합니다."

"그래서?"

따지는 듯한 말투로 신형목이 묻자 고광식이 말을 이었다.

"사람들 사이를 헤치고 뛰다보니 심재택이 지하실 계단을 내려갔답니다. 그러다가 놓친 모양입니다."

"도대체 당신들, 일을 어떻게 하는 거야?"

"경찰에 수배 지시를 했습니다."

"그놈이 일을 일으키지 않을까?"

"그건 걱정하실 것 없습니다. 이미 음모는 좌절되었으니까요. 어디에도 손을 뻗칠 수가 없습니다, 수석님."

"각하께 보고 드려야겠어, 어쨌든."

"제가 만전을 기하겠습니다. 심려 하지 마십시오, 수석님."

수화기를 내려놓은 고광식은 한동안 앞쪽의 벽을 바라보았다. 이윽고 그는 손을 뻗쳐 인터폰을 눌렀다. 이명규가 들어선 것은 그로부터 5분도 되지 않았다. 이맛살을 찌푸린 이명규는 앞쪽의 소파에 털썩 앉았다.

"야단났습니다, 차장님. 그놈을 찾을 길이 막막합니다."

"불평만 하고 있을 수는 없어. 찾도록 해야지."

"도대체 청와대 경호원 놈들은 사람 하나 감시도 못한단 말입니까? 높은 분만 모시고 다니다보니까 콧대만 높아져서 기합이 빠진 겁니다."

화가 북받쳐 오른 이명규의 얼굴이 벌겋게 달아올랐다.

고광식은 이명규한테는 오션호텔의 방 안에서 청와대 경호원들이 감시하는 중에 심재택이 도망쳤다고 했던 것이다. 청와대와 대검을 잇고 있는 것은 고광식 한 사람이다. 말단 수사관인 오종환이 청와대에 연락할 방법도 없을 뿐더러 안보수석 신형목이 오종환을 찾아 사건을 물을 리도 없다. 고광식이 길게 한숨소리를 냈다.

"청와대에서도 담당 경호원들을 인사조치 시킬 모양이야. 물론 사건을 표면에 내놓지 않고 은밀하게 처리하겠지만."

"그거야 당연하지요."

이명규가 자리를 고쳐 앉았다.

"심재택이 김상철과 합류할 가능성도 있을 것 같은데요. 그렇지 않습니까?"

"그럴 가능성도 있지."

담배를 꺼내 입에 문 고광식이 라이터를 켜 불을 붙였다.

"그러나 절대로 그 두 놈을 묶어서 수배하지 말도록. 언론이 눈치 채면 곤란하니까 말이야."

서울 주재 고려리아 대표부의 대표는 정대윤으로 고려 계열사의 사장을 지낸 사람이다. 60대 초반으로 30년이 넘게 직장생활을 했지만 이제까지 지각 한 번 한 적이 없는 성실한 사람이었다.

그는 8시 30분 정각에 테헤란로의 대표부로 들어섰다. 대표부는 꽤 널찍한 5층 건물이었는데도 요즘은 좁은 느낌이 들었는데 밀려드는 이주 신청자들 때문이었다. 오늘도 이른 아침부터 대표부의 1층 로비와 대기실에는 사람들이 가득 모여 있었다. 모두 한국을 떠나려는 사람들이다. 2층의 사무실에 들어선 그는 자리에 앉자 우선 어제의 이민 신청자 명단을 들춰 보았다. 1427명이었다. 그중에서 중소기업을 옮기겠다는 사업자가 189명, 100만 달러 이상의 투자이민 신청자가 68명, 그리고 50만 달러 이상이 235명이었고 10만 달러 이상이 372명, 나머지가 10만 달러 이하의 이민신청자였다.

서류를 덮은 정대윤은 옆쪽의 벽에 걸린 지도를 바라보았다. 러시아의 동북쪽에 붉은 선으로 그려진 고려리아가 뚜렷이 드러났고 그 아래쪽에 혹처럼 튀어나온 반도가 한국이다. 남북한과 일본의 면적을 합한 것보다 큰 고려리아 땅에는 아직 인구가 천만 명도 되지 않는다. 문에서 노크소리가 들렸으므로 그는 머리를 돌렸다. 비서가 들어서고 있었다.

"대표님, 고려 건설의 유 회장님이."

"응?"

깜짝 놀란 정대윤이 눈을 크게 떴다.

"유장석 씨 말이야?"

"네, 지금 응접실에 계시는데요."

정대윤이 자리에서 일어섰다. 유장석은 예고도 없이 찾아온 것이다. 잠시 후 그들은 응접실에 마주앉아 있었다.

"서울에는 언제 오셨습니까?"

정대윤이 깍듯하게 예의를 갖추었는데 며칠 전까지만 해도 유장석이 그의 윗사람이었던 것이다.

"어제 왔습니다."

"아아, 제가 원체 바쁘다보니, 나가 뵙지도 못하고."

"아니 천만에요."

유장석이 얼굴에 웃음을 띠웠다.

"요즘 고려리아로 이주민이 부적 늘어나고 있던데 바람직한 일입니다."

"모두 청장님께서 닦아놓으신 덕분에."

"국민들의 마음이 한국을 떠나고 있기 때문이지요."

그러자 정대윤이 커다랗게 머리를 끄덕였다.

"한국 정부가 투자이민 규제를 풀었기 때문이기도 하지만 국민들이 정치와 외교, 안보에다 갖가지 행정규제 등에 극도의 불안과 염증을 느끼고 있기 때문입니다. 그래서인지 한국민들에게 고려리아는 한민족의 새로운 땅으로 부각되고 있습니다."

"우리는 먼저 북한 주민의 대량 탈북을 예상하고 있었는데 순서가 바뀐 것 같군요."

"하지만 한국 정부는 사태의 심각성을 눈치 채지 못했는지 아니면 알고도 내버려 두는지 알 수가 없습니다."

그러자 유장석이 쓴웃음을 지었다.

"대선이 5개월밖에 남지 않았으니까요. 그들은 지금 이주민에 신경을 쓸 여유가 없을 겁니다."

날라온 차를 한 모금 마신 그가 말을 이었다.

"나는 오늘 이 기회를 놓치지 말라는 말씀을 드리려고 여기에 온 겁니다. 우리한테 한국 정부는 이주 절차를 간소화시킨다고 약속했어요. 하지만 잘 아시다시피 그것은 말뿐입니다. 제각기 이권을 놓치지 않으려는 부처 이기주의로 시간이 걸릴 겁니다. 그땐 대표께서 직접 나서서 해당 관청을 치세요. 안보수석 신형목에게 직보해서 담당자 목을 자르라고 대들어도 됩니다. 목이 몇 개 날아가면 이놈 저놈 손을 떼겠지요."

잠자코 듣고 있던 정대윤이 머리를 끄덕였다.

"저도 대충 상황은 알고 있습니다. 그래서 그렇게 하고 있지요."

그가 목소리를 낮추었다.

"간소화시킨다고 했지만 이주민이 출국하려면 12개의 관청을 거쳐야 하고 약 370개의 도장을 받아야 합니다. 내버려 둔다면 일 년도 넘게 걸리는 일이지요. 그래서 각 관청마다 대표부의 직원을 파견했고 실무자급에는 뇌물을 먹였습니다. 뇌물 액수만 해도 30억이 들었지요."

정대윤이 잇몸을 드러내고 살짝 웃었다.

"그쯤이야 아무것도 아니지요. 어제 이민 신청을 한 이주민의 재산 총계만 해도 5000억이 되었습니다. 이제 이민 신청을 하면 우리가 나서서 일주일 만에 한국 정부의 출국허가를 받습니다.

그러면 우리는 그 다음 날 출국을 시키지요. 우리 고려리아 정부는 도장 5개만 찍으면 되니까요."

"대표께선 이미 손을 쓰셨군요."

"이 나라의 행태를 알고 있으니까요."

둘이는 서로 얼굴을 마주보며 웃었다.

"유장석이 고려리아 대표부에 들렀습니다."

신형목이 숭늉그릇을 들면서 말했다. 청와대의 식당 안이다. 수석 비서관급 이상만 사용하는 2층 식당에는 오후 3시가 넘었기 때문인지 그와 이태준 둘뿐이다.

"합의서 누출의 책임을 지고 행정청장에서 해임된 사람입니다. 이젠 우리가 단속해야 되지 않겠습니까?"

수저를 내려놓은 이태준이 그를 바라보았다.

"그럼 어떻게 한단 말인가? 그를 잡아넣기라도 해야 되나?"

"위험한 사람입니다, 실장님."

이태준이 머리를 저었다.

"그럴 수는 없어. 어제 고려리아의 이남호 씨한테서 연락이 왔네. 유장석을 잘 부탁한다고 말이야."

"……"

"유장석은 고려리아의 얼굴이나 마찬가지인 사람이라고 하더군. 양국의 관계에 도움을 줄 인물이라고도 했고. 그자들은 우리가 유장석을 단속하는 것을 원하지 않아."

"이남호와 총독의 생각이 다른 것 아닙니까?"

"그럴 리는 없어."

의자에 등을 기댄 이태준이 무표정한 얼굴로 그를 바라보았다.

"난국(難國)이야. 선거도 선거지만 다음 달에 사억 달러를 만들어야 할 일이 급선무다."

북한에 쌀 100만 톤을 공급해 주기로 약속한 것이 다음 달인 8월이다. 지난번에는 선거 직전인 11월에 주기로 합의했으나 이번에 어선과 어부들을 넘겨받으면서 8월로 당겨진 것이다. 고려리아에서 내외신 기자들에게 남북 간의 우의와 협력관계를 과시하고 한국의 대북한 외교정책이 결실을 맺고 있다면서 요란한 개가를 올렸지만 그 이면에 이런 비밀합의가 숨겨져 있었던 것이다.

"대영이 말을 듣지 않아. 그 작자들이 나서지 않으니까 다른 재벌들도 덩달아서 눈치를 보고 있단 말이야."

이태준이 식은 숭늉을 한 모금 마셨다.

"고려리아에서 김상철이나 다른 소스를 통해서 소문을 들은 모양이야. 그래서 돌아가는 상황만 살펴보는 것 같아."

"망할 자식들, 본때를 보여줘야 합니다."

이맛살을 찌푸린 신형목이 그를 쏘아보았다.

"저희 놈들이 언제부터 그렇게."

재벌기업으로부터 대선자금을 얻는다는 것은 이제 공공연한 사실이다. 그것은 여당뿐만 아니라 야당도 마찬가지였는데 공식적인 후원회를 통한 후원금 뒤에 몇 십 배의 비자금이 오가는 것이다. 이태준은 재벌기업으로부터 받은 대선자금을 떼어 내어 북한의 쌀 구입자금으로 보낼 작정이었다.

"계열사 한두 개를 골라 세무감사를 시키면 정신이 들겠지."

혼잣소리처럼 말한 이태준이 신형목을 바라보았다.

"요즘 고려리아로의 이민이 폭주하는 것 같은데, 경제 부총리는 대단히 심각하게 생각하고 있어. 중소기업이 흔들린다는 거야. 특히 영세업체일수록 고려리아로 몰린다고 하는데."

경제는 권한 밖이었고 전문가도 아니었으므로 신형목은 잠자코 머리만 끄덕였다. 인건비와 운영자금, 고금리에다 담보 없이는 절대로 대출해 주지 않는 일제시대의 은행관행, 거기에다 갖가지의 행정규제에 시달려 온 영세 사업자들에게 고려리아는 천국과 같은 조건을 제시하고 있었다. 우선 공장부지와 건물, 전기와 수도가 무료로 제공된다. 거기에다 중국과 러시아, 북한의 노동력은 3D현상을 기피하는 한국 사람들과는 달리 근면했고 인건비는 3분의 1 수준이었다. 또, 고려리아 정부가 운영 하는 국영은행은 사업규모에 따라 무한대의 신용대출을 해주고 있었는데 대출에 필요한 시간은 2시간이었고 담보는 주민증 한 장만 있으면 되었던 것이다. 더구나 행정규제라는 것이 없다. 있다면 환경심사가 있을 뿐으로 행정청의 관리는 주민이나 사업자의 심부름꾼이라는 것이다. 요즘 매일 한국의 10대 일간지에 전면으로 광고 되는 내용이었다. 한 중소기업인의 사례가 광고된 것을 신형목도 읽은 적이 있다. 고려시 외곽의 공단에 가방공장을 설립한 그는 종업원 35명을 행정청에서 주선해 준 북한 사람들로 채웠다고 했다. 임금은 한국에 있을 때의 3분의 1수준인 데다 수도, 전기료, 임대료가 없다. 더구나 블라디보스토크까지의 물류비용도 한국의 10분의 1 수준인 데다 만 하루면 도착했으므로 운송도 문제가 없다. 운영자금이 급해서 신용대출을 딱 두 번 받았는데 소요시간은 첫 번째가 1시간 반, 두 번째는 자신이 바빠서 공단의 행정청직원에게 부탁한 바람에 2시간 반이 걸렸다. 그래서 그 일로 행정청 직원은 상관에게 시말서를 썼다고 했다. 신형목이 천천히 머리를 끄덕였다.

"할 수 없는 일 아닙니까? 고려리아 쪽에도 이미 합의를 한 사항이고, 그리고 폐수나 버리는 이차산업은 이미 한국에 설 땅이 없을 것 같은데요. 물론 전자나 자동차 같은 고부가가치 산업은 움직일 수도 없고 움직여서도 안 되지만 말입니다."

이태준이 손목시계를 내려다보았다. 당면 문제는 쌀값이고 대선이다. 따라서 경제나 이주 문제를 이야기할 시간이 없다는 몸짓처럼 보였다.

영등포에 있는 가야호텔 뒤쪽은 빽빽하게 늘어서 있는 술집과 음식점, 노래방과 단란주점 등으로 언제나 북적대는 곳이다. 오늘밤도 다름

없이 휘황하게 불을 밝힌 거리의 네온사인 아래로 사람들이 붐비고 있었다. 대영그룹의 비서실장 조영규는 인파를 헤치고 곧장 앞으로 나아가다가 곧 붉은색 네온이 켜진 '파도' 단란주점의 간판을 찾아내었다. 후덥지근한 날씨였다. 정장 차림이었으므로 그는 손수건을 꺼내어 얼굴의 땀을 닦았다. 단란주점 앞에 멈춰선 그에게로 종업원이 다가왔다.

"사장님, 분위기가 좋습니다."

주위를 둘러본 조영규는 잠자코 단란주점 안으로 들어섰다. 안은 어두웠다. 카운터에 앉아 있던 종업원이 일어섰다.

"혼자 오셨습니까?"

"내 일행이오."

갑자기 안쪽의 홀에서 사내 한 명이 다가왔는데 심재택이다.

"가십시다."

심재택이 그의 소매를 잡고 안내해 간 곳은 반대쪽의 비상구였다. 심재택과는 안면이 있던 터라 조영규는 잠자코 그와 함께 뒷문으로 나왔다.

"제가 잡혔다가 빠져나온 것은 모르셨지요?"

뒷문을 나오자 앞쪽은 좁은 골목이다. 앞장서서 걷던 심재택이 물었으므로 조영규가 갈라진 목소리로 대답했다.

"잡혔다는 소식은 들었는데 이렇게 나오셨다는 건 모르고 있었어요."

골목 끝은 대로였다. 그들은 길가의 주차선 안에 세워진 승합차로 다가가 차에 올랐다. 앞좌석에 앉은 두 사내는 그들이 안에 오르자 잠자코 차를 발진시켰다.

"이거 미안합니다, 고생을 시켜드려서."

심재택이 담배를 꺼내더니 그에게로 권했다.

"제가 전국에 수배당하고 있어서요."

"그런데 어떻게."

"김상철 씨가 수단을 썼지요. 저를 탈출시켜 주었습니다."

그들은 나란히 앉아 담배연기를 앞쪽으로 뿜었다. 차는 혼잡한 영등포 거리의 신호등에 걸려 멈춰서 있었다. 심재택이 연락을 해왔을 때는 오후 6시경이었다. 그는 비서를 시켜 쪽지를 전달했는데 쪽지를 가져온 사람은 국정원 요원이라고 했다.

"실장님은 요즘 상황을 대충 알고 계시지요?"

심재택이 그를 바라보았다. 전보다 야위어 보이는 얼굴이었지만 눈빛이 강했다.

"고려리아 대영으로부터 들으셨겠지만 제가 간단히 말씀드리지요."

심재택이 빠른 말투로 상황을 설명하는 동안 조영규는 담배연기만을 내뿜었다. 고려리아의 대영은 김상철과 상호 협력 관계에 있다. 대영은 고려리아 정부와 북한의 세력에 대한 대비책으로 김상철에 의존하고 있는 입장인 것이다. 따라서 현재의 상황에 불안감을 갖고 있는 것은 당연한 일이었다. 이야기를 마친 심재택이 머리를 들었다. 그가 김상철의 오른팔이나 다름없는 역할을 해오고 있었다는 것은 조영규도 알고 있었다.

"합의서를 폭로하여 현 정권의 매국적인 행위를 심판받게 하는 계획은 좌절되었습니다. 지금 손을 쓴다고 해도 이미 언론이나 재야단체에 대한 감시가 강화되어서 불가능합니다."

심재택이 말을 이었다.

"저와 연결되었던 사람들은 모두 가택연금이 되었거나 다른 이유로 꼬투리를 잡혀 구속되었어요. 다만 대한일보 이국장만 도피 중이지요."

"심 과장님, 그럼 나한테 바라시는 것은 뭡니까?"

담배를 차바닥에 비벼 끈 조영규가 물었다. 조금 초조한 듯한 표정이다.

"솔직히 말씀드려서 우리와 김상철 씨와는 협력관계지만, 고려리아에서 말이오. 하지만 현재 상황에 대해서는 우리가 도와드릴 일이 없을 것 같은데, 그럴 능력도 없고 말입니다."

"우리를 도울 일이 있습니다. 그것은 청와대에 대선자금을 지원하지 않는 일이오. 그 자금을 북한의 쌀값으로 줄 테니까."

차는 이제 올림픽대로에 들어서 있었지만 차들이 밀려 서행하고 있었다. 다시 심재택의 목소리가 차 안을 울렸다.

"아마 곧 청와대에서 대선자금을 독촉할 겁니다. 쌀값을 만들려고 말이오."

"……"

"한국 정권이 북한에 괴뢰정권화 되는 것을 바라고 계시지는 않겠지요? 대영이 대선자금을 내지 않으면 다른 재벌기업도 뒤를 따를 겁니다."

"만일 그렇게 된다면, 그 결과를 생각하고 계시겠지요?"

"현 정권은 무리수를 두겠지요. 북한과의 합의는 지켜야만 할 테니까."

"……"

"그러면 금방 노출됩니다."

"목표가 현 정권의 전복입니까? 그래서 야당후보 이대현 씨가 대통령이 되도록 하는 것 입니까?"

"최선은 아니더라도 차선은 됩니다. 이대로 내버려 둘 수는 없으니까요."

한동안 앞쪽을 바라보던 조영규가 입을 열었다.

"청와대에서 대선자금 협조를 독촉하고 있어요. 이 실장한테서 이번 주만 해도 두 번이나 연락이 왔습니다."

"……"

"우리더러 1억 달러를 내라는데, 현금으로 스위스 은행에 입금시키라는 겁니다."

조영규가 쓴웃음을 지었다.

"물론 일 년 이내에 그 몇 배의 이익을 정부로부터 받겠지만, 지금 걸려 있는 사업들이 많으니까 말이오."

"중요한 시기입니다, 조 실장님. 결단을 내리실 때가 되었어요."

막혔던 도로가 뚫린 모양인지 승합차가 차츰 속력을 내자 열려진 창문으로 습기 찬 바람이 휘몰려 들어왔다.

응접실로 들어선 이한은 소파에 앉아 있는 김상철을 향해 우선 허리부터 기역자로 꺾었다. 그러자 뒤를 따라 들어선 사내들도 모두 그의 흉내를 내었다. 밤 12시가 지난 시간이었다. 봉천동의 주택가는 이미 깊은 정적에 묻혀 있었다. 허리를 편 이한은 잠자코 서 있었는데 시선은 김상철의 머리 위쪽을 향해져 있다. 의식적인 행동으로 말할 테면 말해 보라는 자세였다. 이한을 안내해 온 남용배가 참다못해 헛기침을 했지만 응접실 안에는 조금 더 정적이 계속되었다. 이한이 이곳을 찾아온 것은 고려리아의 변순태가 중계역할을 했기 때문이다. 시내에 나가 고려리아에 연락을 했던 남용배는 이한이 한국에 와 있는 것을 알게 되었고 곧 이한과 접촉할 수 있었던 것이다. 이윽고 김상철이 입을 열었다.

"오느라 고생했다. 들어가 쉬어라."

그러자 이한이 뒤에 늘어선 부하들에게로 머리를 돌렸다.

"들어가 쉬어."

그러고는 이쪽으로 다가오더니 김상철의 앞자리에 앉았다.

"기관총과 수류탄, 저격용 소총까지 무기는 충분합니다. 블라디보스토크의 무기장사꾼과 같이 왔거든요."

"……."

"말씀만 하시면 경찰서 한 개쯤은 날려버릴 수가 있지요. 아니, 두 개라도."

방문이 열리더니 심재택이 들어섰으므로 이한이 눈을 둥그렇게 떴다. 심재택이 그를 향해 웃는 얼굴로 머리를 끄덕여 보이더니 옆쪽에 앉았다.

"이 형, 만나서 반갑소."

"아니, 잡혀 있다고 들었는데."

"김 사장님이 빼내 주셨지요."

그는 김상철에게로 머리를 돌렸다.

"지하실의 아이는 어떻게 하실 계획입니까?"

"저녁때 고광식한테 전화를 했어요."

표정 없는 얼굴로 김상철이 그를 바라보았다.

"한국 기관에서 그 일을 저지르지 않았다는 증거를 보일 때까지 잡아 두고 있겠다고."

"……."

"심 과장을 빼돌리고도 자리에 앉아 있는 걸 보면 능력 있는 사내요. 어떻게든 제가 그러지 않았다는 증거를 대든지 아니면 흥정을 하든지 할 겁니다."

김상철의 목적은 박미정을 살해한 사람과 그 조직을 찾아내는 것이다. 그는 심재택처럼 한국의 정치현실과 장래에 대하여 목숨을 걸 생각은 없다. 그것은 고려리아에 이주해 간 대부분의 사람들도 마찬가지일 것이다. 잠자코 있던 이한이 망설이는 듯한 표정으로 김상철을 바라보았다.

"저, 형님."

그는 결심한 듯 말을 이었다.

"저, 아이는 어떻게, 어디에 있습니까?"

무슨 소리냐는 듯 김상철이 시선을 들었으나 심재택은 재빨리 알아들었다.

"지금 병원에 있어요. 아직 인큐베이터 안에 있지만 건강해요. 장모님이 옆에 계십니다."

가라앉은 분위기의 방 안에 심재택의 말소리가 이어졌다.

"다음 달이면 퇴원을 할 수 있다고 합니다. 목장 아버님이 아이 이름을 완이라고 지었어요, 김완이오."

"김상철이 병원에 나타날 가능성은 없습니다. 아이가 아직 인큐베이터 안에 있으니까요. 병원에 두는 것이 안전하지요."

출근한지 얼마 지나지 않은 아침시간이다. 이윤재는 보안국장 박영수의 테이블 앞에 서 있었다.

"이번에 수배 지시가 내려진 심재택은 자주 고려리아를 방문했더군요. 아마 김상철과 관계가 있는 것 같습니다."

"공항을 빠져나간 흔적은 없지?"

"없습니다."

이윤재가 자신 있게 말했다. 공항 감시를 한국만큼 철저하게 하는 나라도 드물다. 신원 확인이 컴퓨터로 즉시 되는데다가 조금이라도 의심가는 사람은 잡아놓고 보는 것이다.

"국정원에서도 찾고 있으니 그자도 곧 잡히겠지."

서류를 덮은 이윤재가 머리를 들었다.

"그런데 대검 고차장의 지시야. 내일 오후 3시 30분에 고려리아로 출발하는 대한항공 518호 편에 탑승할 27명을 극비 출국시키라고 했어."

"27명이나 말입니까?"

이윤재가 머리를 끄덕였다.

"이런 말 할 필요도 없겠지만 청와대의 지시사항이야."

"그자들이 누굽니까?"

"그건 자네가 알아서 뭐 해? 시키는 대로만 하라고."

이윤재가 짜증을 냈다.

"자네가 오후 1시 정각에 삼청동의 그랜드호텔에 가줘야겠어. 경찰의 호송버스를 끌고 가서 그자들을 태워. 그리고는 곧장 공항으로 가란 말이야."

"……"

"물론 대검에서 공항당국에 연락을 해놓았을 테니까 활주로로 곧장 들어가서 비행기 앞에 버스를 세우면 돼. 공항 담당자가 비행기 안에서 출국도장을 찍어줄 테니까."

"고려리아에서 또 무슨 회담이 있는 모양이군요."

혼잣소리처럼 박영수가 말했다. 이 방법이면 공항 대합실이나 출국 심사대를 거칠 필요가 없으므로 외부에 노출되지 않는 것이다. 이윤재가 테이블 위에 놓인 쪽지를 들더니 말을 이었다.

"그랜드호텔에는 청와대에 파견된 김 총경이 그 사람들과 함께 기다리고 있을 거야. 그자가 공항까지 따라가겠지만 호송 책임자는 자네야. 518호는 전세 비행기다."

박영수는 수첩을 꺼내어 잠자코 지시사항을 적었다. 청와대의 지시라면 대한민국에서 이유를 달 사람은 없는 것이다.

그날 밤은 비가 내렸다. 굵은 빗줄기가 좀처럼 그칠 기색도 없이 쏟아지고 있었으므로 병원의 앞마당은 불빛에 반사된 물줄기로 번들거리고 있었다. 구급차 한 대가 경고등을 번쩍이며 달려오더니 응급실 앞에서 미끄러지며 멈춰섰다. 뒤에 실린 환자를 내리는 잠깐 동안 사람들은 비에 흠뻑 젖었는데 응급실 안으로 뛰어 들어가는 동작들이 비를 피하려는 것처럼 보여다.

"술 처먹고 자빠진 모양이군, 저놈은."

안 형사가 혼잣소리처럼 말했다.

"지금 이 시간에 오는 놈들은 술 먹고 사고 친 놈들이 대부분이여."

그의 옆에 선 윤 형사는 대답하지 않았다. 빗발이 바지 끝을 적시고 있었으므로 차츰 짜증이 나는 중이었다. 그들이 감시를 맡은 곳은 응급실의 입구로 병원의 4개 출구 중의 하나였다. 다른 3곳도 모두 2명씩 지키고 있는데다가 4층의 신생아실 입구에는 3명이 자리 잡고 있어서 한 번 교대에 11명씩이 움직인다. 그는 주머니를 뒤져 담배를 꺼내어 입에 물었다. 응급실 안은 공기도 탁한데다가 소란스러웠고 서 있을 곳도 마땅치 않았던 것이다. 차라리 바지를 적실지언정 담배도 피울 수 있는 처마 밑이 나았고 그것은 안 형사도 같은 생각이었다.

앞장선 남용배는 거침없이 계단을 오르고 있었는데 한 손은 바지주머니에 깊게 찔러 넣고 있었다. 그의 뒤를 두 발자국쯤 떨어져서 김상철이 따랐고 뒤에 선 것은 이한이다. 단숨에 3층의 계단을 오르자 왼쪽으로 4층의 비상문이 보였다. 문 앞에 선 남용배는 바지주머니에 든 손을 꺼내었다. 그가 손에 쥔 것은 소음기가 달린 신형 토카레프 권총이다. 구소련 시대부터 사용된 러시아군의 제식권총으로 이번에 이한이 들고 온 것이다. 남용배는 문을 조금 열고 안쪽의 복도를 바라보았다. 자정이 지난 시간이라 복도는 조용했지만 중간쯤의 벽에 의자를 붙여놓고 사내 한 명이 앉아 있었다. 그의 뒤쪽이 신생아실인 모양이었다. 그리고 사내의 앞쪽이 환한 것을 보면 간호사의 대기실이다.

"저놈 앞쪽의 사무실에도 몇 놈이 더 있을 것이다."

그의 어깨 너머로 복도를 바라본 이한이 낮게 말했다.

"어쩔 수 없다. 곧장 다가가서 저놈을 쏘고 사무실에 있는 놈을 해치 우자."

"해치지 마라."

김상철이 이한의 말을 받았다.

"꼭 필요한 경우 외에는 총질은 안 된다."

문을 열어젖히고 세 사내가 한꺼번에 나타나자 의자에 앉아있던 사내가 놀라 눈을 크게 떴다. 그와의 거리는 15미터 정도였는데 거침없이 다가오는 그들을 보자 엉거주춤 자리에서 일어섰다. 그 순간 이한과 남용배가 일제히 권총을 빼내들고는 그를 겨누었다. 사내가 입을 딱 벌리고는 반쯤 머리를 돌려 앞쪽의 사무실을 바라보았다. 이제 거리는 10미터 정도가 되었다. 사내가 와락 앞쪽의 사무실로 뛰었는데 두 걸음째에 이한의 권총에서 둔한 소리의 총성이 났다. 그 순간 사내는 어깨를 한 손으로 감싸 안으면서 복도에 뒹굴었고 남용배는 미친 듯이 앞으로 달려 나갔다. 그가 대기실의 탁자에 손을 얹으면서 권총을 들이댄 것은 그로부터 3초도 걸리지 않았다. 시야에 들어온 것은 3명의 간호사와 2명의 사내였다. 간호사 한 명이 짧게 비명소리를 내었고 사내 2명은 이미 권총을 빼내든 상황이다. 남용배는 사내들을 향해 거침없이 방아쇠를 당겼다. 이제는 간호사 셋이 동시에 비명소리를 내었고 사내들의 신음소리와 섞여졌다. 이한과 김상철이 대기실 앞에 섰다.

"입 닥쳐, 이년들아!"

권총을 휘두르며 이한이 소리치자 비명소리가 뚝 그쳤다. 김상철이 머리를 들었다.

"이자들은 모두 죽지는 않을 것 같은데, 어서 응급조치를 해요."

"서둘러! 이년들아!"

이한이 다시 소리치자 선반의 약병을 떨어뜨리며 간호사들이 움직였다.

"난 김완이를 보러왔는데, 인큐베이터에 있는 아이 말입니다."

가까운 곳에 있는 간호사에게 말하자 그녀가 허리를 폈다. 아직 불안한 표정이었지만 시선이 김상철을 향해져 있다.

"안내해 주시겠소?"

그녀가 안내한 곳은 앞쪽 신생아실 옆방이었다. 유리관처럼 보이는 인큐베이터가 대여섯 개 놓여져 있었는데 간호사는 벽 쪽의 것을 손으로 가리켰다. 김상철은 인큐베이터 앞으로 다가가 섰다. 아이는 입과 코에 호흡기를 붙이고 있는 데다 눈까지 감고 있었으므로 전혀 특징으로 기억할만한 얼굴이 아니었다. 관 앞에 흰 팻말이 붙어 있었는데 김완이라는 이름표는 선명했다. 옆에 서 있던 간호사가 머뭇거리더니 입을 열었다.

"건강해요. 다음 달에는 퇴원할 수 있을 것 같습니다."

그러자 어느 틈에 따라왔는지 이한이 한 걸음 다가와 섰다.

"형님을 꼭 닮았습니다. 저 손이, 그리고."

김상철을 바라본 이한이 덜컥 말을 멈추더니 입을 다물었다. 김상철이 아이를 쏘아보며 눈물을 흘리고 있었던 것이다. 이윽고 김상철이 굳게 다물고 있던 입을 열었다.

"이젠 됐다, 가자."

세 사내가 몰려왔던 때와 마찬가지로 복도를 휩쓸며 돌아가자 간호사 한 명이 서둘러 수화기를 들었다. 응급실 담당을 부르려는 것이다.

신형목이 김상철의 성신병원 침입사건을 보고받은 시간은 아침 7시였다. 마악 아침식사를 하려던 그에게 고광식이 전화로 보고를 한 것이다.

"무자비한 놈이라는 소문은 들었지만 사실이군."

고광식이 보고를 마치자 그가 뱉듯이 말했다.

"도대체 경찰은 허수아비야, 뭐야? 열 명이 넘는 인원이 세 놈을 막지 못하다니. 그래, 총상을 입은 사람들은 괜찮겠소?"

"생명에는 지장이 없다고 합니다."

"다행이군. 그 이 국장한테 사건을 노출시키지 말라고 해요. 물론 부상자들은 최대한으로 대우를 해줘야 되겠고."

"이미 그렇게 말해 두었습니다."

"그놈이 부정(父情)은 있는 모양이야. 위험을 무릅쓰고 병원을 찾아온 걸 보면."

"……."

"모두 총기를 휴대하고 있다니 앞으로는 발견 즉시 처리해야 되겠소. 그렇지 않소?"

"경찰측에서도 그럴 생각인 것 같습니다."

"어쨌든 수사에 전력하라고 일러주시오. 나도 경찰청장에게 따로 이야기를 할 테니까."

"알겠습니다."

"그리고 오늘 오후에 그랜드 호텔건, 차질 없도록 하고."

"알겠습니다."

수화기를 내려놓은 고광식의 앞으로 안숙명이 다가와 앉았.

며칠 사이에 눈에 띄게 수척해진 모습이었다.

"김상철 그 사람이 병원을 습격했다고요?"

떨리는 소리로 안숙명이 묻자 고광식은 입맛을 다셨다. 요즘 안숙명은 신경을 곤두세우고는 오가는 내용의 전화를 모두 들으려고 하는 것이다.

"그 사람, 총까지 가지고."

"그만해, 쓸데없는 소리 말고."

김상철은 부하 한 명을 응급환자로 가장시켜 성신병원의 구급차를 불러 탄 다음 응급실로 들어간 것이다. 그들 일당은 모두 4명이었는데 4층을 지키던 3명의 형사는 모두 총상을 입었고 응급실 입구에 있던 2명은 뒤에서 기습을 받아 기절을 했다. 둔기로 머리를 맞았다는 것이다. 그는 인큐베이터에 들어 있는 자식을 보기 위하여 그런 모험을 한 것이다. 고광식이 아내를 바라보았다.

"걱정 하지 마라. 동민이는 살아 돌아올 거야."

그러자 안숙명의 눈에서 눈물이 흘러내렸다.

"제발 그렇다면 얼마나 좋겠어요. 하지만……"

"글쎄, 걱정 하지 말라니까."

고광식은 자리에서 일어섰다. 마냥 이렇게 마주앉아 눈물바람만 할 수는 없는 것이다.

오후 1시 5분 전에 박영수는 그랜드호텔의 주차장에 차를 세웠다. 그가 타고 온 승용차 옆으로 유리창에 철망이 둘러쳐진 호송버스 한 대가 다가와 멈춰섰는데 영등포 경찰청에서 차출해낸 차량이다. 뽑아낸 지 며칠 안 된 신형으로 아직 돌팔매나 화염병도 맞지 않아서 매끈한 차체에 내부도 깨끗했다. 청와대의 지시로 VIP 27명을 싣게 된다고 해서 박영수가 신경을 쓴 것이다. 비는 그쳤지만 하늘은 흐렸고 습기가 많은 날씨였다. 차 밖으로 나온 박영수의 앞으로 김재식 총경이 다가왔다. 그는 정보국 소속으로 청와대에 파견된 사내였는데 경정인 박영수보다 계급도 한 계단 위인 데다 청와대 근무인 신분이다. 턱을 치켜든 그가 눈 아래로 박영식을 바라보았다.

"이봐, 박 경정. 호송경비 요원은 몇 명 데려왔나?"

"저까지 28명입니다, 총경님."

"승용차는 자네 것 하나인가?"

"예, 그렇습니다."

"그럼 내 차까지 두 대로 가고, 나머지는 버스에 타면 되겠군."

그는 턱으로 버스를 가리켰다.

"자, 출발하지. 버스를 호텔 현관에 대. 사람들이 기다리고 있으니까."

10분쯤 후에 그들은 호텔을 출발했다. 박영수의 승용차가 선두에 서고 버스의 뒤를 김재식의 차가 따르는 순서였는데 다행히 도로가 막히지 않아서 그들은 곧 올림픽대로로 들어섰다.

"모두 젊은 사람들인데, 뭘 하는 사람들이죠?"

문득 옆자리에 앉은 고경감이 물었으므로 박영수가 머리를 들었다. 그도 같은 생각을 하고 있었던 것이다.

"글쎄, 내가 아나? 그저 호송만 해가면 되지 뭘."

"모두 한마디도 입을 열지 않습니다. 마치 군인 같은데."

이윤재도 모르는 모양으로 말해 주지 않았던 것이다. 문득 박영수는 뒤쪽 김재식의 차에 같이 타고 있는 사내의 얼굴을 떠올렸다. 40대로 짙은 색 선글라스를 끼고 있는 사내였는데 그가 일행의 우두머리 인 모양이었다.

"신 수석께 안부 전해 주시오. 언제든 뵙고 인사를 드리겠다고."

김재식의 옆에 앉은 시바다 겐지가 입을 열었다. 그는 얼굴에 부드러운 웃음을 띠우고 있었다.

"알겠습니다. 그렇게 전하지요."

유창한 일본말로 대답한 김재식은 어정정한 표정이었다. 그는 시바다 겐지가 초면일 뿐만 아니라 뭘 하는 자인지도 모른다. 그저 어제 신형목으로부터 그랜드호텔에 가서 27명을 호송하여 출국시키라는 지시만을 받았던 것이다. 물론 호송 책임은 경찰청의 보안국이 맡고 자신은 확인하고 보고하는 것이 임무였다. 시바다가 김재식을 바라보았다.

"우린 다시 만나게 될 겁니다. 왜냐하면 목적이 같은 일을 하니까요."

"그렇습니까?"

"예, 일이 아직 끝나지 않았거든요."

힐끗 시바다를 바라본 김재식은 입을 다물었다. 무슨 목적이 같고 어떤 일이 끝나지 않았느냐고 물어도 이 일본인은 대답할 것 같지도 않았기 때문이다. 차는 제법 속력을 내어 달려가고 있었다.

비행기는 맥도널 더글러스 사 생산품인 DC-727이었는데 30명도 안 되는 승객을 태우기에는 너무 큰 느낌이었다. 활주로로 통하는 철문을 지나 14번 게이트에 세워진 비행기 앞에 차가 멈췄을 때는 오후 2시 30분이었다. 비행기의 트랩은 이미 붙여져 있었으므로 버스에서 내린 사내들은 제각기 무거워 보이는 짐가방들을 메고 트랩을 올랐다.

김재식과 박영수는 그들을 따라 비행기에 올랐는데 출입국 관리사무소 직원들이 오기로 되어 있었기 때문이다.

"이봐, 자네 부하가 김상철을 놓쳤다면서?"

출구 근처의 자리에 나란히 앉아 있던 김재식이 박영수를 바라보았다. 역시 턱을 들고 내려다보는 시선이다. 박영수가 입맛을 다셨다.

"예, 그것이."

"러시아 대사관차가 실어가기 전에 잡았으면 되었을 텐데, 그렇지 않아?"

"……"

"그 후로는 영 종적이 잡히지 않나?"

머리를 든 박영수가 김재식을 물끄러미 바라보았다. 김상철은 어젯밤에 성신병원에 나타났던 것이다. 그리고는 3명에게 총상을 입히고 2명을 때려 눕혔다. 시선이 마주치자 박영수는 곧 머리를 돌렸는데 그런 태도가 김재식의 기분을 상하게 한 모양이었다.

"그놈은 이미 국외로 탈출했을지도 몰라. 배편으로 일본은 금방이니까 말이야."

마치 힐난하는 듯한 말투였다.

"기회를 놓치지 말아야 했어."

이자는 어젯밤 사건을 모르는 것이다. 박영수는 창 쪽으로 머리를 돌렸다. 이자는 우리보다 더 겉돌고 있다. 이번 사건에 대한 명령계통은 청와대에서 대검의 고 차장, 경찰청의 보안국장인 이윤재에서 끝이 난다. 그것은 사건을 노출시키지 않으려고 실무라인만 가동시키려는 의도인 것이다. 따라서 경찰청 정보국에서 파견된 김재식이 겉도는 것은 당연한 일이었다. 그에게는 오늘처럼 앞과 뒤가 없는 눈먼 일이나 시키는 것이 고작일 뿐이다. 창밖을 내다보는 박영수의 시선에 승용차 한 대가 이쪽으로 달려오는 것이 보였다. 출입국 관리사무소의 직원들이 탄 차인 모양이었다.

비행기로 올라온 관리사무소 요원은 2명이었다. 안으로 들어선 그들은 좌석의 이곳저곳에 산만하게 흩어져 있는 사람들을 한심하다는 표정으로 바라보았다. 그중 한 사람의 시선이 이쪽으로 옮겨지자 김재식이 턱을 들고 말했다.

"나, 청와대에서 왔는데, 빨리 끝내도록 해요."

"그럼 사람들을 한 곳으로 모아 주시지요. 이렇게 산만하게 흩어져 있으면."

사내가 말하자 김재식이 머리를 끄덕이며 일어섰다.

"자, 이쪽으로 모여 앉으시오. 빨리 끝내기 위해서니까. 자, 서둘러 주시오."

매끈한 일본어 실력이었다. 앞쪽 자리에 앉아 있던 선글라스가 옆 사내에게 뭐라고 말하자 사내들은 모두 일어섰다. 그들이 한쪽에 모여 앉은 것은 채 3분도 되지 않았다. 일사불란한 움직임이다. 사내들은 만족한 듯 서로의 얼굴을 바라보았다. 제복을 단정히 입고 머리도 말끔히 깎은 건장한 체격의 사내들이다. 사내들의 시선을 받으며 관리요원들은 제각기 들고 있던 가방을 열었다. 그리고 거의 동시에 꺼내든 것은 소음기가 끼워진 길쭉한 권총이다.

"움직이면 죽인다."

기체가 떠나갈 듯한 목소리로 사내 한 명이 소리치자 앞쪽의 조종석 문이 열리더니 제각기 기관총을 움켜쥔 사내들이 쏟아져 나왔다. 모두 5명이다.

"움직이지 마!"

유창한 일본어였다. 놀란 김재식과 박영수는 입을 딱 벌리고는 그들을 바라보았다. 그 순간 옆에 서 있던 사내의 총구에서 섬광이 번뜩이더니 둔탁한 총성이 났다. 2발이다. 그러자 안쪽 창가에 앉은 사내 1명이 벌떡 머리를 뒤로 젖혔다가 의자 밑으로 상반신을 숙이더니 보이지 않았다.

"두 손을 모두 들어! 내린 놈은 죽인다!"

조종석에서 뛰쳐나온 사내 한 명이 소리쳤다. 그들은 이제 한 무더기로 몰려 앉은 26명을 완전히 둘러싸고 있었다. 박영수는 겨우 시선을 들어 앞쪽을 바라보았다. 선글라스를 낀 사내도 손을 들고 있었는데 그와 시선이 마주쳤다. 눈빛은 보이지 않았지만 이를 악물고 있는 것을 알 수 있었다. 뒤쪽에서 발자국소리가 들리더니 사내 한 명이 들어섰다. 그는 맨손이었다.

"시바다 겐지."

그가 앞쪽을 향해 낮은 목소리로 불렀지만 숨소리도 죽인 비행기 안에서는 또렷하게 들렸다.

"시바다 겐지, 일어서라."

김상철이다. 박영수는 그제야 그가 김상철인 것을 알아챘다. 그의 가슴이 세차게 고동을 쳤다. 그 순간 벽을 몽둥이로 계속해서 두들기는 듯한 총성이 났다. 총을 겨눈 사내 한 명이 한쪽 열을 향해 소음기가 끼워진 기관총을 쏘아 갈긴 것이다. 한쪽 열에 나란히 앉아 있던 세 사내가 사지를 비틀더니 금방 피투성이가 되어 쓰러졌다. 누군가가 소리 쳤다.

"이 새끼들, 움직이지 말라니깐."

한국말이다. 다시 다른 사내 3명이 총을 쏘아 갈기자 이번에는 세 열의 사내들이 한꺼번에 몰살을 했다. 비행기 안은 금방 피바다가 되었는데 총에 맞은 서너 명이 신음소리를 내자 이젠 다른 사내들이 일제히 신음소리를 내는 사내들을 향해 총을 쏘아 갈겼다. 다시 죽은 듯한 정적이 찾아왔다. 이제 산 사람은 더 높이 손을 들고 있었는데 십여 명밖에 되지 않는다. 역시 두 손을 치켜든 박영수는 김재식과 어깨가 닿아 있었다. 그는 김재식의 상반신이 흔들리는 것처럼 떨고 있는 것을 느낄 수 있었. 김상철이 한 걸음 앞으로 나가섰다. 그는 손을 들어 선글라스를 낀 시바다를 똑바로 가리켰다.

"시바다, 일어서라."

시바다가 천천히 자리에서 일어서자 얼굴이 백지장처럼 흰 사내가 선뜻 그의 앞으로 다가가더니 손을 뻗쳐 머리칼을 움켜쥐었다. 그리고는 통로 쪽으로 잡아당겼는데 통로 쪽에 앉은 사내가 거치적거리자 손에 쥐고 있던 권총을 사내의 옆머리에 대고는 방아쇠를 당겼다. 머리가 반쯤 날아간 사내가 옆으로 쓰러지면서 시바다는 통로로 끌려나왔다.

"나까무라, 이리 나와."

김상철이 다시 말하자 사내 하나가 벌떡 일어서더니 통로로 나왔다. 시바다의 머리칼을 움켜쥐고 있는 사내는 이한이다. 선글라스는 이미 땅바닥에 떨어졌고 반쯤은 얼이 빠져 있는 시바다를 김상철 앞으로 끌고 간 이한은 그의 정강이를 발끝으로 찼다.

"꿇어 앉아!"

시바다가 무릎을 꿇자 김상철이 입을 열었다.

"이놈들 둘을 묶어라."

시바다와 나까무라를 말하는 것이다. 그리고는 김상철의 시선이 출입구 쪽에 앉은 김재식과 박영수 쪽으로 향해졌다.

"저 분들도."

그 다음 순간 사내들의 기관총이 일제히 불을 뿜었으므로 김재식과 박영수는 눈을 감았다. 총성이 그치자 그들은 겨우 눈을 떴다. 그리고는 27명의 VIP중에서 살아남은 자는 묶여 있는 두 사내뿐이라는 것을 알 수 있었다. 갑자기 김재식이 목 안으로 신음소리를 내면서 눈물을 흘렸다. 그 순간 얼굴이 흰 사내가 다가오더니 권총의 손잡이로 얼굴을 후려갈기자 신음소리가 뚝 그쳤다.

"당신들의 호송차로 돌아가야겠어."

김상철이 똑바로 박영수를 바라보았다.

"이 사람은 정신이 나간 것 같으니 당신이 나하고 앞장을 서지."

그의 시선을 받은 박영수가 머리를 끄덕였다. 김재식 보다는 덜하지만 그도 온전한 정신은 아닌 것이다.

<6권에 계속>